L'ENFANT DES VIGNES

Dominique Gondard

L'enfant des vignes

roman

Stock

Ouvrage édité sous la direction
de Françoise Roth

À Camille, Benjamin, Yaël.

En 1752, en Bourgogne, naquit un enfant de sexe mâle. La femme qui le mit au monde marchait depuis longtemps. Elle avait erré toute la journée, couru, mais surtout elle l'avait nié. Dans son âme, pendant des mois, elle l'avait refusé. Maintenant, elle fredonnait, le visage baissé sur sa douleur, se tenant à un paisseau de vignes. Elle se remit en marche, reprit sa chanson vers une ferme. Elle accoucha pareil à ces brebis antenaises qui, au printemps, s'essoufflent le long des haies cherchant un peu d'air, ou telles les jeunes biches, le cou tendu, la larme à l'œil de souffrir sans savoir pourquoi. Elle avait crié, un seul petit cri et quelque chose était parti dessous elle dans un bruissement d'eau. Elle n'avait même pas remonté ses jupes. Tout juste s'était-elle sentie mieux quand il avait coulé entre ses cuisses. Elle était devenue absente à son corps, hallucinée... Elle se releva, et le cordon se déchira. Elle attendit souffle court à nouveau : elle se délivrait. Puis, titubante, elle reprit sa petite chanson entre ses dents, elle partit à travers la campagne froide rejoindre quelque lieu où s'allonger.

Le soir, après l'angélus, quand les brebis étaient rentrées, il était resté un peu de foin dans leurs pattes. Ou bien peut-être était-ce la tempête de l'avant-veille qui en avait ramené des greniers ouverts environnants ? Il n'était pas tombé sur les pierres froides, mais en partie sur ces restes piétinés, juste au-dessous d'un trou où l'on avait niché saint Martin. Quand le cordon se fut déchiré, il fut mis sens dessus dessous, roula tête-bêche, glissa dans les cotylédons encore chauds et s'enfonça un peu mieux dans les pailles.

Il y eut du silence. Une lune immobile. De la clarté sous le porche. Il y eut des bruits de bouche, des bruissements dans la litière qui se soulevait. Il y eut du silence encore et du froid. Il gela blanc sur toute la vallée. Quelques gouttelettes d'eau traînantes se figèrent. Une chaleur d'eau montait jusqu'au saint Martin.

Plus tard, après que le coq eut fanfaronné, quelques poules perdues sans perchoir vinrent lui picorer le cordon. Le premier valet, un vieil homme noueux qui poussa la lourde porte, ne s'aperçut de rien, absorbé qu'il était par les travaux qu'il aurait à diriger dans la journée. Le second à passer le porche, quand il le découvrit, le crut mort. Il n'osait le toucher. Le bébé s'était de lui-même retiré du monde… La chaleur recroquevillée à l'intérieur de lui. Le placenta avait été nettoyé d'une gueule de chien qui passait par là. C'est ce qui d'ailleurs avait valu la découverte du petit. Le chien, revenu, prit un coup de pied au cul. Le second valet finit par le ramasser. Il l'enroula comme il put dans son vêtement et fila aux cuisines où les fourneaux devaient être allumés, ou en passe de l'être. La cuisinière, une jeune femme ronde qui refusait toujours de goûter ses plats, régnait sur un empire : elle assurait les repas d'une soixantaine de domestiques,

GRANDES ÉTAPES
FRANÇAISES

Château de Gilly

Avec ce roman, vous voulons vous faire partager un « coup de cœur » :

L'épopée d'un jeune garçon dans la Bourgogne du 18ème siècle et, plus précisément, au Château de Gilly à l'époque des Moines de Cîteaux.

Nous vous souhaitons une excellente lecture et que nos meilleurs vœux vous accompagnent tout au long de cette année 2003.

Stéphane DUFOUR et l'équipe du Château de Gilly.

Gilly-les-Cîteaux - F - 21640 Vougeot
Tél. : 33 (0)3 80 62 89 98 - Fax : 33 (0)3 80 62 82 34
E-mail : gilly@grandesetapes.fr
Site web : www.chateau-gilly.com

ESPRIT DE FRANCE
HOSTELLERIE ART ET HISTOIRE
L'ESPRIT DES LIEUX

bonnes, palefreniers et autres travailleurs de ferme. Elle était en avance. Les fourneaux crépitaient. L'autre se dit qu'il avait de la chance. Il aurait été bien incapable de savoir ce qu'il fallait à ce Jésus sans crèche. Devant cette chose gluante, ridée, violette, elle s'essuya les mains sur son tablier. Poussa deux ou trois « Oh mon Dieu ! » puis se dépêcha de prélever du court-bouillon frémissant, y ajouta de l'eau froide, plongea un doigt pour s'assurer de la température. Ensuite vite enlever de l'oignon, du poireau, des navets pour faire place au bébé. Elle le plongea tout mort qu'elle croyait qu'il était dans ce court-bouillon sans légumes ou presque, car quelques verdures flottaient encore autour de lui. Il s'y trouva fort bien. Dans l'eau il ouvrit les yeux à demi comme un têtard entre lentilles et nénuphars. Puis il cria tout son soûl. À l'entendre, on aurait dit qu'il revendiquait déjà sa place ici-bas. Un bébé dans son cri, ça met toute sa prétention à être. Ça ne vous laisse pas le choix. Hurler, dans son court-bouillon, c'était revenir à la vie, et il y revenait dans le bon jus de poireau et les bonnes herbes.

Les aides-cuisinières, arrivées plus tard, roucoulèrent devant lui. C'étaient pour la plupart des gamines odorantes, sorties tout juste de leur premier amour mais pas du lit de leurs parents, pour peu qu'elles en eussent encore. Elles étaient chavirées car elles en rêvaient toutes, de ce moment, de ce premier, de cette chair de leur chair. Elles parlaient autour de lui, posé pour l'instant entre les choux et les navets, sur une planche à découper les volailles, à côté d'une énorme bassine de cuivre où des pigeons plumés, vidés, alignés, attendaient leur marinade. C'est là qu'il but sa première gorgée de lait apporté par le vacher. Moitié lait, moitié crème au coin des lèvres. C'est là qu'il fit sa poix. Une jeune mère, connaissant la valeur du lait maternel, délia les lacets de son corsage et lui colla un sein sur le nez, un téton dans la bouche. Il s'en trouva ragaillardi. Il fut touché, langé, décrotté, embrassé, lavé toute la matinée. Il but autant qu'il voulut. Il se sentit si bien qu'il chia une seconde fois en fin de journée. Peint au rouge de l'écrevisse, il poussa si fort qu'elles se demandèrent s'il n'allait pas leur faire de l'apoplexie. Mais non, l'instant d'après, il était redevenu blanc. Repu, confiant, souriant, il s'endormit paisible dans un vieux drap que l'on eut soin de découper. Une grand-mère marmonneuse vint y jeter un ourlet. Elle le fit au point de croix contre l'œil mauvais. Personne n'en sut rien. Depuis longtemps personne n'écoutait plus. Elle fut gentiment jetée dehors, avant même de lancer sa langue vipérine.

Après on chercha qui, au domaine ou dans les fermes avoisinantes, pourrait élever ce petit. Soit le prendre en charge entre deux des siens, soit, pour celui qui n'a que des filles... se vanter d'avoir un mâle. On donnerait même des vêtements... On se ferait charge de son linge. Mais rien n'avait mordu. Alors on s'en fut trouver la dernière possible, celle qui, un de plus, un de moins... « Tu verras bien », lui avait-on dit, à celle qui en avait onze à élever.

En fait, pas une, pas un n'en voulait. C'était l'enfant de la cuisine, il y resta. Entre les raves des mois de janvier, les premières verdures des mois d'avril et les cerises du mois de mai, entre les civets, les gigues, entre les bécasses pendues, tête en bas, les oignons ficelés en tresse, dans les odeurs de fricassées, de revenu, de réchauffé, il profitait. Quand la température devint plus clémente, on le poussa dehors dans son panier en osier. Devant, sur le rebord de la fenêtre, il faisait chaud, dans ce vendangerot, et il pouvait enfin respirer un autre air que celui de victuailles toujours bien assaisonnées. Il s'intéressa très vite aux moineaux, formes grises qui s'envolaient de la cour pour rejoindre leurs nids sous les toits. Il les suivait du regard et bientôt il ajouta un « heu » admiratif avant d'y joindre, mais plus tard, le doigt pointé. Il découvrait le monde et c'était une merveille, ce monde-là. Arriva le deuxième été, l'enfant de la cuisine grossissait, mais on ne lui avait pas trouvé de nom. Les uns l'appelaient en passant « Hé le petit cuisinier », d'autres hélaient la cuisinière en chef.

– Quand as-tu trouvé le temps de nous pondre ce mange-dot ?

– On ne t'a jamais trouvée bien grosse ! Fais-lui donc un frère !

Elle haussait les épaules, les renvoyait d'un coup de tête à leurs occupations. Elle avait pourtant la repartie facile, le verbe haut, mais certaines fois elle s'essuyait les mains sur son tablier, l'air rêveur, les yeux vagues quelques instants.

Bien sûr elle aurait pu, comme presque toutes les femmes, en avoir un. Pourquoi pas ? Qu'est-ce qu'il savait de sa vie, celui qui passait devant sa porte ? D'abord connaissait-il la sienne seulement ? Allait-il où il voulait aller ? N'avait-il pas grandi comme tout le monde, à la va-comme-je-te-pousse ? Dieu n'avait pas encore voulu qu'elle fût mère. Peut-être fallait-il qu'elle soit deux ? Qu'elle en trouve un pour autre chose que le foin. Séduite, elle l'avait été, quelques années auparavant, mais l'élu de son cœur l'avait abandonnée, grosse. L'enfant n'avait point vécu. Restée seule, elle n'avait cessé de travailler dur. C'est avec la cuisine qu'elle avait finalement fait ses noces et c'est peut-être avec la cuisine qu'elle ferait ses funérailles. L'amour enfui lui était revenu par les fourneaux.

Elle avait un petit visage rond, tout rond de sa jeunesse, et sur ses cheveux retenus elle avait posé une dentelle et enfilé par le travers une épingle jolie. Le reste de son corps était caché par ses habits de sacerdoce : longue jupe, long tablier et sabots, avec un peu de paille dedans. Été, hiver, c'était sa tenue de cuisinière. L'année avait ses grands rythmes. Les semailles, la fauchaison, les vêlages, les agnelages, la tonte… les vendanges.

Elle attendait le rémouleur pour les couteaux, l'étameur pour les casseroles. D'autres, qu'elle n'attendait pas, les trimards, les pousse-cailloux, les loqueteux de tous bords, venaient quémander, chercher un morceau, de quoi manger. Tout le monde la saluait bien bas et demandait de quoi se remplir le gosier pour continuer la route. Elle donnait. Elle préparait en plus. Il ne serait pas dit que, de la cuisine de la ferme « d'En Haut », on partirait sans rien dans le ventre. Et personne ne s'en était jamais plaint. Même le maître fermait les yeux : il trouvait qu'on lui volait moins de poules !

Quelquefois, un vielleux s'arrêtait dans la cour et jouait en remerciement quelques airs. Les filles sortaient de la cuisine, leurs sabots résonnaient sur les murs en écho de cette cour carrée. Elles en jouaient, de ces retours, de ces claquements aux frontons. Elles tapaient des pieds, et dansaient avec le son qui leur revenait à l'oreille comme si elles dansaient avec leur amoureux. Bébé cuisine, devenu joufflu, rond, tapait des mains, il riait. À croire qu'elles lui administraient la chatouille. Il en bullait, le goinfre. Il passait de bras en bras, pendant la danse. Son rire couvrait le son de l'instrument et les voix des gamines. À être tourné aussi vite en martelant la chanson, il prenait le tournis, ses yeux tourneboulaient, et la mère supérieure de ce couvent gastronomique était obligée d'interrompre le mouvement

14

avant que son marmot ne régurgite tous ses repas ! Il s'en fallait de peu. Elle calmait son inquiétude.

– Mais non ! Mais non ! Mon grelou, le monde ne tourne pas aussi vite !

Elle lui susurrait des tendresses et la cour reprenait sa place dans les yeux du gamin. Elle le posait à terre avec un «Oh mon Dieu, qu'il est lourd», plaintif et orgueilleux.

Lui gros, non point ! Gras, non plus ! Il était bien charpenté, un vrai bébé Christ. Un de ces angelots peints dans les chapelles. N'ayant jamais connu la disette. Il osait goûter, le jeunot. Même, il reniflait et détournait la tête quand il n'en voulait pas. Un peu plus tard, il prit l'habitude de dire dans un mouvement de bouche : «Ah brout.» Ce n'était pas la peine d'insister, le dodu était rassasié.

Au début, la question du dormir ne fut pas résolue. Si chacune assurait volontiers son tour de garde, madame la cuisinière en prenait trois par semaine. Non point qu'elle n'avait pas confiance en son poulailler, mais elle trouvait normal d'être sur le pont un peu plus que ses mésanges sans nid. Après tout, elle l'avait trouvé. Bientôt, heureusement, il fit ses nuits et, si personne ne le dorlotait plus à son aise pendant la tétée, on pouvait à nouveau dormir tranquille. Le panier d'osier devint trop étroit. Justement un vieux fût percé, dont le tonnelier ne savait plus que faire tellement il l'avait reprisé, fut coupé en deux, et tout à coup cela sauta aux yeux de tous qu'il ferait un excellent berceau. Puisqu'il y avait trop de bruit à la cuisine, on le mit à la cave pour dormir pendant la journée, très souvent, aussi souvent qu'il fermait les yeux. Il ne fait jamais bien froid dans une cave et, si elle est bonne, en été c'est un vrai délice. Il s'y reposa dans des arômes qui lui devinrent si familiers qu'il lui en fallut pour s'endormir.

Pas besoin de chiffon tété, de pouce caressant son palais, de nin-nin poussif, la cave le berçait. Quand il fit ses dents, il se trouva du bois de fût qu'il put ronger à son aise. Il le grignotait frénétiquement pour calmer ses gencives. Il saignotait un peu, mais le goût des tanins du vin contenu dans ce bois de chêne l'apaisait. Il préférait la vieille douelle qui avait déjà beaucoup fait voyager de vin contre ses flancs. Sans qu'il eût mal à ses quenottes, il en tenait toujours un morceau dans la main.

À la cave, on avait soin de le couvrir un peu plus, il gardait son bonnet, l'emmitouflé. Il savait brailler assez fort pour que, par le soupirail, une des cuisinières l'entende et dise : « Tiens, il est réveillé ! »

Du bonheur, sûr, il y en avait, de la cave où il montait les marches à quatre pattes maintenant, à la cuisine où il jouait des doigts voyageurs dans toutes les sauces. La journée des adultes suivait son cours avec un certain nombre de tracas mais la bonne humeur estompait tout cela.

Personne n'avait osé le nommer autrement que par de jolis surnoms. L'une se dévouait pour rester avec l'Ursule, l'autre voulait changer le Nourrain. On attendait que la dame de la cuisine décide de son nom, et elle n'osait pas. On lui en trouvait des milliers ! Verjus sonnait bien ! Fleurette revenait au printemps. On se serait pris d'acousmie à les chercher tous. Le Nonnu, Pâquerette, Broute Foin, Petit Fût, Dormeux des Caves, Pissenlit, le Couillu : le drôle, comme tous les petits, les avait énormes par rapport au restant. Jusqu'à l'âge de quatre ans, personne ne trouva rien à dire sur le fait que ce gobeur d'œufs soit toujours dans les jambes des cuisinières. Certaines s'étaient mariées, trop vite. D'avoir caressé ce petit être, elles en avaient connu des impatiences et élevaient le leur...

seules. D'autres attendaient encore jalousement qu'un jeune et beau passe devant leur porte et s'arrête… Quitte à ce qu'il soit un peu moins jeune et plus tout à fait beau. Mais qu'il s'arrête !

Jamais le Dodu, au grand jamais, n'avait pris la moindre fessée. Il le devait sûrement à sa presque mère, sur qui personne n'avait jamais tenté d'abattre son courroux. De peur, peut-être, de se retrouver à la soupe clairette.

Le palefrenier avait bien des velléités. Par crainte des accidents, il n'aimait pas que le gosse rôde près des chevaux. Le maréchal non plus, qui quelquefois le ramenait prestement dans ses appartements. Là, après l'avoir houspillé, les commères servaient un verre de vin à leur rameneur de marmot pour le dérangement, et les histoires s'arrangeaient jusqu'à la prochaine fois. Certains même tentaient des cabrioles. Ils lui faisaient faire des bêtises, au Jeannot, pour récolter un pichet, mais la gent féminine n'était pas dupe. Point de piquette, on le connaissait, le « Jean-Jean ». On savait ce qu'il pouvait faire et ce qu'on venait de lui apprendre.

Des bêtises, oh, il y en eut, bien sûr. Des que l'on se rappelle, des énormes, celles qui font rire, les joyeuses que tout le monde aime entendre aux veillées. Des aperçues plus tard, les futées, les pas vu pas pris, que l'on répare au fur et à mesure, sans gronder puisque personne au grand jamais ne les a faites. Des petites, des mignonnes, des quotidiennes qui ne laissent aucune trace dans le souvenir, des apprentissages ratés, mais, si la main ferme d'un plus grand vous guide : celles qui vous aident à grandir.

Il y en eut des trois sortes. On aurait pu en dresser la liste. Mais surtout il y eut le beurre d'escargot.

Jean-Jean, à peine sur ses deux jambes, encore château branlant, s'était mis dans la tête de jouer dans la cuisine alors que tous en étaient sortis pour prendre le frais. La découverte, sur la table, de cette montagne de beurre et d'ail persillé, cachée sous de grands torchons, lui donna des idées. Escaladons! Évidemment la motte glissa à terre en un rien de temps. Il la reçut au ventre, se retrouva les jambes dans la glaise. Très vite une marée lui dégoulina dessus. Il enfouissait ses mains jusqu'aux avant-bras dans le beurre et serrait. Ça giclait. Le bruit dans ses mains, comme un petit pet, le ravissait. Il pétrissait, tapait sur la motte avec sérieux. Puis il se jeta dedans avec délectation, museau dans la beurrée, lécha, attira cette meule molle dans ses bras pour la cajoler. Ce qui lui valut de devenir glissant, beurré, vert de la tête aux pieds. Semblable à un poulain sorti tout juste de sa mère, il tenta plusieurs fois de se relever, il glissa, retomba, des quatre pattes. Il en mangea aussi, s'en fourra dans les oreilles un peu et se frotta les yeux, il avait sommeil. Enfin il hurla pour qu'on le sorte de là.

Son monde accourut aussitôt. On l'avait oublié... On eut peur. On fut vite réconforté. Par contre il fut très difficile de l'aborder, il glissait comme une pomme d'Adam. D'autres vinrent s'extasier devant le gluant en passe de devenir rance. À coups de jérémiades et de rires, elles réparèrent les dégâts. Lui batifolait dans une bassine en cuivre pendant qu'elles lui enlevaient le plus gros. Un attroupement de plus en plus important autour de lui, souriant et babilleur, voulait voir la coquille dans laquelle on mettrait cet escargot! Les gamines cuisinières repoussèrent les assauts des rigoleurs, pendant que maman en chef reprenait ce qu'elle pouvait dans un saladier. Elle dut se rendre à l'évidence, seulement le quart de la moitié serait utilisable, ou peut-être la moitié du quart?

Le monde de la cuisine se remit à l'ouvrage, dans la joie certes, mais dare-dare, pour beurrer tous ces escargots qui attendaient leur farce et auxquels, béni soit saint Honoré, il n'avait point touché. Elle en avait préparé cinq mille comme l'an dernier !

Le lendemain, jour de la fête, tout était oublié. Le poupon, joyeux mais un peu dérangé de l'intestin, ne voulut point goûter aux gastéropodes. Il devait leur trouver un goût de « n'y reviens pas ». Il repoussait les coquilles d'un « non pas » dégoûté. On le traita de « potier de malheur », d'« escargoteur né ». Avec tout le persil qu'il avait mangé, il n'aurait jamais de montée de lait. Le persil coupe le lait.

Lui roucoulait de bras en bras, de baisers en baisers. Sa jeune mère le tenta avec des petits pâtés, il en raffolait d'habitude ; elle essaya les rôtis, les poules farcies, les coqs au vin. Il ne voulut de rien. Quelqu'un s'inquiéta même que ce pauvre garçon ne mangeait point. Au soir pourtant, le foie sans doute reposé, il suça l'intérieur de deux petits choux et termina par un peu de vin oublié dans un pichet par terre. Il s'endormit plus vite que prévu, elle le ramassa, il s'était blotti dans le paletot d'un musicien. Elle lui donna du baiser et le baptisa pour cette fois « ma feurlousette », du nom de ces petits escargots de toutes les couleurs qui se promènent dans les épineux.

La Feurlousette commençait à aimer les voyages. Assis dans la paille, on le retrouva plus d'une fois au milieu de la bergerie, jouant avec les déjections rondes comme des billes à grelots. Les grelines, yeux absorbés dans leur lente rumination, ne se sentaient pas le moins du monde perturbées par sa présence, leurs agneaux non plus. Les plus curieux d'entre eux venaient le tétouiller, lui tirer la manche, sucer un morceau du gamin, du bout de leurs mandibules curieuses de nouvelles saveurs.

Plusieurs après-midi, la cuisine le chercha longtemps. Il revint de lui-même pour se restaurer. Personne ne sut où il se rendait, jusqu'au jour où un homme de cour venant jeter de l'herbe aux lapins le trouva endormi parmi eux. Certains jours il avait la sieste grandiose, le Jeannot, il pouvait vous faire durer le sommeil jusqu'à la nuit tombée, manger endormi, et vite aller replonger dans les bras de Morphée.

Il participait à la vie de la cour, il courait après les poules, aidé par le chien du berger. Le berger, le soir, devait ramener les échappées au poulailler, il s'acquittait mal de cette tâche, car il la trouvait indigne de lui. Mais comme son chien et le gosse, ça les amusait, il les laissait faire. Le chien posait une patte sur la poule et le Dodu arrivait pour lui caresser la crête. La rousse, tout d'abord affolée, se débattait puis, obligée, prenait son mal en patience. Alors, lui bien assis, elle prise entre ses jambes, il lui enfonçait les doigts dans les plumes et la chatouillait. Allez donc faire rire une poule, c'est un animal beaucoup trop sérieux ! Un matin, une des plus malignes lui glissa des mains. Il la rattrapa *in extremis* au croupion. La pauvre, arrêtée dans son élan, s'envola des deux ailes et le poulailleux partit à la rigole, sans lâcher son gallinacé. Elle lui battait l'air au visage, et lui, accroché à la touffe, fermait les yeux. Elle faillit l'emmener dans sa furieuse envie de s'enfuir, elle volait à hauteur de la poitrine du Jean de l'air qui tenait bien serré son croupion. On aurait dit un début de machine volante… Il en raffolait, de ce petit jeu, et tous les soirs il le pratiquait. Plus d'une y laissa des plumes. On voyait, au nombre de plumes qui restaient plantées sur leurs derrières, celles qui avaient été prises

20

plusieurs fois. Le plumeau dégarni peut-être, mais l'air fier d'avoir pu échapper au poulailler d'abord et au supplice ensuite.

Curieux comme une pie-grièche, il allait rendre visite à saint Martin niché sous le porche. Il lui parlait, ramassait de beaux cailloux et venait les déposer au pied du saint qui lui souriait. Décidé à prendre la route, un jour de soleil, il sortit de la ferme. Il marchait, pas plus haut qu'une échelle pour trois pommes, il trottinait, tombait, se ramassait sur le chemin, et il prit l'habitude de venir à la rencontre des chiens et des troupeaux quand ceux-ci rentraient. Il croisait les manœuvriers, les énormes bœufs attelés aux charrettes. On le juchait dessus et on le raccompagnait chez « la Juliette ».

– Il va trop loin, ton argousin. Attention !

– Je ne peux quand même pas le mettre en cage, faut qu'il sorte, ce gamin.

Rien n'y faisait. Le Nonnu prenait la poudre d'escampette de plus en plus loin. Il courait aux champs entre pâquerettes, bleuets, coquelicots, s'amusait de rien, grattait la terre, cherchait des sauterelles. Un jour, il fut pris d'une furieuse envie d'essayer ses dents sur une limace. Il ne recommença pas l'expérience. Le limaçon, ça n'a ni goût ni gougniasse !

Il se laissait guider par le bonheur d'être là, entouré de soleil, de pluie, de rosée, sûr de se mettre à l'abri à la moindre misère. Quand il avait faim, il revenait à la cuisine, plongeait la main dans la pâte à pain, gobait un œuf… Même un morceau de sanglier bien mariné ne lui faisait pas peur.

Dans un silence intérieur profond, un recueillement attentif, il se sentait plein de lui-même. Après avoir découvert ses cinq sens, en avoir pris possession, il en jouait maintenant. Ouvrait vite les yeux, les fermait fort, appuyait parfois les pouces dessus. Des formes géométriques inconnues apparaissaient furtivement. Du gris aux variantes subtiles, des figures triangulaires commençaient à poindre du noir sombre. Le Jeannot découvrait les mathématiques, et bien d'autres choses sans le savoir. Il prenait plaisir à ces persistances rétiniennes étranges et renouvelables à l'infini, du monde du dedans. C'est peut-être de là aussi que l'on avait inventé le kaléidoscope du monde du dehors. Lui jouait à connaître mieux son corps. Assis au bord du chemin, le soleil en face de son visage. À le voir grimacer, un trimard, un saltimbanque aurait bien pu le rosser, en l'accusant de le singer, ou pire de l'insulter. Alors que le petit homme cherchait uniquement dans ces mimiques des flèches de lumière, des traits entre ses cils. Il y voyait des bleus inconnus, des jaunes cuivrés perlés d'ocre pâle. Il s'amusait, nez retroussé, qu'une lumière des confins de lui-même lui arrive, tout droit en plein front. À changer l'angle de son œil malicieux, hop! elle s'enfuyait, se rétractait, ou revenait à mi-chemin rose et mauve. Sortaient-elles de lui-même, ces merveilles? Existait-il un dehors? Un dedans?

Il y avait des taches bleutées, de l'horizon noir, un trou aux cercles colorés, des bordures lumineuses comme l'éclipse. Il y avait au centre des alvéoles, du mauve encore, mais bleuté jaune encore sur le bord. Paupières closes, paupières relevées, yeux grands ouverts, il découvrait un visage venu le chercher. Il souriait de le reconnaître et tentait dans un élan de bras, un mot, « Pron », qui voulait dire « prends », et elle le prenait son Jean-Jean dans ses bras pour le retour, celui de la ramenée du chemin vers la cuisine. Dodu penchait la tête, il dodelinait dans son cou et regardait la petite épingle qui traversait le chignon, trottinait, trottinette, trottinote… les yeux dans le vague. Tout en chantant la complainte de la trottine, elle pensait : « Mon Dieu, mettre un enfant au monde, la belle affaire, mais qu'il est doux de l'élever. » Il l'appelait Liette. Elle lui faisait répéter : Juliette. Il acquiesçait et, sûr d'avoir compris, reprenait : « Liette. » Ça lui ramenait de la becquotte sur la joue.

Dans la cave voûtée, il descendait seul maintenant, silencieux dans la lumière filtrant du soupirail, près des fûts qui lui apparaissaient comme des berceaux fermés. Ayant l'habitude de s'assoupir au creux de sa demi-barrique, il considérait, dans sa somnolence d'avant-sieste, que les fûts entiers devaient contenir, eux aussi, des enfants mais pas encore de ce monde. Il les sentait endormis, cachés dans ces ventres cerclés de fer, attendant leur sortie en suçant leur pouce dans une pénombre tiède. Lui-même venait-il de là ? D'un rond de fût, qui se serait ouvert, béant comme une huître morte pour laisser apparaître un nouveau-né ? Il aurait voulu jouer avec eux. Il tentait des frappes légères pour ne pas trop les déranger, puis écoutait, l'oreille collée aux grands vaisseaux, attendant une réponse. Un autre monde se dérobait-il là ? Il chuchotait, tapotait le bois, interrogeait la profondeur par petits coups rapprochés, sondait l'immense espace qui lui revenait à l'oreille. Un sentiment d'étrangeté surgissait et l'impressionnait. Alors il prenait de la chair à la poule et, pour conjurer le sort, il pointait du doigt sa peur qui, du fond du tonneau, voulait l'attraper. Un autre Jean-Jean était-il caché là ?

Ensuite, pour calmer ses frayeurs et revenir à sa curiosité, il courait à travers la cave, tapant très fort sur les barriques. Elles ne produisaient pas le même son. Des notes différentes lui donnaient des sensations différentes. Y aurait-il autant d'enfants que de barriques ? Bientôt il les nomma. La première, il l'appela «Nonne», parce qu'il ne savait pas bien prononcer les «u». Ensuite, celle d'après, c'était Jean. De tous les petits noms plus ou moins gastronomiques qu'on lui avait donnés, il baptisa ces énormes rondeurs.

Il continua de jouer avec elles, écoutait les bruits, se délectait de sa frousse, ouvrait les bondes quand celles-ci n'étaient pas bien enfoncées. Il tapait dessus, y collait la bouche, soufflait. Un moment, il entendit chanter. C'était très beau et très effrayant. Il se sentit attrapé par quelque chose. Il s'enfuit de la cave et revint plus tard approcher l'oreille. Il n'y avait plus de chant, plus d'onde. Il la trouvait jolie, cette barrique, c'était sa préférée. Puis, il leur parlait à toutes avant de s'allonger. Là, dans le silence et la pénombre, Jean du Tonneau reposait, beau, dans son demi-fût, et s'endormait.

Plus tard il découvrit les canettes pointues et leur merveilleux robinet. But une gouttelette restée accrochée, la sentit différente de celle d'à côté. Curieux, il visita de son doigt ceux qui étaient en perce. Là c'était moins douceur. Ici âpre. À se faire claquer le palais, il se donnait l'idée des variations tanniques sur le bout de sa langue.

Débarbouillé, rose du matin, il assistait aux commandements de Juliette sur la cuisine tout entière. Il s'accrochait au bord de son tablier, et du haut de son genou il tendait le cou, curieux, pour annoncer les recettes, contrôler les tournemains, activer les roux, donner de l'énergie aux bras d'une gamine monteuse en neige. C'est vers quatre ans que tomba pour la première fois sur lui, comme la parole divine sur Moïse, la recette de la gougère. Sa mère priait ses ouailles de sortir les pâtes levées, de pousser la chaleur du four à pain. Aujourd'hui on cuisait pour la semaine. Le curé passerait bénir la fournée.

La leçon de la gougère lui fut bénéfique. Il en retint l'essentiel. Il mangea avant la cuisson de la pâte qu'il trouva bonne, intéressante à mastiquer sous la dent. Puis les gamines le prirent dans leurs bras pour lui montrer, dans la gueule du four, les pâtes se gonfler, s'étirer, se souffler, craquer, jaunir et dorer. Il en eut la salive à la bouche. Bougea les pieds, en voulut tout de suite.

– Attends, mais attends donc. C'est trop chaud.

Non, ce n'était pas trop chaud. C'était tout de suite. Alors on en sortit une. Il cria : « C'est trop chaud. » On la fit passer d'une main à l'autre pour la tiédir. On souffla dessus. Enfin il put à son aise la dépiauter, rentrer sa langue dedans pour débarrasser l'intérieur de son fromage. Le Nonnu déchiqueta sa gougère avec délectation comme tout bon Bourguignon sait le faire de naissance.

La nuit calme et la lune pleine le ramenaient parfois vers les ombres étranges aux reliefs assombris du porche. Sorti de sa cave, porte ouverte, il s'asseyait sur les premières marches. L'effraie prenait son élan, se lançait d'une tour à foin. Elle le visitait de ses yeux étranges : les yeux du destin qui scrutent dans la lumière et dans l'ombre. Surgissait un monde à l'intérieur de son monde, et sans qu'il s'en aperçoive sa force s'affirmait, il courait du matin au soir. De la cuisine aux grelines béantes, des lapins inquiets au saint Martin sous le porche, des chemins autour de la ferme, des bœufs attelés aux chevaux puissants...

À la cave il avait nommé chaque enfant dans chaque fût et il leur parlait haut et fort. Il commandait à ces barriques du haut de ses quatre ans. Mais jamais plus, il ne se racontait d'histoires, personne ne lui avait répondu.

Où était Nonnu ? Pâquerette ? Cuistot ? Pourquoi se taisaient-ils dans la pénombre de leurs lits ? Triste, après avoir distribué tous ses surnoms, il s'était senti volé de lui-même. Il voulait qu'on le nomme aussi ! Attendant que l'un d'eux, sorti du sombre liquide, lui apprenne son nom !

Il eut quelques accès de colère. À ce qu'il leur parle et que jamais ils ne lui répondent. Alors qu'il les sentait là. Présents dans l'ardeur de ses jeux et dans la douceur qu'il mettait à leur montrer la merveille du monde extérieur. Pourquoi ne le croyaient-ils pas ? Lui les aimait, et désirait les voir à ses côtés. Il les obligea donc.

Dans un effort il ouvrit Nonnu qui jaillit sur le sol. Un grand muid. Deux cent quatre-vingts litres, plus la lie, se déversèrent dans la cave. Il trempa le doigt dans cette cascade et huma.

Il eut conscience, un instant, qu'il avait commis une catastrophe, quand tout le contenu fut à terre, et qu'il ne vit pas Nonnu apparaître du tonneau comme il l'avait escompté. Il se désola de son absence. Il se sentit très seul et appela Jean à la rescousse. Un muid encore plein dans sa plus grande partie. Point de Jean. Il mit son œil près de la bonde. Il ouvrit Pâquerette… puis Cuistot. Personne. Il essaya aussi sa préférée, celle qu'il avait entendue chanter. Il espéra longtemps, le vin s'échappait lentement. Mais là aussi point de chant. Point de fillette dans la feuillette ! Seul, il était seul dans les vapeurs de vin et dans une réalité qui filait entre ses doigts.

Il pataugeait dans la boue vineuse mais le cœur n'y était plus, les odeurs l'avaient enivré, et c'est les habits tachés qu'il se rendit à la cuisine. Mécontent. Le cœur chaviré. Il alla retrouver maman qu'il n'avait jamais non plus nommée de la sorte.

Juliette le vit arriver, drôlot, l'œil absent, les jambes à la flageole. Elle était seule, c'était le milieu de l'après-midi. La cuisine calme attendait le souper.

Elle le prit dans ses bras, inquiète, devint blanche quand elle comprit à ses vêtements qu'il avait dû se baigner dans le vin. Terrorisée, elle se dirigea immédiatement vers la cave avec lui dans les bras, descendit quelques marches après avoir, dans un pressentiment, refermé la porte derrière elle. Elle ne put se rendre à l'évidence tout de suite. Il y avait bien sûr une forte odeur de vin, mais il fallait le temps que sa vue s'acclimate à la pénombre.

Ce n'était pas une bêtise, ni même une catastrophe, c'était un meurtre. Des meurtres, car au fur et à mesure que sa vision devint plus nette, elle put évaluer la perte. Elle vit sur toute la superficie de la cave un pied de liquide noirâtre sur lequel flottaient des bois et de l'étoupe. Elle aurait voulu remonter les marches quatre à quatre, ameuter la cuisine, plonger les écuelles dans cette soupe… filtrer au torchon, aux copeaux, même si le vin prenait le goût de terre, peu lui importait… Tenter de remettre de l'ordre. Mais les bras lui en tombèrent. C'était impossible, de toute façon, le sol buvait trop vite.

Alors trouver du vin! Elle en aurait volé sur l'instant pour effacer la faute. Elle cherchait toutes les possibilités, aurait même tenté la magie pour revenir à l'instant d'avant cette marée vineuse, ce marécage, cette boue aux effluves tanniques.

Maintenant que tout était presque bu, comment affronter les autres? Les éternels gosiers secs, ces ventrus-vineux, ces fouineux de cave. Le vin, c'était comme la volonté, il en fallait tout au long de la journée. Certains même avaient confondu les deux. Avec le vin, ils se donnaient l'impression du courage qu'ils n'avaient plus en eux. C'était leur réserve. À s'éreinter dès le lever du soleil, ils s'assommaient de piquette jusqu'à la nuit tombée. Il manquerait du vin d'avant vendanges à vin nouveau, lui semblait-il! Comment éviter la haine de tous ces broutefûts accrochés à leur gougoutte? se demandait-elle. Aussi certain que le vin les rendait entre eux, même dans l'ivresse, solidaires contre les éléments, contre la vie dure, contre toutes les sortes de souffrances, dans une étrange confrérie du misérable et du talion, aussi sûrement elle savait qu'ils se ligueraient tous ou presque contre la cuisine et contre les gens de cave. Contre serait leur mot. Peu importe contre qui. Contre serait leur mur et ils s'y adosseraient. Elle en était certaine, à la fin des vociférations, des beuglements, des échauffourées, la haine en majuscule viendrait frapper l'innocent qu'elle tenait dans ses bras.

Par un mouvement imparable, une loi certaine, la monstruosité vient toujours se coller sur le doux, sur l'innocence. La haine est aveugle, mais toujours attirée comme un insecte de nuit par la lumière de la naïveté. Pour survivre, il fallait éviter l'attraction. Ne jamais prêter le flanc!

Jean-Jean, pendant ce temps, avait découvert l'oreille de Juliette et regardait dedans. Pauvre innocent! Mais innocent, l'était-il encore? N'avait-il pas déjà sorti un pied de l'éden, pour le poser dans le siècle et dans la condition humaine? N'y avait-il point de l'humain là-dessous, à sentir Nonnu, Pâquerette et les autres s'évaporer?... Le gosse venait de tuer la magie de son enfance, et sans le savoir, jeté dans les tourbillons d'une cascade, il commençait à descendre le fleuve de sa vie. Bientôt, il se verrait nu. Elle entendait déjà les brutes avinées, les trognes renfrognées, les cauchemardeux à l'extrême, lui réclamer un pichet. Le manque les rendrait furieux. Point de compassion chez ces gens-là.

C'est par le vin que se calmaient les douleurs les plus intenses. C'est par là, dans l'alchimie secrète des humeurs humaines, que le manque de vin viendrait à se changer en sang. Ils auraient l'Eucharistie à rebrousse-poil. Ces pauvres diables, ce qu'ils feraient en mémoire de Lui, les présomptueux, ce serait perpétuer le meurtre. Elle en était sûre. Elle avait déjà vécu ces débordements meurtriers, vu ces pauvres hères victimes d'eux-mêmes devenir des assassins. Elle avait peur. Elle eut peur. D'entendre des pas, et la porte s'ouvrir... Elle écouta plusieurs fois et puis... non ! Elle mit, inquiète, une main sur la bouche du gamin. Oui... quelqu'un... dans la cour... Elle bloqua sa respiration, durcit son ventre malgré elle. Son corps tendu, elle ressentait la cruauté, les coups, le sang, la prison qui allait s'abattre sur elle.

– Juliette ?...

Quelqu'un était devant la porte mais elle ne l'avait point ouverte. Terrorisée, elle se vida sous elle. Il était impossible d'espérer la moindre clémence, même ses entrailles n'y croyaient pas ! Que feraient-ils de son tout-rond ? On parlerait du Malin, d'enfant trouvé, d'enfant perdu, de sorcellerie... Les haines sur vous, ce sont des poisseuses qui vous collent longtemps quand elles se multiplient dans autant d'individus.

Fallait-il répondre à celui qui l'appelait ? Non. L'aurait-elle voulu qu'elle n'aurait pas pu ! Gorge nouée... tremblante... souillée. Fuir ! Oui, voilà. Vite, sans paquets, partir à l'instant sur les routes avec lui ! Ou bien accepter, se courber dans la dignité d'une mère, forcer la porte du maître et s'offrir à son courroux. La reconnaîtrait-il comme la mère de cet enfant ? Ne les séparerait-il pas dans le châtiment ? Alors, combattre ! Oui, mais c'était mentir, car devant la foule il lui faudrait ruser. Inventer des soûlards, des pilleurs, des éventreurs de feuillettes, que sais-je encore, des renards goulus, des pochards venus assassiner la cave dans la douceur de l'après-midi. Trouver un bouc émissaire sans visage !

Elle ne savait quoi, ni qui, ni qu'est-ce ! Combattre ! Non, elle ne se sentait pas assez forte, elle se voyait la victime d'une sentence avant même de la connaître. Elle devenait l'agneau devant le couteau. Les pas s'éloignèrent. On ne l'avait pas cherchée bien longtemps.

Elle sortit par le porche un moment plus tard, après avoir rapidement enfermé du pain et du jambon dans ses poches, pris ses économies. D'un bond elle se retrouva sur le chemin, égrenant un chapelet, psalmodiant une prière, presque à haute voix pour ceux qui la croisaient afin qu'ils ne la dérangent pas.

Le soir, très tard, elle était loin. Elle trouva un grand chêne, et ils s'endormirent, collés l'un à l'autre. Ils firent ce qu'ils purent pour ne pas prendre froid. Quand il se réveilla, il trouva doux d'être blotti contre elle. Juliette dans l'instant fut debout. Le marmot sur la hanche, elle se remit en chemin. Elle lui colla du jambon dans une main. Elle l'appela « mon doux », « ma misère ». Elle pleura des larmes amères, qu'il ne vit pas.

Lui, maintenant juché sur ses épaules, visitait le monde. Il s'enthousiasmait, secouait Liette, montrait du doigt des animaux, du soleil à la cligne de l'œil, du vert spongieux sur du vert tendre. Il s'abandonnait au tangage, au roulis, à la houle piétonnière de sa mère. Il s'accrochait, de son poste de vigie, aux cheveux échappés du chignon. La petite épingle bringuebalait en haut de cette tour coiffée de dentelle. Il posait sa main huileuse de la couenne qu'il suçait par-dessus la tête de son cheval. Il dominait le monde et dirigeait sa mère.

Au début de la matinée, quand il avait indiqué la route à suivre, il se rendait compte qu'elle n'obtempérait pas. Il essaya plusieurs fois de la ramener dans le droit chemin : le sien. Mais rien n'y fit. Las, il lui ordonna d'aller où elle voulait. Voilà comment il la commandait. Comment, juché sur sa mère à la cadence poulinière, le trois-pommes, il se sentait devenir Roi.

La nuit revint deux fois, douce et parfumée, elle et lui dans leurs bras enroulés s'endormaient. Dans la brise fraîche et les odeurs de mai au ciel étoilé. Dans l'eau d'un ruisseau furieux, elle réussit à lui enlever cette sale odeur de vinée qui lui rappelait son cauchemar. Elle rit devant les grimaces de son caneton mis à la débarbouille, ce qui lui fit du bien au cœur.

Le lendemain, courageuse, elle entra dans une métairie pour se louer. On la reçut à coups de pierres. On la traita de fille perdue. Elle dut courir pieds nus, et descendre des ravins épineux pour échapper à deux valets en rut. Quand elle retourna sur ses pas, ramasser son marmot laissé près d'un bosquet, il s'était assoupi. Une mouche buvait à la commissure de son œil.

Un temps elle n'osa plus entrer dans les fermes. Elle achetait du pain, du lait au village, et revenait vite près de son miauleur. Ses absences étaient si courtes qu'il ne s'en apercevait pas. Elle laissait devant lui quelques cerises aigres-douces dénoyautées sur un lit d'herbes fraîches pour le faire patienter. Elle le retrouvait langue rouge, babines retroussées, les mains poisseuses, affairé et sérieux. Elle lui léchait le museau, il se protégeait de ses mains, la repoussait avec des soupirs quand elle s'arrêtait. Alors elle le mordillait au cou et il riait en cascade, il gloussait, ouvrait la bouche si grande qu'elle lui voyait la luette. Il s'époumonait et lui criait :

– Ayette, Liette, Ayette, peux plus !

Quand un bruit d'arrière-gosier, un étouffement de rire arrivait, elle s'arrêtait. Elle se levait et reprenait le chemin tandis que son gamin, collé à son cou, lui donnait du câlin, les yeux voilés d'amour. À continuer, pendant quelque temps sur ces chemins, elle sut qu'elle ne pourrait se placer comme cuisinière avec son enfant. On lui donnait à choisir entre la place et lui. On ne voulait pas de deux bouches à nourrir. Elle décida d'entrer dans une ville, peut-être y trouverait-elle ce qu'elle cherchait.

En matière de rivière, ce que l'homme ne peut traverser d'un bond, il le nomme, et cette eau, surgissant à travers la campagne, avait pris un nom : la Bouzaise. Elle s'était divisée, avait été rattrapée par elle-même, et on lui avait jeté des ponts. Dans les replis de ses eaux s'était nichée, tout en pointes de clochers, en créneaux inutiles, une ville. Toute ronde et fière de ses drôles de chapeaux. Ramenées de Hongrie et de Budapest trois tuiles colorées et différemment vernissées, soit du tiers, la pluche, soit du quart, la plutte, ou de la moitié de leur surface, la pluque, avaient décidé de sa renommée. Elle était belle, Beaune, quand Juliette y entra. Le gosse sur la hanche, elle se joignit aux pauvres, aux gueux, aux haillons édentés, courbés, malades. Elle n'en avait jamais vu autant rassemblés.

En l'hospice des pauvres de Beaune, grâce à Nicolas Rolin et sa femme Guigonne de Salin qui sut continuer seule l'œuvre entreprise à deux, les miséreux étaient soignés sans bourse délier. Il avait dû, dans des circonstances effroyables, faire si froid au cœur de ces délirants sans chaumière qu'ils s'étaient pour certains retirés au-delà des

33

régions connues de toute personne ayant été aimée. Ceux-là n'étaient plus eux-mêmes, mais l'avaient-ils été un jour ? Ils n'étaient plus personne, simples corps devenus corps parmi des corps, elle le sentait bien. Il leur restait, en bouche, des bribes de phrases, des locutions enfantines, des messages contenus dans un seul mot suffisant à dire leur absolue pauvreté et toute l'étendue de leur plainte.

L'incapacité humaine à répondre aux besoins des cœurs rendait pathétique le devoir des religieuses de nourrir des corps et de prier pour la guérison des âmes. Les pauvretés viennent vite et s'en vont terriblement lentement. Pourquoi s'aimer quand on n'est plus personne ? Restent les grimaces de l'amour quand celui-ci vous est inconnu. C'est de là que, malgré rien, l'amour des religieuses les touchait sans qu'ils en aient conscience.

Certains, moins démunis, avançaient vers la distribution en racontant des histoires qui leur avaient déjà servi à recevoir double ration. La roublardise, les regards pleureurs et les lippes quémandeuses, tout ce qui pouvait apitoyer y passa. Bien sûr à voix basse, parce qu'il ne fallait pas trop se montrer avant de chercher sa pitance. Juliette reconnaissait les pitreries touchantes qu'on lui avait servies, deux mois auparavant tout au plus, à la fenêtre de sa cuisine. À certains arguments qui lui apparaissaient bien ficelés et pleins de désir de vie aujourd'hui, elle aurait alors versé une larme. Dans cette file, elle-même sentait le début d'un espoir car ces mensonges, ou vérités échangées lors de cette attente piétinée, instauraient un rapport nouveau entre ces gens dans les quolibets, les rires, de savoir qu'ils mangeraient bientôt et qu'enfin pour un instant, au milieu de cet attroupement, on faisait partie d'une communauté reconnue, celle des pauvres.

Enfin, elle se tint près de la table où l'on distribuait le pain. Les religieuses lui firent bon accueil. Le marmot, voyant les miches empilées l'une sur l'autre, se crut revenu à la cuisine; il leur tendit les bras, hurla de plaisir, secoua sa Liette à tout va, en salivant dessus. Il était sa faim entièrement. Il eut droit à un morceau pour tout de suite et un morceau à la patience qu'il rongea immédiatement dans les bras de Juliette, pendant qu'elle trouvait à s'asseoir, sur les marches en face du petit côté de l'hospice. Elle y resta longtemps, Dodu s'était endormi le ventre plein, collé contre elle. Dans son odeur, il avait trouvé le sommeil rapidement. Comme à son habitude, elle lui passa longuement la main dans les cheveux et sur la nuque. Calme, les yeux dans le vague, il avait lâché prise doucement. Rêveur, il s'était abandonné puis était revenu très vite revisiter le monde, voir si rien n'avait bougé. Le toit coloré, les petits croisillons boisés de la coursive, la cour pavée, la douceur de la lumière persistèrent sous ses paupières frémissantes et pourtant closes. Puis il s'envola, sûr qu'il était d'être protégé dans le douillet des habits de Juliette. Il laissa tomber sa menotte potelée, paume ouverte sur le bleu du ciel, sa tête calée par un pli de tissu, jambes repliées...

Bravement, à une sœur qui traversait la cour, elle demanda :

– Je suis bonne cuisinière. Mettez-moi à l'épreuve. Ensuite, peut-être pourriez-vous me recommander à un bourgeois de la ville ?

Toujours elle demandait son travail. C'était son devoir. La sœur, souriante d'avoir pu encore une fois nourrir tout son monde, répondit :

– Nous donnons ici ce que nous recevons. Aujour-
d'hui, il ne nous reste presque rien après la distribution.
Revenez demain !

Juliette lui prit les mains.

– Avec un peu de rien, à l'économie, je saurai vous préparer quelque chose qui aura du goût. Ma bourse est vide.
Si je sors de la ville, comment payer l'octroi pour revenir
demain ?

Entendre parler lui donna soif au petit. Entre deux éti-
rements, l'œil encore ensommeillé, il demanda :

– Liette, j'ai soif, Liette. À boire, Liette.

– Venez, on va lui trouver un bol de lait, proposa la
sœur.

Elle lui montra tout ce qu'elle possédait. Sur une table,
une queue de cochon, du fromage et, dans un coin attendant la charrette, un énorme tas d'épluchures de légumes
divers. On donna du lait au marmot, qui se sentit très vite
chez lui dans cette cuisine.

– Les feux sont encore en braise, cela ne vous coûte pas
de me laisser tenter quelque chose, sauf un plat pour vos
pensionnaires ce soir.

– Que voulez-vous cuisiner avec ça ? lui répondit sœur
Catherine en montrant le pauvre tas d'épluchures.

– Un plat de rien du tout ! répondit-elle.

– Allez, faites votre rien du tout et mangez-le après.
Mais finissez avant les cloches, sinon vous verrez les gens
de cuisine revenir.

Heureuse, Juliette retroussa ses manches. Le plus
urgent était d'activer les braises sous les deux marmites.
Pendant qu'elle soufflait sur les cendres, dégageait les
tisons, redressait les brindilles, elle demanda au gamin
d'apporter les épluchures près de la table. Marmot les
prenait à pleines brassées. Il y en avait de toutes sortes,

36

mélangées. Des pelées d'hier encore vivaces, des fraîches sur le dessus, des pelurettes jolies, mais aussi des épluchées de l'avant-veille qui seraient ravies de retrouver l'eau. Juliette était à l'affût des véritables cadeaux offerts au tas d'épluchures par les pelureux, des variétés d'épluchettes qui allaient du vraiment bon à l'excellent, de l'excellent au succulent, et à l'excellent-succulent.

Elle cherchait ce laissé par inadvertance, elle jaugeait dans ses doigts le manque de dextérité des mauvais couteaux, les oublis par distraction ou bien franche rigolade. Elle évalua ce qu'elle pouvait en espérer : gratté délicatement, cela lui ferait une belle épluchade. Hop ! Les brassées arrivaient par le marmot, et très vite elle comprit comment s'agiter les mains pour travailler ces pelures. Elle les râpa de l'intérieur avec une promptitude exemplaire. Restait alors le fin du fin, le meilleur. Les coups de génie en cuisine ne sont souvent pas dus aux génies de la cuisine, mais plutôt à des ratés magnifiques, des mélanges rares, incongrus, ou bien encore à des désespoirs rendus furieux par l'imminence d'un déjeuner important. Ce qu'elle tentait là, c'était un acte de survie. Juliette devait inventer une nouvelle façon de cuisiner le légume. Elle n'avait pas grand choix. C'était une experte du torchon à essuyer et du couteau à éplucher.

Mais, pour l'instant, elle improvisait. Qu'est-ce que cela donnerait : une rafistolade à petite cuisson ? Ou alors à gros bouillons une brouillée qui croquerait encore sous la dent ? Rien n'était sûr, et pourtant elle réussirait, car le sacré du légume, ce n'est pas dans son cœur qu'on le trouve, mais juste après sa protection. Derrière sa peau, il hume, il désire, il goûte le soleil, il devine la terre, l'air et la pluie, alors que le cœur de chaque légume est un endroit sombre, enfermé. Là, derrière sa peau, frémissent, tressaillent encore les émois du temps qu'il a fait jusqu'à sa maturité. C'est son âme, sa fenêtre sur l'azur, sa rencontre avec le dehors, sa prière secrète.

En une heure, elle avait préparé une marmite entière de légumes frais, joyeux, qui vous parfumaient toute la cuisine. Elle s'était dépêchée.

De ses poches, ramenées des bords de l'Aigue, des herbes sauvages sortirent et furent jetées à brûle-gargouille dans la marmite. D'une poignée de graines très dures, écrasées au pilon, une farine colorée de pourpre et d'orange vous aurait donné un goût de «reviens-y» à n'importe quoi. D'une vieille couenne, qu'elle avait conservée au cas où son quatre-pouces ferait de la dent, elle découpa un peu de gras qu'elle jeta dans un poêlon. Elle glissa la queue de cochon dedans, pour la saisir. Et là, elle fit une chose à peine croyable pour qui la connaissait : elle goûta. Son avenir était en jeu. Sa bouche voulait savoir. Les légumes sur son palais donnaient du craquant, du croquant sur le dessus, du fondant dans le dedans. Elle sut immédiatement qu'elle recommencerait à les préparer de cette manière. Dans les grandes occasions, chez les très riches, elle pensa même qu'elle ferait éplucher par des novices et reprendrait elle-même les épluchures afin de pouvoir cuisiner, comme elle venait de le faire, le divin du légume.

Cette respiration végétale qui s'échappait de la marmite, dévala furtivement l'escalier et, secourue par un tourbillon de vent, remplit la cour de l'hospice. À mettre le nez au vent de la cuisine, en Bourgogne, on met la bouche dans le plat assurément. Dans leurs pensées, deux nez-en-l'air montant l'escalier à la poursuite d'une conversation toute théologique entrèrent négligemment dans la cuisine, reniflèrent et restèrent là à regarder

38

Juliette arrêter les feux, de peur que cette légèreté se réduise en soupe. Elle mit dans une écuelle un morceau de queue de porc avec ses légumes et son marmiton, assis près de la cheminée, fit aller et venir ses mandibules… En la voyant le servir, les deux compères voulurent en être… Juste une louchette, ça sentait si bon. Deux autres nez allongés en quête des premiers, paraît-il, longèrent les murs et suivirent eux aussi les effluves jusqu'à la porte.

Juliette ajouta une assiette, puis une autre pour les quatre nez fleurettes qui arrivaient derrière… Puis, le bec jovial, contents d'être de la partie, d'autres encore s'attablèrent et réclamèrent une louchette dans une écuelle. Juliette refusa. Cette marmite attendait les malades. Elle désirait maintenant que l'on appelât sœur Catherine.

– Pourquoi la déranger ? lui dirent-ils.

Eux-mêmes étaient de la maison, elle serait d'accord. Vite on voulait de l'écuelle remplie sur la table.

– Ah non, dirent-ils, étonnés qu'on leur résistât. Allez la chercher vous-même ; pendant ce temps, nous on va le garder, votre chaudron !

Elle tint bon, mais un peu plus tard c'est toute la troupe cuisinière qui voulut entrer, et poussa, et joua des coudes jusque devant la table qui protégeait Juliette des saliveux endiablés. Ils trouvèrent devant eux une femme, une louche à la main, défendant leur marmite déjà pleine et un gamin attablé.

Pendant qu'elle tentait de leur expliquer la situation sous les quolibets, certains voulurent se faufiler sous la table pour atteindre la marmite. Ils se retenaient les uns les autres dans une belle pagaille, évitant ainsi le pillage. Enfin les aides-cuisiniers, ayant tout compris, voulurent eux aussi qu'on leur remplisse le gosier.

Comment donc ? Elle refusait ! Pourquoi donc ? Ah !
C'était pour les malades ! Mais la charrette du soir était
arrivée dans la cour, on montait déjà les victuailles, les
malades seraient nourris. Cette femme n'avait quand
même pas l'outrecuidance de les remplacer dans leur cuisine. Libérons la marmite puisque, de toute façon, on en
aurait besoin.

– Non ! refusa Juliette. Sœur Catherine, c'est elle qui
doit dire.

– Pourquoi pas quelqu'un d'autre ?

Juliette, fatiguée, eut tort d'acquiescer :

– Trouvez-moi quelqu'un qui dirige !

– C'est moi, lui dit un, cuillère à la main.

– C'est lui, c'est nous, dirent les autres, et nos écuelles
attendent.

Tout devenait bousculade, remous, quolibets sans fin.
Juliette tournait la louche au-dessus de sa tête, si bien
qu'on ne savait plus si c'était pour s'en servir à donner du
légume ou du bâton. La belle cacophonie patoisante !
Tous bêlants, bouches béantes, voulaient de la marmite.
Les nez allongés en redemandaient, les premiers trouvaient qu'ils n'en avaient pas eu assez. Tous voulaient passer en premier lors de la distribution, tous disaient qu'il
fallait en finir, racler le chaudron, que cela ne servirait à
rien d'en laisser. Sans oublier le Jean du Cochon, les
doigts dans l'assiette, qui regardait sa Liette courroucée
défendre sa potion.

– Encore un peu, Liette, j'en veux !

– Ah, pardi, ce n'est pas le moment, mon petit.

– Oui ! Oui ! Lui d'abord. Après c'est nous, leur répondit l'écho.

Suivit, dans le tohu-bohu, le brouhaha et la cohue,
l'apparition du chef de cuisine. Un rondelet qui voulait

lui aussi se faire une opinion. Il goûta à la promesse qu'il fit d'appeler une religieuse. Pour Juliette, l'urgent était de voir apparaître l'autorité. Bref il goûta. C'était merveilleux. Jaloux, il se referma comme une huître, déclara que le Roi dans la cuisine, c'était lui. Il voulut renverser le chaudron immédiatement et sortir *manu cuisinari* cette femme. Il s'y essaya. Juliette hurla, la louchette tournoya, le marmot cria, sœur Catherine entra, suivie de toute l'autorité ecclésiastique. Et le calme réapparut. Les premiers arrivés redescendirent l'escalier à la promesse d'une petite louchette plus tard, les deuxièmes aussi, les troisièmes plus coriaces n'en démordaient pas. Puisque les premiers étaient partis, on leur servit une écuelle en catimini. Sœur Catherine ne désirait point goûter. Elle avait peur du péché de gourmandise. Elle s'y résigna pourtant puisqu'elle devait décider du sort de ce plat. Elle en reprit deux fois et dit une prière entre. Un grand moine blanc goûta aussi. Il appela Juliette « Madame » immédiatement. Il fut décidé qu'une louchette serait versée à chaque malade sur ce qu'il devait manger ce soir, préparé par le cuisinier habituel. Celui-ci demanda la recette. Il voulait l'entendre à voix basse. Mais Juliette s'exécuta à la cantonade.

– Comment appeler ce mets ?

– Un ragoût d'épluchures ? Ce n'est pas très beau à se glisser dans l'oreille, nous pourrions trouver mieux pour saluer l'eau qui nous viendra en bouche quand nous verrons arriver ce plat. Je propose un ragoût d'épluchées !

– Pourquoi donc, reprit sœur Catherine, donner le nom du ragoût à tout ce qui se cuit ? Le ragoût c'est la mode. Le ragoût c'est partout, on le sait, mais ce mélange, cette cuisson, cela mérite une invention : un salmigondis d'épluchettes me paraît plus attrayant.

– Bravo ! Bien trouvé, dit le cuisinier. Comment vous prénomme-t-on ? demanda-t-il à sa consœur.

– Juliette.

– Alors pourquoi pas une Juliette à la queue de cochon ? poursuivit le roitelet.

Elle refusa de mêler son prénom à une œuvre dont elle ne se sentait pas l'inventeur mais plutôt la dépositaire. Être en cuisine, pour Juliette, c'était être en amour, c'était donc la cuisine qui s'exprimait tout en elle.

– On veut qu'elle reste, laissez-nous-la, s'écrièrent les troisièmes nez revenus fureter du côté du chaudron.

– Dehors, sortez, aouste et raouste !

Enfin le roitelet exerça son autorité. Le temps de marmitonner était venu. Les aides-cuisiniers regroupèrent les intrus au milieu de la pièce et on les poussa tendrement vers la porte... Ils s'injurièrent bien un peu, mais une fois dans l'escalier chacun se tourna le dos, et retourna à ses occupations. Sœur Catherine prit l'enfant par la main, il l'avait un peu collante de ce qu'il avait dégusté. Le moine suivit et ils emmenèrent Juliette dans une petite salle de Dieu, à l'écart, pour l'entretenir.

Le moine blanc s'exprima ainsi :

– Madame, Dieu vous a donné à la cuisine une place de choix. À Gilly-les-Cîteaux, dans la résidence d'été de l'Abbé, vous pourriez rendre bien des services. Vous seriez entourée de personnages de grande virtuosité et, pour votre part, je crois que vous pourriez créer merveille aux légumes.

Juliette sourit. Ce matin elle était prête à n'importe quelle cheminée d'arrière-cour, elle aurait fait cuire n'importe quels vieux os dans n'importe quelle bassine, et la voilà presque devenue première légumière chez un abbé. « Aller à maître » dans une abbaye, c'était plus qu'une récompense. Le marmot, assis, bien calé sur les genoux de la sœur, nourrissait des impatiences dans ses chevilles. Elles allaient et venaient, tricotaient l'air et cognaient malencontreusement par intermittences les mollets de la religieuse. Il devait « avoir les fourmis » ou bien encore le « verduriot ». Se sentant toute confiance dans ces lieux, il aurait voulu voyager entre les piliers de cette jolie salle, peut-être même la lumière du dehors l'appelait-elle par la porte entrebâillée. Il ne l'avait pas vue beaucoup sur sa peau aujourd'hui. Il voulait s'essayer les gambettes à la course en criant au loup si possible.

Depuis trois mois qu'ils dormaient à la belle, il avait pris du poids, de la rondeur et de la couleur aux joues. Juliette était parvenue à le préserver des rigueurs du temps. Bien soigné, propret toujours ; grâce à une aiguille et un fil, elle avait pu repriser son habit serré par endroits, là où il avait grandi.

– Comment s'appelle-t-il ? demanda la sœur en tentant de le calmer d'une caresse dans les cheveux.

Juliette ne pouvait esquiver la question.

– Je ne l'ai pas… C'est un enfant trouvé.

– Ce n'est pas le vôtre ? dit la sœur surprise.

– C'est le mien, je l'ai élevé mais je ne suis pas sa mère.

– Comment cela ? demanda le moine soucieux. Vous l'avez élevé jusque-là ? Vous lui avez donné un nom ?

– Je n'ai pas osé, répondit Juliette.

– S'il n'en a pas, reprit la sœur, c'est qu'il n'est pas baptisé.

– Il est dehors Dieu s'il n'a pas reçu le sacrement du baptême, reprit le moine embarrassé.

– Notre curé lui a donné sa bénédiction plusieurs fois en attendant ma décision. On devait, il devait… mais c'était à moi de dire.

— Madame, dit le moine, un enfant ne peut rester ainsi pendant quatre ans.

— Un enfant sans Dieu au-dehors de cette salle, c'est un enfant du Diable, dit la religieuse.

— Mais non, ma sœur, j'attendais que sa mère revienne.

— Le baptême et le nom vous revenaient, il me semble, reprit le moine.

— Une femme qui abandonne un enfant très vite ne revient pas le chercher !

— Cet enfant n'est pas à vous ! Il n'est pas à Dieu. Il vit comme un sauvage. Sait-il une prière au moins ?

— Nous récitons le *Pater* matin et soir, répondit Juliette.

— Je vous propose de rentrer demain avec moi à Cîteaux. Je dois en référer à notre abbé. Nous n'accepterons pas dans notre communauté un enfant dehors Dieu. Je ne sais ce qu'il est possible de décider. La règle de notre bien-aimé saint Benoît est muette sur ce cas, lui dit le moine.

Juliette pensa avoir un joli talent de cuisinière, pour que ce moine ne la sermonne pas plus. Comme le marmot continuait à gigoter dans tous les sens et que rien ne pouvait plus se dire ou se faire, tous partirent là où le devoir les appelait.

Le soir descendit sur la tranquille ville de Beaune. La brume courut sur ses rivières. Les églises firent carillonner leurs cloches. L'histoire de cette journée s'acheva pour les layots, les layottes et leur progéniture. On distribua une louchette à chaque malade, pauvres gueux échoués sur les grabats, fracassés de la vie, gisants, agonisants dans cet endroit qui était leur chez-eux. Il y en eut pour tous et leurs yeux s'éclairèrent, leurs cœurs se réchauffèrent. Ils eurent un peu de bonheur ce soir-là. Ils burent aussi un vin de Vougeot, don des moines de Cîteaux à l'hospice.

Pas un seul moribond ce soir-là ne s'en alla rejoindre les cieux. Avec aussi bonne pitance, la mort patienta trois jours. La nuit fut douce, la lune glissa, joufflue, autour des tuiles vernissées, elle s'amusa avec les figures géométriques de ce toit, qui scintillait sur le visage du gamin endormi contre sa Liette. Ils avaient préféré se loger près d'une fenêtre, eux dont l'habitude était de s'endormir à la belle étoile.

À l'aube, dès que les premiers oiseaux chantèrent, on les réveilla, on les pressa, leur donna un peu de pain avec du fromage. Ils grimpèrent dans une charrette et prirent le chemin des fougères et des grands chênes.

Il y eut des conversations dans les couloirs. Elle attendit avec l'enfant qui s'était endormi dans ses bras. Elle conversa longtemps avec le moine cellérier venu lui confirmer qu'elle avait sa place dans les cuisines de l'abbaye. Puis, à nouveau, on vint lui parler du Jeannot. Dans un murmure, on lui souffla la décision de l'Abbé. Elle tapa du pied. C'était cruel et inespéré pour elle comme pour lui. Elle ne savait ni lire ni écrire, alors on lui lut la règle de saint Benoît la concernant. Elle commençait ainsi :

« Des personnes voulant offrir un fils à Dieu le présentent au monastère. Les parents rédigeront la formule s'engageant dans l'oratoire à garder la stabilité des mœurs monastiques et l'obéissance. Ils rédigeront cette promesse en forme de pétition au Nom des Saints dont on possède les reliques avec mention de la présence de l'Abbé. Ensuite le novice appose sur la charte sa signature et la porte de ses mains sur l'autel. Pour les enfants en bas âge, on enveloppera tout ensemble l'oblation, la charte et la main de l'enfant dans le voile de l'offrande portée sur l'autel : tel est le rite d'oblature. »

C'est sur l'autel de la chapelle Saint-Edme qu'une femme brune rondelette, avec une jolie épingle dans ses cheveux, tendit la charte devant l'Abbé, qui solennellement déclara en le baptisant :

— Cet enfant trouvé, confié aux bons soins de Juliette par Dieu... s'appellera Marie car, pour avoir survécu sans baptême tout ce temps, c'est que sa mère du ciel l'a protégé. Comme il est né sous un porche où saint Martin le veillait, nous l'appellerons Martin, Marie, du Porche.

La cérémonie fut courte. Juliette demanda :

— Aurai-je le droit de le revoir ?

— Venez aux offices, il y sera. Mais pas avant Pâques. Il faut qu'il s'apprivoise. Voici notre lettre pour la cuisine. Nous nous y reverrons.

Dodu la chercha. Elle pleurait, essayant de soulager sa peine. Elle aurait cette douleur en elle, maintenant. Il la chercha dans les couloirs déserts. Il chercha Liette et visita Cîteaux pendant qu'elle pleurait devant des chaudrons. Il l'espéra. Il patienta. Il pensa qu'elle reviendrait. Elle pensa revenir. Elle revint un soir devant la grande porte sous les arbres. Mais elle repartit sans avoir entendu sa voix, comment l'aurait-elle pu, l'abbaye était si grande.

Aux regrets, aux bouffées d'un cœur en larmes, ne resterait bientôt qu'un petit menuet d'enfance... Il sentit de l'amour serré en boule au fond de lui.

— Tine la Liette, Tine, criait-il.

Mais de Liette, il n'y avait plus. Il s'enfermait seul dans ce chant très doux, se berçait affamé de l'amour qu'il avait reçu.

— Tine, Liette, Tine, disait-il doucement dans ce quelque chose qui s'écoulait encore, dans ce que lui laissait son

46

ange gardien pour finir cette vie et en commencer une autre.

– Juliette, prononça-t-il encore.

Ce fut la première fois qu'il put dire son nom en entier et pourtant elle ne vint pas comme il pensait l'avoir mérité. Il pleura. Il pleura si fort qu'il en gela à pierre fendre dans son corps. Derrière un rideau de larmes, les yeux fermés, le petit vit l'image de Juliette disparaître à jamais dans une foule de sans-visage. Il l'avait perdue. Parfois, il tentait de se la rappeler. Mais rien ne venait. Le gosse était devant un trou noir béant. Il tombait recroquevillé, froid. Il attendait, emmuré, presque plus vivant. Il ne mangea pas durant plusieurs jours. On le coucha sur une paillasse. Il dormait les yeux ouverts, prostré.

Le chemin qu'il emprunta fut difficile, quand la porte du cloître se referma sur lui, laissant sa mère à l'extérieur. Du haut de ses presque cinq ans, ce petit être s'effilocha comme une tapisserie abandonnée dont on aurait oublié de nouer la trame. Il pleurait sans cesse. Il se détricotait l'âme et c'est à un fil de rien que tint sa vie : d'une légère caresse sur sa tête, quand un moine pressé le bousculait, d'une cuillerée de plus dans son bol le matin, mais surtout du froissement de l'étoffe sur son dos quand on se penchait pour le servir et qu'il ressentait un frisson d'humanité lui parcourir l'échine, ou bien encore de la trace imaginaire que les doigts d'un moine laissaient sur la peau de son front, le soir, quand il le signait d'une croix avant qu'il s'endorme.

Une mère, la confiance vitale qui se dégage d'elle, vous donne un destin. Elle lui manquait. Elle avait été son empreinte, ses pas, sa vie : il devenait son absence. Il en cherchait des miettes d'amour partout où il le pouvait.

Dans sa chasse à la câlinette furtive, il tentait de grimper sur les genoux des moines, grandes gueules blanches, humbles et taciturnes. Il se pendait à leur cou… Eux, devenaient rouges… timides de ce contact physique ou, bien que la moutarde leur montât au nez, vous la remettaient à terre, sur-le-champ, cette petite sangsue, dérangés par un amour de ce monde alors que le leur en était sorti.

Après de longs pleurs, le long des couloirs obscurs, traînant les pieds, il prit l'habitude, errant, perdu, de suivre les moines dans leurs prières. Au début, comme eux, il s'agenouillait, joignait les mains, fermait les yeux et les ouvrait vite pour regarder les autres, à la dérobée. Comme cela durait longtemps, une prière de moine, il rêvait au retour de sa mère, il s'imaginait comment elle le retrouverait, elle qui l'avait perdu.

Chemin faisant il pria pour que la vie de Juliette fût moins pénible que la sienne. Sans lui, pour elle, c'était peut-être plus dur que sans elle pour lui. Puis il sentit l'amour qui les réunissait quand il priait. Ses prières furent remplies d'une mélancolie profonde, et c'est de là que le marmot s'envola rejoindre l'amour des moines dans leurs extases. Il en conçut un goût prononcé pour la solitude.

On conduisit tous les matins à la bibliothèque ce bambin tondu, haut de trois pommes, habillé en novice, robe de bure et sandales. On le collait sur une chaise haute devant un pupitre et il s'élançait à l'assaut de la lecture et de l'écriture. Tout était jeu pour lui, quand il oubliait l'absence de sa mère. Il dessinait, à la plume d'oie plutôt, des chemins sinueux et craquelés, des éraflures enluminées de petits pâtés noirs. On lui donna de la badine, il en fut étonné. Il continua de dessiner comme il le voulait : on lui administra la cinglette, ce qui eut pour conséquences immédiates qu'il apprit la ligne droite, horizontale et verticale, qu'il enferma une grande partie de son imaginaire et qu'il développa des colères immenses contre la baguette autoritaire qui lui martyrisait le bout des doigts. Il découvrit à cette époque, bien malgré lui, qu'à être plus sérieux on a moins de déboires avec l'autorité.

Juliette aurait voulu un retour au désert. Vivre « à la cabane », dans du bois enchevêtré, du feuillage, de la mousse, seule avec le marmousiot. Pourquoi n'avoir pas choisi ce chemin, se demandait-elle ?

Cuisine maudite ! Maudite éducation qui lui avait fait préférer la bure pour son Jean-Jean !

Quant à la cuisine de Gilly, elle n'en voulait pas, elle était restée dans l'abbaye, mais côté layot. À deux pas du mur d'enceinte de son enfant. Aux marmites, aux chaudrons, à gratter l'attaché, le brûlé, le restant collé, l'entrecuit et le roussi. Qu'un chaudron soit culotté, certes, mais qu'une génération de claque-du-bec n'ait jamais rien astiqué, c'était trop ! Il fallait y aller au chasse-clou, à la gouge. La pauvre perdait son temps, elle ne pouvait montrer ses talents. Elle s'ennuyait ferme dans la cuisine, les yeux rivés sur la porte, attendant par je ne sais quel miracle la venue de son petit peton.

Elle avait essayé d'éplucher les légumes… On lui avait ri au nez. C'était de la cuisine à la va-comme-je-te-cuis. Du c'est bon, c'est pas bon, c'est pareil. À peine lavé, tout filait vite au chaudron jamais retiré des feux. Vite trempé, vite court-bouillonné, le tout avec les pelures. Ce qui remontait à la surface, on vous écumait ça, et hop dans la soupe. Le reste… aux poules. D'ailleurs pourquoi faire des efforts, puisque ceux qui mangeaient là ne mangeaient pas, ils se goinfraient, ils s'empiffraient. Le goût ? Quelle importance ? Ils ouvraient leurs bouches et engloutissaient. Tout pour les canines, rien pour les molaires. Ici, on assassinait ce qu'on avait dans son assiette. L'œil de Caïn sur l'écuelle d'Abel. Ici, on avalait à gosier ouvert entre un *Pater* d'avant ripaille et un *Je vous salue* rassasié, roteux.

Elle avait l'âme à se laisser faire. Elle compta les jours… les semaines. Elle imagina le revoir à la messe carillonnée de Pâques. Elle en rêvait debout. La nuit, elle sortait, rôdait près du mur, et murmurait des douceurs. À Pâques, elle se mêla à la foule. Elle ne le vit pas. Une année passa, puis quelques autres… Elle l'aperçut, de loin, en procession avec d'autres moines. Elle le trouva pâlot. Ce jour-là des larmes lui revinrent doucement. Elle les essuya… L'avait-il oubliée ?

Les moines s'occupaient de son amour maternel devenu prière, mais il n'arrivait pas à s'inscrire dans la réalité de l'abbaye. Rendre service, travailler dans la règle communautaire, il ne savait comment. Alors, naturellement, il balaya autour de son pupitre et on le chargea de nettoyer sous tous les autres et dans l'endroit réservé aux enluminures. Là il conservait la poussière d'or, les chutes de cuir en lanières roulées, les couleurs coulées sur le parquet chêne sombre où s'enchâssaient des tomettes ocre. Ensuite on lui donna son balai, sorte de fagot, tout en tiges encore frémissantes accrochées autour d'un morceau de bois taillé au couteau. Avant d'en changer le manche puisque maintenant, à se courber dessus, il s'éreintait.

Dans ce temps-là, si on demandait à Martin ce qu'il ferait plus tard, il vous disait : moine, enlumineur, balayeur.

L'histoire de Martin à Cîteaux aurait pu être des plus simples sans un accident qui révéla son véritable sens. Vers l'âge de dix ans, alors qu'il donnait comme à l'accoutumée du balai sur les dalles du cloître, entre les moines qui déambulaient, têtes encapuchonnées, revêtus de leur coule ou bien, suivant les travaux qu'ils effectuaient, de leur scapulaire, un aide du moine cellérier le conduisit dans un endroit qu'il ne connaissait pas.

Martin, balai en main, descendit lentement, marche après marche, saisi par le calme qui montait de ce lieu. Il sentait une odeur âcre de forêts humides et d'humus particulier. Il humait des senteurs chaudes et molles pareilles à certaines, ramenées les soirs d'automne, dans un orage, par un vent violent venant d'un lointain inconnu. Des vendanges ou des parfums de cuisine ? Une quiétude étrange emplissait ce lieu comme si des myriades de silence s'étaient agglutinées aux parois pour amplifier encore cette impression de recueillement. À s'y tromper, il aurait pensé à une crypte nouvelle, un cimetière monacal. Mais pourquoi se sentait-il chez lui ?

En bas des marches, la lumière vacillante des torches donnait des reflets agiles aux piliers des voûtes et à l'alignement régulier des barriques. Il n'eut guère le temps de contempler, qu'on le mit à l'ouvrage, à nettoyer autour et sous les fûts, à préparer la place pour d'autres. En haut, des hommes tiraient maintenant sur des cordes passées dans leur dos pour retenir le fût qui glissait sur deux planches et commençait à descendre, lentement, sur d'autres hommes arc-boutés contre la barrique pour la retenir.

Une ombre immense se pencha sur Martin, une grande gueule avec de grandes oreilles poilues, et l'œil dans l'œil lui parla d'un souffle aviné :

– Soif, Moineau ? Moi, on m'appelle Goulefoin !

Avec sa tignasse il pouvait nettoyer la voûte de la cave et sa langue paraissait si grosse et si longue et si ruminante qu'elle aurait pu manger du foin !

Martin, impressionné, se laissa coller un gobelet dans la main. Chaque moine travailleur buvait son hémine de vin par an, mais les novices n'en recevaient pas.

– Bois, c'est du «Richebourg».

Ce fut la première fois qu'il eut conscience de boire du vin. Il claquait son palais. C'était bon. C'était plaisant. Ça lui rendait la langue joyeuse.

– Du «Plantin», pas du «Richebourg», Goulefoin, reprit le novice.

L'autre museau se releva du visage de Martin, alla vers le fût qu'il avait soutiré, frappa dessus du plat de la main.

– «Richebourg», c'est le premier fût descendu.

Comme pour se rassurer, il frappa encore dessus :

– Le premier «Richebourg», le deusse «Plantin».

Martin, en s'approchant, lut l'erreur : «Richebourg» était le second.

– Mon frère, lui dit-il, «Plantin», c'est écrit là sur le premier.

Il pointa son doigt : deuxième, «Richebourg», troisième, «Massières Basses», quatrième, «Puis Merdrot».

– Hé, Moineau, «Richebourg», je t'avais dit. Viens en prendre, il y a du «Richebourg» dans ma pichette. Prends mon coquelet, t'es blanc, ça te donnera de la couleur. T'as besoin, c'est morbifuge…

Et il partit d'un rire à triple gosier, ventru, sonore de la plus sainte espèce. Martin but. C'était doux, caressant les papilles au début, avec une couverture d'odeurs mousse. Maintenant et en dernier, sur toute la surface de la langue, un goût lointain de fruits éclatés.

L'autre vineux se dit : « Finie la déguste à l'aveugle. » Avoir près de lui un moinillon qui savait lire allait lui ouvrir d'autres horizons. Il le prit sous le bras pour un tour de cave.

– Et là, c'est quoi ?

Sur le cinquième fût de la rangée, Martin lut : « Es Echesaux. »

– Goûtons, dit son encercleur, et il débonda.

Le gosse but encore. Maintenant sa bouche s'était faite. Il s'aperçut qu'à retenir plus longtemps la gorgée, la distribution des arômes en était plus complète. Boire, c'est-à-dire avaler, n'était pas le plus intéressant. Retenir le liquide, le filtrer, jouer dans la bouche avec les saveurs tendres amenait plus de plaisir. Avaler, et ensuite, dans cette absence liquide disparue de sa bouche, des bouquets fragiles et éphémères s'étageaient et mouraient devant la salive envahissante. Tout était ruiné et il fallait recommencer.

Ils visitèrent « Le Cloux », il était exactement marqué « Vosne le Cloux ». Martin goûta avec Goulefoin. Le vin était d'un rouge profond, d'une suavité exquise, d'un bouquet aux floraisons subtiles. Un quartaut de ce qui plus tard devait devenir « Romanée-Conti ».

Après avoir fait quelques tours, à la navigue, on fit une station dans ce chemin de cave. Le rouleur cala Martin entre deux barriques. « La Tâche » à sa gauche et toujours « le Cloux » à sa droite car, dès qu'on le goûtait, tout le monde lui couvait sa futaille.

Les layots venus d'en haut, près des charrettes, descendaient l'escalier de pierre encore encombré des planches ayant servi à glisser les fûts. Ils venaient eux aussi se rafraîchir d'un bon vin. Tous s'exprimaient bruyamment, dans une langue difficile pour Martin qui ne parlait que latin et français. L'idiome, le patois, cette manière de bouche bourguignonne lui résonnait dans les oreilles comme une langue presque étrangère. Les autres quand ils l'écoutaient le regardaient comme s'il avait été marquis.

Les moines avaient lâché leur ouvrage quand la cloche avait sonné l'heure de la prière.

Pendant ce temps de relâche, le gosse examina avec curiosité les flammes des torches et observa, fasciné, un léger décalage entre leurs lumières vacillantes et le bois accroché au pilier. Le pilier aussi bougeait. Son regard n'arrivait plus à se stabiliser. Curieux même comme les fûts autour de lui... bougeaient. Il en était là de ses déductions bachiques quand Goulefoin se tourna vers lui :

– Moineau, toi qui sais lire, dis-nous, celui-là, comment c'est-y qu'y s'appelle ?

Et l'enivreur de moinillon lui tendit un pichet d'un joli rubis sombre. Martin but. C'était, lui semblait-il, « Echesaux ». Il le lui dit. Cette suavité couchée, longue dans sa bouche. Naturellement l'autre, estomaqué, n'en crut pas ses oreilles et rameuta les copains dispersés dans la cave. Il donna au gosse un autre pichet d'un autre vin sans le nommer. Les layots, les gueules de fûts y allaient de leurs commentaires, se repassaient le nom du cru de bouche à oreille et attendirent le verdict de Son Éminence, marquis moinillon à cheval sur une barrique. Ce petit goût en arrière du palais en fin de gorgée, c'était « Plantin ». Sûr « Plantin », ma foi... il en reprit deux fois.

Son rouleur préféré voulut lui en servir encore, après tout il l'avait mérité, paraît-il !

Mais Martin fut soulevé de sa monture par un moine caviste attardé pour l'amener à la chapelle. Le moine le serra contre lui une partie de l'office. Le petit tanguait ferme. Il fallait le soutenir du capuchon. Mais à la fin d'une prière, le moine se signa et le gamin lâché s'effondra dans un bruit impossible de prie-dieu renversé. Tous se retournèrent. Si quelqu'un, en le relevant doucement, avait collé son oreille à la bouche de Martin, il aurait entendu des mots merveilleux soufflés de son intérieur profond. Des mots qui n'auraient rien dit aux personnes de son entourage, des mots qui n'avaient aucun sens sauf à vous les dire… : Nonnu. Jean-Jean Cuistot.

Ramassé par une main ferme, Martin fut déposé sans ménagement à l'entrée de l'église. Il avait la cuite grandiose. Affalé contre un pilier, la capuche sur le nez, il ne réagit nullement lors de la sortie de toute la communauté.

Dans la nuit enfin, il bougea, tenta plusieurs fois de se dresser. Il sentait son crâne ouvert comme une vieille besace éventrée, sa langue sans salive, un vrai désert qui vous appelait l'eau. Il marcha comme il put jusqu'à une fontaine. Ainsi le vin donnait cette impression étrange où plus rien n'allait droit, pas même le paysage. Il eut peur de rester dans cet état. Assommé de fatigue, de maux de tête, de maux de cœur, il s'endormit au pied de la fontaine. Pour soigner sa pépie plus rapidement, il restait près de l'abreuvoir.

L'affaire fit grand bruit dans la communauté. L'Abbé, au sortir des prières, voulut être informé des circonstances exactes de cet outrage. Il convoqua sur-le-champ ceux de la cave. On vit arriver tout un peuple de faces gracieuses, goulus vermeils, nez à la taupe, incorrigibles farceurs fanfaronnants. Bien sûr personne n'avait rien vu, sauf ceux qui étaient là. Mais ceux-là ne voulurent pas parler. Alors ceux qui n'avaient rien vu parlèrent à leur place. Si bien que tous finirent par raconter une histoire entendue de la bouche même de celui-là qui n'avait rien vu. Ensuite, ceux qui avaient vu, et qui maintenant entendaient n'importe quoi, finirent par s'expliquer. Non ! On n'avait pas fait boire le novice ! Ce qui ajouta un peu plus aux mensonges pour éclairer la vérité. Ce moinillon n'avait pas besoin de boire. Il avait un don. Enfin, c'était sûr, paraît-il… C'est ce qu'ils avaient entendu dire par Goulefoin qui, lui, détenait la vérité entière.

Goulefoin, dit «la Goulette», étant la petite pierre angulaire de cette histoire vineuse, on le manda : il n'était pas là. On pensa qu'il avait pris la poudre d'escampette. On le chercha. Goulefoin fut trouvé, près d'un tonneau. Non ! Il ne s'enfuyait point. Il travaillait de la pichette. Jamais il ne se serait douté que le moinillon avait été aussi ourlé.

Il fut amené devant l'Abbé au milieu du champ, là où les affaires des layots étaient jugées.

Goulefoin, en marchant, fit cheminer ses pensées, soupesa le pour, vérifia le contre, se posa lui-même des questions inquiétantes pour voir s'il pouvait y répondre. Arrivé au centre des débats, agenouillé devant un parterre de moines, il leur raconta une histoire merveilleuse pour les uns, un tas de billevesées pour les autres.

C'était très joliment trouvé. Personne ne pouvait y croire mais tous auraient bien voulu. À l'entendre, point d'offense ! Plus d'ivresse, plus de boisson ! Un miracle ! Un don de Dieu découvert par Goulefoin lui-même. Peut-être d'ailleurs était-ce un événement que l'on ne pourrait plus jamais voir. Mais lui l'avait vu. Et, si cela se reproduisait, toute la chrétienté comme lui pourrait en témoigner.

Goulefoin prit beaucoup de respire et dit d'un ton solennel :

– Le «novice» Martin – tiens mais il n'est pas là celui-là, pensa-t-il en reluquant l'assemblée – reconnaît les vins par le nez. Il ne faut surtout pas lui en donner à boire car c'est une petite taste-vinette, remplie du quart de la moitié d'un fond, juste renversée tout à fait accidentellement dans son gosier, qui l'a mis dans cet état ! Pensez donc, monsieur l'Abbé, à pouvoir sentir le vin aussi bien par les deux narines, Dieu ne lui avait pas permis d'en boire.

C'était intelligent et le rouleur voyait, grâce à ce stratagème, la punition qu'il aurait dû prendre s'éloigner quelque peu. En résumé, il fut écrit par le moine greffier sur parchemin une sentence qui fut criée immédiatement devant l'assemblée.

– Au dire et à vérifier : le Sieur Goulefoin, rouleur de futailles à Cîteaux, prétend que Dieu protège Martin, moinillon, des égarements bachiques de la bouche par le nez.

Mais, hélas, pas d'une punition corporelle ! L'Abbé, dans sa mansuétude et par l'autorité dont les moines l'avaient investi, ordonna selon la règle de saint Benoît une série de coups de pied au cul bien bottés par un moine commis à l'office. Il punit Goulefoin pour avoir provoqué l'accident du taste-vin renversé involontairement dans le gosier du gamin, et Martin pour l'ivresse qui en résulta.

Ils accueillirent avec dignité ces secousses le lendemain, dans une arrière-cour, seuls, fesses à l'air, leur botteur récitant une prière. Les coups retentirent sur leur derrière chacun son tour. Martin eut besoin de tenir la main de son compère pendant que le moine lui envoyait des *Pater Noster* en pleine lune si fort qu'il faillit tomber plusieurs fois.

Martin, la colère lui monta au nez, de sentir son postérieur rougir. Était-il responsable ? Avait-il délibérément cherché à outrager la communauté ? Bien sûr, il était interdit d'être ivre dans l'enceinte de l'abbaye, il comprenait maintenant pourquoi, sa tenue en attestait. Mais comment pouvait-il le comprendre avant ? C'est-à-dire quand se soûler ne représentait rien d'autre pour lui qu'un verbe à conjuguer sur un parchemin. Il n'avait pas été tenté, il ne s'était pas senti soumis à la débauche, tout juste avait-il bu une autre boisson que l'eau, et son corps avait été rempli d'ivresse. La colère montait en lui. C'était injuste, et une furieuse envie d'affronter la loi de l'Abbé le prenait.

Au matin du huitième jour, après cette cuite céleste, il y eut confrontation. On fit descendre Martin à la cave. Il resta seul avec le moine cellérier, un aide et Goulefoin que l'on avait gardé à l'intérieur des murs du cloître tout ce temps. L'Abbé, dans sa grande clairvoyance, ne voulant pas laisser planer un doute sur l'échec patent qu'il pressentait, avait préféré attendre que les mauvaises humeurs de la bouche et du nez liées à l'ivresse de son novice eussent entièrement disparu. Si Dieu lui parlait par le nez, on le saurait.

Le cellérier demanda au rouleur de fûts de préciser les circonstances sans lesquelles le miracle n'aurait pas eu lieu.

Goulefoin y alla de son histoire, il décrivit assez bien les événements jusqu'aux marques blanches sur les fûts. Après, beaucoup moins sûr de lui, et devinant sa fin prochaine, il prit un pichet, versa un liquide dedans, et le tendit à Martin comme le moine cellérier le lui demandait. Goulefoin, dont tous les regards évoquaient soit le lointain de l'ivresse quand il avait bu, soit la joyeuse malice qui l'habitait quand il allait boire, avait cette fois-ci l'œil écarquillé sur la bouche du Moineau et attendait son verdict. Martin, le nez au pichet, sortit par la bouche n'importe quoi :

– « Plantin » !

Ouf ! C'était « Plantin ». Les autres se regardèrent ahuris...

« Un coup de la chance », pensa Goulefoin, heureux, qui s'envoya une rasade de « Plantin ». Le cellérier lui ravit des mains la pichette, vida le restant dans la futaille et, poursuivant sa quête, alla chercher au fin fond de la cave un liquide qu'il connut par le nom inscrit à la craie sur le tonneau.

Au nez de Martin s'ensuivirent des arômes légers, une finesse délicate qu'il aurait voulu goûter en bouche. Ses papilles le lui demandaient furieusement. Mais il n'avait même pas le droit de tenir le pichet. Alors que dire ? Autant « Plantin » lui était venu sans réfléchir, autant ce vin-là ne lui évoquait rien. Il pouvait mentir mais à quoi bon ? Goulefoin se tortillait la gueule pour l'aider à sortir un nom que lui-même ne connaissait pas.

– Je ne connais pas, dit Martin honnêtement.

Le visage du moine cellérier se réchauffa de satisfaction. Enfin plus de miracle ! Goulefoin s'arracha les sourcils pour trouver dans sa cervelle une réplique qui le sauverait d'une autre punition plus grave.

– Ce vin-là, c'était quoi donc ? demanda-t-il hautain, au cellérier rayonnant.

– « Aux Bussières. »

– Mais, mon moine, le petit, il n'en a jamais rien senti, de celui-là, alors comment voulez-vous qu'il le connaisse ? Le nom, il ne peut pas le dire puisqu'il ne l'a jamais entendu, ni à l'oreille, ni par le nez.

– De Dieu, Goulefoin ! De Dieu, le nom il aurait pu l'entendre. Droit du ciel : la saveur et le nom en une seule fois.

– Certain, cellérier, Dieu sait tout, il est au courant, sûr il connaît « Aux Bussières », il sait la place, la vigne, le jus qui coule. C'est certain. Mais Moineau, que Dieu a créé aussi, il faut qu'il sente le vin, qu'on lui dise le nom, et après Dieu lui souffle.

– Et pourquoi pas avant ? C'est là qu'il y aurait miracle, et tu nous dis l'avoir vu, Goulefoin !

– Oui, mais non, enfin c'était comme presque. Sauf votre respect, mon moine. Dans la mémoire du nez du gamin, Dieu assemble d'abord le nom du lieu avec le goût du cru et hop, il sait. Ensuite…

L'aide lui coupa la parole et vint à son secours :

– Dieu a voulu que le nez de Martin reconnaisse les vins qu'il a déjà reconnus une fois au moins à la bouche.

– C'est cela, dit Goulefoin, soulagé.

– Et toi, Martin, qu'en penses-tu ? demanda le cellérier perdu.

– Je n'en sais rien. J'apprends en même temps que vous.

– Je ne peux me prononcer, je dois en référer à l'Abbé, dit le cellérier en remontant les marches de la cave.

Aussitôt parti, Goulefoin entreprit de faire lire des noms et boire du vin au petit, mais l'aide l'arrêta tout de suite. Il fallait attendre. Alors le Goulefoin se calma avec une pichette du « Cloux ». Ah ! « Le Cloux », décidément, on y revenait. Il le fit sentir à Martin. Mais l'aide en colère s'opposa encore à ce qu'il lui dise le nom.

Goulefoin tournait en rond. Il se demandait comment le gosse, malgré tout ce qu'il avait pu dire, pourrait emmagasiner tous ces noms, il trouvait la tâche impossible. Dans son œil malin passa une idée : le laisser tomber. Il y aurait encore un jugement. Il risquait de perdre son travail et sa vie, c'était être près des fûts, les déboucher, les soutirer, les rouler et y goûter le plus souvent possible. Le gosse s'en remettrait. Lui, ce n'était pas certain.

L'Abbé arriva, la tête ailleurs, soucieux d'autre chose. Il était venu seul, à la rapide. Pas de cérémonie. Avec l'aide du moine cellérier, il fit poser dix pichets préalablement nettoyés sur une planche. Goulefoin, le cellérier et son aide allèrent chercher les vins. À Martin on donna le nom des dix, et à chaque fois il les sentit. C'était simple. Puis ils changèrent l'ordre des pichettes. Martin fut mis au début de la file. Il n'avait pas le droit de soulever les pichets car ces noms étaient inscrits dessous. Il humait le premier, quand Goulefoin voulut dire un mot pour se disculper. Mais l'Abbé le lui interdit d'un geste, ce qui se révéla excellent pour le rouleur car le gamin au premier pichet dit :

– « Richebourg ».

On vérifia de suite. L'aide-caviste souleva la pichette et déclara :

– « Richebourg ». Et la deuxième ?

– « La Tâche », annonça Martin, devenu fébrile, ne sachant plus s'il devait se tromper sciemment, dire la vérité, tellement il était effrayé de lui-même, de ce qu'il sentait advenir malgré lui.

Il était écrit « La Tâche », comme le moine cellérier le lut. En soulevant la pichette, il en renversa sur lui. La Goulette lui aurait bien léché la soutane.

61

Martin, en avançant dans la rangée, dit « Plantin », et « Plantin » il y eut. Il annonça « Puis Merdot », « Massières Basses » et ils y étaient. Il osa « Le Cloux » et tous furent effarés.

Au septième, ce fut plus dur, lui semblait-il. Ce qui était simple jusqu'à maintenant devenait plus subtil. Devait-il prendre le risque de se tromper ? Non ! Puisque cela lui était donné par Dieu… Il demanda, très ému :

– Pourriez-vous me permettre de mouiller un doigt dans ce vin ?

L'Abbé autorisa cette trempette dans la pichette. Ce qu'il voyait lui semblait déjà tout à fait extraordinaire. Moineau sentit son doigt et posa une goutte sur sa langue, ce qui lui permit de renouer avec une saveur brisée, une dentelle craquelée, c'était le premier qu'il n'avait pas bu.

– « Aux Bussières », annonça-t-il.

Le moine cellérier lut « Bussières ». Goulefoin s'écria :

– Ce qui lui vient dans la bouche, la mémoire de Dieu lui souffle par le nez.

Le moine cria :

– Et le contraire est vrai. Ce qu'il sent, la mémoire à la bouche lui revient.

Goulefoin :

– C'est le diable, ce gosse !

Le moine cellérier et son aide se signèrent. Pendant que l'Abbé, les mains jointes, regardait perplexe le gamin qui, à la pleurniche, leur répondit :

– Je ne sais rien de ce qui m'arrive. J'ai peur de moi-même, hoquetait-il. Je suis perdu. Est-ce cela devenir grand ? Voilà qu'on me juge, on se signe à mon passage, on me botte le postérieur et je sens la révolte gronder en moi.

Il reprit en larmes :

– Innocent, quand j'ai bu du vin, j'ai fait connaissance avec une partie de moi-même. On me punit pour cela !

L'Abbé l'interrompit :

– Même soûl, c'est encore toi qui agis !

Le petit respira longuement et reprit :

– Peut-être, mais celui qui vous parle en ce moment ne s'en souvient pas. J'ai médité depuis. Je me suis rappelé Adam, le Paradis et la Pomme et quand il la croqua, et qu'il s'est vu nu. Eh bien, moi, j'ai bu, et plus rien ne sera pareil.

Les trois moines s'esclaffèrent. Goulefoin, après un moment d'hésitation, se mit au diapason. Amusé, l'Abbé questionna Martin :

– Ainsi tu penses que Dieu donne à travers toi une version du péché originel !

– Oui, répondit le gosse en larmes. Sans cesse sommes-nous chassés du Paradis ?

– N'est-ce pas plutôt l'homme qui en est sorti de lui-même en une seule fois ? reprit le cellérier.

– Mais, quand j'ai bu, c'était la première fois, je ne pouvais savoir… pour l'ivresse !

– Le gosse a raison, reprit Goulefoin. Faut-il interdire le bon boire à ceux qui ne le connaissent pas ?

Les moines s'amusaient, ce qui énervait Martin :

– Pourquoi rire ? Je ne comprends pas, n'est-ce pas encore recevoir un peu de ces coups de pied non plus au cul mais à l'âme ? Pourquoi Dieu me sépare-t-il de lui ?

L'Abbé reprit :

– Reconnais que si, comme tu le penses, Dieu te sépare de lui, il te donne la possibilité de connaître son vin.

Il ajouta :

– Voici ma décision. La cave sera ouverte au novice Martin pour qu'il étudie les climats, et enrichisse son palais. Goulefoin lui est attaché pour l'aider quand il le souhaitera.

Puis, s'adressant au cellérier :

– Martin ne devra pas boire. Il goûtera comme il l'a fait devant nous. Seulement au doigt et au nez.

Passant la main sur la tête du gamin, il reprit d'un ton plus affectueux :

– Pour répondre à tes questions sur le Paradis, je te verrai dans la solitude et le recueillement, autant que faire se peut, tous les premiers jeudis du mois. Mais pour l'instant je vous propose de nous agenouiller et de dire une prière, pour que Dieu chemine à travers nous.

Goulefoin s'arrangea, dans la pénombre, pour faire cheminer un peu de la dernière pichette à travers lui aussi.

La nouvelle courut chez les layots. Le gosse de Juliette, il a un nez qui, s'il renifle le fût, vous dira le nom du tonnelier qui l'a construit ! Faites-lui mâcher du tonneau, ou de la vieille douelle, il saura les noms des crus qui ont dormi dedans, même au temps de leur jeunesse cerclée !

Ah, les diables ! Tous auraient voulu que le gosse leur reconnaisse n'importe quoi au nez ! Le cellérier, pour expérience, lui colla des pétales de rose mélangés pour qu'il les reconstitue. Il eut droit aux légumes, à toutes sortes de fruits, jusqu'à l'écœurement. Mais il fallut se rendre à l'évidence, son nez était uniquement attiré par le divin jus !

Juliette entendait... toutes sortes d'histoires. Mon Dieu, mon Dieu, il avait recommencé... le têtu, dans une cave d'abbé ! Comment allait-elle le sauver cette fois ? Pourquoi lui donner de l'éduque à ce gamin si c'était pour qu'il se colle des cuites ! Mais en tendant l'oreille, il lui semblait que tous les mensonges, toutes les histoires racontées à table par les commis, les jardiniers, les rouleurs de futailles, par tous ces avaleurs de ragoût, se terminaient bien. Le gosse, les moines le choyaient. Goulefoin, le chêne roux qui mangeait au réfectoire, devint sa préférence. Aussitôt elle lui donna double ration; le cajola de l'estomac, le câlina de la chopette. Monseigneur du goulot, s'il ne vit rien au début, très occupé qu'il était de revêtir sa nouvelle notoriété, petit à petit ne fut plus insensible aux avances culinaires de Juliette. Quand elle lui raconta son histoire, il fut tout fondu de l'intérieur. Parfois, sachant qu'il passerait l'après-midi avec son marmot, elle lui refilait des gougères, qu'elle avait cuites à la dérobée.

Martin s'en délectait sauvagement, les miettes cachées dans les grandes manches de son habit.

– C'est ta mère qui t'envoie ça, marmonnait Goulette le rouquin.

Sa mère, ça lui disait bien quelque chose mais, dans la lunette astronomique de ses dix ans, il y voyait flou.

– Une cuisinière! Enfin, tu ne te rappelles pas?

– Si, un peu, disait-il pour faire plaisir mais plutôt pour le goût des gougères!

Le gosse y voyait surtout avec le nez. Aveu embarrassant. Goulefoin était déçu. Il aurait pu lui proposer des senteurs de Juliette dans des tissus qu'elle aurait portés, cela n'aurait servi à rien. Toutes ses odeurs de mère avaient filé à la cave et, s'il les cherchait mieux, elles s'effaçaient devant les senteurs culinaires ou des tanins discrets. La Goulette n'osa rien dire à la Juliette. La double ration, et puis l'affection qu'il portait à tous, l'empêchait. Alors il brodait:

– Il t'embrasse... Oui, il a tout mangé!

Les semaines passèrent, il fut dans l'obligation de mentir, à la légère certes, mais constamment. Elle s'en apercevait parfois et mettait ça sur le compte de la quantité de vin qu'il ingurgitait. Les après-midi passés avec le gosse, il les arrosait fort, le Goule.

Maintenant, les chaudrons reluisaient de l'extérieur, et chaque jour dans une eau claire elle jetait à la sauvette des herbes. Si l'un de ces affamés avait pris le temps de déguster, il aurait poussé un « hum » de contentement. Mais lui et les autres le pouvaient-ils ? Harassés par toutes sortes de travaux, ils n'avaient même plus conscience de leur corps. Ils dormaient et mangeaient vite, travaillaient longtemps. La conjugaison de ces trois verbes suffisait à leur existence.

L'Abbé, quand il résidait à Cîteaux, ne dérogeait point à sa promesse, au contraire. La fraîcheur d'esprit du novice le charmait, et il l'invitait à sa table. Martin découvrit l'usage de la fourchette et du couteau et devint quelqu'un de respecté dans la communauté. Certains moines, à cause de ces entretiens, connurent le péché de jalousie. Visiter l'Abbé en tête à tête n'était pas si facile. L'abbaye, en sa qualité de chef d'ordre, c'est-à-dire mère de toutes les autres abbayes du même ordre, comptait cent vingt mille livres de revenu. Elle possédait cent cinquante hectares d'étangs poissonneux, cent vingt hectares de vignes dont cinquante dans le clos de Vougeot. Au total plus de neuf mille hectares en terres, prés, bois. Si au début du XIᵉ siècle Cîteaux ne régissait que peu de serfs, au fur et à mesure des dons et legs de terres et de vignes qu'on lui fit pour gagner plus vite le Paradis, elle installa des villages de layots sur ses possessions. Bras nécessaires aux travaux. Pêcheurs, paysans, vachers, jardiniers, charpentiers... travaillaient pour l'abbaye. Le tout en train d'être magnifiquement représenté dans l'*Atlas* de Cîteaux, ouvrage qui, terminé, contiendrait quarante-deux planches grand in-folio sur parchemin. Les moines enlumineurs le concevaient à la bibliothèque et Martin y posait les yeux quand il donnait du balai.

Goulefoin, tout ce temps, dorlotait sa rente. Grassement entretenu, il portait le gosse sur ses épaules et l'autre, devenu grand voyageur de cave, désignait les fûts qu'il voulait humer, sous l'œil attentif de l'aide cellérier qui notait, surveillait comme il le pouvait la pichette de Goulefoin et le doigt de Martin. Le cellérier, conscient du talent du gosse, fit venir par charrettes les vins des lieux-dits lointains, même les confins de coteaux vinrent à lui. Les jours sans nouveauté, le gosse... révisait ! Ainsi, sans sortir de la cave, il connut plus de six cents climats. Pour se souvenir mieux, il retranscrivit sur un livret, dont il relia lui-même les feuilles, les climats reconnus auparavant. Il réalisa son petit atlas, une enluminure des lieux-dits de toutes les possessions de Cîteaux, et d'autres encore, avec le nom de tous les villages. Il rêvait de les visiter. Pour confectionner son bréviaire de coteaux, il utilisa des restes de cuir, les poussières de couleurs, quelques bractéoles qu'il glanait sous les tables quand il balayait dans la bibliothèque. Il enfermait dans de petits parchemins pliés des copeaux de vermillon, des sciures de terre de Sienne, ou de la terre d'ombre brûlée... Il put colorier ainsi « Les Tellières » à Fixin, « Au creux du Tillet », à Petit-Auxey, il dessina sur la bordure un tilleul, comme leur nom l'indiquait. À l'aide d'une sanguine, il pointait le climat et reportait sa couleur sur l'index et en notait le nom. Ici il dessinait quelques plumes, c'étaient des oiseaux : « Champs Perdrix » à Nuits, « Les Corbeaux » à Gevrey, « Les Caillettes » à Aloxe. Là des noyers, le tronc marron avec une seule feuille verte, il en coloria quantité. «Les Noirets», «La Nouroy», «Les Noriets», «Les Noirots», «En Nôyons» : de Gevrey à Pommard, le noyer nourrissait les côtes. Des ruisseaux que lui indiquaient les moines, d'une pointe fine il griffait les côtes en un dévalé de bleu. Le Rhoin au-dessus de Savigny rongeait ses rives au bois de Terre-Blanche, l'Avant Dheune, à Pommard, caressait la vigne «Aux Arvelets». Il notait, coloriait les côtes de mille détails appris de son nez pour se rappeler d'une vendange à l'autre la rugosité et les longueurs en bouche.

Tous les jours, des nouveaux arrivaient à l'abbaye, des sacs à la misère, des grogni-grogna, l'air en dessous, fatigués avant d'avoir commencé. Ils travaillaient un peu, quelques jours, quelques semaines. Au passage ils se requinquaient le corps, et repartaient. La sueur ne leur faisait pas peur, mais ils voulaient voir ailleurs. Artisans de la pierre et artisans du bois, ils prenaient leurs guenilles et s'en allaient, pendant que d'autres, longeant le ruisseau, venaient les remplacer.

Juliette passait sa vie au réfectoire, depuis que Goulefoin lui donnait des nouvelles. Elle s'était mis dans l'idée que, peut-être, avec la complicité du rouleur, elle pourrait rencontrer son gosse. La Goulette n'était pas chaude. Le gamin semblait ne pas éprouver les mêmes sentiments et, de toutes les façons, il était rigoureusement interdit à une femme de pénétrer dans le cloître et à un novice d'en sortir.

– Cherche un moyen, je suis sûre qu'il y en a un !

Goulefoin cherchait surtout à se protéger des ennuis, pour ne pas se retrouver à la soupe grisette ! Il ruminait des solutions. Il pouvait sortir le gamin, le coller dans un sac sur son épaule, le rouler dans un fût! Après tout, le gosse pouvait être aussi choqué en revoyant sa mère, hurler, que sais-je ?

— Et si je te le montrais de loin ? Je pose une bonne échelle le long du mur, tu grimpes. Moi, de l'autre côté, je te l'amène. Mais tu promets de ne pas lui parler ?

— Et si quelqu'un me voit ?

— Mets trois œufs dans ta poche, dépose-les sur le mur. Si on te demande pourquoi tu es perchée, tu diras que tu chasses les œufs !

Juliette ne voyait pas d'inconvénient à cette stratégie, Goulefoin non plus, elle fut adoptée. Restait à convaincre le gosse de se promener de ce côté le moment venu. Et, pour cette petite manœuvre, encore fallait-il libérer les poules du poulailler, leur galoper après, faire du raffut.

Hélas, l'imprévu rôdait. Quelque temps auparavant, un traîneux, un museau de chien errant avait flairé la bonne chair. Juliette, il l'avait connue, elle ne s'en douta point. C'était l'un de ceux que l'on ne remarque pas, mais qui voit tout. Moitié œil de Judas, moitié œil de la poule sur le vermisseau ! Il ne percevait le monde qu'ainsi : ses yeux étaient ses chaînes.

Il avait pris son temps avant de retourner chez ceux de la ferme d'En Haut. Le maître, qui n'avait pas oublié cette année sombre, ni celle qui avait suivi, dévala les collines, contourna Beaune, et se colla le menton contre celui de son ancienne cuisinière. La jolie pagaille dans la cuisine ! Il s'était fait accompagner d'un sergent et d'un autre homme en armes, il montrait des papiers demandant l'arrestation immédiate. Un aide-cuisinier chercha le moine cellérier qui, devant l'ampleur du débat et pris à la gorge, pensa laisser Juliette aux mains de la justice, autant dire au pilori ou à la roue. Elle, courageuse, fit front du mieux qu'elle put.

– Pourquoi ce serait moi, et pourquoi venir si tard ?

– On a interrogé tout le monde là-haut ! Sauf toi, tu t'es enfuie le jour de la catastrophe, lui hurla dessus son ancien maître qui visiblement n'avait gardé aucun souvenir des bons plats qu'elle lui avait préparés. Le gamin, où est-il ? C'est lui qui a ouvert les fûts ?

– Non, c'est moi, répondit Juliette.

Il ne lui demanda pas pourquoi. Elle n'aurait su lui répondre.

– Nous voulons interroger ton gamin. Même si tu avoues, nous l'emmenons quand même avec toi, reprit-il, rendu un peu plus furieux par ces aveux faciles.

– C'est impossible, répondit le cellérier, l'enfant appartient à Cîteaux, il est novice. Il nous faut l'accord de l'Abbé.

C'est alors que Goulefoin survint, le nez au vent de la marmite, prévenir Juliette qu'il lâcherait les poulettes le soir. Il se plaça près d'elle au cas où un mauvais coup partirait, son visage ouvert au mystère, il tenta de comprendre ce qui se disait. Comme rien ne rentrait de très cohérent dans ses oreilles... il y alla à la hussarde.

– Mais Martin n'a rien pu faire, il était avec moi cet après-midi !

Personne ne trouva drôle cet élan de sincérité. Mais il avait permis au cellérier de réfléchir et de tenter une parade :

– L'Abbé est dans son château de Gilly, je vous propose de nous rendre là-bas.

– Avec le gosse, je veux aussi le gosse, reprit le propriétaire des futailles démolies.

70

On prit le chemin, les hommes armés entourant Juliette. On laissa le gosse. Le cellérier parla en messes basses avec l'Abbé qui comprit vite le désastre.

À son habitude, l'Abbé utilisait une stratégie avant de rendre son avis. Elle avait l'avantage de ne pas le mêler aux débats, ce qui évitait toujours les griefs à son encontre. Il colla l'homme de la ferme d'En Haut dans une pièce, Juliette dans une autre, les épées devant sa porte pour leur donner de l'importance. Puis il les fit attendre. Les esprits se rafraîchirent naturellement devant la solennité des lieux. Ensuite, il envoya un de ses secrétaires dans chaque camp poser une question des plus banales. Il ouvrit le bal avec : « Où et quand se sont produits les faits ? » Les secrétaires devaient s'en tenir aux questions, et prendre un air entendu indiquant qu'ils préparaient le terrain avant de transmettre à l'autorité.

Pendant que l'Abbé visitait son potager, les réponses revinrent. On voulut lui en faire part, il éluda :

– Contentez-vous de poser fidèlement les questions et d'écrire les réponses. Vous alternerez vos visites à chaque passage ! Je ne veux pas qu'ils s'habituent à vos têtes !

Les questionneurs patentés retournèrent et retournèrent pendant que l'Abbé, dans ses allées, s'émerveillait devant les légumes. Ce lieu l'enchantait, ces allées bien droites, ces verdures bien alignées. Ah ! si les pensées de l'homme avaient été comme ce jardin !

– Faites-moi poser un banc de pierre ici sous le lierre et je viendrai m'y asseoir chaque fois que je rentrerai de ce maudit parlement de Dijon, dit-il d'un air accablé aux questionneurs revenus en même temps. Alors, messieurs, nous avons dépassé la vingtaine, nous allons pouvoir aboutir. Lisez-moi maintenant en bloc ces réponses, non, non, pas celles de la cuisinière, elles n'ont que peu d'importance !

Celui qui avait la feuille en main s'élança :

– À la ferme d'En Haut, près d'Orches côté Saint-Romain, au mois de mai, on a retrouvé, vidés par la cuisinière Juliette et son petit, trente-cinq muids d'excellent vin...

– Reconnaît-elle les faits ? interrogea l'Abbé.

– Oui, répondit le deuxième copiste, à condition que son petit ne soit pas condamné avec elle.

Voilà bien les femmes : leurs maris pêchent, elles les dénoncent ! Leurs enfants tuent, elles prennent leur place sur la potence, pensa l'Abbé.

– Combien avoue-t-elle avoir vidé de fûts ? Et la raison ?

– Vingt. Et un coup de folie, lut un des deux secrétaires.

– Bien, bien, rédigez s'il vous plaît, nous en savons assez !

– « En notre Abbaye de Cîteaux, nous... » Vous mettrez les formules... « donnons vingt et un muids de vin ».

Il s'interrompit :

– Qu'a-t-il dit sur la qualité de son vin ?

– Il dit « excellent ».

– « Vingt et un muids de vin qualifié d'excellent par le cellérier de Cîteaux, reprit l'Abbé, à la ferme d'En Haut, à la condition qu'elle abandonne toute poursuite à l'encontre de la femme Juliette... » là vous mettrez son nom...

– Elle n'en a point !

– Alors vous mettrez : « La Sans Nom. » Je reprends : « Toute poursuite à l'encontre de Martin du Porche, enfant trouvé, novice à Cîteaux, doit être aussi abandonnée. » Faites-lui signer cet engagement, qu'il vienne chercher son vin à vendanges prochaines dans nos caves du château de Meursault, il y sera.

– S'il refuse ?

– Pourquoi voulez-vous qu'il refuse vingt et un muids, c'est-à-dire quarante-deux barriques de vin, contre une tache de sang sur une place ? Est-il encore énervé ? Si c'est le cas, faites-le attendre ! Pour Juliette, vous écrirez une reconnaissance de dettes, où elle s'engage à consacrer sa vie à la cuisine de Gilly, ou à rembourser en une seule fois sa dette.

Puis, s'adressant particulièrement à celui qui ferait signer Juliette :

– Présentez-vous à elle après que l'autre a paraphé chaque clause, et que le document soit indestructible devant les hommes et parjure devant Dieu.

Les deux plumes et leurs encriers s'apprêtaient à partir, quand l'Abbé les rappela :

– Prenez trois de ces jeunes potirons avec vous, un pour chaque garde, le troisième vous le donnerez à la cuisinière, quand elle aussi aura signé. Je verrai ce soir si la mère de notre Martin est aussi bonne aux fourneaux que lui pour la futaille.

Au dîner, elle lui servit des perdreaux dodus au beurre de potiron. Elle attendit le retour du plat, soigneusement nettoyé de sa potironnade. À part, dans une jolie assiette de Moustiers, étaient disposés les os. L'Abbé, comme un oiseau de nuit contenté, avait construit sa pelote. Avec un seul plat, en un seul service, elle avait conquis la cuisine de Gilly.

Martin, pendant ce temps, coloriait des rochers. Il s'était pris d'affection, à la cave, pour « Les Ruchottes », celle du bas à Gevrey, celle du dessus à Savigny, et aussi « Les Grandes Ruchottes » de Chassagne. Il attendait le lendemain ; Goulefoin voulait le promener dans le jardin du cloître, lui faire respirer des simples, et gober des œufs à la sauvageonne sur le mur.

Le rouleur de fûts était resté à Cîteaux, il allait musarder dans les cuisines, cherchant des informations. Ce ne fut qu'une semaine après le drame qu'il vit arriver un commis de cuisine de Gilly, un nommé Grandballant à cause de sa taille peu commune et de sa démarche débonnaire, les bras chargés de gougères. Martin s'en empiffra, Goulefoin aussi, l'aide-cellérier les aida un tantinet. Juliette avait réussi à convaincre les moines de l'utilité de cette douceur fromagère sur le palais de l'enfant.

« Comment lui dire, au gamin, comment lui parler de ces fûts vidés il y avait plus de cinq années, alors qu'il ne reconnaissait plus sa mère », pensait Goulefoin. Un soir, il partit rejoindre Juliette. Elle fut heureuse. Elle lui raconta toute l'affaire en détail.

– Comment va-t-il ? Sait-il pourquoi je n'ai pas pu le rejoindre ? Il doit être malheureux, le pauvre… Les gougères ! Les avez-vous reçues ?

La Goulette ne savait que répondre :

– Oui, il va bien, oui, les gâteaux lui ont fait grand plaisir et à nous aussi !

– Mangez, mangez, il y a tout ce qu'il faut dedans !

Juliette le croyait, pour elle le reste allait de soi.

– Est-il sérieux dans ses études de moine ?

– Oui, aussi sérieux du goupillon qu'il l'est du picheton, le moinillon !

– Dis-lui qu'il ne s'en fasse pas pour les barriques. Mais peut-être a-t-il oublié ? Dis-moi, Goulefoin ?

Le rouleur tanguait d'un pied sur l'autre :

– Oui, il a oublié… répondit-il ennuyé.

– Tant mieux. Et moi, m'a-t-il oubliée, il aurait pu aussi ?

– Penses-tu ! Le gamin me parlait de toi ce matin même, près des fûts !

Le rouquin, il se débattait comme il pouvait avec ce gros mensonge d'affection qui lui sortait de la bouche.

– L'accord est bon, reprit-elle. Rester ici est agréable. Dans trois ans il sera moine, il sortira du cloître, je le verrai souvent. Si l'Abbé a donné vingt et un muids de sa cave, c'est que le petit compte pour lui ! C'est rassurant ! Son nez nous a sauvés.

La Goulette rentra ce soir-là plein de résolutions. En chemin il se disait que, si le gosse ne se souvenait pas de sa mère, il allait lui en donner le goût. On allait voir ce qu'on allait voir.

Dans l'ombre d'une chapelle en face de l'autel, des paroles confuses, ou plutôt des bruits de bouche, presque inaudibles, et pourtant à écouter on devinait quelques poèmes, quelques refrains psalmodiés. Il y avait du rythme dans ces chuchotements : une prière certaine mais d'aucune forme humaine proférée, semblait-il.

La nuit avancée s'étalait dans tous les reliefs de cette architecture sombre. Le murmure cessait et le silence redevenait parfait. Ce lieu avait été prié depuis l'aurore de l'humanité. Dieu, sa présence, l'idée que s'en faisaient les hommes, était partout. Les prières de tous ceux qui, morts et vivants, gisants et debout, continuaient de se parler par cette bouche de silence. On sentait ces labiales massives, incessantes, abruptes, soulevées par tous les vents qui avaient soufflé sur ce versant du monde.

Il y a dans la prière quelque chose de borné et de magnifique. Prier, c'est accéder d'une manière simple mais redoutablement efficace à un au-delà de la prière, dans ce renversement étrange, où soi-même, retourné comme un gant, se fond dans l'absolu vertigineux de soi-même.

La pénombre était majeure, assoiffée de lumière, vidée de ses contrastes venus de l'extérieur. Restaient des ombres plus denses, des voûtes sur le sol de dalles massives, où quelques noms de religieux étaient inscrits. Ici, on marchait sur les tombes comme partout ailleurs en plein midi, mais ici les vivants debout n'oubliaient pas d'être les témoins des couchés vivant dans l'autre monde.

Le murmure reprit. Près de l'autel, une forme à terre, couchée ventre sur les dalles, bras étendus, invoquait Marie. Un corps massif de taille moyenne puisait de la froideur des dalles du courage et de la volonté... Au-delà de ces pierres froides, des ossements, des ornements, du sacré, Martin sentait une chaleur monter du centre de la terre, comme un soleil enfermé qui devenait volcan et l'éclaboussait de lumière, le réchauffait.

C'est de là qu'il put se relever, engourdi, lourd qu'il était de la fatigue de cette nuit sans dormir.

Martin du Porche prit un sac misérable mais garni de l'essentiel de ce qu'il avait aimé de sa vie passée dans cette abbaye, et du haut de ses quatorze ans partit puisqu'il le fallait. Dehors, il lui faudrait affronter le monde. Il se remémorait cette ultime discussion avec l'Abbé, et n'en comprenait pas encore tout le sens.

Ils s'étaient promenés seuls dans Cîteaux. Dans ce moment, ils feuilletèrent ensemble cet élégant petit carnet où Martin avait dessiné les climats. Depuis trois mois il n'avait pu y ajouter d'autres lieux-dits. Les vignes appartenant à l'abbaye avaient toutes été répertoriées. Le cellérier envoyait maintenant ses coureurs de barriques dans le Beaujolais. Martin, le nez dans la futaille, put se faire une certaine idée de Morgon, Brouilly, Fleurie.

– Te rappelles-tu notre première rencontre ? lui dit l'Abbé en lui prenant le bras.

– C'est encore un souvenir pénible !

– Pourquoi pénible ? Tu souriais béat... L'esprit du vin t'avait poussé vers un morceau de toi-même que tu ne connaissais pas !

– Vous avez raison, ce fut une semaine délicieuse, ma tête a failli éclater, ensuite j'ai pris une série de coups de pied au cul... Le récit de mon malheur a fait le tour de toutes les bouches et couru dans bien des oreilles... Bientôt certains m'en firent des reproches pendant que d'autres glorifiaient ma cuite comme fondatrice de mon talent.

– Ce n'est pas si faux... dit l'Abbé. Tu sais à quel point j'aime me pencher sur la question qui est à l'origine du monde : le péché originel. Je vérifie encore dans le siècle et dans l'humain ce que je pense être vrai sur cette question. Messieurs les philosophes soutiennent que l'homme naît bon... Paraît-il, les enfants le prouvent. Peut-être, mais alors où se situe le passage qui rendrait l'homme comme il est, alors qu'il était bon l'instant d'avant ? Quelle serait donc cette catastrophe sans cesse renouvelée de génération en génération qui viendrait perturber l'état d'adulte ? À te voir, le nez dans la pichette ce jour-là, je me suis demandé ce que tu avais oublié dans le petit monde et ce que tu cherches maintenant dans le nouveau. C'est à toi que je dois d'avoir compris. Tu retrouves là, par le nez, un peu du Paradis perdu. C'est certain. Dans chaque humain, au sortir de l'enfance, Dieu donne une version personnelle du péché originel. C'est ainsi que l'homme ramasse son destin. Le tien est donc tout tracé. Tu n'es pas moine. Dieu t'aurait voulu autrement.

– Mais c'est ma vocation, je m'y prépare. Je suis de Cîteaux, répondit Martin.

– Où vois-tu ta vocation, au fût ou à la prière ?

– L'une se nourrit de l'autre, répondit Martin, tentant de le faire fléchir.

– Tu serviras Cîteaux bien mieux à la cave. Voici ma décision et, même si elle te paraît pénible, tu me remercieras plus tard de l'avoir prise pour toi. Tu vas te rendre en notre château de Gilly, tu te présenteras aux cuisines à une dénommée Juliette... Cette femme est presque ta mère. Elle t'a sauvé de la mort plusieurs fois.

Martin, intrigué, interrompit l'Abbé :

– J'ai su par Goulefoin qu'elle était là-bas. Malgré ses efforts, je ne peux même plus me représenter l'attachement que je devrais avoir pour elle. Pourquoi dites-vous qu'elle m'a sauvé la vie ?

– Trois fois, lui dit l'Abbé. La première sous le porche où tu es né, la deuxième en s'enfuyant de la ferme où elle travaillait parce que tu avais détruit des muids à la cave ; la troisième ici même, en s'accusant seule de cet acte devant l'officier venu vous arrêter.

– Pourquoi ne l'a-t-il pas fait ? lui demanda Martin ému.

– J'ai donné les vingt et un muids au maître de cette ferme contre sa vie. La tienne n'était plus en danger puisqu'elle couvrait ta bêtise et que tu étais devenu novice.

– Pourquoi aurais-je détruit ces fûts ? s'enquit Martin très troublé.

– C'est à méditer. Tu avais un peu plus de quatre ans, tu vivais dans cette cave, m'a-t-elle dit ! Demande-le-lui ! Ensuite, tu iras t'installer au clos de Vougeot. Tu y apprendras le métier de la vigne et du vin. Là-bas tu seras à ta place…

Sur les joues de Martin coulaient des larmes. L'Abbé lui prit la main et la lui tint fermement.

– Va prier, reste autant que tu le veux… Aide-toi à partir, et demande de l'aide à Dieu. Tu n'es pas dans la tradition, tu es le siècle, tu es dans le mouvement du monde. Tout comme moi, qui protège ceux qui n'y sont pas…

Il rit, avant d'ajouter :

– Après tout, tu verras, ce n'est pas si désagréable. Prépare-toi, emporte ce que tu aimes. Quand Dieu décide qu'il te faut servir l'homme plutôt que lui-même, il faut s'y résigner.

L'Abbé le signa sur le front et pressa fortement ses épaules comme pour lui donner du courage.

Martin ne pouvait se résoudre à quitter les alentours de Cîteaux. Les premières journées au-dehors passèrent, rapides comme des éclipses dans leur lumière d'été. Tous les parfums qui lui parvenaient devenaient saveurs reconnues. Il ne s'interrogeait plus. Lui qui avait tout appris des livres, et de ce qu'il avait pu sentir à l'intérieur de Cîteaux, comprenait maintenant, au fur et à mesure de sa marche, les mille maillons de la chaîne du monde. Il souriait d'ailleurs de voir s'envoler les naïvetés cocasses qui l'avaient habité.

Ainsi : les cours d'eau, c'était profond et les poissons venaient parfois respirer à la surface. Ainsi : les arbres de la Création avaient été plantés n'importe comment. Ainsi : le hasard. Ainsi : la destinée. Comment Dieu avait-il réussi à se perdre à ce point ? Quelles merveilles ! Alors l'homme n'avait pas tout dominé ! Il se sentait bête ! Pas bête, non ! Timide ! Rouge ! Ridicule ! Il en avait chaud, de jolies suées d'énergie qui montaient dans sa joie et dans les frissons qui brûlaient en lui toutes les naïvetés de la foi.

Les soleils s'effondraient l'un derrière l'autre... Ses nuits devinrent vivantes. Les ombres qu'il avait devinées au-delà des murs de l'abbaye bougèrent. Ce qu'il humait maintenant, ce qu'il voyait, ce qu'il écoutait, était bien au-delà de ce qu'il avait pressenti. Cette vie miracle, cette vie grouillante fourmillait, frémissait, envahissait son corps en milliers de petites formes tressaillies. Après les murmures, les froissements d'étoffes, il entrait de force dans la pulsation du monde et son cœur vibrait.

Au pied d'un chêne, il attendit longtemps, assis dans la brise légère, assailli par de légers bruits et des odeurs tièdes. Un monde nouveau surgissait au fur et à mesure des heures passées à marcher, à tourner en cercle autour de l'abbaye. Doucement il pleurait, et reculait dans l'ombre, poussé par une force vitale... brutale.

Les nuits s'allongèrent. Il les sentit de mieux en mieux. Il grandissait avec elles. Puisqu'il ne pouvait dormir, il avançait la nuit, jusqu'à l'heure où l'on se demande si un autre jour sera possible. Il entrait maintenant dans le temps des mangeurs nocturnes, des guerriers, des renards voleurs de poules, des goulus, des menteurs à l'œil carnassier qui vous niaient le meurtre, sourires à pleines dents, les mains encore rouges de sang. Un monde d'œil pour œil, de dents contre nuque, un monde d'Ancien Testament.

Il entendait ces chasses, ces croisements incertains et fugitifs, ces fuites courtes. Alors, pour lui qui ne savait pas, la nuit noire s'habilla de griffes stoppant des courses agiles, de truffes tièdes enfouies dans des ventres ouverts...

Cette férocité l'impressionna. Cette sauvagerie aveugle, Martin en eut peur. Il la ressentit comme un système de vie. Il lui faudrait résister... Lui qui reculait devant cette force, il lui faudrait la conquérir. C'est à l'instant où il put prendre la direction de Gilly qu'il fut du siècle.

Depuis quelques jours, les moines le cherchaient. Goulefoin, qui l'attendait aux côtés de Juliette, prit le chemin à la rebrousse plusieurs fois, avant de l'apercevoir, bâton sur l'épaule, son sac accroché dessus, longer la «Cent Font».

— Tu es bien tard, mon Martin, le chemin est si dur à trouver ? Ou, comme le loup, est-ce la faim qui te fait sortir du bois ?

— Non! Goulefoin, c'est le mensonge, les mensonges que tu m'as servis chaque jour depuis que je te connais!

— Beuf! Oh, ben, euh! souffla la Goulette... Des mensonges! De quoi, de quoi! Sacristie! Moi mentir ? À propos de quoi ? De qui ?

Martin ne put s'empêcher de sourire devant les gesticulations de son ami.

— Tu le sais bien, reprit Martin, la voix fatiguée par ces nuits sans lune, cette femme... Juliette... ma mère... les fûts...

Le Goulefoin se sentit pris d'une grosse rougeur aux joues, suivie d'une suée au front. Il s'assit sur le bord d'un talus. Il s'expliqua sans chercher à savoir ce que Martin connaissait vraiment de la question :

— Je ne pouvais pas te parler des fûts, à quoi cela aurait-il servi, tu ne te rappelles rien, même plus ta mère. Alors t'embrouiller l'esprit avec des fûts! Je ne m'y voyais pas! Vingt et un muids! On se demande comment tu as pu les débonder! La Juliette, elle en a pour sa vie à rembourser!

— Comment ? Que dis-tu ? lui demanda Martin.

— Les moines n'ont pas payé sans garantie. Juliette doit rester aux cuisines sa vie durant, c'est le prix! Ou bien...

— Ou bien quoi ? questionna Martin très choqué.

– Ou bien elle donne les muids. Mais pas un par-ci par-là, non, non, tout d'un coup, en une seule fois ! Vois-tu, si elle arrive à économiser une barrique par an ! Et en admettant qu'on puisse loger deux barriques dans un muid, ce qui n'est pas toujours le cas. Il n'y a pas si long-temps, on en mettait plus dans un muid de Beaune que dans deux barriques de Meursault ! Enfin, à tout bien cal-culer, il lui faudrait commencer de suite, trouver une cave pour son vin, et le donner au pape dans quarante ans ! Imagine, Martin, la couleur ! Le goût, surtout le goût, Martin ! Le goût de l'économie et de l'effort ! Le coup de vieux qu'aura pris la première barrique et la tête de ta mère, et la tienne, et la mienne !

Goulefoin finit l'exposé de la situation par un grand rire. Il reprit :

– Elle s'y plaît dans sa cuisine, heureusement… Elle y est habile. Tout le monde l'aime bien, ta mère.

Goulefoin sentait Martin aux bords des larmes.

– Qu'as-tu ?

Martin ne répondit pas tout de suite, en proie aux sen-timents les plus contradictoires.

– Ainsi, elle est prisonnière de Cîteaux ?

– Non, Martin, c'est trop fort ! Elle ne peut pas partir, c'est tout. Mais elle est heureuse ici, elle t'attend…

– Bien sûr, elle à la cuisine, moi à la vigne et les muids à Cîteaux ! reprit Martin.

– Viens, ne t'occupe pas, le soleil va se coucher, tu ne vas pas encore dormir sous l'étoile ! On t'attend à Gilly !

– Qu'ils attendent, Goulefoin, qu'ils attendent ! Donner ma vie à Cîteaux, ce n'est pas la même chose que la don-ner à Dieu !

Non seulement il était en pleine apostasie, le moinillon, mais le layot qu'il allait devenir partait avec sur ses épaules, et celles de sa presque mère, vingt et un péchés originels !

Il se leva, ramassa ses effets…

— Où vas-tu ? demanda le rouleur inquiet.

— Dans la forêt !

Déjà il s'éloignait…

— Viens ! Mais viens donc. Tu ne trouveras pas de barriques dans les bois et il va pleuvoir !

Goulefoin ne pouvait rien pour lui, il devait être seul. Penser à cette vie, à sa vie, qui lui échappait.

— Reviendras-tu demain ? reprit le rouleur de plus en plus certain d'avoir dit des bêtises.

— Oui, demain, ici même, au même soleil !

— Le même soleil, pestait le Goule le lendemain, faudrait qu'il y en ait du soleil avant qu'il puisse être le même !

Sur le talus point de gamin non plus ! Une lettre ! Goulefoin la rapporta à Juliette. Elle non plus ne savait pas lire. Un secrétaire de l'Abbé fut mis dans la confidence.

Il lut : « Je suis parti chercher des fûts, je reviendrai. » Signé : Marie Martin du Porche.

C'est quatorze années après sa naissance, en 1766, qu'il partit de l'abbaye.

Martin voulut contourner Gilly, dans son habit de moine il se sentait menacé. Il lui fallait des vêtements. Il s'introduisit dans les jardins du château, longea les bassins, trouva une perruque sur un endormi, un chapeau et un paletot idéal dans une cabane de jardinier. Il roula sa tenue de novice dans son baluchon quand, sur une corde tendue, il décrocha un pantalon trop grand et trop brillant à son goût. Il le serra par des rubans colorés, noués les uns aux autres. Grâce à son atlas de la Côte, il n'eut aucune peine à trouver son chemin. Encore sous la lune, il traversa les vignes de Chambolle par « Les Feusselottes », monta « les Cras » pour se retrouver « Derrière la grange ». Au petit jour, il se dirigea vers la forêt… ivre de nouvelles senteurs, dans la fraîcheur et dans l'ivoire de l'aube. Il pénétra des bois profonds tout en collines escarpées où l'eau qui suintait des roches blanches affleurées le désaltéra. Sur le plateau, au-dessus de Chambolle, le pays est fait de blé, de bois et de vallons frais. Ça sentait le trèfle coupé, remué par quelques fourches à foin. Il put se louer à la tâche, mit en meules les brassées d'herbes séchées que

lui tendaient des paysannes rieuses. Il «ameulonnait».
Son costume lui attirait des railleries, elles composèrent
un petit chant pour se donner du cœur, parlant de son
paletot troué de jardinier, de son pantalon de laquais et de
ses mains fines et blanches qu'elles avaient vite remar-
quées. Après quelque temps, il partit plus loin, marcha au
bord de la Côte dans les collines, dans la rocaille, les yeux
sur le dévalé des vignes et sur les clochers des villages en
dessous.

Il ralentissait, au soleil couchant, dans un crépuscule
rougi, plongeait dans l'or cerise ondoyant sur les prairies
prêtes pour la faucille. Il ruisselait l'ocre et la sueur.
Chapeau à la main, il s'aspergeait de ces dorures éphémères laissées dans l'air par les étamines des pissenlits et
les graines éclatées des graminées collaient à ses jambières
de laquais. De loin, il épouvantait. De plus près, il s'agitait
dans une lumière chargée de pollen et d'insectes vivants.

Il s'enfonçait dans la nuit, s'allongeait à la belle, enlevait
ses sandales de moine, et dormait pieds nus dans un jeté
d'étoiles. Mais avant, il songeait, les yeux fixés sur la
voûte mouvante. Il s'emplissait dans un bâillement de
cette dérive nuageuse. Il s'étirait dans les fougères, se couchait, roulé dans les hautes herbes, s'entourait s'il le pouvait de genêts lourds, de leurs fleurs jaunes, pour rêver
mieux dans leurs parfums.

Assis, parfois, il relisait les petites notes qu'il avait
écrites sur des parchemins, à la lueur d'une mèche paraffi-
née où les élytres d'un hanneton venaient se brûler. Il
trouvait un autre sens aux mots. D'une profondeur à
peine esquissée la veille, fleurissait une vérité qu'il croyait
une et indivisible le temps de la tenir à sa conscience, et
puis elle lui échappait. Il vivait l'effondrement de son
enfance et le surgissement de son état d'adulte.

– Saurai-je un jour l'entière vérité sur cette catastrophe de futailles ? Ce péché à l'origine du monde, je pensais qu'il était un péché de curieux, avant de devenir péché de connaissance, mais il devient tout autre chose s'il n'a pas de véritable cause. Pourtant j'en sais plus sur moi-même depuis que j'ai péché ! Peut-être que je ne saurai jamais la vérité car dans l'instant, à la voir entière dans le miroir de mon âme, j'en mourrais. Mais comment résister à cette recherche de la vérité ? Est-ce la seule vérité du monde ? Les religieux sont-ils là pour nous la rappeler ? Si cela est, pourquoi en tenir responsable cette femme et l'asservir ? Toutes ces questions me permettent-elles de voyager de vérité en vérité ? C'est peut-être là que Dieu me demande de cheminer pour que son tableau soit parfait.

Sa solitude maintenant n'était plus un fardeau. Il ne la portait plus comme une plaie, ni même comme une maladie dont on a triomphé. Il ne l'arborait pas comme un tatouage. Il n'était plus châtié mais vivant. Nécessairement seul. Seul à l'ordinaire. Bienheureusement seul.

Comme il l'avait comprise, cette boule de plumes frissonnante, hérissée dans les labours de novembre. Perdrix perdue, appelant. Il l'avait entendue, dans toute la beauté de cette tentative vaine. Et dans le silence en écho qui la nommait. Comme il l'avait vécue, cette boule de poils recroquevillée aux grands froids de janvier, lièvre entre deux ronciers, niché à l'abri du vent. Seul au gîte, couché, oreilles tombées. Lui, passant à côté, grand dans le vent, cœur brouillé, goutte au nez, paupières presque fermées par le froid. Comme il avait vibré avec cette sterne, emportée dans les courants d'air chaud de l'été venu.

Il écrivait des dizains, quand il était inspiré. De petites choses aussi, des quatrains surtout qui sonnaient clair. Il continuait la calligraphie. Il ramassait des plumes, trouvées au hasard, au détour d'une mare, ou à la suite d'un déboulé d'oies, gardées à la badine par un enfant du village qu'il traversait. Il écrivait comme on devrait toujours écrire : en artisan. Il pensait sa phrase, la visualisait, avant de juger si elle valait d'être couchée sur le parchemin. Il trempait alors dans l'encre la plume qui lui convenait, soulignait, dessinait parfois sur un coin pour mieux se rappeler son émotion. Il s'endormait enfin et la nuit brumeuse suintait sur lui.

Il fleurait l'herbe foulée, le brouillard, l'aubépine. Mon Dieu ! Qu'il puait aussi les odeurs mortes, d'avant-hier. À s'en gratter les guenilles au soleil de midi, il exhalait encore les odeurs de la veille ! Heureusement il se parfumait de l'odeur du présent : son odeur de sainteté.

Le matin, bâton à la main, il reprenait la route. Cherchait de l'ouvrage pour manger et pour apprendre. Il louait ses services au foin et à la cognée, à la vigne. Jamais ne volait, jamais ne mendiait. Jamais courbé, sauf sous l'ondée. Petit homme en route pour la vie : la sienne.

Il marchait les yeux ouverts sur de pâles horizons timides, lavés de leurs nuages. Il descendit entre les échalas la côte de Beaune. Il côtoya les vignerons qui lui apprirent à travailler. C'était le temps de la « rogne », il y fut employé. On lui donnait à manger et quelque argent. Il trouva d'autres guenilles, et ne fut plus la risée des femmes. Il humait, goûtait à tout ce qu'on lui présentait. Toujours il demandait le nom du lieu-dit quand il ne l'avait pas encore répertorié. Il mit son doigt dans « Les Grèves », et « Les Cent Vignes ». Jamais il ne montrait le don qu'il possédait, sinon tout le village serait descendu dans la cave et il était encore si proche de l'abbaye.

Dans les terrains difficiles, il ramassait des pierres et les portait dans les endroits incultivables ; les tas, des

« murgers », grandissaient aux pieds des vignes. Sur les chemins qu'il emprunta, il rencontra des enfants comme lui, le sac à la misère, et d'autres, des gosses orphelins, battus, laissés au bord, éclopés sans nom. Il les voyait perdus, abandonnés, pleurer, mourir ou s'endurcir et se racornir. Ils sécrétaient un venin d'une complexité folle et devenaient étriqués, rétrécis, noués. Lui s'était arrangé de cet abandon forcé. Par charité, il ne retournait jamais la haine contre lui-même. Par amour de son prochain, il esquivait les coups. Par respect pour sa propre vie, Martin en aurait donné s'il y avait été obligé.

Juliette était au bord d'un désert d'amour.

Quel têtu! Quelle absurdité! Où était-il maintenant à courir la Côte, à prendre des mauvais coups, à dévaliser je ne sais quelle cave pour remplir celles de Cîteaux! Si encore elles en avaient besoin, mais elles en débordaient!

Furieux contre lui-même, Goulefoin s'était mis à ses ordres.

– Tu vas courir le vignoble, il n'est pas loin, c'est sûr! Renseigne-toi. S'il se sert de son nez, tu le sauras vite! Ne le cherche pas dans les domaines de Cîteaux, il ne s'y aventurera pas. Va vers la fin des côtes, peut-être à Rully, Mâcon, Chalon, il n'y a pas beaucoup de lieux où il pourra gagner de quoi payer. Quand tu l'auras rencontré, dis-lui de rentrer. Tu m'entends, Goulefoin, qu'il rentre!

Elle le frappait et pleurait; la Goulette aussi, à grosses gouttes sur son lin.

Certaines nuits, Martin descendait vers les villages et se penchait sur le soupirail des caves pour respirer leurs promesses. Il avait appris à ouvrir les portes sans bruit, à descendre les marches sans trébucher. Il retournait aux débuts de sa vie, attiré par des senteurs nouvelles et ce silence étrange qui l'avait longtemps bercé. À la lueur d'une chandelle, il cherchait, l'oreille à l'inquiétude, le nez dans le jus de la Côte, des parfums nouveaux. Il trempait le doigt, le portait à la bouche : elle vivait les tanins éclatés, lui rendait le souvenir de Cîteaux, dans les climats connus. Il retrouvait des songes, des pensées dans ces haleines de fûts. La main enlevée du précieux liquide, il la flairait. Les douceurs sauvages, les forces pénétrées de suavité, il s'aspergeait le visage de ces effluves fugaces. Débarrassé du cellérier, il se rendit compte qu'il aurait pu boire. Ce n'était point tant l'ivresse qu'il craignait, mais la force des tanins sur la délicatesse de son palais. Il continua donc à voyager dans les villages, comme il l'avait fait dans les lieux-dits, sans se charger l'esprit de vapeurs trop marquées. Boire lui était trop brutal. Il ne se lassait pas de la douceur des saveurs collées à son doigt et répandues sur la surface de sa langue. La grâce le touchait dans ce lieu, à la cave, depuis qu'il était sorti de l'abbaye. Une nuit où celle qu'il visitait le charmait de vins inconnus, il en oublia le temps. La chandelle mourut et, dans le noir absolu, il eut une vision.

Ah oui, des grâces, il en avait reçu ! Dans cette noirceur, il revoyait des mains se tendre et des femmes lui sourire, un air joyeux de musique et une épingle très jolie qui retenait des cheveux de femme. Était-ce un cercueil ? Une barrique coupée en deux ? Il ne savait. Était-ce ses langes ou son linceul ? Était-ce avant ? Serait-ce plus tard ? Ce sourire lumineux ! Cette fossette limpide ! Cette bouche d'amour qui l'embrassait goulûment. Il lui souriait maintenant... il se sentait bécoté de l'âme. Et cette fête et ces victuailles, et cette folie des gougères! Et ces pâtes à choux! Ces marinades en odeur toutes veloutées! Il vit un visage. Il n'en devinait pas les traits, mais il sut qu'il était retourné près de sa mère.

Il continua son voyage dans les côtes. À la sortie de Beaune, il prit Pommard, passa devant le clos des Épenots. Il longea les murets en pierres demi-rondes, engorgées de chardons bleus et de liseron blanc agrippé aux poignées de terre entre les dalles. Là, masse de ceps noueux, plus loin des noyers sombres cachant les cabotes, là c'est un mur de pierres sèches et il se creuse dans la roche et devient cabane au toit de mousse. Au-dessus, la fin de la côte, désert chaotique où l'homme a renoncé. Du taillis, des prunelles, des ronciers et des pierres de toutes sortes jetées en tas.

Il visita Monthélie la douce, la vallonnée, Auxey-Duresses l'encaissée... À Saint-Romain la montagne, il trouva de l'ouvrage chez un tonnelier dans le village du haut. Pour se rendre compte de sa dette, il empila un jour vingt et un muids, le lendemain il la divisa en quarante-deux feuillettes, et puis encore quatre-vingt-quatre quartauts, soit trois cent soixante-dix-huit setiers, eux-mêmes divisibles en trois mille vingt-quatre pintes. Il gagnait l'équivalent de trois pintes par jour, travaillait maintenant pour changer ses sandales usées par les chemins. Il en était là, avant d'entendre un saisonnier parler d'une côte lointaine où le vin ne tarissait jamais, où les barriques étaient plus faciles à rouler et où les maîtres partageaient leurs richesses. Chacun à prendre les chemins cherchait son paradis!

En 1769, il mit son baluchon sur l'épaule, dit adieu aux merrandiers, aux cercliers, et partit courir les barriques. Il fallait traverser des côtes sans vignes, des forêts sans paisseaux, contourner des étangs sombres et se demander sans cesse si l'on arriverait cette année-là ou une autre. Bien lui en prit, déjà les gens de Cîteaux l'avaient repéré et il s'en fallut d'une journée pour qu'il fût découvert. L'Abbé ne se décourageait pas, avec le talent de nez qu'il lui connaissait, il pensait l'attraper à la première fête de village et envoyait ses gens musarder dans le moindre attroupement.

À Auxerre, des ruelles les plus vomitoires aux rues sous les murs, contournant les vignes dressées dans la ville même, évitant au mieux les glissades dans les souilles des pourceaux, aveuglé et pleurant, suffoquant par la fumée stagnante des feux de toutes sortes de bouses séchées, bousculé à la sortie des vêpres, emmené malgré soi par la foule vers les suivantes, comme à un spectacle, ou bien de taverne en taverne, et de chansons en beuglements moqueurs, on finissait toujours, même titubant, même harassé, par lever la tête face à la tour Gaillarde. Toute rondeur sur sa devanture, toute de pierre blanche soyeuse, elle avait su résister depuis l'époque gallo-romaine aux envahisseurs comme aux habitants. Principale entrée du deuxième castrum, elle se retrouvait maintenant au centre de la ville. Ses portes immenses restaient ouvertes depuis des années et se délabraient. Au-dessus de ses gouttières à huile bouillante devenues ridicules, on monta à la poulie par l'escalier intérieur des bois de charpente. Les menuisiers construisirent des balustres en cercle, travaillèrent les pinacles en choux frisés, les charpentiers posèrent sur

95

des arcatures en diadème une pointe légère dressée : une flèche d'ardoise gris bleuté. Après maintes palabres, maintes luttes, les layots y abritèrent une cloche qu'ils prirent avec le consentement ecclésiastique à une église qui en possédait plusieurs, Saint-Eusèbe. Le but avoué de ce déplacement n'était pas d'ordre surnaturel. Les laïcs devenaient sourds. Ils partaient travailler trop tard, dans les vignes seigneuriales et religieuses, et revenaient vite d'avoir cru entendre sonner la cloche... Saint-Eusèbe était, paraît-il, vraiment trop loin. Mais déplacée juste de cent mètres à vol de corneille, là oui pardi, elle sonnait fort cette jolie cloche et l'oreille du layot l'entendait parfaitement bien.

Sur cette tour médiévale, clochetée de l'avant-veille, s'élançant fière à l'assaut des étoiles, s'accolait une arcade en ogive qui, enjambant la rue de la Tour, se tenait fortement à une tour plus petite collée au mur d'enceinte. Dans cette arcade, on logea de chaque côté un cadran astronomique à deux aiguilles, l'une terminée par une calotte hémisphérique mi-noire, mi-dorée; l'autre portait l'image d'un soleil radieux. Cette lune et ce soleil tentaient de se rattraper mollement. Ils se rencontraient vers midi dans les lunes nouvelles et à minuit lors de la lune pleine.

Cette horloge donnait l'heure grâce à l'équation construite par Gambey lui-même. Son mécanisme était basé sur les travaux de monsieur Galilée. Ce brave homme avait prouvé que la Terre n'était pas le centre de la Création depuis que le doigt de Dieu, si proche du doigt de l'homme au plafond de la chapelle Sixtine, avait par l'intermédiaire des scientifiques reculé d'un bond. Pendant des siècles le temps appartint à Dieu : pour les moines, le temps du travail était du temps de Dieu pour Dieu, si bien que personne ne savait quand finir. Le matin, les layots commençaient à la nuit noire et achevaient nuit noire, après avoir vu toutes les couleurs du jour sur leurs bras et leurs épaules. Ensuite, ils tentèrent de travailler de soleil levant à soleil couchant. Mais Dieu, par la voix ecclésiastique, dit : « Soleil couchant dans les vignes », et l'on rentrait nuit noire quand même. Hélas ! du soleil, il n'y en a pas tous les jours, et les layots rentraient encore trop tôt pour certains. Sur le chemin du retour, ils trouvaient moyen de planter dans les friches un ou deux ceps, histoire de vendanger plus tard à la sauvette. Alors les quartiers se mirent à sonner le début et la fin de chaque labeur pour mieux assurer le paroissien de son dévouement. Mais quand l'église Saint-Pierre, paroisse des vignerons, sonnait, Saint-Eusèbe, église des nobles, jalouse, lui répondait. Les cloches de la cathédrale Saint-Étienne se concertaient, celle des bénédictins de l'abbaye Saint-Germain aussi. Les sonneurs sonnaient tous les jours, tous les temps, tous les rituels, à tous les rythmes. La cadence s'accélérait même quand l'église mécontente de ses ouailles les rappelait. Elle leur sonnait les cloches à toute volée. Embauchés par Saint-Regnobert, les tailleurs montaient dans les échalas quand il y avait assez de silence pour leur donner le départ. Débauchés par Saint-Germain, les piocheurs rentraient aux brandons pour souper, à cause de la cloche de Saint-Étienne qui au loin avait le même son. En se bouchant l'oreille à Saint-Eusèbe, l'église de la noblesse et de l'argent, en déplaçant une cloche et en y adjoignant une horloge scientifique, on eût pu croire que cela aurait suffit. Mais il fallut encore attendre que le mécanisme de cette horloge fût relié à cette cloche et qu'elle sonne les heures automatiquement pour que les laïcs possèdent leur temps. Un temps gaillard. Ils voulaient finir les corvées à l'heure de l'horloge et travailler pour eux-mêmes. Dieu avait reculé, il s'était fait soleil, grâce à Louis XIV qui avait permis la construction de cette horloge trente ans après la première demande des laïcs. Mais bien des combats se livraient encore en 1773, sous cette fin de règne de Louis XV.

Quand Martin passa sous l'arcade de la porte, la cloche sonnait six au matin. Blonde, l'épicier qui rangeait sa boutique après avoir soigné ses cochons, le salua comme un futur client. Dans la maison d'à côté, Restif de la Bretonne se colorait les doigts à l'encre d'imprimerie ; quant à l'huissier du nom de Roussel, comme le dit si bien la chanson, il habitait en face une maison étrange sans poutres ni chevrons.

Sa bourse vide, Martin cherchait la place où les maîtres des différentes corporations venaient chercher la main-d'œuvre pour la journée, pour une saison, pour les coups de chauffe. Il était venu de nuit, avait franchi les quelques collines qui le séparaient de cette ville de cocagne, assis à l'arrière d'un chariot à barriques. Il l'avait tant espérée, cette journée. Six ans s'étaient écoulés depuis que Martin était parti de Cîteaux. Le voyage, les nuits sous la lune et le soleil claquant lui avaient buriné le visage. Ses mains avaient pris de la chair à serrer toutes sortes d'outils. Ses épaules s'étaient musclées à la hotte et à la fourche. L'ingratitude de son visage adolescent s'était presque estompée. Au coin des yeux se devinaient quelques rides d'expression joyeuse qu'il ne perdrait plus jamais. Un groupe de paisseleurs se rendant aux vignes lui indiqua la louée : devant le château des Comtes.

Quand il s'avança sur la place, trois gueules de gargouilles y étaient déjà et tentaient de se réchauffer en jouant des mains. Ils s'accrochaient le vêtement, se tiraient dessus les manches comme des lutteurs. Un grand roux, le cheveu long, accroché à un râblé court sur pattes, soufflait chaud entre les avant-bras d'un troisième larron, qui sautillait au rythme de la respiration de son copain qu'il tenait prisonnier. Ils riaient fort tous les trois.

Plus loin, un compagnon meunier discutait avec un autre, tout enfariné de la nuit. Celui-là s'était enfui du pertuis batardeau où il travaillait en s'expliquant brutalement avec le maître meunier. Il en portait les marques au visage.

Bientôt arriva sur la place de la louée un petit homme trapu à la bedaine joviale. Il portait sur lui une certaine joie gastronome, un bonheur nature.

– Je cherche un homme de cave, cria-t-il à la cantonade.

Martin s'approcha, mais le dodu paraissait plus intrigué par la présence des trois compères batailleurs.

– Salut la Barrique. Bonjour Souillon. Salut Malin.

Souillon, plus petit que cette barrique rousse, semblait très agile. Malin, il l'était : il souriait toujours et ses grands yeux écarquillés tournaient d'une étrange façon dans leurs cavités.

– Que faites-vous là ? demanda Camuse.

Les trois compères parurent gênés.

– Souillon, tu t'es encore fâché !

– Oui, Camuse, dit-il d'une manière arrogante.

– Avec qui cette fois ?

– Le même, toujours le même, le Cochois, ce cochon de Cochois !

– On était tous trois chez Cochois, expliqua Malin : on a roulé une nuit entière, rempli trois flettes tout seuls. Cochois nous a dit que les heures de nuit, Dieu ne les voit pas ! Mais l'horloge, elle les sonne, et nous on les entend. Il voulait nous payer à la misère et en deux fois...

Ce Cochois, dit Petit Coche, n'était autre que le plus riche et le plus influent des voituriers à eau de cette partie de la Bourgogne : il chargeait sur ses bateaux des flettes, plus du quart des tonneaux destinés à la capitale.

– Comment va-t-il ? demanda Camuse visiblement inquiet pour le Cochois.

– Alors, alors, alors et que veux-tu, il a payé à la colère et au beurre noir... Ses fils aussi.

– Comment vont-ils ?

– On les a étendus pour deux jours au moins...

– Les fûts ? demanda Camuse.

– Ah non ! Non, Camuse, répondit Souillon.

Barrique ajouta :

– Des coups dans l'homme, sûr, dans le fût jamais !

Camuse, qui savait le voiturier à eau puissant dans la ville et revanchard, prévoyait une vengeance.

– Cochois aura du mal à pardonner !

– Le curé de la chapelle Saint-Nicolas essaiera la concorde demain après vêpres. On y sera. Si Cochois vient... on verra, précisa Malin.

– J'ai besoin de rouler des barriques sur un marnois qui part au port de Grève demain. Pourriez-vous tous les trois... ?

– D'accord ! À l'heure de l'horloge ! Le manger, le boire, plus le trébuchant comme à l'habitude, dit Malin.

Camuse tendit la main, tous tapèrent dedans puis s'en allèrent, grande gueule rousse devant comme une mère et ses deux fiers-à-bras à la suite.

Camuse se tourna ensuite vers Martin et le toisa. Voilà bien quatre ans qu'il cherchait un homme de cave sérieux. Il venait à la louée comme à la promenade, cherchant sans chercher, le nez à la nouveauté; toujours déçu, toujours regret, il repartait seul. Celui-là devant lui, que valait-il?

Camuse lui tournait autour:

– J'ai besoin d'un homme qui compte dix, saurais-tu?

– J'ai reçu l'alphabet et les nombres à Cîteaux, lui répondit Martin.

– Bien. J'ai besoin d'un homme qui ne sorte pas de la cave, qui ne voie pas le jour d'une journée, qui travaille à la torche. Es-tu homme à te boissonner?

– Je ne bois jamais!

Camuse déversa un rire en cascade, on eût dit qu'il buvait au goulot.

– À Auxerre, tu serais bien le premier!

Cet homme paraissait tout franchise et bonne humeur, pensa Martin.

– Es-tu malade? reprit Camuse.

– Toutes les fois qu'on me le demande!

Décidément, pensa Camuse, cet étranger lui plaisait. Il approcha son visage de celui de Martin pour le regarder sous l'œil; Martin éclata d'un rire sonore, écarta les paupières d'un œil avec deux de ses doigts:

– Veux-tu voir l'intérieur? Serais-tu médecin?

– Es-tu menteur? reprit Camuse.

– Juste avant la confession, sinon je n'aurais rien à dire au curé.

– Sainteté! Celui-là m'arrive directement du Paradis. Penses-tu que le pape va te canoniser? Es-tu fou? J'ai besoin d'un homme sain.

– J'ai besoin. J'ai besoin. J'entends bien tes besoins. Parlons des miens. Qui es-tu? Qu'as-tu dans tes caves?

– Pardi, quelle question, je suis Camuse, marchand de vin, et devine ce que j'ai dans mes caves?

Martin tournait maintenant autour de Camuse.

– Travaille-t-on beaucoup chez toi ?

– Cherches-tu de l'embauche ou de la distraction ?

– Combien possèdes-tu de barriques ?

– Autant qu'il y a de place dans mes caves ! Elles vont, elles viennent, elles roulent et s'en vont par la rivière. Sais-tu conduire ta feuillette ?

– Je la roule, je la couche, la relève. Je l'emmène à Paris si tu veux. Achètes-tu ? dit Martin en avançant la main pour toper.

Camuse reprit l'initiative en évitant la main de Martin.

– J'achète, je vends, on emporte de chez moi toutes sortes de vins. L'Anglais vient, il choisit, je livre jusqu'à Rouen. C'est mardi gras, viens dans quatre jours. Je te donnerai une semaine de travail pour faire connaissance.

– Pourquoi si tard, l'Auxerrois ? Pourquoi si peu ?

– Apprends, le Beaunois, que les Auxerrois sont enfants du vin, forts de la gueule et légers de la main. Camuse que tu vois là devant toi, après les fêtes, il lui faut deux jours pour revenir à lui-même.

Martin, déçu, s'éloigna lentement, après avoir haussé les épaules.

– Où vas-tu ? interrogea Camuse.

– À Chablis !

– Je t'embauche et tu pars. Viens toper là, lui dit le négociant, tendant la main.

Martin, secouant son chapeau, continua de s'éloigner.

– Salut ! Auxerre c'est la foire à la trogne, ici, la foire d'empoigne et l'embauche à la saint-glinglin.

– Je t'embauche à la parole et je te nourris dans quatre jours…

– À la parole, Camuse. Je ne me nourris pas avec du vent !

– Calme-toi, demain les pauvres seront nourris à leur faim devant chaque portail d'église, et à Auxerre il y en a trente-trois. Le pain sera sur les fenêtres des honnêtes gens. Ma femme y travaille.

– Je ne mendie pas.

– C'est qu'il est têtu, le Beaunois. Son Altesse viendrait-elle visiter mes caves et me montrer ce dont elle est capable ?

– Si c'est sur le chemin, pourquoi pas !

Des barriques, s'il en avait croisé sur la route, Martin n'en avait point vu encore dans les Hauts d'Auxerre. Mais dès qu'ils prirent la direction de la rivière, les ruelles en regorgeaient, les caves en étaient pleines, chaque personne rencontrée en conduisait une devant elle. Les venelles étaient interdites de muids, et les charrettes devaient emprunter un itinéraire précis pour arriver jusqu'aux bateaux à cause des empilages de fûts le long des murs. Pour éviter ces tracas, ils descendirent la rue des Boucheries, prirent la rue Sous-les-Murs. Camuse poussa mollement devant lui Souillon et Malin qu'il avait repêchés en chemin, dans un estaminet. Ils goûtaient de l'andouille. Ils avaient demandé à Barrique de marcher vers le quai : «Va, on te rejoint.» Le rouquin aurait pu rouler barrique, rouler feuillette toute la journée, toute la nuit, et partager ensuite ses gains avec les deux autres, puisque Malin et Souillon étaient sa seule famille.

Arrivés sur le port du Bonnet-Rouge, celui de l'embarquement de vin – quarante mille barriques y transitaient chaque année –, Camuse descendit quelques marches, ouvrit les deux battants de la porte d'une de ses caves et invita Martin à le suivre.

Dans la douceur, la quiétude du lieu, Martin demanda au négociant :

– Sais-tu tenir ta langue ?

– Oui, sauf après huit pintes.

– Que se passe-t-il après ?

– Ma femme… Elle seule sait me coucher !

– Aligne dix pichettes de la côte de Beaune, marque les noms dessous !

Plus tard, l'heure de la lune arrivée, Camuse et Martin, qui n'avaient pas vu le temps passer, sortirent heureux de la cave. Ces deux-là s'étaient trouvés. Pour Camuse, la journée avait été bonne, il était d'un rouge cramoisi jusqu'aux bords des oreilles et ses yeux brillaient d'avoir vu son maître de cave deviner les uns après les autres les crus de Beaune et de Nuits.

Restait à Martin à donner ses conditions, il n'avait rien oublié de sa promesse faite à Cîteaux :

– Je veux un endroit dans tes caves pour y installer ma futaille !

– Mes caves, quelle idée ? Quelle futaille ? Tu veux aussi ma place, mon toit et ma femme ?

– Non pas tant. Tu me paieras en feuillettes, il ne s'agit pas d'embrouille. Ni d'acheter ni de vendre pour mon propre compte. Je veux régler une dette !

– Dis-moi la cause de ton malheur ? Tu joues ? Es-tu un goûteur en rupture de confrérie ? s'inquiéta le négociant.

– Rien de cela. Dans deux mois, le temps pour toi et moi que l'on se connaisse, je te dirai tout.

Tourneboulé, Camuse se demanda à quelle sauce il allait être mangé. Mais il se savait coriace et ce nez-là aiguisait sa curiosité. Le gosse avait l'air d'un bon pain, il accepta ses conditions.

– Ne restons pas là, ma femme pourrait nous voir et vouloir que je rentre, dit-il en lui montrant du doigt sa maison.

Vite il le descendit dans une autre de ses caves, et de-ci de-là, ils voyagèrent encore autour des fûts, l'un le gosier ouvert sur la pichette, l'autre le nez dessus. Ils remontèrent fort tard. Le négociant avait maintenant besoin d'air frais. Il revint à lui sur la place Saint-Nicolas, s'arrêta, pissa dru comme il avait bu, et décrocha un énorme bâillement sonore qui aurait pu en réveiller plus d'un dans le champ de repos juste au-dessus, près de la cathédrale Saint-Étienne.

Martin l'attendait quelques pas plus loin :

– Alors, compère ?

– Compagnon, je bâille à la lune comme d'autres bayent aux corneilles. J'ai grand sommeil et plein de gaieté de t'avoir trouvé aujourd'hui.

Martin, d'entendre ce bruit de fontaine courir sur les pavés, défourrailla lui aussi et, le nez levé au ciel, dit :

– Regarde cette beauté, on dirait qu'elle me parle avec sa bouche de pleine lune !

Camuse releva la tête, répondit :

– Je te comprends. Ce soir, on la dirait habitée.

Tous deux avaient l'instrument dans la main, et le ruisseau entre les jambes.

– Je me demande, dit Martin, si quelques pieds de vigne bien plantés ne donneraient pas un excellent vin là-bas ?

– Non pas, monsieur, pas là-haut, que nenni, pas là-haut, reprit Camuse le nez à la relève.

Martin reprit :

– Si, elle nous attend, regarde-la ! Elle nous provoque. On ira.

– Eh bien, ne te gêne pas ! Enfourche vite ton balai magique ou bascule dans une feuillette et, comme Diogène, navigue… navigue jusque là-bas. Emporte quelques ceps bien dodus, plante-les à la manière de chez eux. Reste là quelques années et reviens nous faire boire de ton vin de lune.

Martin se courba sous le mot, ce fut la fin de son arrosage, il partit à rire si fort que madame Camuse en ouvrit sa fenêtre. Elle en vit un, nez levé, le jet d'eau fier et courbé, l'autre penché à se rouler les côtes. Les bougres, quand ils récupéraient leur souffle, se regarder un instant les ramenait à la rigolade.

Madame Camuse les trouvait un peu fous de commencer mardi gras avant l'heure mais, à les voir se taper sur les cuisses et pleurer, elle y vint naturellement, même si elle ne savait pourquoi.

Camuse, encore hilare, lui présenta Martin :

– Cet homme, ma bonne, est l'homme qui manquait à ma cave. Il dort chez moi ce soir, il mange, il boit s'il lui plaît, ce qui lui plaît.

– Il y a une place pour lui près de la cheminée pour cette nuit. Et demain, monsieur Camuse qui nourrit sans faire travailler, donne aux pauvres de tout Auxerre, dans tous les quartiers et oublie sa femme, monsieur Camuse, demain la coutume le soignera… répondit madame en fermant les persiennes.

Le négociant, soudain, ne se sentit plus tout à fait dans sa pichette.

– Aïe, aïe, j'ai oublié, aïe, demain matin, c'est la coutume. Les maris doivent obéir aux ordres de leurs femmes, de l'angélus du matin à l'angélus de midi. Aïe, aïe, madame Camuse m'a promis tout au long de l'année de me faire astiquer la maison comme un forçat.

Il réfléchit puis, après s'être touché le menton, prit son homme de cave par l'épaule.

– Il n'y a que le bedeau pour me sauver !

Ils grimpèrent l'escalier de la rue d'Yonne et Camuse entreprit à grand bruit de réveiller le bedeau endormi.

Les pierres lancées contre le bois des persiennes et les coups de pied dans la porte eurent raison du sommeil de l'autre énergumène, qui sortit de son lit difficilement et mit sa jolie tête de bedeau à la nuit.

– Quel boucan ! Arrêtez donc ! Qu'est-ce qui t'amène, Camuse ? L'extrême-onction, ta femelle ou bien un navire qui chavire avec toutes tes barriques dedans ?

– Non, rien de tout cela. Je m'en viens te donner de l'argent.

– Tu as un besoin urgent de me donner de l'argent ? dit l'autre étonné.

– J'ai un service à te demander ! Je voudrais que tu sonnes l'angélus du matin comme à l'habitude…

– C'est certain, l'angélus du matin, Camuse, je le sonne le matin.

– Oui, mon bedeau de cœur, et sitôt après, demain, tu me sonnes celui de midi, vite fait, bien fait.

– Ah ! Ta femme t'embête, Camuse ?

– Non, ma femme c'est la plus gentille des femmes après la tienne qui dort dans ton lit. Et, même si elle m'écoutait, je suis sûr qu'elle n'en dirait rien à la mienne.

Le bedeau se retourna, puis regarda à nouveau le négociant et lui indiqua de son doigt que sa femme ne perdait pas un mot de la conversation.

Camuse reprit :

– Demain, Dieu a droit de faire des farces à ses paroissiennes. Tu entends sonner huit à l'heure de l'horloge et tu sonnes l'angélus de midi. Combien veux-tu pour ce petit service ? Cinq... Je te donne cinq tout rond.

Le bedeau consulta sa femme et de la main fit signe qu'il faudrait monter les enchères.

– Huit, allez, je vais à huit, mais tu en donneras à dame Bedeau.

Le bedeau montra ses dix doigts.

– Dix, mais dix, c'est le salaire de ma femme de chambre pour deux mois !

– Dix, répéta le bedeau à voix basse. Elle veut dix.

C'était à prendre ou à laisser.

– Dix, quel malheur, c'est entendu ! Allez, descends que je te le donne, ton angélus de la nuit.

Le bedeau en bonnet et chemise descendit, ouvrit sa porte et chuchota à Camuse :

– Dix, Camuse, c'est pour elle et je sonnerai quand même. Elle me tient. Donne vingt et je sonne comme tu veux.

– Sacripant, tu voles ta femme. Veux-tu que je lui dise ?

– Non, tais-toi, donne dix de toute façon. Elle me fait les poches. Après tout, j'ai assez maintenant pour acheter une vigne, voudrais-tu m'aider à presser mon vin et à l'héberger ?

– D'accord, bedeau, voilà dix, sonne à huit sinon rien.

– Le pressoir, les barriques. Ta parole !

– Oui, ma parole, répondit Camuse en le repoussant dans sa maison.

Le négociant alla rejoindre la meute des ronfleurs, des dormeurs de cave, rêvasseurs aux tétons de leurs femmes, bouches béantes... Camuse avait promis à son caviste, qui n'avait rien demandé, une barrique contre sa parole de ne rien dire jamais à sa femme.

Martin ne voulait pas que cette journée se termine, même si dame Camuse avait arrangé son coin de plume et rechargé l'âtre d'une grosse bûche de chêne pour sa nuit. Il avait les yeux grands ouverts, sur cette ville endormie qui l'accueillait si bien.

Des lumières vacillantes sur la rivière attirèrent ses pas, le grand gaillard de Barrique et ses compagnons étaient restés sur la flette qu'ils avaient chargée. Leur besogne terminée, ils se reposaient près d'un petit fût, avaient sorti leurs gobelettes, et se rinçaient le gosier à la tranquille quiétude de la lune.

– Les caves de Camuse sont aussi bonnes pour n'en sortir qu'à cette heure ? lui demanda Souillon.

– Viens l'ami, boire le gorgeon de la nuit, reprit Malin.

– Oui, viens donc, répéta Barrique en levant son gobelet.

Martin naviqua entre les cordes, passa entre quelques bateaux remontés sur la berge pour les retrouver. Les torches allumées laissaient deviner combien il fallait de dextérité pour empiler les fûts sans que le bateau chavire pendant le chargement, et qu'il soit facile à la manœuvre pendant son périlleux voyage vers Paris. Martin leur apprit son embauche chez Camuse. Chacun parla à son tour :

– Il paie toujours ce que sa bouche annonce, et aux heures d'horloge !

– À Auxerre il y en a peu, il faut pleurer son dû, faire l'âne et le mulet en même temps !

– Le prix convenu, nous, c'est ce que l'on veut, ni plus ni moins !

– Plus, c'est mieux, mais si c'est moins, là, on ne répond de rien ! surenchérit Malin.

Ils se mirent à glousser, en se frottant les épaules les uns les autres.

Les cordages d'un bateau s'agitèrent. Tous trois se turent en cherchant leurs bâtons du regard. Martin se demandait encore ce qui se passait au moment où deux pieds en pleine poitrine le firent partir à la renverse. Dans l'instant où il tombait, il vit Barrique, assailli par deux teigneux, les jeter par-dessus bord. À peine voulait-il se relever qu'un coléreux se dirigea sur lui, heureusement intercepté par Malin. Le bâton de Souillon fit merveille sur le jarret d'un autre pendant que Barrique s'occupait de trois anguilles accrochées à ses genoux ; il les prit dans les nasses de ses mains et les remit dans le courant vif de la rivière, puis alla aider Malin à se défaire d'une ventouse tenace. Martin resta assis le temps de voir passer, par-dessus le bord de la flette, un restant de haine qui collait à ses jambières.

Ce dernier plongeon fit sourire les trois rouleurs de futailles.

– J'espère que Cochois vous a payés avant ! s'écria Barrique à l'endroit de ceux qui, trempés, remontaient comme ils pouvaient sur la berge envasée. Sinon, pas la peine d'y penser, le vieil avare ne vous donnera pas une pinte pour vous réchauffer !

Les gaillards regardèrent leurs adversaires s'enfuir.

– Tu es devenu notre frère de cogne, fais attention à toi quelque temps, peut-être que cet imbécile de Cochois t'a mis dans la même charrette que nous, dit la Barrique à Martin.

– Parle à Camuse, il ira le trouver. Si cela ne suffit pas, alors viens avec nous, le Cochois n'a jamais pu nous vaincre !

– Sais-tu jouer du bâton ? reprit Malin.

– Non, mais je crois qu'à Auxerre il faudra que j'apprenne !

110

La brume matinale ramena l'odeur de la rivière jusqu'aux narines de Martin. En ouvrant la porte, il vit Camuse balai à la main et d'autres, torchons sur l'épaule, nettoyer le devant de leur maison. Les commères à leurs fenêtres leur donnaient des conseils judicieux.

– Hé, mon mari, dors-tu ? Le balai, s'il te plaît mon matou, un peu plus dans les coins.

– Pas si vite, tu vas y prendre goût ! reprit une autre de peur que l'excès de zèle du sien porte la colonie de perruches à croire qu'il se sentait mieux en femme à la maison qu'à l'ouvrage de la vigne.

Près de sa porte, au-dessous de son épouse au balcon, un petit gros, fatigué encore de l'avant-veille, singeait sa moitié en train de balayer. Il s'activait le corps, il s'activait les bras, mais son balai dondaine, mais son balai dondon ne bougeait pas ! Si bien que sa croque-mitaine l'injuria si fort qu'il en baissa les bras.

– Le tien, tu le nourris trop ! Il n'est bon à rien. Fais-lui faire carême toute l'année.

– Gros, gras, maigre, dit une autre, le mien est sec comme un coup de trique. Crois-tu qu'il se secoue plus pour ça ?

– Un homme avec un balai, comme il le bouge, il s'agite au lit.

Là, les hommes se déchaînèrent. Ils se vantèrent du balai dans toutes les positions. Les commères s'en trouvèrent émoustillées.

– Oh ! La Miremont, prête-nous le tien, il danse comme un paon.

– Prenez-le toutes ensemble si vous le voulez, il ne remue que du vent, chanta cette jolie tourterelle qui avait avalé la voix du dindon.

Puis les hommes relevèrent la tête, les femmes aussi. Elles écoutèrent… et n'en crurent pas leurs oreilles. Les cloches sonnaient.

Les plus hardis lâchèrent immédiatement leur ouvrage et leurs femmes dévalèrent les escaliers à leur poursuite.

– Quoi ! Revenez ! Déjà midi ? Sûrement pas !

– Oui, oui, crièrent les hommes loin déjà, midi sonnant, midi tapant, midi sonné. Midi fini, c'est fini. Au revoir…

Camuse ne perdit pas son temps en palabres.

– Salut, madame Camuse, à la prochaine coutume ! Viens, Martin, allons saluer notre corporation avant le début des festivités.

Dame Camuse descendit rejoindre les autres. Elles tournaient toutes en rond sur la place, levaient les bras au ciel, collaient leurs mains sur leurs hanches, elles faisaient l'amphore et, suivant la courbe de leur derrière, elles devenaient amphore callipyge ou amphore aubergine.

– Midi déjà ! Voui, midi menteur ! Des midis comme ça, on en voudrait tous les jours, on leur ferait chauffer de la soupe aux cailloux à ces hommes de rien qui fuient la coutume.

Le gros Rumine était resté là, tournant autour du balai. Elles le houspillèrent et, quand elles le laissèrent choir, pauvre de lui, il s'endormit. Elles remontèrent l'escalier de la rue d'Yonne, furieuses. Elles cherchèrent le sonneur de Saint-Étienne, un dénommé Martin Pougy. Il cavala autour des massifs du jardin presbytérien mais rien n'y fit. Les femmes remontaient leurs jupes et couraient bien trop vite pour lui. Il fut allongé, la tête dans la terre, il reçut l'angélus des harpies : une giboulée de gros grêlons, de poings et de menus pinçons. Il hurla, il gueula. Dans ses bras qui lui protégeaient la caboche, il marmonna qu'il n'avait rien sur la conscience, mais peut-être, si elles le laissaient respirer, il leur dirait qu'il avait juste tenu la corde de la cloche pendant que Chef Bedeau s'envolait dans les airs à sonner midi à toute volée.

Elles ligotèrent Pougy, le laissèrent à la garde des moins imposantes et partirent comme des moineaux batailleurs à la poursuite de celui qui voyait midi à huit heures. Elles le retrouvèrent dans l'estaminet Blérote, rue Sous-les-Murs : il avalait de l'andouille avec un pichet de blanc sec. Cerné, il alla rejoindre Pougy et tous deux se trouvèrent à balayer les maisons de ces dames. On réveilla le gros, endormi sur la pierre de sa porte, et lui aussi fut obligé de jouer du balai.

Pendant ce temps, la procession commençait. La confrérie Saint-Nicolas, patron des mariniers vivant des transports des marchandises par eaux, défilait en tête. Le bâton de confrérie était tenu par Cochois entouré de ses deux fils Eustache et Jean-François, tous avec un œil fermé. S'il était resté quelqu'un dans Auxerre qui ne voulait pas croire à la bagarre entre Cochois et les rouleurs de barriques, les fleurs sous l'œil l'attestaient et elles déclenchèrent des remarques sournoises.

Un jour comme celui-ci, les Cochois représentaient la confrérie, dont ils étaient les principaux maîtres avec les Jossier, leurs concurrents. Mais c'était un affront terrible, ces marques, ces tatouages fugitifs, ces couleurs changeantes estampillées par leurs ouvriers. Derrière Saint-Nicolas et les Cochois, Saint-Fiacre, patron des charpentiers à bateaux, processionnait aussi. Près des maisons, au ras du sol, des vignerons, des bêtes à hottes sortaient leurs têtes rougeaudes, rieuses, des caverons et, le nez près des pavés, sifflaient, beuglaient, cornaient maintenant au passage des tonneliers en habits blancs qui jonglaient avec leurs cercles de fer peints de diverses couleurs. Toutes les corporations étaient munies de leur bâton cantoral, ces bâtons de confrérie dorés avec la tête de leur saint patron sculptée dessus. Le défilé continua au son des beuglants, des tambours de tout genre. Camuse, avec son maître de cave, rejoignit les autres négociants. Les habitants avaient disposé sur les pierres des fenêtres des tonnelets contre la pépie. Sur la place des Rondeurs étaient sorties les poêles et on lançait les crêpes très haut. Avec plus ou moins de bonheur, on les faisait retomber dans les poêles des voisins. Certains attendaient ensuite que la crêpe refroidisse et se l'appliquaient sur le visage. La coutume disait que cela protégeait des mauvaises mouches pour tout l'été.

Ils se dispersèrent quand, de la tour de l'Horloge, chacun entendit sonner véritablement midi. Camuse et Martin descendirent pour déjeuner et, passant devant chez La Blérote, celui-là même qui écoulait son andouille dans tous les gosiers de passage dans sa rue, furent arrêtés par Malin.

– Ne rentre pas chez toi, Camuse, ta mignonne est furie. Attends que le sourire lui revienne, sinon tu vas prendre un soleil !

– Mais non, non, reprit le négociant, ma femme est gentille. Et toi, que fais-tu ici ?

– Je mange, je bois, j'évite Cochois.

– Tu manges quoi ?

– De l'andouille.

– De l'andouille, mais j'en raffole, de l'andouille. Tiens, puisque c'est comme ça… mangeons ici !

– Mais ta femme ?

– Elle attendra, il faut savoir se faire respecter !

Camuse et Martin, son invité, s'attablèrent avec les rouleurs de fûts. Puis ceux-ci, après avoir englouti tout ce qu'ils pouvaient, partirent à la concorde comme prévu.

À Saint-Étienne, ils attendirent les Cochois avec le curé. Mais ceux-ci ne vinrent pas; le curé, voyant que la paix ne pouvait se signer, les fit sortir tous trois par une porte dérobée. Bien lui en prit car, un morceau de métal dans les poches, les Cochois surveillaient la place, un œil noirci, l'autre noirceur.

Le soir, personne n'ayant rencontré personne, les deux clans allèrent dormir, Malin et Souillon collés contre Barrique, de peur d'une attaque fortuite.

Camuse revint sur la pointe des pieds voir de quelle humeur se sentait sa femme. Celle-ci s'était considérablement adoucie d'avoir passé une journée à courir le bedeau.

Martin suivait comme il avait suivi toute la journée, sans rien dire. Il était curieux de tout. Il avait raconté sa mésaventure de la veille au soir au Camuse, qui s'empressa de prévenir les Cochois qu'ils ne s'avisent pas de prendre son maître de cave pour une barrique, sinon ils perdraient les siennes… Comme il était leur principal client, ils lui transmirent qu'ils n'y avaient pas même pensé. Camuse avec sa manière bonhomme protégeait Martin. Nourri, logé et apprécié, le moinillon se détendait. C'était pour lui une sorte de début de vie de famille. L'autorité du négociant sur la ville ne faisait aucun doute. Il avait été étonné par l'étendue du savoir vinicole de Camuse. Il avait trouvé dans certains domaines son égal, et il aurait à apprendre la bonne manière d'acheter, et de vendre. Camuse déjà lui avait glissé dans l'oreille une phrase qui résumait bien sa manière de voir.

– Le premier bénéfice, c'est à l'achat qu'il se trouve.

Il faudrait qu'il mette cette maxime en pratique pour accumuler la futaille. Mais, pour l'instant, madame Camuse dans la cuisine les attendait. Camuse, embarrassé, commença :

— Mon ami surtout, le pauvre, et moi-même avons un peu faim, ma bonne et agréable femme. Manger à l'auberge ce midi m'a fait regretter ta cuisine.

Puis, se tournant vers Martin, il ajouta :

— Je la vénère pour cela, et parce qu'elle sait tenir une maison comme personne.

À la dérobée, Camuse étudiait la figure de sa femme. Elle haussait les épaules mais sa bonne mine revenait.

— Toute l'année, elle m'a nourri grassement sans bourse délier, elle a l'art et la manière d'accommoder les restes. Se servir d'un peu de rien pour en faire beaucoup.

— Arrête, imbécile de mari, j'entends ton boniment.

— Mais pas du tout, ma tendresse. J'ai, pour te remercier de cette année passée à bien tenir ma maison, à me nourrir aussi bien et sans compter tous les autres avantages que je tire de ton agréable personne... J'ai...

Madame Camuse l'interrompit :

— Tenait dans son bec un fromage...

— Pourquoi dis-tu cela ?

— Pour rien, mon renard, lui répondit-elle en se dandinant malgré tout.

Elle aimait le compliment. Il n'était pas si faux. Ces deux-là s'entendaient comme cul et chemise.

Camuse reprit :

— J'ai décidé de t'offrir, de chez Jacobin le tailleur, une mise complète à ta taille.

Elle fronça les sourcils :

— Qu'est-ce qu'elle a, ma taille ?

— Rien, douceur, elle est adorable.

Les hanches de madame Camuse respiraient sa cuisine. Elle prit un air enfantin, devint mutine et boudeuse :

– Pas chez Jacobin, il habille les Vénus de la paroisse. J'irai chez Aurélien Talle, l'habilleur à la mode du quartier Saint-Eusèbe. Je lui ferai sertir des galons sur tout le pourtour des manches. J'ai mon idée.

Voyant ses affaires s'arranger, Camuse s'avança et voulut l'embrasser :

– Pardonnons-nous d'avoir…

– Quoi ? fit-elle. Aurais-je quelque chose à me faire pardonner ?

– Non, non, rien, d'accord pour Aurélien, mangeons… Aurais-tu préparé… ?

– Balourd que tu es, dit-elle, va chercher ton meilleur vin blanc, je t'ai préparé un poisson, une merveille de poisson. Il a tellement de goût et je l'ai accommodé d'une telle manière qu'on va s'en mettre jusque-là, que l'on aura plus envie de poisson avant longtemps.

Camuse, sitôt parti, sitôt revenu, avec les pichettes remplies, servit son maître de cave et l'interrogea du regard et de la tête pour connaître le nom de ce qu'il buvait. Un meursault doré, joyeux, soleil de la côte et péché mignon de dame Camuse. Il s'agissait de « Poruzots ».

La nuit passa tranquille pour tous sauf pour le bedeau qui, ligoté des mains et des pieds, bandeau de toile sur la bouche, avait été remisé dans un poulailler. Dans cette situation, odeur chaude de fiente dans les narines, le pauvre finit malgré tout par s'endormir sous le perchoir des poulettes. Toute la nuit elles le décorèrent à leur façon.

Le lendemain, Camuse fit goûter à Martin deux feuillettes, qu'il donnerait ensuite à la rue. Ce serait son cadeau de jour de fête à la ville d'Auxerre.

Les femmes du Bonnet-Rouge n'eurent pas le temps de toute la matinée de s'occuper de Bedeau. Elles préparèrent des tartes aux épinards, les fromages blancs au vin blanc et autres amusettes élégantes.

Les premiers carnavaleux avaient longé l'Yonne et tiraient des sortes de barques à fond plat, des bachots où s'empilaient des barriques venues de Nuits-Saint-Georges et d'ailleurs. D'autres, ceux des bois, vinrent par le port avec des échalas qu'ils livrèrent près de l'église Saint-Pierre. Sur leur dos, portant des sarments ramassés sur la côte Boivins et Brichères, ceux du ru de Baulche enfin rentrèrent par la porte dite Saint-Siméon. Les rues se remplirent de monde. Les habitants sortis de leurs maisons piétinaient les uns derrière les autres. Ils se serraient épaule contre épaule, et bientôt dos contre torse, ce qui provoquait chez les commères un peu fortes des essoufflements passagers. Elles donnaient du coude pour respirer plus à leur aise. Beaucoup avaient apporté un instrument : des tambours, des cornes, des petites cloches ou des poêlons à frire pour taper dessus. Les sons montaient entre les murs, les oreilles en étaient saturées. La chaleur, les corps serrés, les sueurs provoquaient une excitation sans pareille, et finalement toutes ces odeurs se refermèrent en une seule. Odeur saturée d'une foule en transe, une odeur maternelle et sociale, comme une appartenance au troupeau, à la horde...

Bientôt, le vin aidant, on ne se parla plus, on grognait et cognait contre les instruments... Carnaval, c'était la paix des corps revenue par la transe, les échanges furtifs de caresses soudaines... Les jeunes hommes se collaient contre les fessiers des femmes et leur mimaient une danse interdite.

Martin piétinait, suait lui aussi, il avait perdu Camuse emporté comme lui aux rythmes de la foule et des sons. Il cherchait l'endroit où le concours de roulage de barrique devait avoir lieu. Mais la foule disposait de lui, il allait en arrière parfois, et reculait de quelques pas, l'entassement était encore plus fort. Heureusement les gueules bâclées, les amputés, les infirmes avaient été rejetés et s'étaient mis à l'abri sous les porches pour ne pas être piétinés. Martin était chaviré. Même s'il avait déjà participé à d'autres fêtes, il n'avait jamais rien vu de tel. Sa tête bourdonnait. Des impressions nouvelles affluaient en lui.

Il se réfugia dans une cour où les invités mangeaient du boudin frais au sang encore chaud, des ailes et des pattes de poules grillées. Le maître des lieux, un lormier, l'ayant vu défiler avec Camuse, lui servit un gobelet de vin blanc, qu'il but pour la soif puis, sans trop savoir comment, il se retrouva dans une cave où des vignerons faisaient sauter les bondes. Fini le temps des macres à l'eau, des gruaux insipides, des picoulées, ces sortes de galettes d'avoine. Toutes les corporations ripaillaient à débride-gosier. On mangeait, on mangeait, on mangeait : devoir était donné à chacun d'assister son voisin. Tous ceux qui voyaient un homme rouge cramoisi ou bleu, prêt à étouffer, devaient le soulager : soit par deux doigts à la titille pour la dégo-bille, soit, quand rien ne venait par le haut, par une impo-sition des mains sur le ventre avec les mots suivants : «Ventrée bleue, ventrée rouge, ventrée par-dessus toutes les ventrées, faites en sorte que cette ventrée ne fasse pas plus de mal dans le corps de cet animal que notre Seigneur n'en a fait dans le ventre de sa mère. »

C'était le cas d'un joli bedonnant que l'on avait couché sur le côté pour qu'il respire mieux. Tout autour de son corps, ses amis attendaient la marée. Le pauvre aurait bien aimé se répandre mais rien ne se décidait, ni du haut, ni du bas. Quand un de ses camarades lui jouait de la titille, il se mettait à chanter avec une voix de merlusiot. Quand ses copains lui imposaient les mains, ils entendaient de la gargouille et puis plus rien. Ce n'est que lorsqu'on lui fit boire de l'eau qu'il ne se supporta plus. Il partit des deux côtés à la fois. Ses amis, le voyant ainsi débondé, le laissèrent reprendre le morceau d'esprit qui lui manquait. Peut-être d'ailleurs arriverait-il à se défaire de ce qui l'avait mis dans cet état. Une idée ? Une vision ? Des désirs étranges partiraient avec le brouillard de ses humeurs.

Dehors Martin reprit le flot. D'une fenêtre, il entendit :

– Cochois, viens boire avec tes enfants !

L'Eustache leva la tête sur un petit homme chauve.

– Salut, Vergniaud, t'as vu les Barrique ?

– Oui, juste devant, ils viennent de passer.

L'homme pointait son doigt dans la direction d'une place où plusieurs ruelles débouchaient. Les maisons autour avaient été prises d'assaut, aux fenêtres s'agglutinaient des formes bariolées, des airs, des gestes… Par les portes ouvertes rentrait encore de la foule. Sur la fontaine, au milieu de la place, siégeait une grappe de gosses, pieds nus dans l'eau froide.

Comme s'il ne suffisait pas qu'une ville entière décharge son âme, une haine brutale et aveugle se lisait sur les visages des trois Cochois. Martin se faufila discrètement derrière eux.

Les trois «Barrique», au soleil près de la fontaine, se passaient la tête sous l'eau, ils en avaient besoin. Comme s'il n'y avait pas assez de monde, d'une ruelle arrivèrent des jeunes gens accrochés les uns aux autres, le visage barbouillé de farine. Sur une file, en chantant, ils rentrèrent dans la première maison qu'ils virent. Là où la tête était passée, les autres suivaient. Ce n'était qu'une suite de virages à la hanche entre les meubles, suite d'accroche-paletots pour passer les fenêtres et toujours des pelotages massifs entre filles et garçons.

D'une autre rue arrivèrent un âne et, juché dessus, un homme tartiné de bouse, la tête surmontée d'un entonnoir d'où s'échappaient quelques déjections visqueuses dégoulinantes sur ses oreilles. L'homme juché à l'envers de sa monture tenait le bout de la queue pisseuse de l'animal dans sa bouche. À s'approcher de très près, sous la bouse, on aurait reconnu Bedeau. Bedeau grand chevalier de l'âne.

Les femmes s'arrêtèrent sur la place et lurent la sentence comme elles l'avaient lue à chaque croisement de ruelles.

– Les femmes du Bonnet-Rouge, rebelles de la cloche, ordonnent galette de bouse pour Bedeau, le Bedonnant, le Bedu monté et démonté sur l'âne. Le voilà parfaitement parfumé et bousé.

Et, suivant le protocole, l'une d'elles le tartina encore.

Martin Pougy le sonneur, à pied, suivait. Bousé lui aussi, il avait reçu quelques liquides putrides sur lui, et une femme l'obligeait à s'encenser de très près avec un sabot de cheval dans lequel brûlait du crottin. L'odeur était double : la corne aussi brûlait.

Hélas, un mouvement de foule coinça Martin entre deux jeunes filles et il ne put suivre les teigneux. Au milieu de ce vacarme, et dans l'émotion de ne pouvoir prévenir ses amis, son corps était possédé à son insu par tous les sons, toutes les musiques qui s'étaient mis au même rythme, ce qui augmentait encore la transe. Il se colla contre un pilier de mur, laissa le flot s'écouler sans lui. Tous continuaient d'avancer et se tassaient de plus en plus sur cette place, comme s'ils avaient rendez-vous avec la folie. Les Cochois serraient leurs lames dans leur paletot, et guettaient la tête rousse de Barrique qui aurait dû dépasser de toute cette marée, s'il ne l'avait point mise dans l'eau de la fontaine à la dessoûle.

La poitrine de Martin se soulevait malgré lui, il s'essoufflait. Il aurait voulu crier. Son sang, il le sentait dans ses tempes, circulait plus vite. Il ferma les yeux et, après une sorte de couloir où il s'enfonçait, il se retrouva dans un lieu étrange où ce n'était plus le corps qui dirigeait. Une odeur de vin et de terre, mélangée, lui emplit les narines. Il eut l'impression qu'il s'aspergeait de ces effluves tanniques. Quelqu'un le prit, des mains le caressaient. Quand il ouvrit les yeux, une jeune femme lui souriait, il sentait toutes ses formes, elle se serrait contre lui. Elle était brune et blanche de peau, avec un joli visage éclatant de sourire. Il respira son haleine, il aima son odeur et donna sa bouche à la sienne. Puis le reste du corps, les sexes se caressaient aussi. Ils se soufflaient dans le cou, derrière les oreilles, cherchaient la chaleur de la nuque. Rien n'aurait pu séparer ces deux corps, sauvages et doux, pas même le cri strident qui paralysa la foule avant de la faire frissonner.

Comme un enfant né de la transe et de la foule, né du bruit et de la décharge des âmes, Carnaval se leva et chacun le vit. Tête fardée, un paletot, un jabot souillé, le tout bourré de paille, et chacun le toucha quand il passa au-dessus des têtes. Carnaval, l'âme de la ville, Carnaval, pantin des passions… l'enfant de la cité et des layots.

Ce qui devait arriver… arriva. Barrique et ses amis se retrouvèrent face aux Cochois. De toutes leurs forces ils réussirent à écarter la foule de quelques pas, tandis qu'un homme, tout revêtu de noir, prenait un masque et montait sur la fontaine. On lui lança le bonhomme de paille et, quand il parla, la foule se tut.

– Jambes en l'air, je t'en veux, ici c'est ton procès. Je suis ton accusateur public. Tu devras avouer tous tes crimes, tous les scandales et tous les malheurs que tu as causés pendant cette année-ci. À commencer par la dernière querelle que tu as semée entre Cochois et Barrique. Je t'accuse ici d'avoir rempli l'Eustache d'avarice.

Il y eut des sifflets. Une charge de beuglants, des huées… Ils reconnaissaient dans la manière de déclamer de ce faux avocat des airs de hauts personnages de la ville.

– Oui, parfaitement, Cochois devenu avare cette année, voyez-vous ça, Carnaval lui est rentré dedans sans qu'il s'en aperçoive… Lui l'équitable, l'honnête, a tout voulu pour lui, rien pour les autres, reprit-il, l'air le plus ecclésiastique possible.

Et même s'il s'agissait d'une pantomime, les Cochois acquiescèrent du menton. Il le fallait, tous les regards se portaient sur eux.

L'accusateur continua :

– Maître de confrérie des voitures à eau, tu donneras le nombre de coups de lame que tu veux dans le corps de cet homme qui t'a fait pantin durant l'année.

– Depuis plus longtemps ! hurla un dans la foule.

Il y eut des rires un peu partout.

Les lames trouèrent le cœur plusieurs fois. Ses deux fils tenaient le pailleux et Eustache, enragé, lui perfora aussi le côté et les pieds. Puis, quand la haine se fut évaporée du corps des Cochois, les lames restèrent plantées dans la poitrine du pantin. On les lui laissa comme des parures, des bijoux que l'on aurait accrochés à même sa peau.

— Carnaval, reprit l'accusateur public, pendant que Cochois, l'œil encore mauvais, tendait Son Excellence à Barrique, je t'accuse d'avoir rempli Barrique de trop de vivacité, Malin et Souillon aussi. Te voilà découvert, multiple vermine, toute l'année s'est passée à la cogne pour eux, ils ne jurent plus que par les heures de l'horloge.

Là aussi, tous éclatèrent de rire.

— Il n'y a pas que les Cochois. Cette année, la liste est longue !

— Jossier, confrère des eaux, es-tu là ?

— J'y suis.

— Veux-tu faire mourir le Pantin ou punir les Barrique ?

— Pantin, répondit la foule. Le Pantin. À mort ! À mort ! Sauvez les Barrique !

— J'allumerai la torche, c'est moi qui brûlerai la discorde, répondit Jossier, content de montrer à tous qu'il pourrait être un bon maître de confrérie à la place des Cochois.

— Oui, oui, brûlons l'enfer de Carnaval ! reprit la foule.

— Les rouleurs, hurla l'accusateur, donnez vos coups.

Les trois rouleurs s'en donnèrent à cœur joie, la paille s'envolait. Quelqu'un prit de la suie et lui maquilla l'œil à la mode Cochois.

— Regardez, reprit l'accusateur public, plus de querelle, pas besoin de concorde ! Cochois, Barrique se serrent la main ! Miracle !

Tous applaudirent et sonnèrent la charge des beuglants.

– Carnaval aussi a fait du tort à mon mari, hurla la femme Bedeau. Carnaval imposteur, sonneur à n'importe quelle heure, a mis en furie les femmes du Bonnet-Rouge.

– Oui ! Oui ! hurla Pougy.

Bedeau, lui, ne parlait plus, n'entendait plus, ne comprenait plus. Son esprit de bedeau se perdait autour de lui.

– Doit-on épargner Bedeau ou Carnaval ?

– Bedeau ! Bedeau ! À mort Carnaval ! Vieux jabot. Jean du Paletot. Crevure. Pourriture fugace.

L'accusateur public :

– Je réclame la mort pour le Pailleux. Il a reçu des coups, c'est bien. Maintenant il lui faut son Golgotha. Châtré, brûlé aussi, pendouillé un peu. Vermine, vois-tu le tort que tu as fait subir à la communauté !

– Fripouille de presbytère ! Paupière de loutre, je veux ta mort pour que nous retrouvions la bonté, la joie d'être ensemble dans l'Auxerre que l'on connaît. Carnaval, tu nous as rendus fous.

– Arrachez-lui l'autre l'œil, dit un borgne.

– Émissaire de l'esprit à l'envers, sois châtré !

Et il plongea la main dans le pantin, arrachant de la paille dans l'entrejambe.

– Et son avocat, il a le droit de se défendre ! demandèrent certains dans la foule.

L'avocat du pailleux fut désigné. Il s'installa dans la charrette. Il tenait à bout de bras sieur Fanfaron, un œil cerné, un œil pendant, trois lames dans la poitrine, le fond de sa culotte béant et le dos comme flagellé.

– Pourquoi le tuer, mes amis, n'a-t-il pas assez souffert ? Changeons cette année ! Il est prêt à s'amender, à devenir, comme nous autres, une personne de qualité. Il ne parlera que la langue de chez nous. Il s'habillera à la mode de chez nous. Cette année il sera bien de chez nous.

125

– Oui, oui, très bien, bravo ! Prépare les fagots !

– Carnaval promet de remettre son âme à notre service et il deviendra des nôtres.

– Non, non, tuons-le ! Allez, vite la corde, pendons-le !

On accrocha le pantin sur une charrette et elle partit au milieu de la foule. Certains descendirent derrière elle, d'autres partirent par les ruelles, mais tous quittèrent la ville : il n'était pas question d'allumer des feux dans l'enceinte. Ils avaient vu le quartier Saint-Amâtre brûler comme une torche quelques années auparavant. Les maisons en pierre de ce côté de la ville étaient encore assez rares.

Camuse, en descendant, rencontra Martin fortement enlacé à la fille de Florimond Boule. Le bougre n'avait pas perdu son temps, pensa-t-il, il avait déjà trouvé une âme sœur et pas n'importe laquelle : une forêt d'échalas sur la côte Lignorelles.

Quand elle s'évapora dans la foule, Martin le rejoignit au sortir de la ville sur le pont. La fête continuait. Tous avaient allumé des torches et sautaient par-dessus les brasiers.

À la nuit tombée, on plaça monsieur Pantin sur un catafalque en papier huilé, illuminé de larmes et d'os en croix. Ils mirent le feu avec solennité. Cochois parada devant les braises. Tous firent semblant de se recueillir et de pleurer. Un jeune fou plongea sa main dans le feu pour y ramener un morceau du pantin : sa tête et un bras. Il mit le tout dans un tonneau et lança la barrique par-dessus le bord du pont. Monté lui-même sur le parapet, les bras en l'air, voyant le singe s'éloigner, il déclama :

— Salut à toi, Carnaval, dans la feuillette, tu rejoins l'eau, tu périras englouti par tes propres conquêtes. Rappelle-toi la haine que l'on te porte ici. Mannequin déguisé qui nous fais dériver, attraper, maudire et gémir toute l'année. Que ta mort nous guérisse de tes refrains. Qu'elle nous rende à nous-mêmes ! Pitre mou, pantin blême, évite maladie, brûle au bûcher des vanités ! Je te souhaite l'océan et la foudre, l'enfer et la merde. Je te hais et ma haine est si vive et ma haine est si forte qu'à te voir partir dans l'eau vive, je te traite, je te traite d'avorté de moi-même, je te tue, et pour ne plus te voir jamais, je t'avale jusqu'à l'année prochaine.

Il engloutit sa parlote par une rasade de vin qui dégoulina sur son cou.

C'est ainsi que cette année-là, la braise au visage, l'œil pendant, le sourire des tristes sur sa bouche fardée, monsieur Pantin, naviguant entre les îles, se cognant aux bateaux, tanguant dans sa barrique, quitta Auxerre.

Autour de la ville, sur toutes les collines avoisinantes, les cerisiers, élagués à hauteur d'homme pour la cueillette, donnèrent du bourgeon et de la fleur. Le soleil redevint le cœur et le vert prit de la caresse. Fini le terrible mois d'avril où le vigneron inquiet au midi parcourt les échalas, touche les sarments pour connaître l'étendue de la morsure du gel. S'en allèrent les gelées blanches qui laissent les arbres sans fruits, les vignes sans vie...

L'odeur du fleuve recommençait à monter dans les collines. La chaleur douce et la paisible langueur du mois de la pousse et des beaux matins entraînèrent Martin sur les chemins des coteaux d'Auxerre. Il découvrit Saint-Bris-le-Vineux, Chitry-le-Fort et Cravant, où les vins de Beaune arrivaient par charrettes avant de se laisser porter sur la rivière, par bateaux groupés au gré de l'aventure des pertuis. Soleil devant s'affaissant, au petit pas, les charrettes jusqu'à Auxerre revenaient et les feuillettes rentraient dans les caves du négociant. Martin partait avec Barrique, Souillon et Malin qui, juchés sur les charrettes et sur les fûts, se chamaillaient amicalement. Ils n'avaient

128

pas leurs pareils pour rouler la futaille et éviter les complications. Ils s'arrêtaient dans le haut de la dernière côte, qui dominait Auxerre, pour apprendre le maniement du bâton à Martin. Très vite il put s'amuser avec eux. De ces vigoureuses empoignades naissaient de grands éclats de rire.

Deux mois furent vite passés. Camuse, très satisfait de son maître de cave, n'en cherchait pas moins à se défaire de sa promesse. Martin dut l'emmener auprès de la futaille et lui montrer l'endroit où il entreposerait son gain.

– Mais de quelles barriques parles-tu ?

– De celles que tu vas me donner à partir d'aujourd'hui !

– Ah oui ! Ta dette, reprit Camuse comme s'il l'avait oubliée. Mais de combien de vin as-tu besoin ?

– Ce soir, devant madame Camuse, je te raconterai mon histoire !

– Bien la peine de mêler ma femme à tout ça ! Dis-moi tout maintenant !

Martin refusa. Pour avoir appris à la connaître, il savait que la Camusette aurait la larme à l'œil et qu'elle l'aiderait. Il en était sûr. Il eut raison ! Elle prit son parti. Il aurait ses barriques !

Martin apprit à faire déguster les acheteurs de passage, sans leur montrer ses talents. Le négociant lui laissait les coudées franches. Pour la première fois depuis sa fuite de Cîteaux, il gagnait des barriques. Peu importe si le vin n'était pas toujours de bonne qualité, il pourrait l'échanger le moment venu. Aux marchands venant de Paris chercher la piquette, il avait ordre de la vendre par bateau entier. Autant on en mettait sur la flette, autant on en emportait. Camuse donnait une feuillette à son caviste quand il avait réussi une bonne vente. Comme le roi Charles VI, en 1416, avait édicté une loi dite des quatre-vingts lieues, on ne pouvait planter de la vigne qu'à cent vingt kilomètres de Paris. C'était l'aubaine pour la contrée. Autour du très bon, on avait planté n'importe quoi, n'importe où. En descendant de Paris, par son sérieux, c'est Joigny qui ouvrait le bal : la côte Saint-Jacques, la côte Saint-Aubin avec les climats Souvillier, Gauvillier, puis le vallon de Paradis avec ses pentes Carouge, Cocarde et Val d'Arnoux. Ensuite Auxerre s'épanouissait sur quatre mille hectares de paisseaux.

Si l'abbaye de Cîteaux était, par les dons et legs successifs venus des fonds des âges, la mère des côtes de Beaune, les cisterciens de Pontigny avait défriché Chablis. Ceux de Molesmes, les Riceys. Le clos d'Épineuil, près de Tonnerre, était encore soigné par les moines de l'abbaye de Quincy. Le vin et la chrétienté ne firent qu'un pendant longtemps. Maintenant, quarante mille hectolitres de vin embarriqués flottaient de pertuis en pertuis chaque année des ports de l'Yonne jusqu'à Bercy.

Martin se confectionnait des souvenirs gustatifs. Il découvrait encore des saveurs subtiles, des mélanges rares. Il suça du bois de chêne, des éclisses de vieilles douelles, pour améliorer son palais, mais très vite il s'en fatigua. Le bois des barriques dans sa bouche l'agaçait, et lui donnait une mélancolie qu'il croyait lui venir de Cîteaux. Dans sa quête de connaissance, il approfondissait l'apprentissage de son talent. Il remarqua que l'arrière de la langue détecte l'amertume, et, étrangement, qu'elle s'en réjouit. Comme si, dans sa subtilité, cette sensation, ce sentiment procédait non pas d'un regret, ni même d'un deuil, mais de tous les autres goûts sombrés dans le sien. Si le flux de cette amertume lui devenait trop important, alors elle s'évacuait dans une grimace, ou pire une secousse de tout le corps et peut-être même dans un cri, et un trop-plein de salive. Il remarqua que les deux côtés au-dessous de la langue, eux, reconnaissent l'acidité. Au cas où le vin bu en regorgerait, cette acidité deviendra frisson et parcourra la peau tout entière. Au-delà, un brouillard ou une larme surgira dans l'œil. Si le devant de la langue appelle le salé, la toute-pointe décèle le sucré. À travers les méandres intérieurs de son nez, l'air parfumé de l'esprit des vins remontait en infime partie vers une région où son crâne enregistrait à tout jamais ce qu'il avait perçu. Il se servait toujours d'un petit carnet. Celui de Cîteaux étant plein, il s'en confectionna un autre qu'il appela le « Début des Côtes ».

Il partit d'Auxerre en juin. Camuse voulait le garder encore. Mais l'Yonne était très basse. Les pêcheurs avaient rangé leurs filets, les voitures à eau attendaient sur la grève. Martin ne pouvait rester inactif, il devait gagner des fûts. La famille Barrique lui trouva de l'ouvrage pour trois mois à Irancy chez un dénommé Pot, vigneron beso-gneux. Il fut convenu qu'il travaillerait chez Camuse dès que le labeur l'exigerait.

Le négociant s'ennuyait de son homme de cave. Il ne se passait pas une semaine sans qu'il aille lui rendre visite.

– Seras-tu rentré pour vendanges ?

– Mais non, Camuse. Seulement quand le jus nouveau sera rentré, pas avant…

– Le jus il faut le mettre en cave, d'accord, mais surtout il faut l'acheter, le vendre et le faire voguer le plus loin possible. Ici, tu t'esquintes pour pas grand-chose ! bou-gonnait le marchand.

Martin revivait. Il se plaisait au travail de la vigne. Il retrouvait ces silences de fin de journée. Harassé par la besogne, après avoir fini son ouvrée, il s'asseyait regarder les treilles. Heureux, simplement. Dans ce lieu, dans cette force qui en émanait. Il éprouvait une douce fierté à se relever de la terre, pieuche entre les jambes, la main sur un paisseau, à se mettre le museau au vent, et laisser sa peau, en suée, se couvrir de fraîcheur. Il se mesurait à cette terre. Son corps avait de furieuses envies de gratter, de remonter, de briser et d'émietter. Il était fort, plus fort que le monde quand il se relevait de la côte. Immortel comme un enfant, invincible comme la vie, dans ces instants-là.

Il s'attardait dans ces silences comblés de frôlements furtifs quand d'une lune avancée le jour s'éloigne. Il aimait poser son regard dans la tiédeur estivale et voir le bleu s'estomper et sombrer pour qu'enfin surgisse pleine et s'étale la nuit dans de vagues brumes de rosée au-dessus des vignes.

Juin : les hotteurs, les sarcleurs, les bineux, les repousse-cailloux, les remonte-la-terre continuaient leurs va-et-vient incessants dans les échalas.

Juillet s'avança et l'on tailla encore. «Rogne, rogni, rogna, rognons», chantaient les rogneurs qui réduisent la végétation pour laisser le raisin bénéficier d'un nouvel apport de sève.

Août : chaleurs et suées dans les fonds des coteaux sans vent. Ils échenillaient. Les doigts devenaient verdâtres de crever toutes ces chenilles sur les feuilles, rampants mangeurs de verdure. Biner l'herbe folle encore entre les ceps, et quand parfois de lourds nuages s'amoncelaient au-dessus des têtes, les habitants des vignes levaient leurs outils, tapaient dessus avec des pierres et criaient au vent mauvais, au vent qui vous courbe et fait tourbillonner la poussière :

– Orage maudit, maudit bien trois fois, soulève-toi de nous, poursuis ton chemin et va déverser ton courroux dans la forêt loin, très loin, trois fois très loin de chez nous.

La peur de la tourmente était si grande qu'à chaque gros nuage menaçant les vignerons demandaient au curé de battre la cloche de l'église pour conjurer le sort.

Septembre arriva sans dégâts. La chaleur diminua. Les grappes bénéficièrent de la douce rosée matinale et de quelques crachins qui les firent grossir. Les vignerons devenaient fébriles.

Camuse aussi n'en pouvait plus. Pendant ces trois mois il avait cherché un moyen de retenir plus longtemps Martin près de lui.

– Rentre avec moi, je te donnerai deux barriques de plus et tu rangeras les caves !

Martin se sentait bien là, entouré de Barrique, Souillon et Malin, mais deux tonneaux le rapprochaient de sa mère.

– D'accord, mais laisse-moi vendanges !

Camuse, son ennui était si fort qu'il en conçut d'étranges pensées. Des stratégies qu'il voulut réaliser immédiatement. Il alla visiter le Pot d'Irancy, lui trouva un autre manœuvre et ramena son Martin sur les quais de l'Yonne. Quelques jours après, il lui dit avoir trouvé un autre vigneron pour les vendanges. Il y serait mieux. Payé. Après un bon déjeuner, ils prirent la route de Lignorelles.

– Chez Florimond Boule ! Il en a grand. C'est un acharné et il sait y faire.

Quand ils arrivèrent dans la cour, Catherine, la jolie de carnaval, avait tiré de l'eau au puits, et sur la margelle, le nez dans une bassine en faïence, se lavait les cheveux. Le bruit la fit se relever et, à travers l'eau ruisselant sur son visage, elle vit Martin en même temps que lui la dévisageait.

— Qu'est-ce qui t'amène, monsieur Camuse ? lui demanda-t-elle.

— Là où il y a une belle fille, je viens toujours m'informer. Celui-là, dit-il en désignant Martin, c'est mon maître de cave. Il vendange chez toi. Tu le gardes jusqu'à la fin. Tu me le nourris bien et ensuite il revient chez moi. Florimond l'a embauché. Il est fort. Il peut travailler tant à la hotte qu'à la foulée. Il sait tout et rien ne le fait reculer.

Pendant qu'il parlait, ni Catherine ni Martin ne l'entendaient, occupés qu'ils étaient à se dévisager et à se respirer de loin.

Horizon fermé, le soleil se couchait, docilement penché derrière des nuages noirs. Une jolie lumière irisée, fracassée aux contours de frissons floconneux. Martin marchait dans les chaumes de blé où des coquelicots et des bleuets qui s'étaient échappés de la faucille continuaient de croître et de fleurir malgré la fin de saison. Il longeait des haies bordant les champs, de-ci de-là, dedans la ronce et la prunelle, des pommiers, des poiriers, des cognassiers chargés de leurs fruits encore verts. Cette saveur de poire verte, comme il en était friand ! À s'arracher le paletot, à se griffer les mains dans les épines pour approcher le fruit. Le peu de jus que cette poirée lui donnait entre les dents, ce mélange d'âpre et de sucré lui rendait les papilles pétillantes. Il en avait toujours deux ou trois, de ces ovales verts, au fond du sac.

Arrivé le premier, il profitait pleinement de ces longs moments. Collé contre un arbre, toujours un peu dans le sombre, il rêvait. Il y avait là une cabote mais il n'y entrait pas. Il devait attendre nuit noire pour qu'elle vienne, tremblante, humide déjà. Deux ou trois mots chuchotés, soufflés dans leurs cous et elle le tenait droit dans sa main pendant qu'il lui caressait la rosée.

Des soirs ils marchaient plus loin dans la forêt pour que leurs ébats se mêlent aux cris des animaux nocturnes et ne parviennent pas aux oreilles villageoises. Ils rentraient tard, quand la lune était accrochée et que les étoiles couronnaient la forêt. Ils rentraient, main dans la sienne, puis l'un après l'autre quand ils s'approchaient des toits sombres.

Vendanges arriva très vite, trop vite pour eux. Il n'était plus question de promenades fougueuses le soir. Elle restait aux cuisines ou bien s'occupait auprès des fûts. Lui portait la hotte dans les échalas. Le jus des grappes collait ses cheveux qui bouclaient au soleil après avoir séché dans sa nuque. La hotte en osier tressé était lourde. La récolte était abondante. Les paniers se remplissaient facilement dans la bonne humeur.

À la fin de la première journée, il sentit les lanières de cuir de la hotte lui rentrer dans les chairs. Il n'arrivait pas à la fixer afin qu'elle ne glisse pas sur son dos. Le matin suivant, il dut se garnir les épaules de charpie pour éviter que les meurtrissures s'accentuent. Il remontait très vite jusqu'au tombereau et descendait en courant vers les vendangeurs disséminés autour des ceps. Pour faire tenir tous les vendangerots en un seul passage de hotte, il fallait tasser à grands coups de paniers. Rien n'avait gelé, pas même les fonds de coteaux. Tous les ceps étaient chargés.

En fin de journée il laissait partir la joyeuse compagnie de manieurs de serpettes, rameneurs de paniers. Seul, assis sur le coteau, il regardait, à l'abri des pampres redevenus silencieux, le soir descendre.

Il respirait ce temps où il avait sué. Il jouissait pleinement de sa fatigue, les mains encore collantes de jus de raisin échappé des grappes qu'il avait coupées ou hottées cette journée. Son regard plongeait sur l'horizon des croupes vineuses et des prés sombres où des vaches blanches dans les brumes naissantes attendaient aux piquets les enfants et l'étable. Il y avait dans les couleurs estompées du ciel, maintenant au lointain du soleil, des virgules nuageuses appuyées ou légères, du bleu nuit, de l'ocre encore mal reflété sur des braises pâles et blanchissantes. Sur terre de Sienne légère, de Sienne brûlée en sillons de bois coupés, des pentes feuillues. Des sentiers blonds de soleil presque disparu, des sentiers blancs de pierre de craie où des bœufs lourdement chargés descendaient vers un village voisin, Villy, et plus loin encore les tours ruinées du château des comtes de Maligny, ceux-là mêmes qui, à en croire certains récits, avaient aidé au tout début à la construction de Cîteaux. Au ciel, de la fumée vagabonde et des senteurs fortes de mouillé, de sous-bois, de champignons, de fougères humides.

Enfin il se relevait, lumière du soir passée, revenait la tête au ciel, silencieux dans le passage de tourterelles et de corbeaux. Au lointain une nuée d'étourneaux pillards de vignes et de grumes. Tia, tia ! Mauvais coucheurs goulus, l'œil avide de sucre. Bandes de voleurs ivres couchés dans les tilleuls le soir.

Il espérait les rendez-vous près de la cabane de la forêt. Mais pendant les vendanges, elle ne pouvait venir facilement. Contrariée, elle frappait fort tout ce qui passait à côté d'elle.

Un après-midi déjà bien avancé, le père de Catherine ordonna à Martin de se rendre à la ferme pour aider à répartir la vendange de la veille.

– Ça va vite à la vigne. Pas assez à la foulée. Va tasser. Remets de l'ordre !

Il ne se le fit pas dire deux fois. Depuis le début de la cueillette, il n'avait pu rencontrer Catherine. Ils avaient échangé un regard profond comme une plainte à se revoir, à se toucher... mais elle s'était détournée rapidement. Il comprit pourquoi et n'osa l'approcher. Elle avait peur de son père. Il n'aurait rien permis. Il ne la lâcherait jamais. Ce Florimond était l'un de ceux qui n'ont qu'un but dans la vie : posséder et asservir les gens de leur famille. Martin, pris dans ce tourbillon d'amour, ne se posait pas la question. Il vivait son corps et celui-ci hurlait son désir.

La cour était déserte. Il pensa terminer vite l'ouvrage pour ensuite pouvoir la chercher. Il alla directement au cellier. La porte en était fermée. Il prit la petite sente le long du bâtiment. Il cassa les orties, les mauvaises herbes, et se glissa entre deux planches.

La vendange reposait dans la pénombre, dans des fûts énormes ouverts sur le dessus. Catherine était là, avec sa jolie frimousse. Elle suait et l'accueillit de son sourire carnivore. Elle brûlait ses yeux dans les siens. Elle riait en silence, battait des mains doucement. Elle était dans un fût, elle piétinait, elle marchait hardie dans les rafles. Elle foulait. Nue. Et lui, pauvre de lui, se sentit se soulever doucement. Elle était belle couverte de pulpes, ruisselante de jus, les deux mains fermées sur le bois. Elle foulait et ses seins lourds bougeaient au gré de sa marche difficile. Elle le humait de loin, elle respirait son envie. Elle était son désir, sa chaleur, elle le savait. Elle le dominait. Il courbait la tête devant la force de sa féminité. Il la faisait déesse. Monté à l'échelle, il la sentit, la lécha, l'embrassa. Elle était le sarment frais, les couleurs d'automne, les fleurs d'hiver et les chardons bleus séchés. Elle était l'écume des confitures de mûres, la promesse d'un vin sucré... Il lui léchait le visage, avalait la pulpe, lui lavait les épaules, les yeux, le front, lui mordillait la nuque... Elle le déshabilla et, quand il pénétra dans la cuve, ils firent l'amour comme jamais plus ils ne le feraient. Dans le jus de l'année, les senteurs d'automne, les rafles cha-touilleuses...

Ils se firent peur, crurent entendre du bruit et s'y noyèrent. Boucles collées, l'un dans l'autre, langue contre langue, dans une sauvagerie tendre jusqu'à ne plus pou-voir tenir et remonter joyeux à la surface. Il lui donnait toutes sortes de petits noms plus étonnants les uns que les autres. Elle ne se laissait jamais guider sauf quand elle se pâmait. Alors, du moins le croyait-il, il la dominait. Mais jamais dans ses yeux, revenue de la jouissance, il ne put lire cette gratitude secrète que les femmes posent sur le visage de l'être aimé.

La fin des vendanges ramena Camuse. Martin n'avait, on s'en doute, pas très envie de partir. Il proposa à Florimond de travailler quelques jours à la taille. Celui-ci devint méfiant. Un homme tel que Martin n'avait nul besoin de s'attarder chez lui alors que Camuse l'embauchait. Il comprit mieux après la discussion qu'il eut avec le négociant.

– Mon homme de cave t'a-t-il satisfait ?

– Oui, un brave... il faut qu'il voyage... qu'il voie ailleurs, le monde...

– Peut-être, reprit Camuse, mais s'il voyageait chez moi une partie de l'année et l'autre il reviendrait chez toi. Il plairait peut-être à ta fille. Qui sait ?

– Personne ne plaît à ma fille. Je veux plus d'échalas, plus de raisins, c'est tout. Je suis maître chez moi, je le serai tant que je vivrai. Mes fils, ma femme sont morts de la grippe de Buda. Catherine restera à mes côtés. Elle me soignera si j'ai besoin. Je ne veux pas d'un gendre.

Têtu et intransigeant, Florimond était connu à la ronde pour ses emportements. Camuse sentit qu'il serait malvenu d'insister. Il contournerait l'obstacle.

Ils s'en allèrent donc et furent à Auxerre dans le milieu de l'après-midi. Martin, à peine madame Camuse saluée, demanda un cheval et s'enfuit. Il revint très tard dans la nuit. Toute la maison entendit les sabots du cheval sur la place. Dans les jours qui suivirent, il ne partit plus. Il s'acquittait fort bien des tâches comme à son habitude. Camuse ne posait de questions qu'à lui-même. Peut-être l'avait-elle évincé ?

Catherine et Martin avaient décidé de se rencontrer tous les quatre jours dans la cabane près de la forêt à Lignorelles. Pendant près d'un mois il travailla dans les caves, s'enfuyant au milieu du quatrième jour sans rien qui puisse l'attacher.

Sans cesse, il y pensait. Il en rêvait. Il l'attendait à crier, ce corps enroulé autour du sien, ce corps couché sous le sien. À hurler, il les attendait ces corps à corps furieux, enflammés, accroché qu'il était aux feux intenses et mystérieux de la chair. Martin vivait sa passion. Il redemandait de ces baisers chauds, de cette bouche béante, bécots, becquées staccato, bouffées délicieuses... Il aurait voulu toujours voir la fièvre de son désir dans les yeux ambrés de cette femme. Il rêvait de ces silences caressants, bruits des corps en rythme, soupirs, glissades et retenues, élans de foudre, élans de guerres et de mystères...

Il la respirait, narines dilatées, cette odeur de féminin allongée, offerte, vibrante. À lui murmurer : «Écarte», elle écartait, donnait doucement à son regard son sexe fermé et, dans cette humidité ciselée, ce frisson odorant, cette révulsion divine, il la pénétrait.

Le soir maintenant il allumait un feu dans l'âtre de la cabane. Il la voyait devant la cheminée où les dernières braises consumées, presque éteintes, encore attisées par un brin de souffle, donnaient à ses reins une lumière fragile, à ses fesses des ondulations gracieuses, et à ses seins des aréoles mutines tout en tétons pointus.

Il entendait ce souffle, cette retenue arc-boutée sur son oreille, ce silence crié, pendue qu'elle était à tout lui dire, bouche collée contre sa joue. Dans cette langueur palpée, ce joli manque d'air qui faisait glisser lentement, sérieusement, dans son ventre, une palpitation incontrôlée. Il en demandait, de cette chevelure mouillée, de ces yeux fixes, accrochés aux ondes d'un orgasme large et tendre. Lui, son visage était assoupi d'une gratitude et débarrassé d'un poids, d'une mort, coloré maintenant d'une grâce, d'un oubli, d'un sourire grave. C'est de là qu'il la nommait femme et qu'elle l'avait fait homme.

Tout cela était si fort, si abrupt, qu'il sentit confusément que cela ne pourrait durer. Pourtant il y pensait toujours et il y revenait sans cesse.

Camuse était dans l'embarras. Il avait tenté le diable et celui-ci avait répondu. À moins que ce ne fût Carnaval, le maudit ! Il se tapait la tête en se demandant ce qu'il y avait entre ces deux-là. Il alla seul à Lignorelles, la veille d'un quatrième jour, et parla à Catherine.

– Tu veux le marier, Martin ?

Elle se contenta de lui sourire, et cligna les yeux comme si le soleil la gênait.

– Serais-tu d'accord ? reprit-il.

Elle marmonna :

– Sûr que non. Mon père m'a renseignée. Il n'a pas de bien. Il est seul, que voulez-vous qu'il en fasse ?

Elle ne le regardait pas, les cheveux dans le visage.

– Je le dote. J'achète la vendange tous les ans. Il ramène de l'argent en travaillant chez moi. Automne et printemps.

– Je n'en veux pas. Votre protégé n'est qu'un freluquet, un poussin pâle.

Le négociant s'approcha et lui souffla :

– Comment peux-tu dire cela, Catherine ? Toi qui es sous lui toutes les semaines. Ma jument rentre le matin, l'écume aux naseaux. N'y a-t-il pas un peu d'amour en toi ?

– Surveillez vos caves, Camuse, votre caveux et votre cheval. Moi je n'y suis pour rien, s'il traîne sur les chemins à la recherche d'une jument, dit-elle en riant.

– Qui mène l'autre, du cheval ou de la jument ? Je vous ai vus, pendant Carnaval. Je l'ai amené pour te le donner.

141

Tu le prends le soir et tu le rejettes devant les autres. Je peux faire plier ton père. Il aime l'argent !

– Il ne pliera jamais. Ne compte pas là-dessus, jamais, et moi je n'en veux pas, de ton homme de cave. Laisse mon père tranquille. Va-t'en. Achète la récolte ou pas, pour moi c'est pareil.

– Catherine, Martin est un homme remarquable.

– L'un vaut l'autre en amour. Ils n'ont pas plus d'image que le vent pour moi. Ils ne sont plus personne, tu entends, Camuse. L'un vaut l'autre. Je te le dis. Veux-tu venir voir la cave, mon Camuse, dit-elle en retroussant sa jupe sur sa touffe flamboyante. L'un vaut l'autre, rit-elle amèrement. Viens à la cave, je vais te montrer. Comme tu comptes pour moi, mon amour !

Tout était dit. Monsieur Camuse, roi des affaires du vin, venait de commettre la plus grande méprise de sa vie.

Le lendemain, Martin attacha les rênes de sa jument à une branche. Les feuilles tombées à terre feutraient ses pas vers la cabane. Il ouvrit la porte. Florimond était là.

Quand Martin recula, cinq ouvriers de vigne sortirent du bois. Il se défendit comme un diable avec un bâton. L'un tomba, durement touché à la tête. Celui-ci l'avait aidé plusieurs fois à la hotte. Un autre eut une jambe abîmée : pendant le foulage ils s'étaient plusieurs fois barbouillés le visage avec les rafles. Il fracassa le bras d'un troisième ; avec celui-là ils avaient bu à la même pichette. Les autres, eux aussi, il les connaissait. Tous avaient travaillé pour le père de Catherine. Bientôt ils eurent raison de lui. Ils le battirent longtemps. Par terre ils s'acharnèrent sur lui, heureusement à mains nues. Florimond ne fut pas le dernier. Il avait juste attendu que Martin fût couché pour lui donner du pied sur les côtes.

La nuit passa. Il resta inconscient dans les feuilles tombées. Ses mains avaient gonflé sous les coups. Ils les avaient écrasées de leurs sabots. S'ils ne le tuèrent pas, c'est que Florimond recula. Peut-être eut-il peur de Camuse ? Ou de Catherine ? Lui-même n'en sut rien. Était-ce parce que, sa haine s'étant dissipée comme une buée, il lui aurait fallu tuer consciemment dans un effort calculé ? Cette sorte de violence, quand elle passe à travers les corps des hommes, est si fugace, si passionnelle qu'ils ne la dominent pas. Mais que de mots pour ensuite tenter de la justifier !

Martin entendit des bribes de phrases, des locutions enfantines ! Le temps qu'ils ramassent leurs blessés. Ils parlèrent de «donner une leçon», de «mériter une punition»... «Tu l'as pas volé...» Rien de tout cela ne lui fournirait une explication... Y en avait-il une ?

Camuse, le lendemain, vint à Lignorelles et, devant le silence buté du père et le sourire bestial de la fille, retourna vite à Auxerre pour ramener une douzaine d'hommes battre la campagne.

Ce sont Malin et Souillon qui le découvrirent. Barrique, lui, fit venir une charrette où ils le hissèrent. Ensuite ils le convoyèrent avec ménagement jusque sur la place du village. Martin respirait mal. Plusieurs de ses côtes étaient cassées. Il inspirait par petites bouffées pour ne pas grimacer de douleur. Il avait aussi une vilaine boursouflure au visage et une jambe désarticulée. Il était conscient mais ne pouvait parler. Il avait juste pressé la main de Souillon quand celui-ci l'avait découvert.

Sur la place du village, les portes de la ferme étaient ouvertes. Martin réussit à tourner la tête vers le bruit sourd que firent les battants quand ils bougèrent. C'est Catherine qui les refermait. Elle n'eut pas un regard pour lui, juste son petit sourire carnivore disparut quand elle vit les trois rouleurs de fûts s'approcher d'elle. Camuse les retint.

Martin vit dans ses yeux brouillés la porte se refermer sur son premier amour.

Cinq semaines après, grâce aux soins des Camuse, il avait repris pied. Il ne comprenait pas pourquoi cette femme était passée d'amour à haine comme on passe de vie à trépas. Il pensa l'enlever, l'obliger à lui parler. Comment une femme avec qui on a fait l'amour peut ensuite vous haïr à ce point ?

Toutes les questions qu'il aurait voulu lui poser, il le sentait, n'auraient pas pu lui donner les éclaircissements qu'il attendait. Il s'agissait de quelque chose qui le dépassait autant qu'il s'était senti emporté par son désir de chair.

Il reprit donc le chemin de la cave en se demandant, encore naïf, si toutes les femmes étaient comme celle qui l'avait initié à l'amour physique. Il eut mal longtemps de se rappeler ces étreintes charnelles. Il ne put réellement arrêter cette brûlure qu'en allant voir parfois les dames des ruelles.

Plus tard il reviendrait à Lignorelles. La fameuse année où tout aurait gelé, où ce qu'il était resté sur les échalas au mois de mai aurait été grêlé au mois de juin. Camuse qui pleurerait le vin pour ses clients aurait vent de certaines vignes épargnées et tous deux voyageraient en quête de feuillettes.

Ils ramasseraient tout ce qu'ils pourraient, de peur que leurs clients respectifs deviennent infidèles et se détournent de la Bourgogne. L'Anjou n'aurait point gelé, ces satanés Bordelais non plus, et ils avaient de moins en moins de mal à faire arriver leurs vins jusqu'à Paris.

Ils marchanderaient l'Épineuil. Ils pousseraient leurs visites dans les lieux les plus reculés des arrière-côtes, achetant quelques lieux-dits. Au retour, déjà chargés, ils s'arrêteraient à Lignorelles et entreraient dans la ferme de Florimond, entourés de Barrique, Souillon et Malin, le museau au vent, l'air de rien...

Martin sentirait son corps se tendre et devenir douloureux dans les reins et sur les côtes. Il se souviendrait des coups infligés. Les muscles et les viscères portent mémoire des bons et mauvais traitements.

La cour ne serait plus aussi bien tenue, quelques manœuvriers désœuvrés joueraient aux dés près d'un vieux fût. Les cochons dans leurs souilles s'agiteraient, ils n'auraient pas reçu leur pitance quotidienne. La troupe se dirigerait vers la maison. Auprès de la cheminée, Florimond serait vautré dans une chaise bancale. Il aurait vieilli et l'aigreur de son caractère se serait fixée sur les rides de son visage.

C'est Camuse qui parlerait :

– As-tu du vin ?

– J'en ai, dirait l'autre en riant. Il est soutiré, prêt à partir. Il est cher. Je suis le seul dans la côte.

Catherine entrerait. Elle aurait gardé son petit sourire carnivore, maintenant en alternance avec une moue triste, déçue...

– Tiens, tiens, Camuse et son fils. Voyez-vous donc !

Elle voudrait paraître. Martin remarquerait ses yeux éteints et ses cheveux mal attachés. Elle aurait bu.

– Combien de feuillettes ? demanderait Camuse.

– Vingt, dirait le vieux. Je vends tout ou rien. Ensemble les vingt. Tu ne goûtes pas. Tu paies et tu emmènes au double du prix de l'année dernière.

Martin lui demanderait :

– Combien de feuillettes aux Craies ?

– Quatre, dirait Catherine le regard baissé.

– Cinq, hurlerait Florimond la frappant.

Elle aussi se mettrait à le frapper en hurlant.

– Quatre, voleur, je n'ai rien fait des mélanges que tu avais demandés.

Il attraperait une bûche dans la cheminée et l'enverrait rouler en direction de Catherine, qui l'éviterait.

– Je prends les quatre, dirait Martin, comme pour calmer la tension entre ces deux-là.

– Je prends le reste, dirait Camuse. J'emporte demain.

– Tu paies aujourd'hui, dirait le vieux les yeux plissés.

– Non, demain. Je paie les barriques dans la cour avant de les monter dans les charrettes.

– Alors, si un négoce passe avant demain, Camuse, tu iras te faire plaindre par le saint des affaires mal conclues. Tu paies, tu emportes ! Tu emportes même plus tard, mais tu paies maintenant, dans ma main ou sur la table.

– Ta fille dit que tu noies ton vin. Je veux goûter chaque pièce.

– Jamais je n'ai noyé une vendange. Jamais, tu entends, Camuse !

– La récolte, jamais ! Jamais tu n'as rien noyé, même pas le chagrin. Pauvre foireux ! lancerait Catherine avec insolence.

Les deux acheteurs ne voudraient rien ajouter qui puisse envenimer la discussion.

– Barrique va t'accompagner. Je veux une pichette de chaque fût sur la table, demanderait Camuse à Catherine.

Florimond ricanerait :

– Va lui faire voir qu'il ne paie pas pour rien.

Elle sortirait et Barrique la suivrait. Pendant ce temps, Camuse interrogerait le déchet humain que serait devenu cet homme :

– Te rappelles-tu avoir battu mon homme de cave à cause de ta fille ?

– Non, mais c'est possible. Ça, j'en ai dérouillé, des petits coqs qui la voulaient. J'en ai étalé, des gamins qui rôdaient. Maintenant elle ne court plus la forêt. Elle s'en fout. La garce. Elle m'aura pas. Elle me crèvera pas. Je te la mettrai avec les autres au cimetière, cette saleté, cette chiasse au ventre froid.

Martin sentant la colère lui monter sortirait lui aussi. Il verrait mieux dans quoi il était tombé six ans auparavant. Dans leur histoire, qui ne le concernait en rien, il s'était fourvoyé, aveuglé par son désir.

Quand Catherine et Barrique reviendraient, il rentrerait avec eux. Camuse et le vieux auraient depuis longtemps cessé de parler. Les pichettes sur la table, Martin choisirait. Il sortirait les quatre de Vauprin, et des Craies aussi, un petit lieu d'une grande finesse en bouche.

– Je paie à qui ? dirait Camuse à Catherine. À ton mari ? cherchant à savoir si elle s'était mariée.

Catherine aurait bu un peu plus à la cave. Elle partirait d'un rire méchant et mélancolique.

– Oui, à mon mari, tu l'as dit. Et elle rirait, elle rirait... À mon mari, dirait-elle encore en s'approchant sournoisement de son père.

147

Elle lui prendrait la tignasse à pleines mains et, en lui relevant la tête, elle crierait à son oreille :

– À mon mari de papa, à mon mari la mort...

Et elle l'embrasserait sur la bouche. Elle continuerait de rire, de ce rire qui ferait mal à toute la compagnie.

Son père brandirait encore une bûche prise au foyer :

– Je vais te calmer, attends, tu vas voir ! Sale vermine !

Martin entendrait ce rire encore longtemps après qu'elle aurait claqué la porte de la cuisine derrière elle.

Il ne la reverrait plus.

Mais pour l'heure, alors que Martin se remettait à peine sur ses jambes, un certain Jean Ramponneau débola de sa taverne parisienne, dégringola la côte de Joigny et s'arrêta à la lueur d'une bougie près d'une feuillette de chablis dans les caves de Camuse. Pour impressionner son client, le négociant lui fit faire le tour de toutes ses futailles. Pas besoin d'aller se perdre dans la région ou même plus loin. Les meilleurs des meilleurs des vins dans les meilleurs vaisseaux l'attendaient ici. Le Ramponneau désirait un bon vin au juste prix. Un blanc vermeil et gouleyant, un blanc ou bien un rouge rubis couleur soleil, mais à boire de suite. Livrable par voituriers à eau, trente feuillettes par trente feuillettes chaque semaine avant les barrières jusqu'à ce que ses clients fidèles se lassent.

– Ils ne s'en lasseront pas, mon brave, lui dit Camuse. C'est la tristesse de toutes les époques. Un bon vin, on ne s'en lasse jamais. Mais le nombre de barriques est limité à ce qui se produit dans l'année... continua-t-il. Cette année elle est superbe, c'est sûr, mais l'an prochain ? Pauvres de nous, le froid, la grêle, les chenilles, les orages... Tout recommencera. Combien faudra-t-il

148

encore de prières pour que notre cruchon soit rempli avec aussi bien et aussi bon ?

Ils naviguaient entre les fûts par le chemin de cave, à la lueur des torches, et goûtaient vaillamment, de-ci de-là, par ici et là, au gré de la curiosité de Ramponneau. Il savait ce qu'il cherchait et ne se trompait point sur ce qu'il goûtait.

– Chez moi, on attend dehors. Je suis à la mode.

Il prononçait ce mot comme s'il était précieux. Cet « à la mode » déclamé très en fleur, bouche en poule, et souf-flé, délicat, vers la sortie comme un divin pet de roi, fit sourire les deux autres. Ils ne manqueraient pas de s'esclaffer de cet « à la mode » une fois le tavernier parti.

– On mange, reprit Ramponneau. Je sers à foison des maquereaux et des merlans de toute fraîcheur en sauce blanche, ou bien bleue, suivis de mendiants. On boit aussi, reprit-il plus bas, haussant les épaules. On boit sur-tout, mais dans ce pays on a toujours mangé moins que bu. Alors que voulez-vous, chez moi aussi, on boit ! Mais du meilleur ! Et du moins cher. On boit autant que l'on pense pouvoir en cuver ou autant que l'on peut en payer. Mais, si l'on vient à se manquer, on sort gentiment, on s'en va cuver ailleurs… Ou se refaire la bourse pour reve-nir plus tard… frais et dispos.

La vérité était plus simple. Des cerbères teutons sor-taient les engloutis du goulot gentiment, mais fermement, pour libérer les tables plus vite. Ils les rudoyaient bien un peu, mais en camarades.

À la mode ! Il l'était, le « Tambour royal », et certains soirs il y avait autant de clients à cuver sur le bord de la courtille qu'à l'intérieur en train de se désaltérer l'âme au soleil du jus de coteau. Le Ramponneau, son estaminet devait lui manquer : il n'arrêtait pas d'en parler.

Les deux compères finirent par le cerner, le pousser dans un coin pendant qu'il continuait de faire l'important... Quatre à cinq pichettes furent déposées sur un tonneau debout et, à la lueur des torches sur les piliers environnants, chacun sortit son taste-vin. Celui du Parisien était d'un bel argent, avec un appuie-pouce portant devise *« In vino veritas »*, où l'on pouvait voir le dieu Bacchus assis sur un tonneau. Le Ramponneau l'avait dessiné et fait graver comme il le voulait. Celui de Camuse était aussi en argent, l'anse était en deux serpents affrontés, le nom de Camuse inscrit sur le pourtour extérieur de la coupelle. Martin n'en possédait pas. Son doigt trempé, léché ou simplement senti lui avait toujours suffi. Plusieurs fois, Camuse lui avait tendu son taste-vin. Il l'acceptait parfois pour boire car, l'âge adulte venu, il buvait léger, mais jamais pour découvrir un lieu-dit.

– Fidèle à son doigt dont il sort la vérité, disait Camuse. Acceptes-tu de montrer ton talent ? Ça aiderait, lui glissa-t-il à l'oreille.

Le tavernier, l'œil berluque, assista à la descente du doigt dans les pichettes. Martin en rajoutait car, du doigt dans ces lieux-dits-là, il n'en avait nul besoin : sentir aurait suffi. Il déclama à la manière d'un bateleur.

Ils y furent tous dans l'ordre. Bouche bée, le tavernier choisit Boivins et Lignorelles.

– Trente feuillettes la semaine chez moi. Je vous indiquerai l'itinéraire car elles ne doivent pas entrer dans Paris.

Principe de livraison : voitures par l'eau, mais attention au rendez-vous, à la journée dite ou pas plus tard que celle d'après. Camuse s'occuperait des voyages et irait voir l'Eustache Cochois qui ne demandait pas mieux : descendre et remonter la rivière, c'était sa vie.

Le marché semblait conclu. Mais on attendit encore, il y eut du silence, du silence... Le ventre de Camuse indiqua qu'il avait faim aux autres panses qui gargouillèrent elles aussi. Elles papotaient entre elles. Si l'on regardait les têtes de ces ventres, la situation n'était pas la même. La tête de Ramponneau pensait stratagèmes. Elle pensait futé pour ne pas dire futailles.

Enfin il sortit par la bouche ce qu'il avait sur le cœur :

– Je pourrais acheter cinquante pièces... en une fois. Je pourrais les prendre à la hauteur des très grands ! Chablis, Irancy, ici. Côte de Beaune, côte de Nuits là-bas. Des vins qui arrêtent la parole autour des tables... Je les choisis seul... C'est monsieur du Porche qui me livre à la Courtille le dix-huit du mois prochain. Il reste deux semaines chez moi !

Camuse, l'œil vif, emmena son caviste un peu plus loin pour lui réciter en sourdine une messe basse qui barytonnait la belle affaire. Pour le négociant... ça sentait fort la barrique ! Martin n'était pas contre changer d'air, mais il ne le cria pas trop dans l'oreille de Camuse ; l'autre en aurait profité pour ne pas vider sa bourse... Ils convinrent d'une stratégie sournoise qu'ils ne pourraient pas tenir, ils le savaient, chacun comptait sur l'autre quand le temps du « topez là » serait venu.

Ils se rapprochèrent un peu du tavernier, l'interrogèrent d'un sourire inquisiteur, s'amarrèrent à un tonneau et attendirent que quelqu'un veuille bien parler.

Les gargouillis des trois ventres reprirent. Les bouches étaient fermement closes. Le premier qui parlerait aurait perdu quelque chose.

Ramponneau lâcha le premier :

– J'offre un habit, le voyage, le bien nourri et le bien logé à monsieur du Porche... Évidemment.

On n'avait jamais donné autant de «monsieur» à Martin, qui acquiesça de la tête sans lâcher un mot.

Il y eut encore des gargouillis de ventres aux oreilles de tous, dans un étonnant canon à trois voix. Enfin un bruit de révolte sortit du ventre de Camuse et celui-ci, gêné, le couvrit comme il put :

– Quoi, comment ? dit-il en levant le bras, voulant faire croire que quelqu'un avait parlé à sa place et il ajouta, espérant conclure là : «Pour moi, c'est d'accord, allons manger !

Et dans le silence retombé le tavernier et le négociant, pour le moment complices, rangèrent leurs taste-vin.

– Qui me paie ? demanda Martin.

– Mais… mon Dieu, dit Camuse tout en sentant que jamais il n'aurait dû, à ce moment précis, l'ouvrir…

À voir l'index de Ramponneau déjà qui le désignait…

– Pardi, c'est moi qui te paie, bien sûr, répondit Camuse… Allons manger !

Puisqu'on était tous d'accord, on se tapa dans les mains et on remit au matin la descente de cave promise. Les ventres avaient gagné.

Madame Camuse avait si bien préparé ce dîner que le tavernier ne discuta pas trop le prix des barriques. Les meilleurs vins, selon l'évangile de Camuse, furent servis et, quand vint le moment de se coucher, Ramponneau put grimper dans son lit. De beaux rêves l'accompagnèrent.

Le matin, aux côtés du négociant réjoui, l'œil redevenu frais, le cerveau sans brume, il arpentait la cave. Il n'avait pas voulu des conseils de Martin. Jean Ramponneau travailla sans l'aide de personne et finit son train de fûts par un blanc merveille.

– Savez-vous que le cardinal François de Bernis dit sa messe avec un meursault, car il ne veut pas faire la grimace au Seigneur quand il communie !

Ensuite Ramponneau exigea un huissier. Celui-ci marqua chaque barrique d'une entaille particulière, nota le climat, le village, sur deux parchemins qu'il cacheta. Ramponneau, heureux, en prit un, l'autre disparut dans la sacoche du scribe pendant que le cabaretier lui soufflait quelques mots à l'oreille en le payant. Camuse ne comprit rien à ses manigances.

Ramponneau lui expliqua à l'oreille :

– Chez moi on joute !

Camuse pensa qu'il avait encore précipité Martin dans une drôle d'affaire. Tout ce joli monde se retrouva « À la régale ». Puis, le ventre rond, on se salua :

– Le dix-huit à la Courtille ! Monsieur du Porche à l'heure, et en habit ! Le ban de Belleville ! Au Tambour royal. Ramponneau y sera. Ramponneau vous attend !

À Gilly, en 1777, on offrait des vins à l'honneur du passant. Vins d'honneur pour les moines, ceux des chapitres annuels où l'on réservait le plus fin du clos Vougeot, vins ordinaires pour les autres, les carrosses pressés qui restaient trois jours, les annoncés longtemps à l'avance qui déployaient leurs apparats, les arrivées fortuites de dernière minute à satisfaire dans l'instant! Les curés, les sœurs de charité, la misère dans les bras et les yeux dans le sourire de Dieu, venus se restaurer avant de continuer leur chemin de torture d'ici-bas. Juliette en aperçut aussi des nez-à-la-grogne, des nez-au-clafoutis, assis dans des pièces différentes, questionnés par les secrétaires de l'Abbé. Ceux-là repartaient, l'été avec du légume dans les bras, après avoir signé un accord toujours très équitable pour l'abbaye.

Longtemps, il n'y eut pas une semaine où, le nez à l'épluchade, elle ne pensa à son arbrisseau. Mais, depuis que la Goulette était reparti, elle se sentait harassée.

Pour arriver jusqu'à cette cuisine, le gosse sur l'épaule, elle avait franchi des ruisseaux, balayé des rivières, s'était

154

mariée à Cîteaux contre les vingt et une bêtises du marmot. Grâce à son dévouement, il avait été éduqué. Certes, ce n'était pas un ingrat, il y avait du cœur dans sa fuite. Sa lettre l'attestait. Elle se la récitait aux temps difficiles, quand elle doutait de lui et surtout quand elle doutait d'elle-même. Quand la rigueur de l'hiver lui faisait craindre le pire, et qu'elle se disait qu'elle ne l'avait pas vu depuis presque vingt ans, qu'il devait être beau, qu'il devait être sûr de lui ou bien, mon Dieu, qu'il devait être mort… Et là, elle attrapait le goût de rien. Elle se chargeait de mélancolie pour des jours.

Même si elle se sentait à sa place à Gilly, même si l'Abbé n'oubliait jamais de la complimenter sur la qualité de sa cuisine, elle partageait avec lui le goût du légume frais de première rosée, elle passait par des moments d'impuissance à peine tolérable. Était-ce trop pour Martin de gagner ces futailles ? Oserait-il rentrer à Cîteaux défait ? Pourquoi ne partirait-elle pas les chercher, ces barriques, elle aussi ? À deux, l'affaire serait plus vite close : ce n'était pas comme rester là sans agir. Mais comment la retrouverait-il s'il revenait avant qu'elle ait pu racheter cette dette qu'elle savait insignifiante, dans sa matérialité, pour Cîteaux ?

S'en aller, oui, mais pourquoi : se retrouver à l'auberge à reprendre des chaudrons fourbus ? Chez un hobereau failli, plein d'amertume, seul dans son château, qui la courserait dans les couloirs pour lui montrer à quel point il aimait ses plats ? À quarante ans, le mieux serait une grande maison dijonnaise où, bien sûr, l'Abbé ne manquerait pas d'être invité et, même s'il ne visitait pas les cuisines, son chevreau à la découverte, ses gigolettes d'agneau, ses brouillades de légumes servies à l'assiette la trahiraient dans l'instant. Alors elle attendit encore, une année de plus, se disait-elle. Pour passer le temps elle inventait de nouvelles recettes.

Au bord d'un vallon frais, dans les taillis profonds, Juliette s'en allait aux champignons. Après les pluies douces de juillet, les girolles claires s'ouvrent, fragiles, en cercles étranges autour des chênes.

Elle partait seule, dans le matin pâle, et ramenait ce qu'elle avait cueilli sur un lit de mousse qu'elle choisissait douce pour éviter les chocs contre les bords de son panier d'osier tressé. Les grandes fêtes religieuses marquaient son année, mais ce petit moment de délice où elle mangeait des girolles fraîches, elle l'attendait aussi.

À peine rentrée dans sa cuisine, elle préparait de la pâte à gougère et débarrassait les collerettes jaunes de leurs habitants : vermisseaux, limaçons dodus, mille-pattes noirs brillants enroulés dans les cônes. Tout un monde tremblant qui rejoignait le bord des sistelles près des fossés dans son tablier relevé. Elle les rendait à la nature, ils y étaient chez eux.

Les girolles, elle leur coupait un peu le pied, grattait les meurtrissures, puis les cuisait jusqu'à ce qu'un premier jus fort odorant les gêne dans leur cuisson. Elle le réservait pour d'autres plats et continuait à braises rouges pour ne pas perdre leur âme. Le champignon, quel qu'il soit, à la cuisson, a l'âme volatile !

Les gougères cuites, craquantes sur le dessus, étaient vivement décalottées et la girolle dans son beurre doré, allongé d'une cuillerée de crème d'au-dessus du lait, venait se loger dans cette caverne fromagère. Juliette refermait et servait immédiatement pour tous. Ceux de la cuisine comme ceux de la grande salle. Ce même plat pouvait se décliner jusqu'à la Toussaint, si le temps et la forêt lais-

saient éclore ces jolies noires portant un si méchant nom :
trompettes-de-la-mort !

Bien des perruques passèrent avant qu'une retienne son
attention. Elle arriva un soir dans un lourd carrosse, les
gens du service lui dirent qu'elle se tenait à table dans la
meilleure attitude qui soit en faveur de la cuisine, surtout
après le petit potage composé de sarcelles à la verdure ; et
qu'elle désirait, curieuse, goûter à tout mais dans de
faibles proportions pour ne pas se gâter le palais avant
l'arrivée des prochains plats.

Longtemps après, la perruque poussa les portes de la
cuisine, s'avança timidement, et lentement, à la surprise
de Juliette, d'une main l'enleva. L'homme n'était point
chauve, il se découvrait devant tous ; devenu sans apparat,
il signifiait ainsi qu'il était de leur monde et souriait :

– Je viens vous féliciter, je ne sais comment vous le dire,
c'est inventif, il y a cette impression de simplicité qui
caractérise les grands cuisiniers. Je suis comblé, je venais
me rassasier, me voici dans le bonheur d'avoir croisé votre
cuisine. Peut-être me permettrez-vous d'assister demain à
l'une de vos préparations ?

Elle le trouva courtois. Le lendemain il se présenta de
bonne heure, elle revenait du potager où elle avait choisi
les légumes de la journée. Les jardiniers portaient derrière
elle les paniers remplis de fraîcheur. Débarrassé de ses
artifices de cour, l'homme était sobre dans ses gestes.
Précis pour émincer les oignons, il connaissait la cuisine,
il respectait ceux qui aidaient à préparer… les écoutait.

Il ne se mit point à table le midi dans la grande salle, il
mangea avant, parmi les éplucheuses, les servants, les
aides-cuisinières.

157

L'après-midi, quand ils furent seuls, vint le temps des confidences. Il se dit maître d'hôtel :

– J'ordonne le service d'une très grande cuisine. Hélas, la personne, qui pourtant séjourne souvent, n'aime pas manger ! Si vous vouliez vous en approcher, je vous y engagerais, vous auriez de solides appointements : cinq mille livres. Je vous vois à la verdure, votre partie serait bien délimitée, là-bas il ne faut point empiéter sur les prérogatives des autres. Mais il y a beaucoup d'avantages. Vous pourrez garder les légumes que vous n'utiliserez pas pour les préparations, et vos épluchures, ce qui n'est pas négligeable, et pourrait même doubler vos appointements !

Juliette rêvait :

– Monsieur, dit-elle à mots couverts, votre proposition est intéressante mais, pour des raisons de cœur, je ne peux partir d'ici en plein jour… et pas avant six mois ! Et je ne devrais pas travailler en Bourgogne. Voulez-vous que je vous dise mon histoire ?

– Pourquoi ? Si vous êtes dans ce lieu, c'est que rien de bien grave ne vous est arrivé. Gardez vos secrets, madame, partout les langues sont déliées et, à chacun de vos dires, vous perdriez un peu de votre liberté ! Si vous me promettez de partir, à la date de votre choix, nous pourrions convenir d'un endroit où je posterais votre voyage…

Juliette attendit encore six mois son marmot, et le jour dit elle prit deux grands paniers à provisions et s'en alla dans la forêt cueillir le carrosse de sa liberté.

À la courtille du Temple! Il y était presque. Il avait laissé les barriques chargées sur les charrettes, guidées par un homme que Ramponneau avait dépêché. Barrique, Souillon et Malin marchaient à côté : eux aussi étaient du voyage. Camuse avait trouvé bon d'entourer son caviste. Ils avaient reçu pour consigne de le lui ramener sain et sauf.

Il était temps pour les trois compères de quitter Auxerre, ils recommençaient malgré eux à chercher les yeux de ceux qui les provoquaient. Les teigneux avinés de tous les gabarits venaient trouver Barrique, ou les deux autres, sûrs qu'ils étaient de rencontrer le poing de Sa Majesté de la bataille. Depuis Carnaval il était bien vu de porter les couleurs de Barrique à l'œil de son choix. Camuse, en leur proposant du voyage, les avait mis au repos. Martin, par contre, eut bien du mal à s'en débarrasser.

Après quelques palabres, ils acceptèrent de contourner seuls la ville par la droite pour rejoindre le Tambour royal. Malin fit promettre à Martin que Camuse n'en sau-

159

rait rien. Il lui donna sa parole et jura d'être le soir au rendez-vous.

Martin pénétra dans Paris. La ville était pleine. Elle accouchait d'un monde. Elle avait déjà plusieurs fois déplacé ses enceintes dans les siècles passés. Elle avait atteint les villages environnants. L'octroi n'avait plus de sens, tant il y avait de minuscules chemins pour éviter les barrières. Comme toujours avec le temps, la vie avait débordé les frontières de la loi. La fraude à cette taxe était si commune que le peuple demandait à en être débarrassé. La courtille du Temple en bas du ban de Belleville en était un exemple. Situées juste derrière l'octroi, les guinguettes, les tavernes dans les jardins pouvaient vendre leurs vins moins cher et les Parisiens sortaient de leur ville, buvaient et mangeaient, libres de taxe.

Martin entra par la barrière de Denfert. Il traîna au gré de la foule… Le spectacle était dans les rues et c'est ce qui faisait Paris. Il fallait se montrer et démontrer à son voisin sa joie, ses douleurs et son esprit. Ça déambulait, ça démarchait sous les fenêtres ouvertes. Les pignons des maisons devenaient façades. Cette foule, on aurait dit Carnaval sans pailleux !

– Ramoner la cheminée de haut en bas ! chantaient les petits Savoyards sentant la suie.

– À la fraîche ! La grande et bonne fraîche ! Qui veut boire ?

De l'eau, le Parisien en avait à sa disposition, un litre par personne et par jour. On n'arrosait point les chaussées. Quant à se laver, on attendait la pluie. Du vin ! Le Parisien en boit plus de mille litres en une année. Boire, c'est oublier les petits maux, les courbatures, c'est dormir à même le sol comme dans un lit de plumes, boire, c'est prendre le seul sucre disponible dans l'alimentation, boire c'est partager une Eucharistie layotte.

Les rues étaient pleines d'enfants, courant, piaillant, au gré des ordres de leurs parents. Courtaux de boutiques, messagers-livreurs en tout genre... Certains étaient payés pour épier ce qui se passait dans les boutiques des concurrents. Si le gosse se laissait découvrir, des poursuites commençaient et s'achevaient aux limites du quartier ou dans la boutique de l'employeur espion.

Ces mélanges d'odeurs, de couleurs... Ces tissus, ces fards prononcés sur certaines dames devant leurs escaliers. Elles vous dévisageaient avec un sourire polisson. Le corsage rayé de rouge et de jaune, elles bougeaient leurs poitrines en cadence et, les tétons dehors, criaient : «Belles fraises! Belles framboises!» Ce n'était pourtant pas la saison mais ici, à Paris, tout semblait possible. Martin décida d'aller respirer de plus près ces beaux fruits. Il baguenauda ensuite... entendit le cri des mouettes au-dessus de la Seine; jamais il n'avait encore vu ces gros oiseaux-là voler et tourner le bec dans le vent. Il s'arrêta longtemps pour regarder le soleil pâlot sur le Louvre. Il pensa tristement à Catherine. Ce fut la première fois, après cette période, qu'il se sentit seul. Il regrettait le temps qu'il avait vécu près d'elle.

Sa curiosité piétonnière le reprit après ses rêveries douces. Des hommes, parlant haut, passaient près de lui, paradaient dans du drap olive garni de boutons nacrés. D'autres, robes de gros de Tours vert rayé de cerise, bas de soie à coin vermeil, trottinaient d'une drôle de manière avec des chaussures brillantes. Ils ne portaient point l'épée. Dans les coins des portes, sur les pas des mules, des bonimenteurs vantaient les mérites de produits miraculeux. Ils vous vendaient dans de beaux flacons de l'eau de la Seine qu'ils appelaient «panacée». Martin goûta prudemment, elle sentait l'Yonne et la Cure.

Toujours des enfants riant, courant, dans les rues. Dans ce siècle, la grande famille des layots s'était constituée. Plus d'épidémie... on ne mourait plus, le temps s'allongeait pour tous. D'après les registres paroissiaux, la vie moyenne des baptisés était passée de vingt-cinq ans à quarante. Les pères s'attachaient à leurs enfants et les éduquaient. Pas un qui ne voulût signer de son nom ou connaître l'alphabet. Jamais le monde ne perdrait plus rien. Le génie du peuple s'inscrivait et lui donnait une mémoire.

Une envie de manger poussa Martin dans un endroit où des rôtis étaient cuisinés. L'enseigne, «À l'arbolade», indiquait la confrérie des rôtisseurs. Il se fit servir de la viande en tranche avec un pain blanc et demanda de l'eau. Le promeneur de plats lui rit au nez et revint avec une pichette. Martin avala une gorgée d'une infâme piquette et refusa le reste de peur de se tuer le palais. Il mouilla du pain dans la bonne sauce pour se changer la bouche.

Un homme entra avec force bruits pour attirer l'attention. Il était vêtu d'un chapeau à une seule plume; on ne voyait que cela.

– Messieurs, la Comédie s'avance vers vous, elle passe pour vous distraire et vous apporter, dans la courbure de mon chapeau, les nouvelles du monde.

Un des attablés du milieu de la salle ne l'entendait point ainsi. Visiblement agacé de ne pouvoir engloutir tranquille, il lança :

– Point trop de nouvelles !

D'autres, pas très loin, le nez dans leur écuelle, de surenchérir :

– Point du tout, dehors la comédie !

Le rôtisseur faillit intervenir mais la comédie passa devant lui : ce ne devait pas être la première fois qu'on la rabroue. Elle avança, elle et son chapeau, vers une table qui semblait lui faire bonne figure. Elle se courba et, après quelques manières de chapeau, le comédien enfin se découvrit.

– Viens, donne-nous ta chanson, lui demanda un rougeaud attelé à la carcasse d'une volaille.

– Pour vous, messieurs, je vais appeler par-devant moi Versailles et la mode.

– Appelle qui tu veux, mais moins fort… reprit le milieu des tables.

– Monsieur, laissez s'exprimer la Comédie !

Il se donna de l'aisance comme un dindon et fit quelques bruits de gorge avant de continuer :

– Messieurs, je vais vous entretenir de cette bizarrerie qui nous préoccupe, vous donner des nouvelles de l'air et du temps qui nous oblige, pauvres de nous, à vivre à la va-vite pour les riches, à la va-comme-je-te-pousse pour les moins riches, au diable-par-la-queue pour les sans-le-sou et au qu'en-dira-t-on pour les duchesses et les marquis.

– Pas mal, marmonna une bouche pleine. Continue ta prose. Verse-lui un verre, l'ami.

Le comédien reprit, après s'être laissé aller du gorgeon :

– Hier, messieurs, enfin j'ai l'impression que c'était hier… Demain, on dira jadis, et si quelqu'un ici vit assez vieux, il dira « il était une fois ».

Certains applaudirent, et même celui qui avait voulu au début se boucher l'oreille acquiesça d'un « c'est très bien dit » à son voisin écrivain public venu se repaître entre deux lettres.

163

Le comédien put continuer. Après avoir remis un instant le nez dans la piquette que Martin avait délaissée :

– Hier, les costumes étaient dans la coutume. Hier, en se promenant dehors, si l'on croisait un costume de boulanger, il était sûr et certain qu'il y avait un boulanger dedans. De même dans un costume d'artisan, il n'était pas rare que celui-ci l'habitât. Le monde tournait rond.

Il souffla un peu, prit de l'inspiration en même temps que l'air inspiré et déclama :

– Dorénavant, désormais, ce qui a vécu ne vit plus. Nous voilà pris dans une invention des tailleurs : la mode. La mode a tout changé. Voyez-vous, ce qui a mis des siècles à bouger change maintenant sans cesse. Pour peu qu'il ait quelque argent, et il en a en ce moment, le boulanger perd son costume et n'est plus boulanger mais devient élégant. Avec six sols de plus, le tailleur lui livre quelques rubans et le voilà marquis de la boulangerie. L'année d'après, il recommence avec d'autres couleurs, sinon il ne serait plus à la mode mais aurait juste changé de costume. La mode, hélas, ne s'arrête pas au costume. Elle nous rentre aussi dans la peau. On me dit que je n'ouvre plus la bouche de cette façon qui est la manière du bas Quercy, mais plutôt que je l'ouvre comme ceux des Amériques. C'est très à la mode en ce moment.

Le comédien se contorsionnait la bouche de telle manière que tout le monde riait dans la taverne.

– Mais, ajoute-t-on chez les professeurs de mode, il faut se dépêcher d'adopter cette manière de bouche, car bientôt elle changera et à tout prendre, rester dans l'avant-dernière mode, c'est pire que ne pas la suivre du tout. Avec toutes ces contorsions, bientôt, vous le verrez messieurs, rester dans la coutume sera du plus mauvais goût. Car pour tout vous dire, si la coutume se perdait, c'est notre monde qui changerait de peau. À se vouloir trop parfait, à imiter, à singer, c'est le vrai qui vous prend la poudre d'escampette et chacun endosse un rôle qui n'est plus le sien.

On l'applaudit. Il salua ses auditeurs. Il reçut quelques pièces. Fort de ce succès, il termina son discours après avoir fini la pichette.

– La morale de cette amusade, messieurs ?

Le silence accompagna sa péroraison :

– Soyons nous-même, c'est-à-dire bonhomme, joyeux, humain. Si l'on peut, donnons l'accolade à notre prochain. Évitons les maladies, même celle de l'âme. Rions de tout, mangeons bien. Et allons voir les dames !

Il fut encore applaudi. Le voisin du rougeaud lui tendit une pièce poisseuse de ragoût, tandis que le chapeau et sa comédie s'envoyaient un dernier liquide dans le gosier avant de se retirer. Il avait conquis son auditoire, même les ripailleurs mécontents du début lui jetaient quelques sous, ou lui offraient des morceaux de pain.

Ce fut, tout à coup, le soir au sortir de cette taverne. Au ciel bleuté pâle s'envolèrent des traînes voilées fauves. La lumière du couchant tramait des marbrures sur la pierre des ponts enjambant la Seine. Sur les grèves, rouleurs de charrettes à bras, petits porteurs à dos, déchargeurs à la corde, tous se relevaient de leur ouvrage et remontaient des quais. La lune se leva. Elle pointa une demi-rondeur souriante entre les tours de Notre-Dame. Des chiens aboyèrent, inquiets des silhouettes fugitives dessinées aux frontons des palais. Doucement, d'ombres claires en noirceurs pâles, la nuit arriva par les ruelles, des maisons les plus hautes et dans les culs-de-sac... Elle emplit les arrière-cours. Puis, dans les grands passages que l'on avait fraîchement percés, les lumières s'allumèrent sur les façades de pierre. Le mystère de ce siècle était aussi de changer le bois en pierre. Martin était enchanté de longer ces rues ornées de réverbères flambant neufs. Ils fonctionnaient à l'huile et possédaient trois réflecteurs. Ils éclairaient correctement les noms gravés depuis peu dans la pierre d'angle des croisements. La ville avait baptisé ses rues depuis longtemps mais, comme ils étaient de plus en plus à savoir lire, la parole n'était plus nécessaire pour trouver son chemin. On levait la tête, des petits plans circulaient...

Des flaques de lumière de lune coulaient entre des flots de branchages de tilleuls. Les murs étaient marqués par ces ombres mouvantes qui semblaient changer le relief de leurs pierres. La ville, ruelles sombres et fossés puants dans sa première enceinte, devenait moins dense et moins bruyante dans son deuxième castrum. Au fur et à mesure de sa remontée, Martin entendait des mots étouffés lui parvenir des jardins intérieurs. On s'amusait sous les tonnelles. Des rires, des cris, comme des promesses d'été. La ville s'endormait doucement non sans quelques soubresauts velléitaires, telle cette voix de femme fatiguée sous les bruissements des feuillages au-delà d'un mur.

– Il m'a dit... Alors ça, comme il y allait... Tu parles, que je lui dis. Alors il m'a fait comme ça...

Et les quelques pas supplémentaires que Martin venait d'ajouter à sa remontée enlevaient de ses oreilles le reste de cette lutte sans visage, de ce bouc invisible, émissaire de quelques charmes intimes. Le silence ensuite, jusqu'à ce que des rires, des gloussements équivoques, poussent là dans l'herbe sous un saule... on s'était aimé... les voix complices sentaient le chuchotement des corps. La lueur d'une bougie vacillante, dans les escaliers d'une maison à étages, dessinait sur un mur l'ombre calquée d'une tête prognathe, chancelante, harassée, remontant vers une paillasse, où le corps lourd viendrait s'affaler dans l'empreinte qu'il avait laissée se former nuit après nuit. Partout on respirait de la liqueur de quiétude... Chaleur des corps au repos... Pulsion apaisée... Dans les souilles, les enclos, même les animaux se retournaient, ventre à la nuit, et soupiraient d'aise.

Il atteignit bientôt la barrière de Belleville. Après le mur écroulé de toutes parts, une carrière devenue place, tout en arbrisseaux, en arbustes et petites haies, des barrières en bois, aussi, qui fermaient mal sur des clos cultivés, soit en jardin, soit encore en herbe pour des ânes et des chevaux. Les sentiers alentour étaient sillonnés de torches vacillantes et de rires de fin de cuvée ou de promesse de cuitée. Ramponneau ne devait pas être loin : une pancarte l'annonçait.

Le gaillard s'était fait représenter en habit de cérémonie, des alouettes plein les poches, un cochon sur le col... à la mode d'Arcimboldo. À gauche de la gravure, son tambour, avec en dessous : « Ce qui vient de la flûte retourne au Tambour. » Sur les autres coins, trois historiettes disaient aux Belles et aux Bonnes de venir faire fricau chez Ramponneau, car chez lui « on y boit à plein pot et on y mange du jambonneau ». Plus loin encore, en remontant, quelques carrosses arrêtés, chevaux déliés, broutant des herbes, attendaient avec leurs valets autour.

Une autre pancarte avec une autre flèche :

– Voyez la France accourir au Tonneau qui sert de trône à monsieur Ramponneau. Un sou moins cher la pinte que ses confrères de la barrière.

Martin se glissa entre les parlotes des soiffards assoiffés. Sur les murs extérieurs de la taverne et sur les arbres entourant la place, des flambeaux étaient allumés. Beaucoup attendaient qu'un banc à l'intérieur de Notre-Dame de la Beuverie se libère.

C'était sombre, ça fleurait la vinée. Martin en entrant, enveloppé par les bras accueillants de Barrique, sentit cette poussée de la foule, cette odeur particulière de chaud, de suave, qu'il assimilait à la terre séchant doucement après avoir été imbibée du sang de quelques animaux égorgés. C'était repoussant et envoûtant, écœurant et hallucinatoire. Ça s'installait en lui et ça le perdait. C'était irrésistible... Entre carne et suint. Huit cents personnes entassées, assises, debout, se retrouvaient et s'envoyaient des traits d'esprit carnassiers. Les bougies éclairaient des trognes de paysans pauvres, de manufacturiers plus pauvres encore et de femmes à la poitrine très légèrement voilée. Assises sur les bas-côtés du centre au rez-de-chaussée, elles fricotaient, gloussaient, avides de vin, de caresses volées, de cruautés orales sur la condition de leurs semblables ou sur les hommes attablés autour d'elles qui les convoitaient. Au premier étage, des personnes de qualité s'étaient regroupées. Elles goûtaient le spectacle. Elles qui avaient perdu de leur spontané, prisonnières de leurs rôles, venaient là pour voir les corps s'enchevêtrer, se donner, se perdre, se débaucher. Leur morale les obligeait à pratiquer de la sorte. Elles pouvaient, grâce à ce stratagème, juger ceux d'en bas, s'en moquer... et s'en nourrir dans leur solitude. Tout en haut, au second, certains hauts personnages, ne voulant point être vus, se perchaient dans des niches à rideaux. Ils les écartaient pour laisser filtrer leurs regards ou glisser un ordre aux commis d'étage qui, criant très fort, exigeaient en dévalant les escaliers d'être servis les premiers pour faire croire à tous que leurs clients étaient des plus importants. Ramponneau les payait pour hurler. Ils hurlaient, se chargeaient si bien de ce cérémonial que personne ne les croyait.

Au centre… la curée. En dessous de chandeliers énormes, des fûts alignés étaient étagés l'un sur l'autre. Perchés dessus, un salmigondis de fripouilles de cave, lécheurs de rosée vineuse, gosiers avides qui, une pichette dans chaque main, la jambe molle et battante, l'œil caverneux, reluquaient un petit groupe réuni autour d'une table immense. C'est là que la famille Barrique conduisit en cortège Martin. C'est là que Ramponneau, dit aussi monsieur Fricot, très agité dans son royaume, l'accueillit.

– Vous voilà ! Si vous vous comportez bien… je vous donnerai la même gratification qui vous est due par Camuse pour avoir amené mes fûts jusqu'à la Courtille.

– Que devrai-je faire ?

– Rien qui soit en dehors de vos talents, lui dit-il, le prenant par l'épaule. J'ai acheté des vins de grande valeur, mais voilà que j'en ai perdu la provenance. Je ne sais plus qui est dans quoi ! Je vous demande de réparer cette erreur mais de le faire devant cette salle, au su et au vu et pour le régal de tous… avec d'autres jouteurs que j'ai convoqués pour la circonstance.

Ramponneau, l'œil crochu, n'attendit point la réponse de Martin. Pour lui, l'argent avait toujours réponse à tout. Il alignait la monnaie. Il était servi.

– Mesdames, messieurs, l'heure est arrivée. Le spectacle que je donne ce soir est du meilleur. À ma gauche, de chaque côté de cette table, cinquante pièces des cinquante meilleurs crus de Bourgogne. J'ai demandé à quelques éminences de la treille et du vin de bien vouloir se pencher dessus. D'abord pour reconnaître leurs origines, ensuite pour raconter, chacun dans leur langage, ce qu'ils pensent de ces vins de la haute et basse Bourgogne. Il y a là monsieur Argon, grand apothicaire et médecin prédicateur de la grappe et du jus.

L'autre, un tantinet blanchot, à peine se courba-t-il pour saluer l'assistance, drapé qu'il était dans son habit de médecin. Chapeau sur la tête, il se montrait à l'assemblée d'un air entendu, entendu de lui-même surtout. C'était le premier petit air présomptueusement scientifique que Martin rencontrait. Les gens montés sur la futaille de chaque côté de la table le sifflèrent, s'amusèrent à lui donner du quolibet pendant que l'assemblée applaudissait courtoisement.

– Rude Mine, hurla Ramponneau en présentant un homme d'un gabarit modeste, voyageur français, arpenteur de barriques, veut lui aussi nous éclairer sur ces bons vins. Grand habitué du Tambour royal, il boira tant qu'il lui plaît, mais pas plus de trois fois, comme le stipule le règlement.

Rude Mine, il la portait sur lui, l'œil gauche était légèrement fermé par une chair étrange ; l'autre s'accrochait désespérément au front sans qu'il y eût la moindre trace de sourcil et presque pas de cavité pour s'y loger.

– Jacques de Sulignat, reprit Ramponneau. Jouteur émérite, connu du Beaujolais, il est le pourvoyeur de mes caves. Habile du gosier, il sait les bons crus bourguignons pour les avoir goûtés maintes fois dans les joutes qu'il dispute depuis toujours.

Sulignat fut hurlé, applaudi… Les gens de son entourage frappaient avec ce qu'ils pouvaient sur les tonneaux pour qu'ils résonnent le plus possible. Lui, heureux de leur donner du plaisir, remuait sa carcasse doucement. Il était sculpté comme Barrique… pas plus trapu… une tête de plus mais aussi ronde et joviale, avec une absence de cheveux sauf sur le pourtour du crâne… Le nez en disait long sur la culture vinicole de son propriétaire.

— Du Porche Martin, lança Ramponneau pour mettre fin à l'agitation. Très habile de son doigt et redoutable nez venu tout droit de sa Bourgogne natale.

Le médecin et Rude Mine toisèrent Martin un moment : qu'est-ce que c'était que ce gamin dont ils n'avaient point entendu parler ?

Jacques de Sulignat s'approcha, lui tendit la main comme il l'avait fait pour les autres.

Le Ramponneau reprit :

— Messieurs, j'offre au vainqueur deux fûts de son choix parmi ces cinquante-là.

C'était conséquent, et le Sulignat et sa bande applaudirent.

— Eh bien, messieurs, puisque vous prétendez avoir de la bouche, n'oubliez pas de vous en servir, ni de nous dire de belles phrases ; éclairez-nous de votre philosophie du vin. Abreuvez-nous de savoir…

— Et de vérité ! chanta le médecin, le doigt levé au ciel vers la science.

— Avec parcimonie… la vérité, reprit Sulignat.

— Pourquoi donc, monsieur ? interrogea le chapeauté de l'Université.

— Je préfère une petite vérité entourée de trois ou quatre bons mensonges bien sentis.

— La voilà en drôle de compagnie, votre vérité !

171

– Trois mentirs nous la soutiennent, la rehaussent… Et, de petite vérité douteuse, elle accède au titre de vérité véritable et le crédule affamé de certitudes vous la gobe bien mieux, insouciant de ce qu'il avale avec cette vérité-là.

– Je n'aime point l'ombre, monsieur, reprit le médecin.

– Pauvres de nous, répliqua Sulignat en se tenant la tête. À tout mettre dans la lumière, cela nous ferait une telle vérité qu'elle nous apparaîtrait vite comme insoutenable et, à ne pouvoir la manipuler, nous la refuserions en bloc et deviendrions soit aveugles, soit courbés sous son poids.

– Deux ou trois détails, hurla Ramponneau visiblement ravi de ce qu'il avait entendu. Un huissier vérifiera grâce à cette enveloppe cachetée les marques sur les barriques et le nom qui correspond. Tous les dix fûts, il nous annoncera le classement. Au fur et à mesure des découvertes, le vin sera mis à la vente pour ceux qui le désirent. Soit comme remède, soit pour le plaisir.

Ramponneau avait trouvé un moyen de vendre son vin plus cher et d'accroître sa renommée par ce jeu-là.

– Qui commence ?

Il cherchait de l'œil celui qui voudrait se lancer.

– La médecine d'abord, rugit Sulignat. J'aimerais savoir de quoi elle pourrait encore me guérir, moi qui ai bu de tout.

Voyant qu'il faisait rire ses amis, il continua :

– Y a-t-il un vin là-dedans, médecin, qui nous guérirait tous de notre peine de mort ?

Approchant des fûts, le médecin désigna le premier, sortit un taste-vin d'un sac de toile. Un aide mit le tonneau en perce tout en hurlant à l'huissier :

– Carré sur le côté !

Tous se penchèrent pour voir cette petite marque qui identifiait la barrique parmi les autres. La tastevinette du médecin remplie d'un joli rouge profond, on attendit. Il but, réfléchit et affirma :

– C'est un vin qui apaise les nerfs... évite les tremblements. C'est un médicament de premier ordre contre la geigne, le mauvais sang, les nuits sans sommeil... Je le conseillerai...

Il n'eut point le temps d'achever :

– Aux cocus, mon médecin. Juste, c'est un vin de cocus. Pour les cocus, les nuits sont longues, les membres sont flasques... Le cocu est triste et se plaint de tout, il rumine, marmonne...

– Laissez donc dire la médecine... Reprenez, monsieur Argon, intervint Ramponneau.

Il n'avait cure de savoir de quoi sa futaille allait guérir, mais avait peur de ne pas la voir se vider. Y aurait-il une armée de cocus sans sommeil, prêts à se lever dans l'instant pour venir goulûment téter cette barrique ? Il en doutait.

Pendant ce temps, Rude Mine avait fait tomber les trois rasades réglementaires dans sa glotte et, vite fait, il alla se pencher à l'oreille du greffier-huissier pour lui donner un nom.

Sulignat, par déférence, se courba légèrement et demanda au médecin :

– Et pour le nom ? Le village ?

Le médecin, dédaigneux, lui répondit qu'il était venu pour aider les malades à mieux se porter, qu'il consulterait si on le lui demandait.

Sulignat s'inclina devant cette péroraison avec grâce. Il y avait un combattant de moins en face de lui. Il attrapa une pichette, fit verser le même liquide, but et cria :

– Vosne ! Qu'en penses-tu ? dit-il en tendant la pichette à Martin qui, du nez, reconnut et répliqua :

– Vosne. C'est exact !

– Tu n'en bois pas ? Comptes-tu attendre mes réponses et me voir rouler sous la table… à la dernière barrique ? Bois Vosne, c'est le cœur du Bourguignon.

Il lui tendit une pichette. Martin refusa fermement.

« Finalement, pensa le Sulignat, le médecin ne sait rien et Rude Mine se goinfrera. Reste ce gamin qui ne boit rien. Je ne devrais pas avoir trop de mal à gagner cette joute. » Il regarda ses amis sur les barriques, haussa les épaules :

– Et celui-là, médecin, le fût à la marque ronde ?

C'était un blanc, un blanc merveilleux… Le médecin but en imitant le chant de la tourterelle. Il fit roucouler le vin dans sa bouche.

– Ce blanc bourguignon, je m'en sers contre la gravelle et les yeux tournés. Je m'en sers à l'extérieur en compresse…

Rude Mine fit aussi vite qu'au premier tour, tout sourire de s'être avalé la pichette entière sans que le Ramponneau n'eût rien remarqué. Sulignat, bien sûr, quand vint son tour, tendit la pichette à Martin :

– Monsieur pourrait me dire le nom ?

Martin se pencha souriant. Au nez, c'était Meursault.

– Meursault, dit-il haut et fort à l'huissier.

Sulignat s'envoya quelques lampées…

– Alors ? firent ses compagnons.

Il haussa les épaules, sourit à Martin et cria :

– Meursault. Le métier va devenir difficile si on ne peut plus boire à la régale, mais que l'on nous oblige, nous les goûteurs, à y mettre juste le nez, le bout du nez.

« D'où viens-tu, monsieur du Nez ?

– Du Porche suffira ! répondit Martin.

– Soit, apprends-moi où se sont formés tes talents.

– Je suis de la Bourgogne.

– Elle est vaste, la Bourgogne. Où as-tu appris ?

– À Cîteaux.

– Un moine ! Tu buvais avec les rouleurs ou sous la table de l'Abbé ?

– L'un et l'autre, répondit Martin sans bien comprendre où voulait en venir ce gaillard.

– J'ai dans ma troupe un rouleur qui m'assure qu'un novice traînait dans ses jupes pour apprendre les vins, quand il servait à l'abbaye.

– Comment s'appelle-t-il ?

– Goulefoin.

– Où est-il ? répondit immédiatement Martin, joyeux.

– Je ne sais jamais où il navigue, mais pas bien loin. Es-tu celui dont il me parle ?

Martin baissa la tête en signe d'assentiment. Sulignat, levant le bras dans la direction de Martin, s'écria alentour à sa troupe :

– Je vous présente le novice dont Goulefoin nous rebat les oreilles depuis qu'il roule pour moi. Il dit que des miracles lui sortent par le nez.

Le doigt vers le ciel, il proclama :

– Ici et pour jamais, nous allons enfin connaître la vérité.

Il tendit une pichette à Martin.

– Buvons la Bourgogne. Moine, trinque avec nous !

Martin leva sa pichette et but en signe d'amitié. Il allait retrouver la Goulette, il aurait des nouvelles de Juliette !

Les voyant en connaissance, le Ramponneau ne voulant pas laisser filer le spectacle, les remit dans le chemin de la déguste et du trébuchant.

– Si ces messieurs sont prêts, nous pourrions continuer. La Médecine va donner son avis sur celui-ci.

Mais le médecin n'avait cure de cette nouvelle potion. Il était en train de prendre quelques pièces à un jeunot qui souffrait d'une enflure à la main droite. Après l'avoir arrosée de ce bon meursault et prenant de la charpie dans sa besace, il lui fit un pansement et l'arrosa encore. Le liquide fut payé à Ramponneau, la manière à la médecine.

Comme Rude Mine avait déjà lancé sa bafouille à l'oreille de plus en plus vineuse de l'huissier, il restait encore Martin et Sulignat, bien décidés à l'empoignade.

– Alors… Martin ?

– Va-t-on passer les cinquante barriques à se regarder le blanc de l'œil ? lui répondit Martin.

– Très vite, moineau, on y verrait rouge. Dis-moi, ce blanc-là, où le boit-on ?

– Mais où l'on veut. C'est un blanc qui voyage très bien.

– Tu pourrais nous en dire plus, car là où il y a du blanc, l'abbaye n'est pas loin.

– Sûrement, répondit Martin en se dirigeant vers l'oreille de l'huissier qui nota.

Sulignat attendit que Martin se relève et annonça :

– Chablis !

On aurait dit, de ces deux-là, chacun un chat à courir après sa souris. On leur servit trois beaux rouges à la suite sans qu'il y eût un mot.

Ils s'observaient. À la dixième pinte la tête de Rude Mine changea. Elle s'éclaira. Son visage devint presque humain. Il était la preuve vivante du miracle de la Transfiguration.

Puis on plongea dans un rouge contenu dans une très belle barrique. Un chef-d'œuvre de barrique. Martin la reconnut, cette manière de barrique-là, le tonnelier qui les fabriquait habitait Pommard.

Rude Mine, pour faire l'intéressant, cria «Pommard» sans boire tout de suite. Sulignat, lui, en but trois fois, tendit le pichet à Martin et alla souffler son haleine ragaillardie à l'oreille du bicorne. Martin mit le nez au-dessus du cruchon et, pour faire le spectacle, cria : «Nuits», sans en boire.

Jacques fut déçu, il pensait l'attraper. Beau joueur, il se retourna souriant :

– L'habit ne fait pas le moine, une barrique c'est comme un homme, tout porte à croire qu'il est tout sourire, tout dans son nez, qu'on pourrait lui faire confiance, mais à l'extérieur quelque chose d'autre l'agite, le sursaute, l'obscurcit peut-être... Bois, allez, bois, il fait Nuits maintenant. Par Saint-Georges, moinillon, nous allons nous amuser.

Martin le connaissait, ce Nuits c'était son âme, il se rappelait encore sa place dans la cave de Cîteaux et dans celle de Camuse. Il se sentait sûr de lui.

– Alors, tu bois maintenant? hurla une immense tête rousse.

– Goulefoin!

Ils se retrouvaient en famille. Goulefoin avait peu changé, il souleva Martin en riant... Quand ils se lâchèrent, le chêne roux pleurait.

– Si j'avais su que je te retrouverais chez le Ramponne!... Alors ça, chez le Ramponne... Ça, j'aurais pas deviné. Comment j'aurais pu ? J'y pensais bien... que peut-être... Sulignat et toi. Ça oui... J'y pensais.

Il le regardait dans les yeux, lui pétrissait les bras.

– Des fois, je me disais que tu n'étais plus en Bourgogne, ou bien que tu étais parti dans les colonies.

– Et moi, que tu étais resté dans les caves de Cîteaux.

– Non, je suis parti peu après toi. Ta mère voulait que je te retrouve. J'ai descendu la côte, j'ai rencontré Sulignat, il m'a aidé. Grande gueule mais bon cœur !

– Ma mère ? demanda Martin.

– Je suis passé à Gilly il y a deux vendanges, elle était aux commandes de la cuisine, contente de me voir, déçue que cela soit sans toi. Je l'ai sentie tout abandonnée, je crois qu'il te faut rentrer !

– Faut-il encore avoir de quoi, je commence seulement !

– Combien en as-tu ? demanda la Goulette.

– Onze piquettes à Auxerre !

– Sulignat m'en doit deux. Les joutes, plus le commerce chez Camuse, nous devrions revoir Cîteaux dans deux ans, reprit Goulefoin, le serrant à l'épaule.

Le Ramponneau n'en pouvait plus de ces retrouvailles, elles lui chaviraient la bourse et cassaient la bonne ambiance vineuse.

– On parle de boire, hurla-t-il. Mais avec quoi ? Ces vins de Bourgogne accompagnent fort bien les venaisons. La biche, le cerf et le sanglier nous appellent un pommard. Pour les marinades, dites-nous, monsieur Sulignat !

Goulefoin et Martin se retirèrent du cercle pour continuer leur parlote. Le Ramponneau surveillait son affaire, prêt à remettre les jouteurs sur la route du trébuchant, quand ils l'oubliaient au profit du gouleyant ou du sentiment.

– Alors, pour les marinades, monsieur ? continua Ramponne à l'adresse de Sulignat.

– Pour les marinades, reprit Jacques, il faut d'abord un beau bateau bien en viande, une pièce à engloutir généreusement. Pourquoi pas un vin de ce pays plus bas ? Mon pays, un beaujolais pour ouvrir la fête avec un brin de thym, d'échalote et de laurier. Vous noyez la bête tout entière et vous l'oubliez d'un dimanche à l'autre. Puis mijoter à braises recouvertes, inviter des amis et partager avec eux. Mais vous aurez, sans hâte bien sûr, soin de leur retirer la bête avant qu'ils ne vous la finissent, car le lendemain, seul, ou mieux encore avec votre douce, servez-vous le restant à la réchauffée.

– Du beaujolais, hurla le maître des lieux, j'en ai, j'en ai eu, j'en aurai toujours. Demandez, on vous en donnera. À la pichette ou au tonneau. À la bouteille pour emporter. Du coq mariné il en reste, et moi je n'ai personne pour me le réchauffer ! Qui en veut ?

Rude Mine, lui, ruminait : il avait laissé échapper ce nuits-saint-georges. Désolé, il en but finalement trois pichettes à la dérobée. Pour se dégager les nuages qui recommençaient à obscurcir son faciès.

Jusqu'à la trentième barrique, Sulignat resta calme. Il laissait Martin et Goulefoin se raconter. Distrait, le Bourguignon viendrait peut-être à trébucher ! Il leur servait des amuse-gueules, des broutilles à la grignote, les obligeait de-ci, de-là, à boire. De temps en temps, pour le spectacle, il criait le nom du village et Martin en faisait autant. D'accord sur tout, ensemble, mais toujours à contretemps et se surveillant.

Certains, comme on le leur avait promis, demandèrent le classement. Tout à la lutte, on avait oublié. Ramponneau qui l'avait promis d'abord, l'avait volontairement omis ensuite pour continuer à favoriser le spectacle. Il s'approcha du deux-cornes.

– L'huissier va vous donner lecture de ses calculs.

L'autre se leva dans son bel habit et déroula un parchemin.

– D'abord la médecine. Elle ne participe plus, elle ne donne plus les noms depuis plus de vingt-cinq barriques.

Entre deux chagrins, entre deux charpies, la médecine se releva :

– Je ne peux pas tout faire, grogna-t-il. Donner les noms et soigner. Car la médecine, messieurs, non seulement elle soigne, mais elle guérit.

L'huissier, on l'avait hissé sur une futaille, reprit :

– Rude Mine est en retard. Il s'est perdu quelque peu mais il pourrait revenir si les deux autres jouteurs fatiguent dans la prochaine partie. Rien ne permet de départager Sulignat et du Porche. Si ce n'est d'une courte pichette tirée d'une barrique, celle à quatre traits.

– Qui l'a trouvée ? s'enquit Ramponneau.

– Monsieur du Porche.

Il y eut un signe de désagrément sur les trognes de la compagnie de Sulignat.

– Même si tu ne peux changer le cours de l'histoire, tu peux pour le plaisir revisiter la barrique qui t'a fait chuter, lui dit Ramponneau. En reste-t-il encore ? demanda-t-il aux servants.

– Il en reste !

– Elle est à la moitié, un peu moins, dit l'un des leurs en frappant la paroi du tonneau qui chantait différemment à l'air et au divin jus.

– Sulignat, veux-tu revenir sur ton idée ? reprit Ramponneau.

Bougon, l'autre dit :

– Non, plus tard. Continuons pour l'instant.

La taverne était devenue bourguignonne. On sentait Nuits, Beaune, Savigny sur les doigts, Pommard sur les lèvres et dans les gorges, Chassagne. Certains déjà se cachaient sous les tables pour cuver, d'autres avaient glissé de leurs bancs et, en marmonnant, continuaient d'agiter les bras, inventant des histoires délirantes. Même repérés par les Teutons, ils auraient été des plus tranquilles. Les surveillants ne pouvaient plus rien. Les portes de la taverne s'étaient ouvertes et la foule du dehors s'était glissée. On ne parlait plus, tout hurlait, tanguait, chantait. Ceux qui avaient envie d'évacuer devaient le faire sur place. Seuls quelques servants circulaient encore. Des cordes avaient été jetées par-dessus les balustrades, on chargeait des pichets dans des paniers et on les montait. Ramponneau savait organiser depuis longtemps son affaire. Voyant que certains voulaient s'élever dans les étages où ils étaient attendus, on fixa une poulie à la charpente et on les hissa, à la corde.

Le tavernier était partout mais surtout à sa caisse, et aux anges. Rude Mine les avait rejoints aussi. Le mélange des climats bourguignons le ramenait à l'état d'enfant. Avant que son visage fût coincé entre la pierre d'un mur de cave et un muid mal calé. Sulignat naviguait entre deux bons mots, entre deux pichettes qu'il vidait dans l'allégresse. Pourtant, il aurait bien voulu savoir où il s'était perdu dans cette Bourgogne qu'il connaissait même si sa maison était plutôt beaujolaise. Il proposait à boire à Martin, qui telle une abeille ivre de parfum continuait à butiner, à charger sur ses pattes du pollen et à proposer, quoique de plus en plus tardivement, son résultat au bourdon bicornu qui notait toujours avec le même air entendu. Il lui devenait plus difficile de juger sans goûter ; tout à la joie de retrouver Goulefoin, il ne s'aperçut pas que les pichettes n'étaient plus rincées. On sortait d'un nuits et le servant le vidait plus ou moins pour le remplacer par le liquide de la barrique suivante. Jacques y pourvoyait. Puisque le moine avait du nez, on allait lui en donner, des saveurs, mais bien mélangées. Martin, en pleine discussion avec Goulefoin, commença à boire à chaque fût et lentement sa perception du réel changeait. N'était-il pas à travers le temps, en train de revivre l'histoire de sa première rencontre avec Goulefoin ?

Au-dessus de la pichette, il pointait son nez, attendant que les arômes lui parviennent... Était-ce un nuits ? Un pommard ? La bouche lui donnait la vérité, bien sûr. Mais jusqu'à quand ? Il n'avait jamais autant bu. Quand il s'en aperçut, il pria Malin de lui remplir sa pichette après l'avoir rincée. Ce qui déplut au Sulignat, de plus en plus empicheté.

– Du Moine, il te faut un porteur. Les gens de Ramponneau ne te suffisent plus, et pourquoi donc une pichette aussi grande quand on a si bon nez ? Mes amis ont soif, ne pourrais-tu y aller à l'économie ? Un taste-vin le nez dessus, tu saurais ?

Ramponneau, qui ne perdait rien de la joute, sortit le sien. Malin le remplit et le présenta à Martin qui s'en occupa pendant que Sulignat se servait du sien mollement, préférant s'avaler une pichette.

– Beaune ! hurlèrent-ils simultanément.

– Est-ce bien cela ? demanda Ramponneau. Allez, huissier, réponds !

– C'est cela, l'un et l'autre ont découvert.

– Le nez au fût, reprit Sulignat, saurais-tu sans la pichette ?

Goulefoin l'en assura de la tête et des épaules. Le Sulignat se ferait battre, il le savait. D'ailleurs, il le lui avait promis maintes fois. L'éventreur de tonneaux s'en souvenait et il s'énervait. Il y avait bien longtemps qu'il n'avait perdu une joute.

– Le prochain, dit Sulignat. Penche-toi dessus et dis-moi !

– Faudra-t-il que je me pende par un pied, un doigt dans une narine, pour que tu puisses être satisfait ? lui rétorqua Martin.

– Écoutez, les amis. Le moine, le nez au fût, il n'a jamais dû essayer. Sorti d'une abbaye, il est des endroits qu'il ne peut connaître.

– Le nez au fût ! Nez au fût, commencèrent à chanter les rouleurs de Sulignat.

La chanson fut vite reprise par le public.

Martin grimpa sur le fût, enleva la bonde. C'était un vin merveilleux d'à-propos.

Sulignat, le voyant descendre de la barrique, le pria :

– Allez, moine, allez dire votre messe à l'huissier.

Et Jacques fit un geste à quatre de ses rouleurs qui soulevèrent le fût le plus doucement possible pendant que Jacques se mettait à genoux.

– Tu chevauches, moine, je préfère laisser pisser !

Lentement, les rouleurs tournèrent la barrique au-dessus de sa tête jusqu'à ce que la bonde fût proche de la bouche. Il l'enleva avec ses dents sous les acclamations. Le vin coulait par petits flots, il en prenait sur le cou, le visage. Lui ouvrait la bouche, tirait la langue pour en prendre mieux. Puis il se rapprocha du trou, arrondit le museau sous les rires et but directement au fût, les mains derrière le dos, les yeux roulant dans leurs orbites. Il n'en laissait point couler sur ses joues. Il en prenait, goulu, avide, l'œil ouvert sur la futaille. Indiquant des mains à ses rouleurs de tourner un peu le fût pour ne rien perdre du liquide, il put en ouvrant largement la bouche faire tomber la dernière goutte dans son gosier. En direction de l'huissier :

– Vougeot, hurla-t-il.

Puis à Martin :

– Bois Vougeot avec moi.

– Non, Sulignat. J'ai assez bu comme ça…

– Bois, te dis-je. Comment ne pas boire Vougeot ?

– Je ne boirai plus rien aujourd'hui, sinon un peu d'eau pour me rafraîchir.

– Alors mange ! Quand on n'a plus soif, c'est qu'on a faim, et puis quand on mange, on peut à nouveau arroser la cuisine.

– Crois-tu vraiment pouvoir me rincer, Sulignat ? Qu'y puis-je, moi, si je n'ai pas besoin de m'asperger la glotte pour savoir ? Je sais cette terre, cette Bourgogne. Le court-bouillon, les soutirages, les roulades de fûts et les jambons. C'est de cet amour-là, de la cuisine à la cave, que je suis né.

– Et alors, moineau, moi aussi, qu'y puis-je si j'aime la cuisine arrosée ? Crois-tu que je sois une de ces grosses soupières à qui il vient de l'écume par-derrière ? Une de ces ventrêches qui croient tout savoir de la bouche alors qu'elles n'en ont que la langue ? Je ne suis pas un godelureau peint aux couleurs de ses manières qui s'en va vous montrer son savoir de par son nez et qui, aveuglé par ce morceau de chair, ne voit rien d'autre que lui-même au beau milieu de son miroir.

Martin rétorqua :

– Crois-tu que moi-même je sois une de ces personnes victimes de leur gosier, nez qui fait la taupe, roulé comme leur fût, mou, enfouinassé de la truffe, rougeaud, beurré toujours farci, bouffi sûrement, gris de temps à autre ? Gentil bandit du Rince-Gosier ? Ne sachant plus du tout ce qu'est un montrachet, un pouilly, un vinzelles, un loché ? Ne cherchant que l'ivresse, la beurrée et la sieste ? Gros cochon ronfleur, braillard aimant quand même bien sûr, mais la larme à l'œil par-dessous le vent ?

– Parles-tu de moi ? cria Sulignat, rouge de colère pendant que sa troupe se regroupait autour de lui.

– Pas pour l'instant, Sulignat, reprit Martin. Je te décris ces paillards grivois, ces Vercingétorix devenus gras, pendards, tellement gros qu'on les dirait enceints de leurs femmes. Prends-le pour toi si tu veux. Mais sache ce que mon corps m'a appris : on ne sait rien du vin quand on le boit à la soupière. On devient juste soupière, et le reste de votre esprit s'en va avec la louche. On ne peut rien connaître du vin quand on le mesure à la barrique. Votre corps vous en redemande sans cesse et votre bouche, devenue entonnoir, s'empiffre de n'importe quoi que vous trouvez bon. Il vous en manque toujours un pour finir et à lever le coude, de matines à l'angélus, vous finissez par entendre votre tocsin !

Barrique, Souillon, Malin, Goulefoin, qui avaient choisi leur camp, attendaient derrière Martin. Devant eux, Jacques de Sulignat avait ramassé sa troupe.

– Dis-moi… Serais-tu un nouvel inventeur de morale, moine ?… Pourquoi faudrait-il que tu écrives la loi ? Si tu écris un livre sur l'art et la manière de boire, désires-tu que tout le monde, après l'avoir lu, se comporte comme ce que tu as écrit ?

– Non, Sulignat, le monde est vaste, il compte autant de manières qu'il y a d'hommes. Ta manière ne me convient pas, mais c'est la tienne. Suis ton chemin, je suivrai le mien.

Profitant de cette accalmie pour s'interposer entre les deux groupes, Ramponneau lança :

– Le chemin c'est celui du dernier fût…

Tous deux allèrent à l'abreuvoir avec des airs de coqs ébouriffés. Rude Mine les suivit d'un pas léger, tellement léger qu'on aurait dit qu'il glissait à la surface du sol.

– Qui commence ? demanda Ramponneau.

Rude Mine vint à l'oreille du tavernier et chuchota :

– Je préférerais recommencer à la première ou par celles que j'ai ratées. Vosne dans la barrique du pommard ?

Ramponneau secouait la tête de gauche à droite.

– Ou bien, repartir de la vingtième, une pichette sur deux, quémanda Rude Mine.

– Merci ! Mais voilà le temps de terminer. Prends quatre pichettes, donne le nom et sauve-toi.

Rude Mine s'empara de son dû et s'en alla dans un coin, un peu plus loin, pour déguster tranquille, avec le visage de celui qui a trouvé Dieu.

Le médecin n'en finissait pas de panser, d'ouvrir, de compresser. Il était tout à son affaire et distribuait son savoir, allait et venait de place en place, de plaie en plaie, d'aigreur en flatulence, de pauvreté imbécile en détresse sincère.

Il restait à désigner le gagnant de cette joute. Sulignat avait-il refait son retard ? Martin n'était pas à l'abri d'une glissade. Une ivresse légère le grisait. N'eût été l'exaspération qu'il avait ressentie à l'encontre du Sulignat, et la curiosité de ce tonneau qui aurait pu le faire douter, il ne se serait pas intéressé au verdict de l'huissier.

Le seul à n'être point si pressé était Ramponneau. À faire durer, un peu de vin pourrait encore se déverser dans les gorges. La foule à tous les étages se piétinait, se chevauchait, s'écroulait sur les tables embarrassées de pichettes vides. Tout en haut, un malin étouffant grimpa sur la charpente et souleva quelques tuiles. Ce courant d'air fut salutaire à tous, les vapeurs s'évaporèrent. On se sentit ragaillardi. D'humeur joyeuse comme à l'habitude, et surtout frais de l'extérieur, pour aller à nouveau déverser quelques pichettes sur l'intérieur.

L'huissier, tenu à bras au-dessus des corps, fut acheminé près des fûts. On en disposa trois l'un sur l'autre et on le jucha dessus. À voir sa mine réjouie, lui aussi avait dû fêter la Bourgogne par le gosier. Il se tenait là-haut, bien au-dessus des trois fontaines bourguignonnes, les bras en l'air, saluant. On aurait dit qu'il allait s'envoler des oiseaux de son habit.

– Moi Roussel, dit le cadet, de par ma qualité d'huissier dûment mandaté par le sieur Ramponneau, tavernier, déclare avoir constaté que les cinquante barriques achetées à Auxerre sont les mêmes que celles ouvertes ici devant les jouteurs. Les marques sur les parois, les cachets de cire sur les bondes en attestent.

Il toussota :

– Voici donc le résultat de cette joute. Le médecin ici présent s'est déclaré lui-même dans la catégorie de la médecine. Rude Mine s'est tenu au programme jusqu'au trentième, ensuite il a failli plusieurs fois et se retrouve troisième. Messieurs Sulignat et du Porche se sont départagés sur une barrique. Pas celle que l'on a cru car, dans la deuxième partie, du Porche a failli aussi une fois : la trente-deuxième. C'est ainsi que pour un instant, ils se sont retrouvés frères de cuvée. Cela n'a pas duré et Sulignat a chuté encore sur la quarantième. Le vainqueur est donc monsieur du Porche !

Ramponneau applaudit. Goulefoin prit Martin sur ses épaules et le fit tourner sur place. Le centre et les étages applaudissaient eux aussi. Il fut salué, sifflé. Martin était heureux, c'était finalement agréable.

Ramponneau, heureux lui aussi, vint lui glisser une parole à l'oreille :

– On vous demande au second étage. Je vais vous faire conduire…

Goulefoin passa devant, Barrique derrière, et ils l'escortèrent jusqu'au pied de l'escalier. Tout en conti-

187

nuant à se faire applaudir. Un servant le guida comme il put jusqu'à une tenture cramoisie qui s'ouvrit sur un visage souriant.

– Du Porche, joignez-vous à nous quelques instants.

L'homme perruqué, habillé de dentelles, avait un visage avenant. Il était entouré de deux très jolies femmes et d'un homme visiblement ivre qui dormait, calé contre une cloison, bouche ouverte. Leur table était couverte de pichettes.

– J'ai apprécié la manière dont vous avez dégusté ces vins. J'avais convié à ma table une bouche qui se vantait d'être un nez, dit-il dans un mouvement de main. Mais, comme l'atteste son état présent, cet homme a perdu sa connaissance. Si j'ai bien entendu, vous êtes habituellement aux ordres d'un négociant en vin.

Il prit l'air pensif :

– J'ai besoin d'hommes comme vous. La situation à laquelle je pense vous établira définitivement dans le monde du vin, à la place que vous méritez. Venez demain à Versailles. À l'entrée près des grilles. Donnez votre nom. Un homme vous conduira aux Grands Communs.

Martin sut que l'entretien avait pris fin. Le visage souriant s'était déjà désintéressé du sien pour replonger dans les yeux d'une des deux femmes. Il salua et le rideau cramoisi se referma sur les mains de cet homme qui se penchait pour embrasser une poitrine blanche.

Ramponneau ne pouvait se décider à fermer la taverne. Tous ces gens avaient encore du trébuchant. C'eût été impossible, d'ailleurs, à moins d'y cloîtrer deux à trois cents endormis, seigneurs de la roupille et du célibat. Demain il pourrait leur servir quelques repas pour les remettre, dans la fraîcheur et la clarté du matin.

Martin revint vers les fûts, alla droit vers la barrique qui l'avait fait trébucher, reconnut ce vin comme un pernand, prit confirmation de la bouche même du cadet Roussel, resta près des fûts, pichette à la main, puis s'approcha de Sulignat.

— Sulignat, j'ai, comme l'a dit Ramponneau, gagné deux barriques dans ces cinquante-là. Je te propose, en l'honneur de notre première rencontre, de partager avec ta troupe. Choisis toi-même.

Martin lui tendit la main… Jacques l'accepta.

— Voilà un moine qui sait donner à son prochain !

Son troupeau de rouleurs commençait à taper sur les fûts pour chercher celui qui aurait été le moins bu et le signaler à Jacques.

— Décidément, pensait Ramponneau, je gagne toujours.

Car, en leur laissant le plus rempli, c'est comme s'il leur donnait l'invendu.

Martin eut une discussion âpre avec le tavernier. Il lui réclama son dû, négocia aussi la barrique qu'il avait gagnée. La famille Souillon et Malin fut un peu déçue mais, quand il s'approcha d'eux, il leur glissa de belles pièces dans leurs goussettes. Goulefoin l'attendait aussi :

— Martin, pourquoi donnes-tu ce qui appartient à ta mère ?

— Ne t'inquiète plus, on ira la retrouver plus vite que prévu !

— Moi je t'ai retrouvé, je ne te quitte plus !

— J'y comptais bien, mon Goulefoin. Tu viens avec moi, demain à Versailles !

Ce qu'il restait de nuit se replia doucement. Le ciel noirci se déclina d'une larme lumière. Des traces de

189

monde… dans un silence ponctué d'imperceptibles mouvements. Au-dessus de la taverne, après avoir quitté les sentiers, entre bosquets et buissons, deux hommes harassés se parlaient.

– Vois-tu, si je ne bois pas, c'est que derrière les masques des assoiffés se cache souvent la bête.

– Toujours, crois-moi, toujours, reprit l'autre. Et, certains soirs, je traque la mienne de bien près.

Il rit :

– Comment as-tu trouvé le passage d'une âme là-dedans, moine ?

– Je ne sais. Chaque homme n'a-t-il pas cette difficulté de porter au-dehors quelque chose du dedans ? Avant tout, j'essaie de tenir debout !

– Moi je tangue, je m'affaisse, je m'affale, mais jamais ne coule. Masques, je les connais ces masques, et la vérité du mien c'est cette blessure. Cette douleur et ce plaisir d'exister. Regarde, le jour vient, le calme ne va pas durer. Si la vie te ramène à Paris, Martin, ce soir et demain, je vendange chez le fils Ramponneau. Viens m'y voir.

– J'y viendrai. Pourquoi s'est-on égratigné tout à l'heure ?

– Tu as du nez, autant que j'ai de la gueule ; c'est peut-être ça le visage de l'amitié, reprit le Beaujolais en souriant.

– J'aime ta parole, Sulignat.

Martin, ne sachant pas se conduire dans Paris, ne trouva qu'une petite voiture à un seul cheval encore endormi. Ils s'y entassèrent comme ils purent. Heureusement, l'un et l'autre réussirent à passer chacun la tête et un bras au-dehors. Paris se réveillait. La rue de Rivoli, nouvellement percée, les vit cahotant. Goulefoin chantait à tue-tête une chanson bourguignonne, et certains, sur le pavé, mélancoliques de leur province, leur adressaient des saluts fraternels.

Des jardins, des prés s'ouvraient derrière un chantier qui préfigurait une future place. Au-delà, les ornières se firent moins nombreuses mais plus sévères. Malgré tout, de coteaux en vallons gracieux, ils se tinrent le paletot et subirent les cahots jusqu'à Versailles. Le cocher, une fripouille, les ayant fait payer le double de la normale, pestait maintenant contre les embarras de voitures, espérant soutirer encore un peu de trébuchant en fin de course à ces naïfs provinciaux. Des marcheurs, eux aussi en quête de fortune, se rendaient au château, baluchon accroché à un bâton tenu sur l'épaule. D'autres en revenaient, joyeux en bandes ou seuls tirant des charrettes à bras remplies de frusques, de meubles et de victuailles. Visiblement, on y commerçait fort.

Quand ils arrivèrent à Versailles, la lourdeur architecturale, pour ne pas dire l'énormité de la chose construite, impressionna Goulefoin. Ce n'était point un château mais une ville.

Comme prévu, un préposé aux rendez-vous des métiers de bouche attendait Martin aux grilles. Ce joli cœur, sa fonction c'était d'attendre et d'introduire, avec le plus de cérémonie possible. Les jouteurs parisiens abandonnèrent, non sans mal, leur minuscule pot de chambre roulant et, derrière leur perruque cérémonieuse, à petits pas, longèrent le château par la gauche. Ils entrèrent dans la cour d'un énorme bâtiment : les Grands Communs. Six cents pièces fermant à clef, dix-neuf appartements. Les artistes de la table y résidaient. Le maître de la maison, le grand gonfalonier, aussi inaccessible qu'invisible, du haut de son savoir et du désir de sa majesté, animait mille cinq cents personnes. Ceux-là comme tous les autres s'occupaient du roi, de sa famille, des courtisans, et surtout d'eux-mêmes. Avait-on besoin, en face, derrière les grilles, d'une légère brindille pour effacer quelques frissons sur des gorges altières, qu'un délivreur de bois était mandé. Bien sûr il n'y allait pas lui-même, il se contentait d'ouvrir la porte de sa remise à d'autres, qui prélevaient leur part avant de se relayer jusqu'à la cheminée. C'était ainsi pour tout. La multiplication des charges avait créé la multiplication des tâches et elle avait entraîné un énorme partage fantaisiste. C'était ainsi que, été comme hiver, les grands valets de pied avaient mission de transporter le parasol du roi. On leur donnait un pourboire, sous le Quatorzième. Ils exigèrent un droit, dit de parasol, qu'ils perçurent à l'année au Quinzième et, sous le Seizième, certains, libérés de cette tâche qu'ils avaient acquise par hérédité, n'en conservaient pas moins l'honneur et le profit pour le restant de leur vie. Rien n'était laissé au hasard, chaque valet épiait les gestes de son maître et savait se rendre indispensable. Chaque domesticité avait sa fonction et ses avantages. Par exemple, les bougies des appartements de la reine étaient toujours éteintes immédiatement après son départ et remplacées illico par des bougies neuves. Celles de l'antichambre et des corridors revenaient aux garçons de chambre, celles des salons aux femmes qui côtoyaient la reine. Mais si on ne les allumait pas, quatre-vingts livres quotidiennes étaient dues aux femmes de chambre. Si bien qu'autour du château, se revendait plus de la moitié de ce qui n'avait pas eu le temps d'être consumé. Tout ici se troquait à la sauvette, ou dans des baraques de fortune échappant aux contrôles. Cinquante mille habitants vivaient autour du château. Les métiers nobles, barbiers, perruquiers, chapeliers, sculpteurs, marbriers, peintres-doreurs, d'autres encore, fréquentaient mendiants, aventuriers, receleurs, voleurs, commerçants, qui rôdaient autour des valets pour racheter un peu de la dépouille de leurs maîtres. Qu'un bouton, qu'un galon doré manque à un costume, qu'une dizaine de petits choux restent dans une assiette, on les retrouvait chez le mercier pour les uns et mangés à l'auberge pour les autres. Par ceux-là mêmes à qui la veille on les avaient volés, parce qu'ils n'avaient pu se les empiffrer tous. Le vin n'échappait pas à ces amusements féroces. Un coureur de vin suivait le roi dans tous ses déplacements, un conducteur de haquenée qui, une fois son labeur harassant terminé, revendait la feuillette au plus offrant et s'envoyait, à petites lampées, le restant de ce que Louis n'avait bu.

Mais Martin n'avait pas encore eu le temps de découvrir ces subtilités. Le commis aux rendez-vous les avait abandonnés, pour mieux les annoncer paraît-il !

Las des péripéties de la veille, moitié somnolant, moitié dormant dans une vaste pièce remplie de barriques, ils se reposaient. Ce n'était pas tout à fait une cave mais plutôt un entrepôt où les fûts attendaient le bon vouloir du château. Les caves les plus importantes se trouvaient au village de Sèvres. Martin s'endormit car, selon l'expression de Goulefoin, la nuit dernière, il lui avait fallu dormir vite ! Le grand rouquin, qui n'avait pas perdu ses habitudes de caviste cistercien, s'envoyait à la dérobée des rasades légères de quelques tonneaux débondés à sa manière. Il avait au fond d'une poche un joli robinet de bois qui, par son extrémité cerclée de métal, pouvait percer et chasser les bondes de bois, les faussets, qui fermaient les fûts. Il buvait ainsi à la gracieuse, sans se faire remarquer, sauf à entendre le bruit sec de la claque qu'il donnait pour enfoncer le tout. Ayant goûté dans un petit récipient à lui, sorti d'une autre poche intérieure, il retirait son robinet, glissait prestement une pièce de bois et de l'étoupe pour colmater l'orifice sans dégât apparent. C'est ainsi qu'il visita les tonneaux à la fleur de lys.

L'inquiétude passée de voir son ami se faire rabrouer par les gens du cellier, qui traversaient de temps à autre, Martin vint goûter par le nez ces vins royaux. Certains étaient merveille pure. Bordeaux y côtoyait la Bourgogne très en vue. L'Alsace était peu représentée, le Beaujolais et l'Anjou tenaient à eux deux la première place.

Au nez, certains vins avaient encore trop de tanin pour raconter toute leur âme. D'autres avaient voyagé dans la douleur, ils sentaient la barrique mal remplie, secouée, roulée sans précaution. Une, même, leur apparut comme malfaisante. À vider prestement dans le ruisseau avant d'en brûler le bois, de peur qu'il contamine la prochaine vendange.

Puis Martin s'endormit vraiment, pendant que Goulefoin s'en alla du côté où il sentait pouvoir se restaurer. Il sortit du château, trouva une auberge et ramena des provisions pour celui qui n'était plus là. Enfin monsieur de Gray l'avait fait chercher. On le conduisit par d'innombrables pièces jusqu'à lui. De nombreuses personnes s'affairaient autour et s'efforçaient de répondre à ses attentes. On se salua et très vite la conversation prit la tournure que Martin espérait.

– Monsieur du Porche, voici la charge que j'aimerais que vous occupiez. Je suis l'intendant des affaires de bouche du Roi. J'ai à ma disposition un nombre certain de personnages plus ou moins incompétents dans le domaine du vin. Vous connaissez la Bourgogne mieux que personne. J'ai l'intention, si vous acceptez, de vous nommer seul goûteur du Roi pour la Bourgogne. J'ai besoin du meilleur pour le Roi, pour les princes, et les dîners royaux. Vous devrez insister pour que l'on vous donne le mieux, acheter vous-même, conduire ou faire conduire jusqu'ici ce que vous aurez récolté. Votre dédommagement sera à la hauteur de vos ambitions. Je vous demanderai d'acheminer chaque année mille deux cents muids parfaits jusqu'ici. Cette tâche vous convient-elle ?

– Oui. Aurai-je des laissez-passer pour voyager ?

– Bien sûr, lui répondit l'intendant qui ne trouvait pas la question à la hauteur du nez de son nouveau caviste. Nous vous ouvrirons les portes qui nous sont favorables, vous nous ouvrirez les autres, je l'espère, par votre courtoisie. Vous disposerez de ce qu'il vous faut pour vous équiper en chevaux, charrettes, hommes...

Il s'adressa à un secrétaire à côté de lui :

– Notez, monsieur, notez !

Puis il reprit à l'adresse de Martin :

– Vous aurez affaire à monsieur Vial pour ce qui est de l'organisation. Vial, vous répondez déjà de vous-même, maintenant de lui, de la mise en place et de la conduite de cette affaire ! Évitez-lui, je vous prie, les tracas de Versailles. C'est un homme de province, comme vous le voyez !

– Quant à vous, du Porche, je vous attends chaque année. Choisissez des lots importants, car ici une barrique seule, sauf si elle guérit, n'est pas très intéressante. À peine va-t-on la trouver bonne, se plaire d'en parler, que la table l'aura bue et que l'on devra en solliciter d'autres que je ne pourrai fournir. J'aime la continuité. Donnez-nous des vins sombres, ils sont à la mode ici. Notez convenablement ce qui peut être bu ensemble ou séparément. Aidez-nous par votre jugement. Assemblez les mets et les vins. Je vous en saurai gré. Monsieur Vial, accompagnez du Porche dans les salles des cuisines, enfin où il veut, faites-lui sentir Versailles. Arrangez tout. Donnez-lui ce qu'il lui faut. Au revoir, monsieur du Porche. Soyez à la hauteur de votre tâche, je vous attends en octobre.

Martin s'inclina, l'autre se détournait, déjà absorbé par d'autres affaires. Ce n'était pas qu'il avait beaucoup à travailler mais c'est qu'il désirait toujours l'évacuer très vite. Il avait pour certaines heures versaillaises beaucoup plus d'affinités.

Le début de l'après-midi passa à préparer les lettres et des autorisations. Vial se montra courtois, attentif aux questions que lui posait Martin. Il s'inventait toutes sortes de problèmes dont Martin n'avait même pas imaginé l'existence. Le secrétaire lui demanda de correspondre une fois la semaine. Il voulait connaître l'avancement de sa course aux barriques, de peur d'en manquer le moment venu.

– Notez bien à chaque missive le contenu, mais aussi le contenant. Faites voyager très groupé. Rien ne devrait se perdre, avec cette méthode. Accompagnez vous-même le plus gros du chargement ! Prenez les chemins les plus faciles. Ne laissez à personne le soin du vin du Roi !

À dire vrai, de Gray, en confiant à Vial la responsabilité du Bourguignon, lui demandait aussi de financer la première campagne à venir. Et l'autre, la trouille au ventre, cherchait à s'entourer de toutes les précautions. Une mauvaise année et ce serait une triste déconfiture, l'argent à Versailles avait toujours été très volatile. Ce fut donc au moment où cette question allait devenir pertinente, que Vial invita Martin à visiter ce qu'il voulait. Il tenta de l'emmener seul, ses habits paraissaient possibles dans la société du Commun, mais il ne put se débarrasser de « l'Ogre », surnom dont il avait baptisé Goulefoin. Il lorgnait ces provinciaux, par-dessus, par-dessous, à la légère certes, mais avec ténacité, se demandant ce que de Gray pouvait bien vouloir en tirer. Une certitude, pensait-il : partout à Versailles la trogne de Goulefoin serait considérée comme une faute de goût. Il était partagé entre leur faire visiter lui-même, au pas de course, certains lieux ou, pour éviter les moqueries des gens de sa condition, envoyer un valet avec eux, et les attendre.

Martin, lui, voulait se rendre aux cuisines.

– Ce n'est pas l'heure ! lui répondit Vial.

– Alors le jardin !

– Oui, mais lequel ?

– Le potager naturellement !

C'était possible, Vial n'y connaissait personne d'important. Ils descendirent la rue de la Surintendance, entrèrent par l'Orangerie, et de la terrasse purent admirer ces extraordinaires vingt-cinq arpents de végétal.

Autour d'un grand bassin, seize carrés de légumes étaient travaillés par vingt jardiniers en habits. Ce fut ce qui retint d'abord l'attention de Martin, mais il fut vite intrigué par les hauts murs qui non seulement entouraient ce jardin mais aussi avaient été construits à l'intérieur même...

– Pour réfléchir le soleil, conserver sa chaleur, permettre aux arbres palissés de s'épanouir plus vite, et leur éviter les vents, dit Vial qui, comme tout un chacun, connaissait son Versailles.

– Là-bas ? demanda Martin, en désignant du doigt la végétation étrangement plantée.

– Le jardin biais ! Monsieur de la Quintinie l'a dessiné pour les mêmes raisons ! Mais pour des plantes moins hautes. La course du soleil se fait plus longue, grâce à ses obliques sur les rangées de verdure, et cela sur les quatre saisons.

« Le Roi mange des fraises depuis fin mars, des asperges depuis décembre, grâce à ces cloches de verre alignées que vous voyez là-bas, ou ces châssis adossés aux murets qui protègent les variétés de salades nécessaires dans l'année, reprit-il.

La Goulette, voulant y voir de plus près, descendit les cent marches de l'escalier de la terrasse. Vial contraint et Martin curieux le suivirent et marchèrent le long des bordures d'absinthe, de thym et de lavande jusqu'au clos des asperges. Martin se penchait sur des parfums inconnus, cherchait les alliances secrètes entre ces végétaux nouveaux et les vins qui leur conviendraient.

La Goulette avait rejoint quelques jardiniers. Il tenta d'engager la conversation, mais sans résultat. Il s'en alla plus loin, en attrapa d'autres, le nez dans la verdure :

– Bonjour, messieurs, leur lança-t-il en découvrant l'intérieur de son manteau.

Les jardiniers relevèrent la tête, dédaigneux, mais se radoucirent le sentiment, à voir les fioles accrochées dedans l'envers du paletot. Les manières courtoises de Goulefoin avaient pour but de visiter le jardin sans que Vial les emprisonne dans des considérations d'étiquette. Pas la peine de tenter de savoir quelque chose d'un homme qui ne connaissait que la moitié du monde ! pensait-il. Même si lui aussi n'en connaissait qu'une moitié, il la trouvait plus intéressante.

– Nous venons de Bourgogne. Mon maître a reçu ce matin, pour la table du Roi, la charge d'accompagner vos divins légumes avec le meilleur de nos vins.

Goulefoin, les voyant se relever tout à fait, sortit son tonneau de voyage et servit des rasades de nuits-saint-georges, qu'il avait soutirées hier au Ramponneau.

– Je vous en prie, messieurs, donnez à mon maître l'un de ces petits légumes dont le Roi raffole en ce moment.

Il reçut dans sa main quelques petits pois, dont on avait retiré les gousses. Il les remit à Martin, qui lui envoya un coup de pied dans un mollet. Qu'avait-il à l'appeler «Maître», cette tête de gargouille ? Un grand frère, un ami comme il voulait. On n'avait jamais encore vu être en famille avec son valet.

Ces petites boules vertes l'enchantèrent au toucher. Elles sentaient fort le vert, mais au goût, quand elles étaient écrasées, elles vous enfarinaient la bouche, collaient au palais, et elles finirent par appeler tellement la salive qu'il dut cracher. Les jardiniers rirent.

– C'est la cuisson qui leur donne la vie. Ébouillantés, ils gardent leur couleur et deviennent légers sous la dent, lui dit l'un d'entre eux.

La Goulette lui servit une rasade supplémentaire.

On ne sentait pas les hommes du jardin inquiets. Mai était beau, les légumes venaient, bien épanouis. Les fumiers chauds des écuries royales les avaient protégés des derniers frimas d'avril. Quand un légume n'était pas assez développé, qu'il avait poussé à l'étrange, on l'évacuait aux indigents par une petite porte dite « le public ». Toujours, tous les jardins du monde ont eu un espace de charité.

Les jardiniers, dessoiffés, envoyèrent leurs hôtes vers les fruitiers. Les pêches étaient déjà formées. Les pavies blanches, les grosses pavies rouges de Pomponne, le brugnon violet, pour les salades de fruits désaltérantes de l'été. Les pommiers comme les poiriers avaient été plantés en abondance, de petits écriteaux en donnaient le nom : les reinettes, la courpendu appelée ainsi à cause de sa tige épaisse, les calvilles d'été et d'automne ; la louise-bonne pour la poire, la verte-longue, la grosse musquée de Coué, fondante de Brest, cuisse-madame, et cette bon-chrétien si prisée de tous, et qui se conservait si longtemps.

Entre les palissades de fruitiers se tenait un homme assis sur une planchette peinte fichée en terre. Une crécelle à la main, il tournait la tête calmement de gauche à droite, parcourant l'allée des fruitiers jusqu'à ce qu'il soit pris d'une violente secousse, et qu'il déguerpisse en agitant sa musique vers une palmette encore bourgeonnante, où des oiseaux venaient de se poser. Levé de sa planchette, cet animal exotique, plumé des extrêmes, galopait en soulevant les bras. Son costume bigarré tranchait sur la verdure et la blancheur des fleurs de fruitiers. Ce ne fut qu'à la fin de son approche qu'un frou-frou de bouvreuils-pivoines s'arracha des bourgeons succulents pour aller se poser dans le parc voisin. Revenu vers son reposoir, il fut accueilli par une rasade de dessous le paletot.

– Je suis l'épouvante des jardins du Roi. Messieurs les jardiniers me reçoivent dans les carrés de leurs semis. Je suis l'affolant des bosquets au temps des étourneaux, et l'hiver je traque la taupe...

Il reçut triple rasade de la part de la Goule.

– Voilà un homme qui connaît son travail : chanteur des poiriers, grand cavaleur, pourfendeur de nuisibles... Si j'habitais Versailles, je deviendrais votre apprenti ; d'après la tête que me tire monseigneur Vial, je n'aurais point besoin de votre déguise pour effaroucher la plume, ou même la dentelle !

Peu importe, pensa Martin, quand Goulefoin ouvrait son paletot, les allées aussi s'ouvraient. Vial trouvait ce manège dégradant ; chaque présentation, pour lui, devait procéder d'un cérémonial, les sourires convenus sous-entendant les rapports de force. Si la cour suivait sa buvette aussi bien que ces jardiniers-là, sa fortune serait faite, se dit Martin. Cela ne l'empêchait pas de se sentir gêné. Goulefoin l'appelait « Maître », Vial se proposait de l'entraîner dans des ronds de jambe où les mensonges fleuriraient en masse. Des faiseurs de rêves, il en avait connu, des parlotiers de toutes sortes qui l'avaient assuré de leur aide, dans sa course à la barrique. Depuis l'âge de quatorze ans, il s'était déniaisé. Peut-être même n'avait-il pratiqué que le déniaisement ? Ah, çà, on lui en avait déversé, du boniment ! De compliments patentés en travaux durs jamais rémunérés, il avait atteint l'âge adulte avec la certitude que, s'il ne s'élevait pas dans la société, il ne parviendrait pas à son but. Il ne comptait que sur son talent. Le temps passé auprès des tonneliers, des vignerons, avait été un temps d'apprentissage, où jamais il n'avait économisé un seul brin d'herbe. Depuis qu'il montrait sa capacité au grand jour, il était devenu fébrile. Outre la rivalité de ses compagnons de joute, qu'il devrait toujours surveiller du coin de l'œil, il n'était pas sûr de dominer toutes les facettes de la charge que Vial et de Gray voulaient sur ses épaules. Conduire une troupe de traîne-fûts nécessiterait de la rigueur. Acheter au bon prix les feuillettes royales, même s'il était aidé par les quatre meilleurs rouleurs de tonneaux qui puissent exister, lui causerait, au vu de son jeune âge, bien des tracas, pensait-il. La charge était grande, le profit serait important, du moins c'est à la hauteur de vingt et un muids qu'il l'espérait.

Vial et Martin continuèrent leur visite par le jardin creux. Les sept cents pieds de figuiers y étaient à l'abri entre les hauts murs. L'hiver, comme pour les orangers, un bâtiment, chauffé quand il le fallait, les abritait en caisse : la figuerie. Des charnières de fer et de cuir permettaient d'ouvrir les quatre côtés des caisses en même temps, pour dépoter les figuiers plus facilement. La verte et l'angélique, la grosse jaune, la violette... les jardiniers parvenaient à force de soins méticuleux à offrir des figues à la cour dès la mi-juin. Les Bourguignons furent béats devant tant de zèle déployé pour de la verdure. Ça leur donnait des idées : de ceps rangés, de vignes mathématiques, de lumières apprivoisées...

Vial, jusqu'ici, les avait laissés visiter à leur guise; maintenant, il s'impatientait. Un homme était venu lui dire que l'argent destiné à Martin était arrivé. Il était temps de rentrer aux Grands Communs.

– Aux cuisines ? demanda Martin.

– N'y pensez pas, ce sera pour votre prochaine visite. Nous devons nous inquiéter de la manière dont votre campagne va être financée.

– Monsieur Vial, dites-moi comment vous voyez la chose.

– Je ne sais que vous dire. L'idéal serait que vous avanciez la somme requise, et que nous fassions le tri des barriques ici. Ce serait très élégant de votre part.

– Hélas, monsieur, je ne peux me rendre à vos souhaits. Le seul crédit que je possède, c'est mon nez !

Cette réponse fit sourire Vial. Il le savait, mais il lui fallait l'entendre.

– Je peux, comme l'a demandé monsieur l'intendant, prévoir de vous faciliter les transports, mais cette somme qu'il me faut vous verser pour les muids, et vous donner de quoi vous équiper, j'aimerais que vous en soyez redevable devant moi, l'intendant et le Roi. Accepteriez-vous de me signer une reconnaissance de dettes ?

– Monsieur Vial, bien volontiers, je me ferai le dépositaire de la somme que vous me confierez au vu d'un achat de vin. Mais de là à vous la devoir... Sur quoi ? Je n'ai rien !

– Trouvez-vous décent que je vous équipe sans le moindre retour ?

– Nous pourrions convenir d'une somme destinée à l'achat du vin, qui vous reviendrait en totalité, et d'une autre qui m'équiperait, dont je vous serais redevable, par quart, saison après saison.

203

– C'est judicieux : à vous les charrettes, et pour mon affaire à moi, les muids et leur transport. Ceci est tout à fait équitable, dit Vial qui voyait une bassesse à posséder un métier de charrettes. Quelqu'un de bien né pourrait-il vous recommander ?

– L'Abbé de Cîteaux peut-être. Je suis resté jusqu'à l'âge de quatorze ans à l'abbaye.

Martin pensa que peut-être, dette payée, l'Abbé n'hésiterait pas à l'aider.

– Demandez s'il plaît à monsieur l'Abbé, dans sa grande bonté, de me rédiger une lettre en ce sens. Ces barriques, arrivées à Versailles, devront être irréprochables. La somme qui aura servi à vous les procurer en dépendra.

– Qui en jugera ? demanda Martin.

– Moi-même, monsieur de Gray, ou qui nous agréera.

Vial savait qu'il serait seul juge, il vendrait à de Gray les barriques ; celui-ci lui verserait l'argent le plus tard possible. Pour ne pas avoir de tracas, il faudrait lui revendre au plus fort.

Martin ne voulait pas être responsable de ce qu'il ne maîtriserait pas.

– Et pendant combien de temps, après qu'elles seront arrivées ? reprit Martin.

– Jusqu'à ce qu'elles soient bues !

– Monsieur Vial, ici je n'ai aucune autorité. La cave du Grand Commun est un endroit où bien des ennuis de barriques sont possibles.

– Que proposez-vous donc ?

– De prendre soin du vin jusqu'à Paris, aux entrepôts de Bercy, ou place de Grève. Là, le vin sera vérifié par votre commissionnaire, et il continuera sa route à Versailles sous votre contrôle.

– C'est une possibilité, elle m'agrée. Encore faudra-t-il que nous soyons prévenus de son arrivée…

– Dans le message de la semaine d'avant livraison !

– Je vois dans vos paroles une ébauche d'organisation, monsieur du Porche.

– N'en doutez pas ! Pourrions-nous écrire sur un billet tous ces points de détail ? Ce sera mon compagnon de voyage. Je m'y référerai, et m'adapterai au mieux quand il y aura des impondérables.

Ils n'avaient pas quitté le jardin. Les jardiniers éclusaient encore quelques gouttes tombées du paletot de la Goulette qui surveillait du coin de l'œil son gamin. À quelle sauce allait-il se faire manger ? Le Vial, il s'en méfiait.

Enfin, ils se dirigèrent vers le Grand Commun, montèrent dans les appartements du secrétaire et signèrent ce qu'ils venaient de se dire.

Au moment du trébuchant, ils passèrent dans un logement contigu. Des pièces d'or étaient alignées sur une table ; Martin et Goulefoin n'en avaient jamais vu autant. Si Martin se garda bien de se réjouir devant Vial, la Goulette ne put retenir un souffle de contentement. Les pièces furent comptées trois fois, et la troisième main les logea par trente dans dix goussettes de cuir lacées par un cordon.

– N'oubliez pas votre lettre, je l'attendrai avec impatience chaque semaine ! Je suivrai votre voyage avec intérêt.

Le nouveau goûteur du Roi descendit les marches de l'escalier du Grand Commun derrière le même commis au rendez-vous qui l'avait amené au matin. Souriant à la Goulette, qui à ses côtés transportait dans les poches intérieures de son manteau l'or donné par Vial. L'un comme

205

l'autre ne trouvaient plus ce commis si ridicule, ils l'aimaient, ce poudré, à pouffer de rire…

Vial, lui, ne se réjouissait pas encore, mais il avait trouvé par ce Bourguignon une possibilité d'affermir sa position. Il en rêvait depuis des années. Il était arrivé sur le tard au service de Louis XV, avait exécuté quelques basses besognes pour l'approcher, ce qui lui avait valu une réputation douteuse. Il s'était éclipsé à la fin de son règne, pour revenir à la mort du roi protégé par de Gray, dont il était devenu le pourvoyeur de fonds et l'associé dans certaines affaires. Vial ayant bien réussi, de Gray lui permettait de voir plus grand sans trop se montrer.

Le soir trouva Martin dans une calèche. Goulefoin, heureux et encore dans la surprise, criait à la portière :

– À Cîteaux ! À Cîteaux !

Il riait… rentrait sa grande gueule rousse :

– Je te retrouve le jour de ta gloire !

Il pressait les épaules de celui qu'il appelait secrètement son petit. Martin somnolait dans la voiture. Il pensait à Camuse à qui il devait d'avoir appris à négocier.

Il avait attendu ce moment depuis si longtemps que son corps maintenant se détendait. Il pensait à sa vie, à sa destinée. Chacun finit par trouver une place ici-bas. La sienne venait d'être reconnue par d'autres. Il allait pouvoir œuvrer dans ce qu'il était déjà, et retrouver sa presque mère.

Il se laissa guider, endormi, jusque chez le fils Ramponneau, aux Porcherons derrière la barrière de Clichy. Goulefoin, lui, ne pouvait pas dormir. Il rêvait au retour, il s'imaginait à Gilly, à Cîteaux, il aurait sa gloire… Il l'avait retrouvé, le gosse, même s'il lui avait fallu dix ans.

Quand ils arrivèrent, la messe était dite. Jacques de Sulignat avait sans mal remporté la joute. Rude Mine, lui, n'était pas venu, et s'il n'était pas venu, aussi incroyable que cela puisse paraître, c'est qu'il n'avait pas pu venir ! La médecine, fidèle à elle-même, avait encore soigné. Deux ou trois autres gosiers s'étaient mêlés aux débats, un temps, puis, ayant voulu suivre la barrique beaujolaise dans sa manière de picheter, avaient roulé sous la table, confondus par le défi qu'il leur imposait.

– Martin ! Tu nous as manqué ! s'écria Sulignat.

Martin lui annonça la nouvelle versaillaise et il en fut sincèrement ravi. Peut-être pourrait-il le faire entrer en cour plus tard ? Ils s'assirent un peu à l'écart, et Martin lui demanda maints conseils pour conduire une troupe. Sulignat lui prêta quatre charretiers sûrs, à la condition qu'il les payât mieux que lui-même le pouvait. Ces quatre étaient prêts à toutes sortes de voyages, ils avaient nombre de bouches à nourrir en Beaujolais. Leurs petits piaillaient au nid.

Souillon, Malin et la Barrique aussi voulaient être du voyage. Après avoir découvert Paris, revenir sur les quais d'Auxerre pour pocher les mêmes yeux, c'était se rétrécir l'estomac !

– Avec Goulefoin et tes Barrique, te voilà prêt. Quand la carcasse est bonne, le reste suit… Je te donne rendez-vous pour une bonne joute chez Ramponneau l'an prochain. Si tu veux de mes nouvelles, écris à l'auberge de Marlieux dans les Dombes. J'y suis près de juin.

– Voyons-nous entre Beaujolais et Bourgogne. Campagne faite, répliqua Martin. Écris-moi chez Camuse.

– Oui, une bonne joute, un pied chacun dans ses vignes, et la soif à la bouche.

Ils s'embrassèrent et les troupes se séparèrent.

Le lendemain, Martin vint au Tambour royal ramasser son dû. Le cabaretier l'aurait bien gardé encore. Il aurait voulu continuer les joutes chaque semaine. Pas besoin de suceurs de fûts, il embaucherait des comédiens et ils la feraient aux boniments ; le gagnant serait toujours le même. Martin serait payé au pourcentage de liquide englouti.

Sans lui parler de ses nouvelles occupations, Martin lui fit comprendre qu'il était attaché à la maison Camuse, mais qu'il reviendrait volontiers découvrir les vins que le tavernier aurait achetés chez le négociant auxerrois une fois l'an.

La petite troupe se mit en marche. Elle s'arrêta à Auxerre, où Camuse enthousiaste, même s'il voyait son caviste s'envoler, lui prêta l'argent nécessaire à son retour triomphal en l'abbaye. Madame Camuse ne força pas la main de son mari. Le négociant demanda à Martin de lui acheter de bons coteaux pour remplir ses caves. Il lui fournit quelques charrettes pour le transport.

Martin longeait la « Cent Font », la rivière qui alimentait en eau l'abbaye de Cîteaux. Il allait pouvoir se replonger dans cette atmosphère qui lui avait été si chère.

Les charrettes étaient restées en arrière, à Gilly. Il avait hâte de revoir sa cuisinière. Elle lui apprendrait sûrement le début de son histoire.

Qui était-il ? Parfois il le lisait dans le regard des autres depuis qu'il était devenu goûteur du roi. Mais d'où venait-il ? De qui était-il né pour avoir ce don ?

Goulefoin seul le suivait, sur une grosse jument moitié rousse moitié blanche. Tous deux allaient le cœur fébrile, l'un dans son enfance rejaillie et l'autre d'être revenu avec Martin le fugueur.

Dans la chapelle, les moines blancs étaient réunis et écoutaient l'Abbé. Sa voix sûre d'elle était bue par ceux qui l'avaient choisi comme guide. Elle se répandait autrement sur les bas-côtés, où, mêlé aux layots autorisés, Martin s'était assis. L'Abbé leur parlait d'un lieu étrange, qu'il pensait avoir cerné. Après avoir cherché à définir le péché originel, il leur montrait les voies qu'il avait explorées.

– Il y a toujours un moment où un homme, au cours de sa vie, sent le poids de l'échec sur ses épaules. Il vivra cet instant où il saura qu'il ne changera pas le monde. Ce chemin a autant de visages qu'il y a d'hommes! S'il est aveugle, il pensera que la faute qui produit cet échec est extérieure à lui. Dans sa frénésie de bien faire, il voudra l'anéantir dans celui ou celle qu'il aura pris comme bouc émissaire. Peut-être même ira-t-il dans sa soif d'absolu jusqu'à tuer? Celui-ci se sera manqué. La mort de son prochain l'aura rendu mortel. S'il pense que la faute est à l'intérieur de lui, avec discernement il se changera lui-même, mais il ne pourra changer le monde. Peut-être rencontrera-t-il d'autres humains, chercheurs de vérité comme lui, sur son chemin, qui lui apparaîtront plus évolués, et il adoptera leur quête. Mais, s'il est assez lucide, il verra que ces autres possibles lui auront juste fait changer de monde. Déçu de n'en jamais saisir l'entière vérité, ses regrets rentreront par cette porte. Son chemin, même glorieux, ne l'aura rapproché que des hommes. S'il sait que le péché originel a existé, et qu'il le tient d'Adam et Ève, les enfants de Dieu, ses parents; s'il sait qu'il est une faute qu'il perpétue sans qu'il en ait l'absolue connaissance, alors il verra à l'intérieur de lui-même le dessein du sacré. Car dans ce monde qui nous arrive, même si l'incroyance devient immense, qu'il ne reste qu'un infime souffle de Dieu, un trait de lumière viendra toujours toucher les esprits, par-delà les siècles.

Ainsi l'Abbé acheva-t-il son discours et chacun y prit ce qu'il pouvait y prendre.

Quand Martin s'approcha de l'autel pour communier, le curé officiant le reconnut et lui donna le plus beau sourire que l'on puisse faire. La cérémonie terminée, il dut répondre à mille questions. Tous le touchaient, lui serraient les mains. Ils répétaient : « Ah ! Auxerre. Ah ! Paris. Les Coteaux. Beaune. Ton nez ? Comment va ton nez ? Dieu l'a-t-il protégé ? Es-tu aussi sûr de toi aujourd'hui ? »

Goulefoin, devant l'affluence des questions, répondait aussi :

– Dieu, son nez... le meilleur nez... Il se mesure aux plus grands.

L'Abbé s'approcha :

– La vie te profite, il me semble, te voilà bien mis. Viens me raconter tout à l'heure à Gilly.

Le moine cellérier, qui avait aidé Martin dans sa conquête des climats bourguignons, était allé rejoindre les couchés près de la chapelle Saint-Edme. Son successeur lui proposa un tour de cave. Martin pourrait sentir la nouveauté. Depuis son départ, Cîteaux avait acheté des parcelles pour en réunir plusieurs entre elles, ou bien en avait hérité ; parfois elle les avait créées après une défriche. Martin promit de venir plus tard.

Pour l'instant, revoir les grands chênes, goûter l'atmosphère, lui procurait une joie intense. Il laissa Goulefoin subjuguer, faire rêver les oreilles cisterciennes par de jolis contes, et lui se promena près des étangs, marcha seul dans les couloirs, visita les nouvelles constructions, poussa la porte de la bibliothèque pour sentir l'odeur du lieu. Des bouffées d'enfance lui vinrent... et aussi, étrangement, l'amertume et la déception. Ces couloirs, ces pierres, il ne les voyait plus avec les mêmes yeux. Son corps d'adulte avait tant pris d'espace. Tout était à sa mesure et la magie s'en était allée. La vie dehors avait laissé des traces sur lui. Cénobite ! Gyrovague ! Sarabaïte ! Ces mots n'avaient plus le même sens pour lui. Mêlé aux layots depuis des années, il en avait conçu une autre morale, une autre foi. L'inquiétude de Martin avait fait place à de la maturité.

Pendant toutes ces années d'errance et de recherche, le souvenir de Cîteaux était devenu lumière ; maintenant il l'abîmait en le confrontant à la réalité. N'était-ce pas devenir adulte ? Certains moines vinrent encore lui poser des questions sur cette vie dehors. S'ils n'imaginaient plus cette expérience possible pour eux, certains étaient curieux de savoir comment le monde tournait hors de cette enclave, alors que d'autres, pris dans leurs recherches intérieures, ne s'étaient aucunement aperçus de son retour.

Le soir arriva vite. À Cîteaux, il se glissait entre les feuillages, descendait le long des troncs et se répandait autour. Dehors les ombres sauvages grandissaient, légères, et affrontaient les lumières qui s'effondraient dans une flaque de pierre blanche. L'abbaye basculait alors dans le désert de sa nuit.

Après avoir serré les mains de ses amis moines et retrouvé la douceur et la sérénité qui lui avaient manqué quand il était parti, il entra dans la grande salle du château de Gilly. L'Abbé l'attendait déjà, visiblement ému.

– Cette visite ressemble bel et bien à la parabole du fils prodigue. Tu nous reviens en joie, reconnu de tous. Cela me réconforte, car pendant toutes ces années je me suis reproché de n'avoir rien perçu de la sauvagerie à laquelle je t'exposais en faisant de toi un layot.

– J'ai su à quel point l'abbaye était protectrice. J'ai vécu rudement ce départ, dit Martin.

– Mais tu avais ta place ici. Je l'avais préparée et tu nous manques encore. Nos vignes ont besoin d'un homme tel que toi. Hélas ! Je n'avais pas saisi non plus la force de cette tête-là…

– Que voulez-vous, je ne pouvais devenir moine, et je ne pouvais rester. Il me fallait chercher ce vin qui pesait sur la vie de ma mère.

– Ainsi, tu savais ! s'étonna l'Abbé.

– Oui, répondit simplement Martin.

Il y eut un silence. L'Abbé reprit :

– Rester ici t'aurait été profitable. Cette dette, si tu voulais t'en charger, j'aurais pu en changer les termes du remboursement…

– C'est mieux ainsi. À la place que j'occupais, il aurait fallu de nombreuses vendanges avant de l'éteindre.

– Une dette est une dette, reprit l'ecclésiastique. Maintenant que tu as donné un autre sens à ta vie, te convient-elle ?

– Oui, cette place, c'est la mienne. Ceci pourrait paraître pompeux ou ridicule mais finalement j'ai un nez, je m'en sers, quoi de plus dans le naturel des choses. Communément, je fais avec ce que je suis. Je n'aurais pas supporté de vivre avec des moines sans en être. Il a vraiment fallu que je sorte de Cîteaux et que je coupe toutes les attaches pour exister autrement.

– C'est le chemin inverse qu'emprunte le novice en prononçant ses vœux, reprit l'Abbé. Très peu y arrivent ces temps-ci. La somme du renoncement est immense. Les manières de vivre changent. Les découvertes des sciences nous mèneront bien au-delà de ce siècle, car il est immense, il en contient trois, ceux à venir ne pourront le remettre en cause.

– Pourquoi ne pas avoir voulu que je prononce mon attachement à Cîteaux ? demanda Martin.

– Je pensais que revenir à ta mère te ferait layot. Je sentais que tu ne voudrais, à ma manière, te contenter d'être un moine d'apparat. J'ai d'abord interdit vos retrouvailles, parce que longtemps j'ai pensé que tu serais moine. Et tu ne m'as jamais laissé voir l'attachement que tu avais pour cette femme. Ce don aussi, j'ai pensé qu'il te flatterait trop, qu'il te serait difficile de trouver la paix, avec cette curiosité de nez.

— Je m'en suis caché dans bien des circonstances. Où est-elle ? demanda Martin.

— Malheureusement, elle est partie aussi. Il y a deux ans, envolée comme toi en une nuit ! J'avais prévu que tu la retrouves, ce qui aurait dû adoucir ta peine de nous quitter. J'avais tout prévu sauf que… ce chemin que je t'imposais… tu en prendrais un autre.

— Le mien, n'en doutez pas.

— Cette femme, n'en as-tu plus le souvenir ? questionna l'Abbé.

— D'avant Cîteaux, je garde quelques savoureuses senteurs de cuisine et curieusement une image… une nuque… des cheveux et… un objet plutôt brillant qui bouge dans ces cheveux-là. Certains soirs, je revois cette nuque s'incliner de bas en haut. Mon regard, hélas, est toujours dans la même position, si bien que je ne vois jamais son visage. Avez-vous des informations sur l'endroit où elle se trouve ?

— Je ne peux pas te renseigner plus sur cette femme. Elle était un bien précieux pour Cîteaux. À la cuisine, elle était merveille ! Elle s'est enfuie, laissant sa dette dans l'état où elle se trouvait…

Martin l'interrompit :

— Les fûts sont au cellier. Vingt et un muids, n'est-ce pas ?

— Oui, vingt et un muids. Je sens comme un reproche dans le son de ta voix. Crois-tu que je devais ne pas reprendre ce que Cîteaux avait donné ? répliqua l'Abbé.

Martin se donna un temps et reprit la parole :

– Cette dette aurait dû peser entièrement sur mes épaules ! Elle est mon fruit.

L'Abbé ne répondit pas si ce n'est, peut-être, par le silence qu'il laissa s'installer.

Martin pensa qu'il acceptait le reproche et dit :

– Je suis devenu, il y a peu, fournisseur en vins de Bourgogne à la Cour... Pourrais-je accéder à ce qu'il y a de mieux ?

– Tu prendras à leur prix tous les vins qui se boivent à la Cour. Peut-être accepteras-tu de te rendre à notre Clos Vougeot ? Il s'agit pour l'essentiel de tri. Tu livrerais ton sentiment sur les barriques et apprécierais leur finesse ?

– J'irai volontiers, je n'ai pas connu le Clos !

L'Abbé poursuivit :

– N'en dis pas trop sur l'origine de ce que tu choisiras car, en ce moment, notre richesse nous dessert. Depuis peu, chaque visiteur un peu important veut être reçu pichet à la main.

– Cîteaux a beaucoup changé, lui dit Martin.

– J'ai demandé au Roi d'effectuer quelques coupes de bois extraordinaires afin de faire construire une abbaye digne de le recevoir et des logements pour la tenue du chapitre général. La France n'est plus le seul royaume où nos frères cisterciens sont nombreux.

Martin reprit :

– Je me penchais tout à l'heure dans la bibliothèque sur la règle de saint Benoît...

Mais, avant même qu'il puisse continuer, l'Abbé esquissa un sourire, haussa les épaules et lui coupa la parole :

– Elle est dans le cœur des moines. Ce n'est pas la règle qui tient le moine, c'est le moine qui tient la règle. Viens regarder dehors, tu vois ces roseaux dans les fossés et ces ajoncs sur les pentes de chaque côté. Je demande tous les ans aux jardiniers de me les laisser. Ils me rappellent ce qu'était Cîteaux au début. Un marais où poussaient des sistelles entourées de forêts obscures. Faudrait-il retourner au désert que nous ne le pourrions pas. L'homme est partout. Il a faim, il a soif, il veut conquérir, construire, et il ne meurt plus.

– Mais le silence…

– Le seul isolement possible, c'est le cloître et le champ de repos. Le silence, il doit être en nous-mêmes, dans notre dialogue intérieur avec Dieu. C'est le seul chemin de vérité dès lors que les possessions de Cîteaux remplissent le désert. Nous devons conquérir notre intimité, là est le vrai désert, en dedans !

– S'il y a abondance de biens, on ne peut pas dire qu'il y ait abondance de moines.

– La foi est intacte mais, là où nous étions cinq cents au XIIIe siècle, nous sommes aujourd'hui quarante-sept moines de chœur et huit convers. Ceux qui se donnaient à l'abbaye et à Dieu sans être moines, les convers, ont pratiquement disparu, remplacés par les layots. Cîteaux au cours des siècles a enfanté quatre villages de quarante feux. Dans l'enceinte de l'abbaye, j'ai créé une manufacture de trois cents ouvriers. Nous avons charge d'âmes et nous devons conserver notre puissance pour faire rayonner la chrétienté. Sans assez de moines et sans convers, nos meilleures vignes ont dû être confiées aux meilleurs vignerons de Gilly, de Vosne et de Nuits. Les temps changent. Ce siècle est immense, il en contient trois, je dois aider mes frères moines à les traverser. Peut-être plus tard seront-ils plus nombreux ! L'écriture, les sciences font vaciller la foi mais, sans elles, comment remplir les ventres ?

L'Abbé s'approcha de lui et lui serra la main :

– N'oublie pas d'annoncer ta présence, je serai toujours heureux de te recevoir lors de ton passage. Et, si un revers de fortune, une malchance quelconque, survenait, sache que Cîteaux est toujours ta maison.

Martin, avant de se coucher dans la plume d'un lit douillet, cacheta sa lettre pour Vial : la recommandation de l'Abbé ne lui ferait pas défaut. Longtemps, il pensa au champ de repos près de la chapelle Saint-Edme, à ceux qui attendaient, depuis sept siècles, l'archange de leur résurrection et qui avaient confié leurs dépouilles à l'éternité de Cîteaux.

Il se vit agenouillé, dans une flaque de lune, et lui-même se sentit recevoir. Il revit dans ses yeux clos les étangs miroirs de ciel autour de l'abbaye et le bois merveilleux où le geai signait son passage d'une trace sonore au-dessus des futaies. Martin revenu chez lui, dans la naissance même de son être, s'endormit dans la clarté de sa vie. Il rêva d'une Cîteaux lumière où chacun viendrait puiser ce dont il avait besoin.

Goulefoin, très déçu, traîna sa carcasse partout à la recherche de Juliette. Quelqu'un avait-il disparu en même temps qu'elle ? Avait-elle emporté ses effets personnels, des instruments de sa cuisine ? Rien ne permettait de dire où elle se cachait.

Le lendemain, sans un mot, ils se dirigèrent vers les vignes. Martin en ressentait le besoin, avant de repartir encore seul dans sa vie, comme la première fois.

En haut des coteaux, d'une brise légère le silence se froissait sous la pierre rugueuse des clos. À marcher dessus, il se foulait d'herbes sur la bordure des chemins de rocaille.

Martin était volé d'une partie de sa réussite. Il lui avait dit d'attendre, pourquoi n'avait-elle pas pris sa parole au sérieux ? À cause de ses quatorze ans ? Pourquoi avoir traîné les chemins, être revenu en vainqueur, si ce n'était pour la revoir ? Il se réfugiait dans la côte comme par le passé. Assis, il s'aspergeait de soleil à son zénith, les paupières baissées. Ici demeuraient l'attente et les espoirs de tous ceux dont la vie n'était pas que prières. Ici reposaient les ceps les plus enviés de tous. Dans cette terre, ravinée parfois par les eaux de terribles orages, mais toujours sarclée, binée, gisaient les tourments et l'affection de tous ceux qui, génération après génération, créaient et recréaient sans cesse ce jardin de délices. Martin pensait à cette masse d'hommes qui s'étaient relayées pour faire de cette parcelle un domaine respecté de toute la chrétienté. Il aimait se promener dans ce lieu, même si, comme toujours, c'était dans l'ombre d'une cave que, levant sa pichette, l'homme de vignes, oubliant les temps durs, fier de montrer son œuvre, pouvait avec lui sourire aux « Romanée ».

Pendant deux mois, Martin longea les ceps, courant les villages, le cœur défait, cherchant des renseignements sur la fuyarde. Et même s'il n'en glana aucun, de se retrouver près de son berceau, le courage lui revint doucement.

S'arrêtant au château de Vougeot, il mit le nez dans de belles barriques. Ici le vin était très soigné, il s'y reprit à plusieurs fois pour dégager les meilleurs terroirs de cette immense plaine de vignes qu'avaient su constituer les moines. Avec ses rouleurs, il ne négligea aucune maison qui avait du vin de qualité. Il ramassa ce qu'il avait choisi au gré de son nez. Les charrettes, sitôt remplies, partaient en convoi chez Camuse. Il avait embauché des voituriers qui firent les chemins bien avant lui. Le négociant auxerrois voyait s'entreposer dans ses caves ce qu'il avait toujours espéré. Maintenant qu'il avait un ambassadeur auprès des deux côtes, son commerce s'en trouvait plus aisé.

– Chez moi, c'est comme chez le Roi, se chargeait-il de distribuer dans les orcilles des courtiers venus de Rouen et descendus, à leur habitude, au port du Bonnet-Rouge.

Assurément, la qualité leur plaisait car, en cette année, le commerce de Camuse doubla.

Ramponneau, le tavernier, descendit lui aussi avec son fils. Ils auraient voulu revoir Martin pour décider de la date des joutes. Quand le père Rampo apprit que le nez qu'il courtisait s'était envolé après être devenu royal, il hurla :

– C'est moi, car sans moi, point de joute, point de Paris, point de Versailles. C'est donc moi. C'est moi, vous dis-je !

Il assura Camuse de sa fidélité et se fit livrer en bonne quantité les vins des deux côtes, à la seule parole que cela soit son jouteur, son Martin qui les choisisse. Il ajouterait, pensa-t-il, sur les panneaux peints qui indiquaient le chemin du Tambour, que son vin devenait lui aussi royal.

Camuse, sentant sa fortune faite, pensa abandonner sa maison en pignon, devenue froide et humide pour la circonstance. Il en voulait une tout en façade et fenêtres ouvertes sur Saint-Eusèbe. Sa femme l'en dissuada.

– Deux coups de gel, mon ami, une bonne grêle et tes suceurs de barriques iront rejoindre l'Anjou. Et peux-tu me dire combien de temps il te faudra pour revoir leurs visages et leur argent ?

Il se souvint de cette année où le vin gelait dans les calices pendant la messe, où les noyers périrent et où, de la vigne, il ne resta que des racines. Il acheta alors trois caves, en fit creuser une qui communiquait avec d'autres plus anciennes et fit rouler des fûts jusqu'à ce qu'elles fussent pleines.

– Celui qui a du vin jamais ne manque de rien, reprit madame Camuse. Roule, mon ami, tu sais rouler, alors roule et tais-toi, les gabelous vont entendre !

Quand il eut terminé de palabrer, marchander, pleurer les disettes à venir, il avait augmenté sa réserve de futailles de près de la moitié grâce à la monnaie Ramponneau.

C'est à ce moment qu'il vit arriver sur la place Saint-Nicolas son Martin revenu des côtes sans aucune nouvelle de sa mère.

Camuse était ébahi : c'était beau. Il était devenu grand, son caviste. Vingt hommes, dix-huit charrettes, mon Dieu, mon Dieu, quelle troupe ! Elle n'avait plus rien à voir avec celle qu'il avait aidé à mettre au monde quelque temps auparavant ! Il appela vite sa Camusette, qui à son habitude, se colla le nez à la fenêtre.

Goulefoin trottait devant. Il était assis sur une grosse jument rousse et blanche, la même qui l'avait accompagné tout au long de cette première campagne. Il s'était pris d'affection pour elle, d'abord parce qu'elle supportait son poids sans sourciller, ce qui n'avait jamais été une partie de plaisir pour le commun des chevaux, et surtout parce qu'elle pétait en ville. Sur les pavés, elle pétait très fort, et en cadence. D'un pied sur l'autre, tel un cheval de carrousel, elle ajoutait une sonorité nouvelle à chacun de ses pas sur le pavé. Elle avait le pet citadin. Goulefoin aimait cette farce : sérieux sur son destrier, il laissait s'égrener ces roulades de boyaux, fier de défiler dans les rues des villages et d'amuser son monde. Il l'avait nommée Riplette. Derrière lui, les trois Barrique qui s'étaient fait tailler un habit à Beaune, conduisaient chacun une charrette. L'œil sur les bas-côtés, ils cherchaient des visages connus et aussi des inconnus pour être bien vus dans leur grand équipage. Revenir en habit! Conducteurs des futailles royales!

Hélas, la foule était trop dense en cette fin d'après-midi sur les quais et personne ne les reconnut. Sauf l'un des derniers pochés quelques mois plus tôt, pauvre téteur de fût à l'apogée de sa sieste, qui ouvrit un œil vitreux, celui-là même qui avait été décoré aux couleurs de Barrique. Était-ce un hasard ou bien son œil avait-il de la mémoire? Surpris, revanchard mais pas très courageux, il réveilla trois gaillards, eux aussi grands imbibés du tonneau, affalés à côté de lui. Ils se faufilèrent en anguille dans la direction de la charrette du gros. Malin, le premier, les aperçut. Il cria. Les deux autres furent prévenus aussitôt par ce cri qui tenait autant de la chouette que du corbeau. Barrique, les rênes dans les mains, en cueillit un avec sa godasse dans le visage. L'autre en fut arrêté tout net, il était déjà le nez à l'auberge que sa joue était restée près de l'écurie. Il tomba à genoux pendant qu'un courageux, qui avait voulu prendre Barrique à la rebrousse, s'enfonçait presque lui-même le coude du joufflu dans les poumons. Il apprit à respirer des dents. Cela lui suffit pour un mois. Les deux autres décidèrent de s'en prendre au chargement. Ils tentèrent de détacher les cordes qui retenaient les tonneaux. Goulefoin attendait : il les arrêta amicalement tous deux d'un coup sur la tête.

Mais ce cri de la chouette sorti de la bouche de Malin en avait réveillé d'autres, qui vinrent autour des charrettes pour voir d'autres, qui étaient prêts, les poings déjà serrés : des fois qu'on les bouscule un peu, juste un petit peu et peut-être même pas du tout. Tous gueulèrent et l'Eustache Cochois, pas très loin de là, chargeant une flette, d'entendre ce cri, demanda à l'un de ses fils de monter sur le dernier fût de la pile pour voir.

– Barrique le revenu, la Souille à côté, le Malin dans ses pattes.

Heureux, les Cochois arrêtèrent de travailler immédiatement, sautèrent de flettes en marnois arrimés les uns aux autres et vinrent se frotter aux charrettes des arrivants.

– Grande gueule, te voilà de retour, t'y reviens dans ton port. Quelle beauté! Te voilà monseigneur, te voilà marquis?

– Oui, oui, marquis du gourdin surtout et de la poche sous l'œil, t'en veux?…

– Descends de tes barriques, on ne te reconnaît pas au milieu. Je ne sais pas à qui je parle! Viens que je te taille un peu ton bel habit!

– J'arrive, mon Eustache. Tu vas connaître la différence entre une barrique de Nuits et la Barrique d'Auxerre.

Il se frottait les mains, heureux qu'il était lui aussi de retrouver sa chère foire d'empoigne auxerroise. Goulefoin, voyant que tous étaient en pays de connaissance, laissa faire. Barrique et l'Eustache se prirent par les épaules et se frottèrent le visage en grognant. C'était à celui qui assommerait l'autre d'un coup de boule. Sur le port, on appelait ça «faire la quille». Ce n'était pas bien méchant. Sauf si l'on mettait les dents dehors et que l'on cherchait à s'arracher un morceau de chair.

Mais ce jour-là, la haine n'y étant pas, ils étaient plus près des caresses viriles. Cochois n'avait pas la hargne venue de sa pichette et Barrique pensait plutôt aller en vider une. Ils s'invitèrent à boire. La Souille, Malin, les fils Cochois suivirent, et quelques badauds aussi qui attendaient que cela finisse autrement.

Ils s'envolèrent à la Régale, rue Sous-les-Murs. Hélas, ce soir-là, l'aubergiste était en train de fermer. C'était un drôle. Il était capable de grandes phrases et de bon verbe quand il avait bu du bon, et le lendemain, d'humeur nécrophage, de se massacrer lui-même, de grogner et gémir, de s'en prendre à la terre entière. Les Cochois flanqués des Barrique le houspillèrent et s'attablèrent pour la nuit chez un qui, s'il avait moins bon vin, n'avait pas mauvaise humeur et ne récriminait point en son estaminet.

Pendant ce temps, Camuse et Martin s'étaient serré les bras, les épaules. Madame Camuse toute rose l'avait empoigné, secoué, bisé. À voir la pauvre mine de Martin, elle ne lui demanda pas de nouvelles de sa mère. Les rouleurs du négociant descendaient à peine les fûts des charrettes qu'elle parlait déjà de la campagne beaunoise, du vin dans les caves, des vendanges à venir et de l'argent que Camuse devait à Martin :

– Point trop, point trop !

Madame Camuse avait trouvé un sujet de discorde :

– Jamais plus je ne t'entends discuter avec Martin ! Quand tu me l'as présenté, tu m'as dit : « Il dort, il boit, il mange, il boit chez moi comme il lui plaît ! » Eh bien, maintenant, il pioche dans ta bourse comme il lui plaît et fais attention, mon avare de mari, car après t'avoir tant pris il pourrait aussi te prendre ta femme.

Le Camuse, ravi, ne se fit pas prier de souffler sur la braise. Il se retourna vers son ami et le supplia, mains jointes :

– La bourse, mon ami, si tu veux, mais laisse-moi ma mie. Sans elle la tristesse ne me coulerait plus des yeux, mon embonpoint fondrait et je serais obligé de quitter ce quartier enfumé pour le bon air de Saint-Eusèbe.

Il reprit son souffle. Elle lui coupa la parole :

– Vingt ans de moins, mon bel amour, vingt ans de moins, répéta-t-elle, et tu la verrais, celle de vingt ans, celle que tu appelais ton petit oiseau, ton bel ange, tu la verrais s'envoler à tire-d'aile…

Martin intervint avant que ces deux-là, habitués à se mordiller, en viennent à se mordre.

– Allons, mes amis, comme à votre habitude, préparez-moi un dîner de roi avec des vins de roi. Donnez-moi un lit de roi et continuez de m'honorer de votre royale amitié ainsi que Goulefoin; et surtout, je vous en prie, l'un comme l'autre, laissez-moi célibataire !

Camuse pensa que son ancien caviste n'avait pas oublié son aventure avec Catherine. Revenu à Auxerre, Martin éprouvait toujours une certaine nostalgie du corps de cette femme.

Les Camuse, eux, ce qui les intéressait maintenant, c'était associer Martin à leurs affaires. Ils voyaient grand. Une auberge ! Une immense comme celle du Rampo.

– Tu y viendrais mettre le doigt dans la pichette ! Oui, oui, tu lui donnerais de la renommée ! Tu n'es plus obligé de cacher tes talents ! Cîteaux ne te recherche plus !

– Paul Camuse, veux-tu me voir faire l'homme de boniments ?

– Mais le Rampo est très « à la mode », renchérit Camuse.

– Qu'il y reste, qu'il écoule le vin que je te ramènerai des côtes tous les ans.

– Tous les ans ? s'étonna Camuse.

– Oui, mon bon, tous les ans !

Le négociant s'en trouva comblé. L'avenir, s'il y en avait un, s'annonçait plus facile.

– D'accord, mais du rouge, du sombre, je ne sais pourquoi, tous veulent boire du rouge, c'est la mode, ils sont plus intéressés par la couleur que par son goût. Le blanc c'était la coutume, maintenant c'est bon pour les curés, et comme les églises font vignes, je ne leur ai jamais rien vendu. Ils disposent du sang du Christ à boire pendant les messes !

Il plut cette nuit-là. Sur les toits des vignerons, ceux des notables et des curés, l'eau ruissela. Les gouttes vinrent marteler en gros ronds serrés la surface de la rivière. La lune brouillée, pleine, continua de sourire doucement aux dormeurs des quais cachés sous des caisses ou sous les porches. Des ruisseaux se formèrent au milieu des ruelles. De Saint-Germain à l'hôtel de ville, à Chantepinot, toutes sortes de misères de vie furent emportées vers le fleuve. Il plut à petits torrents et gros bouillons sur les pavés, et le lendemain la ville basse était presque propre. Il faudrait attendre une inondation pour emporter le reste...

Martin décida de passer quelques semaines à Auxerre. Il jugerait de ce qui pourrait aller à Versailles, de ce qui serait vendu ici en plus dans les caves. Il ne voulait pas rater sa première campagne. Vial l'attendait.

Entre ces moments de cave et la préparation de son voyage dans la capitale, il eut le temps de reprendre son activité préférée avec Camuse : la promenade. C'est ainsi que la femme du négociant avait qualifié leurs sorties vinicoles : «Ils se promènent!» Comme l'on disait de ceux qui, le soir, venaient aux murs et faisaient le tour de la ville, rencontrant d'autres qui, en sens inverse ou dans la même direction, marchaient en devisant... Eux se promenaient surtout le nez au-delà des fortifications. À Vézelay, Martin apprécia un vin de coteau en contrebas de la basilique. Grâce aux lettres de Vial, il eut des facilités d'entrée à Pontigny, au Petit Pontigny à Chablis, et à Quincy pour l'Épineuil. Il put compléter ses vendanges dans ces trois lieux. Camuse acheva de remplir ses caves. Certaines, cette année-là, eurent jusqu'à quatre rangs de feuillettes et les allées bouchées en partant du fond.

Quitte à se promener, ils se promenèrent aussi à Auxerre, et firent le tour de la ville. Camuse lui fit remarquer que les murs s'effondraient. Tous prenaient des pierres pour construire ailleurs.

– On ne meurt plus ici !

– Rassure-toi, ailleurs non plus, répondit Martin.

Camuse reprit :

– Les vignerons veulent habiter hors les murs. Je les comprends. Vivre entassés à quatre dans le même lit alors que deux dedans ne se passe pas sans inquiétude ! Mais il y en a qui achètent de la vigne, construisent une baraque dessus et veulent y vivre. C'est arrivé à Migraines. On a dû les déloger.

« Bon sang, poursuivit-il en colère, qu'ils aillent à Guette-Soleil ou ailleurs, mais pas à Migraines. Construire une ville sur Migraines ! Pourquoi pas sur Boivins ! Les loger près de la Maladière ? Et pourquoi pas ? Personne n'est plus malade depuis des lustres. En Judas ? Personne ne veut y aller non plus. Alors en face, sur l'autre rive de la rivière ? À Saint-Gervais ! Mais c'est inondé tous les ans. Au-dessus de Saint-Gervais ? Sur la colline ? Impossible ! Un quartier doit toucher à la ville. Il faut qu'un Auxerrois bâtisse sa maison à côté d'une maison d'Auxerrois, qui en touchera une autre, en touchera une autre jusqu'à la côte Saint-Gervais. Là, oui, ce serait encore Auxerre. Sinon c'est une autre ville. Pauvres imbéciles. A-t-on besoin de se coller les uns aux autres pour se dire Auxerrois ? Mon ami, je te le dis, j'ai peur pour

Boivins, Migraines et les autres. Ils vont nous faire tellement d'enfants que les prochaines générations mangeront nos vignes et boiront du vin d'ailleurs.

Les fûts chargés sur les bateaux furent conduits par les Cochois qui connaissaient la rivière par le cœur et par le bout de leurs perches. Goulefoin auprès de Martin suivait dans une flette remplie de barriques de Beaune. L'Yonne était remuante, des bois flottés, des gravières affleuraient par endroits. Les bateaux se criaient les difficultés. Les Cochois montraient la manœuvre, donnaient des coups de gaffe pour éloigner les troncs dangereux, hurlaient contre ces maudits trains de bois disloqués, que les gens de Clamecy avaient perdus en chemin. Un trou dans la coque et les barriques aussitôt partiraient à la dérive. Sur chaque flette un marinier vigilant tenait le gouvernail à pleins bras, prêt à éviter le pire.

Le soir, les barques traçaient silencieuses des sillons veloutés qui se refermaient sur l'eau sombre et profonde. Accrochés à leurs flancs, quelques lumignons se chargeaient d'intensité au fur et à mesure du lever de nuit. Au loin, derrière des nuages échancrés s'abritaient encore des braises. Il y a pendant le voyage un moment qui confine à l'éternité. Martin le ressentait simultanément dans un soleil noyé, le glissement de la barque et la disparition lente du jour.

Ils s'arrêtaient en avant des pertuis. Harassés, les Cochois comme les Barrique, eux aussi du voyage, ne se cherchaient pas querelle. Ils allumaient un feu, grillaient quelques viandes. À sa lueur, tous se respectaient, avant de s'endormir misère contre misère, flanc contre flanc dans l'humidité brumeuse du fleuve.

Le train de flettes arriva à bon port, à Grève, en cinq petits jours. Après avoir été payés et remerciés par Martin, les Cochois déplacèrent les cordes, firent virer les barques et reprirent le trajet de retour. Les autres empilèrent la futaille, se mirent en cercle afin que nul ne fût tenté d'approcher. C'est ainsi que, deux jours plus tard, Vial les trouva. Il en eut peur. La Goulette, il la connaissait. Mais Souillon, Malin, et surtout Barrique, tous ensemble, voilà de quoi faire vaciller toutes ses certitudes. Ce n'était pas encore cette fois qu'il présenterait le tout-Versailles à Martin !

– Monsieur du Porche ! Que me rapportez-vous ?

– Rien qui ne figure dans mes missives !

– Parfait. Après votre courrier si détaillé, je ne vous ferai pas l'affront de vérifier votre vin.

C'était courtois de sa part, pensa Martin. Si Vial s'en moquait, c'est que, à force de pleurer devant l'intendant de Gray, celui-ci, en fortune par d'autres biais, lui avait déjà payé ce vin plus du double qu'il ne l'avait lui-même acheté à Martin, et de plus il lui avait avancé la moitié de la prochaine campagne. De Gray avait la main sur le vin du roi, il comptait maintenant faire fructifier ses affaires. L'important, ce n'était pas forcément que le vin soit bon, c'était qu'on en parle ! S'il avait fallu, il aurait payé des menteurs pour cela !

– Monsieur l'intendant vous remercie de votre exactitude ; pour la seconde année, il aimerait cinquante tonneaux de plus. Y voyez-vous quelque embarras ?

– Des charrettes de mieux, une livraison légèrement plus tardive et je vous donnerai aussi un carnet, comme celui-ci, où figureront les différentes qualités, dit-il en tendant un petit cuir rouge à Vial qui l'accueillit précieusement.

– Donnez-le à la cuisine, aux sommeliers du Grand Commun, je ne doute pas qu'ils sauront l'utiliser. Il y a aussi une barrique pour les jardiniers, dites-leur que c'est un cadeau des Bourguignons, reprit Martin.

– Merci de tout, continuez s'il vous plaît dans la même direction, avec la même fidélité, abreuvez-nous de Bourgogne. J'attends vos lettres, dit-il en invitant Martin à le suivre dans son carrosse pour compter les goussettes d'or de la nouvelle année.

Comme à l'accoutumée, elles terminèrent leur course dans le paletot de la Goulette qui serait plus lourd pendant quelques mois. Il était temps pour eux de retrouver Ramponneau et Jacques de Sulignat.

Vial s'en alla, les fûts seraient le lendemain dans les caves. S'il devait y en avoir quelques-uns d'indésirables, il connaissait certaines auberges versaillaises qui leur feraient un excellent accueil. Ce du Porche lui enlevait des bras tout un troupeau de petits spéculateurs, marchands de vin, courtiers... Le bénéfice était plus important. Mais si Vial prévoyait, dès cette année, des rémunérations à la hauteur de sa position, il ne pouvait s'en contenter, et cherchait quelque stratagème pour gagner encore un peu mieux. Il voulait devenir fournisseur de vins pour les armées. La place était dangereuse, elle avait valu un exil à Poisson, le frère de la Pompadour.

À l'approche de la troisième campagne, Martin lui proposa le Beaujolais. Vial était enthousiaste, de Gray beaucoup moins. Il prévoyait des jalousies, des chausse-trapes. Comme tous à Versailles, il avait peur de la banqueroute du royaume et il devrait faire payer ce vin de plus en plus cher, afin que, s'il prenait au ministre des Finances l'envie de quelques réformes et que l'on ne lui verse pas la globalité de la somme, il en restât assez pour se rémunérer grassement. Cet homme jouait la banqueroute, en augmentant les prix, afin d'assurer tous les ans sa mise de départ. Néanmoins, après avoir négocié la part de Vial, et l'avoir obligé à participer avec les bénéfices de cette année au capital nécessaire, il se lança dans l'aventure, à condition que les deux jouteurs viennent en découdre aux Grands Communs. Il montrerait à Versailles comment déguster le vin !

Martin était réticent. Il appréhendait les turbulences de ses rouleurs. Pressé par sa troupe, et par celle de Sulignat, il finit par donner son accord à une rencontre qu'il désirait le plus furtive possible. Rendez-vous fut pris aux Grands Communs. Vial, lui aussi peureux de toute cette meute, limita les invités. Il oublia les jardiniers réclamés par Goulefoin, omit de prévenir Son Altesse l'épouvante des bosquets, préféra recevoir la fleur des intendants de la cuisine du Roi. Il convia les deux troupes à un dîner dans une auberge versaillaise, prétextant qu'il n'avait pu trouver une salle pouvant réunir tout le monde. Pour éviter les plaisanteries grasses, il décida, comme le lui demandait Martin, qu'il n'y aurait point joute. Les invitations furent rédigées en quelques mots. *Démonstration des capacités de Monsieur du Porche en matière de fluide et d'olfaction.* La mode était à la raison, l'amusement aux sciences. Le vin n'y échappait pas.

Enceinte d'un monde, Paris se cabrait. Des révoltes fleurissaient dans les quartiers. Les premières étaient nées en 1720, quelque soixante ans auparavant. L'ancien roi, Louis XV, ayant un territoire dépeuplé, eut besoin de main-d'œuvre pour son Mississippi. Il avait trouvé bon d'ordonner des rafles. Les archers prenaient, dans Paris, les enfants dits errants et les emprisonnaient à Bicêtre ou au Grand Châtelet, avant de leur trouver un bateau. Les parents et les grands-parents, qui maintenant élevaient leurs enfants, furieux, hurlants, venaient se plaindre au lieutenant de police. Chaque quartier avait constitué un guet pour que leurs enfants, allant au catéchisme, sortant de l'école ou d'une échoppe, ne fussent plus embarqués pour le Nouveau Monde. Dès que l'un des leurs était absent, les parents produisaient des lettres de bonne conduite écrites par les voisins. Sous la pression, le gosse était libéré. S'il restait à Bicêtre, ils le visitaient, lui amenaient des vêtements, de la nourriture, produisaient encore et encore des certificats de bonne conduite. La nouveauté pour les gens de police, c'était de voir ces files d'attente aux abords de la prison. Il venait du sentiment au peuple, mais il était d'autant plus difficile à comprendre pour la police que les quartiers, les familles, leur dénonçaient les empêcheurs de tourner rond, les fauteurs de troubles, voleurs, et fils difficiles de leur quartier. La police ne distinguait pas les valeurs qui animaient le peuple. Quand une affaire, une dispute prenait dans un quartier, s'ils ne voulaient point s'en occuper, ou s'ils traînaient la patte, trouvant les sujets de discorde insolites ou ne rentrant pas dans leurs attributions, la pression populaire, et principalement les femmes, désignait et tuait le coupable. La parole des layots s'affirmant, se muait en morale, elle devenait loi et, même si elle n'était pas encore constituée, elle était justice pour eux-mêmes. Si bien que la justice du Roi, rendue en place de Grève, leur paraissait maintenant plus cruelle, parce que sans signification profonde.

Avant de se rendre à Versailles, Jacques de Sulignat et Martin passèrent deux semaines pleines à Paris. Ils eurent tout le loisir de sentir l'effervescence de la ville et son émotion. Le prix du pain venait d'augmenter. Des mécontents s'attroupaient devant les boulangeries.

Les deux troupes se promenèrent avec sérénité. Soixante personnes de poids et taille conséquents imposaient le respect. Le mois de mai à Paris était toujours agréable et il restait des fûts à vider, car chacun apportait à l'autre des nouveautés. Ces barriques-là, même le Roi n'en voyait pas la couleur. Tous deux avaient envie de partager les grands moments de leur campagne défunte, et la joie de leurs découvertes.

Ils logeaient près de l'auberge Ramponneau, mais pas question de dîner chez lui, il les aurait exhibés tous les jours. Le soir venu, ils partaient dans les rues à la recherche de joie et de bonne humeur. Ils préféraient de petites auberges où, autour des tables, on décortiquait des noix, on dégustait de l'agneau broché et tourné à la braise. Dans ces lieux, tous étaient conviés à prendre la parole. On disait sa journée, son histoire extraordinaire, les cocufiages des personnages importants du quartier, et bien sûr on n'oubliait pas tout le mal que l'on pensait de son voisin, que celui-ci le mérite ou non.

À ces veillées publiques, se mêlaient depuis peu des comédiens, colporteurs de rumeurs, ayant du bagout. Ils apprenaient de petits textes qu'ils avaient plus ou moins écrit ou retranscrits et déclamaient leurs compliments. Parfois un pamphlet y fleurissait, commandé par un noble, afin de colporter des sanies sur la famille royale et ses proches. Le tavernier donnait une soupe à celui qui avait le mieux retenu les clients dans son établissement.

Les taverniers se frottaient les mains de voir arriver les deux troupes. Mais si pour la partie solide ils se réjouissaient, pour le gouleyant, tous se lamentaient. Pas question pour les rouleurs de boire un vin ginguet, ils sortaient de leur paletot des gourdes, des goulottes, des fioles de toutes dimensions et buvaient à satiété leurs coteaux. Comme les récipients étaient trop petits pour contenir la soirée, les taverniers espéraient encore. Hélas pour eux, les assoiffés allaient remplir les pichettes directement à la fontaine. Dans la rue et sous la surveillance d'un gosse, à deux pas de l'estaminet, ils rangeaient une charrette à bras chargée d'un fût en perce et venaient s'y abreuver.

Jacques et Martin avaient des soirées instruites des coteaux qu'ils avaient parcourus. Les souvenirs affluaient, chacun donnait sa version de l'histoire.

Dans ces tavernes, les conteurs n'avaient pas disparu, mais les histoires s'étaient envolées des coutumes dans lesquelles elles étaient enfermées. La tradition orale, qui remplissait tout, était maintenant bousculée par l'écrit. Simplement pour Paris, cinq cents écoles recevaient garçons et filles. Ce qui par la bouche venait du fond des âges, parlait de la coutume et des ancêtres, par l'écrit se disait « je », devenait folle parole, et jolie parade.

– Où as-tu appris à pérorer ainsi, Jacques ?

– Pareil à toi, dans les tavernes et dans les caves. Bons vins, bons mots. En parlant de bêtises, mon moine, demain, nous sommes attendus.

– Oui, et je vous ai préparé une histoire à ma manière...

– Amusante ? questionna Jacques.

– Garde-toi bien d'en rire à découvert, le Beaujolais en est l'enjeu.

Comme les nommait Sulignat, les enrubannés les attendaient. Martin se rendit aux cuisines avec Vial qui voulait le présenter. Tous étaient au travail et ce n'était pas le moment de parler. Il annonça les vins qu'ils boiraient entre des gamins polissons qui s'agaçaient, jouaient des coudes, tout en habillant les volailles, levant les segments, ou escalopaient des champignons sans aucune retenue, avec une dextérité qui frisait l'hystérie. Ils se pensaient les meilleurs du royaume. Ces gosses prendraient la place de leurs aînés aux fourneaux. Suivant la difficulté d'exécution, les tables devenaient plus sages, les gosses qui pelaient à vif ou taillaient en chiffonnade étaient plus attentifs à leurs doigts. Il rencontra le chef cuisinier qui glaçait des légumes à brun, un verre de chablis à sa portée. Ça rigolait dans ses yeux et sa façon de travailler. Il n'avait point envie de parler, avala son verre, s'en fit servir un autre, et cligna de l'œil en direction de Martin. Tout était dit.

Martin revint vers Jacques, qui tournait en rond. Il n'était pas véritablement à son affaire. Il s'efforçait d'éviter les écarts de langage, et ce qui était sa nature : trop parler. Il n'avait envie de cette place que parce qu'il voulait voir sa mise à la rehausse dans ce pays, ce Beaujole, qui était le sien.

Vial ne le trouva point à son goût, mais du goût Jacques, comme Goulefoin, voyait qu'il n'en avait pas sauf pour avoir, ce qu'ils croyaient, choisi Martin. Même la langue divisait un peu plus ceux-là. Vial, quand il parlait d'un tiroir disait « tiroir », et se moquait de Sulignat, qui comme d'ailleurs l'autre partie du monde, laissait le dernier *r* dans sa gorge et le rendait muet. Pour devenir tiroir, et pour que l'on chante le même air dans tous les mondes français, il faudrait, en un certain nombre de décennies, passer de

234

« tiroua » à un « tirouère » très exagéré, mais moins que le « tirouaire », qui singeait grossièrement les emplumés, afin de laver l'affront fait aux anciens. Pour, ayant tout à fait oublié que messeigneurs l'avaient inventé les premiers, consentir bien plus tard à le dire comme eux. Heureusement, Martin pratiquait les deux façons. Ils auraient pu s'entendre parfaitement mais, pour éviter la contagion des esprits par les mots, avaient besoin d'une sorte de traducteur de bienséance.

– Monsieur du Porche, dit Vial, vous nous éclairerez sur ce qu'il serait souhaitable de boire. Et sur le comment boire ! Passons à table !

La Goulette, comme Jacques, désirait s'en aller. Ils se sentaient comme détachés d'une ambassade lointaine, dans les yeux de leur amphitryon. Martin ne comprenait pas leur embarras et ne les laissa point prendre la poudre d'escampette. Jacques voulait le Beaujolais, il l'aurait au prix de ce dîner. D'ailleurs, leur envie de déguerpir était compensée par une énorme curiosité. Les deux géants étaient aussi intrigués par le luxe déployé qu'ils le réprouvaient instinctivement.

Deux valets ouvrirent les battants d'une porte. Sur la table nappée de lin et dentelles, fleurissaient des surtouts d'argent, salière, poivre et vinaigre, qui faisaient office de girandoles, au-dessous d'énormes lustres en cristal. Les chaises de toile brodée représentaient sur leurs dossiers des bécasses et des lièvres pendus tête en bas. Aux coins de la salle, de petites dessertes marquetées collectionnaient des bassins et des aiguières destinés à se laver les mains, alors que, sur un buffet, les seaux en argent et leur verrière attendaient la soif.

Pour leur présenter Martin, Vial recevait à cette table les officiers d'offices. Ils avaient la garde de la vaisselle d'or et d'argent du Roi, étaient responsables des confitures, des crèmes et des liqueurs, ils tenaient aussi la clef de la cave. Ils avaient droit à la lie et aux futailles, qu'elles fussent vidées au château ou bien aux Communs, c'est-à-dire par eux-mêmes. Le boulanger leur donnait un treizième du pain fourni, cuit en même temps. Les cuisiniers et leurs écuyers avaient eux pour profit les graisses et les cendres. Leur rançon, entassée dans des fûts, prenait le chemin de la capitale vers les cochons et les blanchisseuses.

Jacques, par l'entremise de Martin, fut vite approché par le grand officier d'office, celui-là qui obéissait directement à de Gray. Sulignat lui promit de la lie et des futailles supplémentaires, cadeau pour mériter le grand attachement que celui-ci porterait à son vin.

Rouler de la lie et des futailles vides, voilà qui ne réjouirait personne dans la troupe ! pensa Martin. Alors, il demanda à l'officier s'il les commerçait. Oui, mais cela ne regardait que lui !

– Ne pourrait-on pas me faire grâce du transport ! Trouver un accord plus trébuchant !

– Non ! Non pas, lui répondit l'officier.

La futaille, la lie, c'était la coutume ; l'argent à la place, c'était un pot-de-vin. Un crime de lèse-majesté !

Martin retira cette proposition avec d'infinies précautions. L'intendance versaillaise était vigilante car, pour mettre fin aux abus coutumiers, deux ans plus tôt en 1780, avait eu lieu la grande réforme de la maison du Roi. Leur charge, même s'ils l'avaient payée, n'était plus héréditaire.

La salle de réception qui avait été choisie dans le Grand Commun était aisée pour le service. Les cuisines proches évitaient ce que Louis XIV avait connu tous les jours : la tiédeur, ou la réchauffe dans les petits offices des appartements du château !

La table, à la française, avait été voulue et dessinée par Vial. La Russie, maîtresse de l'ordonnancement des tables dans les cours d'Europe, avait été supplantée par la Régence, décidément très active dans ce domaine. Chaque geste procédait d'une cérémonie. On ne servait plus sur la table, on apportait les assiettes, et chacun voyait défiler les plats avant de décider ce qu'il mangerait. Le menu était composé de cinq services : hors-d'œuvre et potages, huîtres, asperges au premier. Au deuxième, les viandes et poissons. Au troisième, les rôtis et les salades. Au quatrième, les légumes et les tourtes. Au dernier, les desserts et les fromages. Chaque service, s'il était royal, pouvait contenir jusqu'à cinquante plats différents. Il n'était pas question de manger de tout, mais de choisir dans les plats présentés. Le reste était regretté, c'est-à-dire vendu au plus offrant au sortir du repas.

Pauvre Jacques, pauvre Goulefoin, qui n'avaient eu dans leur vie pour seul outil de bouche que leurs doigts, les voilà empêtrés dans l'argenterie blanche. Une phénoménale batterie d'instruments de toutes sortes devant eux. Des cuillères à sucre, à olives, des cuillères à potages, des à moelle dont la tige en forme de gouttière permet de vider les os de leur contenu. Des couteaux à bout rond, des plats, des longs, des larges, de véritables cimeterres, des qui appelaient le fromage, des qui ne ressemblaient à rien de connu.

– Diantre, nous voici chirurgiens ? susurra Sulignat à l'oreille de Goulefoin.

Ils s'étaient installés, comme de fragiles oiseaux, à côté l'un de l'autre.

– Et pas un verre sur la table, remarqua Goulefoin.

Le service à la française n'imposait ni carafe, ni verre. Quand on vous servait, le verre ne devait pas être redéposé dessus la table, et toujours s'essuyer la bouche avant de boire !

Heureusement, au premier service, il y eut des asperges venues dans leurs berceaux de porcelaine aux reliefs cannelés, et des huîtres dans leurs coquilles : les deux compères se régalèrent les doigts et eurent de la chance ; juste avant qu'ils ne s'essuient les mains sur la nappe, les hommes de service leur tendirent une serviette.

Au début du service suivant, les complications commencèrent. Utiliser un couteau, là où la bouche, les lèvres, la langue, les dents fouissaient, creusaient, succotaient, passe… mais s'abîmer les phalanges pour tenir cette sorte de petite fourche, à l'envers pour piquer, à l'endroit pour ramasser, non merci ! À chaque instant, les andouillettes qui leur servaient de doigts s'exaspéraient ferme. La fébrilité s'emparait d'eux. On ne pouvait pas mieux les punir ! Comment se régaler sans les mains, comment attraper ce joli morceau qui trônait dans cette assiette de Sèvres ? La salive aux dents, la foudre aux yeux, ils défiaient l'instrument. S'ils avançaient les doigts, pour ratisser plus large quelques viandes au-delà de la fourche, le gras enduisait le manche de l'ustensile et la glissade empêchait toute maîtrise. Sans compter qu'il fallait prendre l'air désinvolte et ne parler de rien, sourire d'un rien, et surtout ne pas sembler être à table, encore moins mastiquer. Si c'était cela, la nouvelle façon de se tenir, c'était ajouter une nouvelle torture ! Voir passer une vingtaine de plats, garnis du meilleur, et ne pas pouvoir se servir, c'était tout à fait incompréhensible pour Jacques comme pour la Goulette. Courir autour de son assiette, pour tenter de rattraper et piquer un morceau de volaille qui avait été choisi par un homme derrière vous, épiant vos moindres gestes, c'en était trop pour ces deux-là. Il ne s'agissait plus de manger mais de se montrer en l'état de dîner.

Boire était du même ordre. Les verres, il fallait les demander, les quémander, et pour s'abreuver deux fois supplier presque, mais avec grâce et détachement. Ici on dînait sans faim, et on devait boire sans soif : les dîneurs étaient rassasiés depuis longtemps.

Bien sûr, les Versaillais, eux, maniaient leurs armes avec efficacité, mais sans moquerie à l'encontre des manchots ; quelques regards entre eux, mais sans méchanceté, car ce qu'ils buvaient les en empêchait : une nuit bleue sur la langue, un appel, un goût comme un cri interminable et, au-delà des dorures éphémères, des suavités faciles, un bouquet, une dyade de parfums inégalés. La violette timide épousait la bouche, alors qu'un moment la mûre, dans l'impossibilité de s'épanouir ailleurs, étourdissait tout sur son passage, avant de profiter de l'effondrement de sa compagne dans l'arrière-gorge pour y fleurir.

Ces intendants de bouche n'étaient pas des enfants de chœur. Ils buvaient sans naïveté le royaume, du sud au nord, devaient trouver de nouvelles saveurs, cherchaient sans cesse les modes. Ce qu'ils buvaient là, ils connaissaient, mais ils étaient surpris par la force, l'ampleur, et la rédemption finale de ce vin, assagi certes, mais encore dans la force de ses parfums.

– Qu'en est-il ? demanda Vial qui manquait à son nez, comme celui-ci se mentait à lui-même.

– C'est un vin qui nous vient d'Angleterre, messieurs.

– Moineau, tu m'étonnes, l'Anglais, il est là pour boire ; jamais il n'a pu conduire une vigne. Ce vin a perdu sa dureté, c'est un vin de fond de cave, reprit Jacques.

– L'an dernier, j'ai rencontré un courtier de vin anglais, qui m'assurait que les vins de Bourgogne devenaient plus courtois une fois franchie la mer. Cette année, il a eu la bonté de m'en retourner plusieurs barriques, informa Martin.

– Qu'en est-il, monsieur du Porche ? Est-ce la navigation qui enlève à ce bourgogne son âpreté ? demanda un vieil intendant de bouche, perruqué triste.

– C'est seulement sa vieillesse…

– Et quand pourrait-il être sur la table du Roi ?

– Encore faut-il discerner le vin qui peut mûrir de celui qui jamais ne s'ouvrira !

Les deux amis de Martin acquiescèrent, les autres aussi.

– Y aurait-il une méthode possible ? questionna Vial.

– Certainement ! répondit Martin.

– Versez dans un verre un peu de cette sorte de vin. Nous allons, s'il vous plaît, nous lever et le goûter.

Jacques s'envoya trois verres à la rigolote, c'est-à-dire l'un derrière l'autre, en marquant un temps d'arrêt entre chaque pour soulager sa bouche des parfums du dernier avalé.

– Beaune ! s'exclama-t-il.

– Beaune, comme nous le dit monsieur Jacques de Sulignat, reprit Martin souriant. Mais qu'en est-il de ce beaune ?

– Plutôt un de ces vins d'épitaphe, reprit Jacques, un vin de repos éternel…

– Un vin sans allure, se risqua un des intendants de bouche au nez vermeil.

– Un vin qui assurément n'est pas de Beaune, reprit Vial qui ne voulait mettre en doute la qualité d'aucune cité bourguignonne.

– C'est un vin qui s'est perdu, il ne triche pas, il ne parle pas... Comment croire en son avenir, après tout ce qui vient d'être dit ? leur dit Martin et il ajouta : Voilà un vin qui ne nous dira rien, si on ne le fait pas roucouler dans la bouche. À le laisser un temps se mélanger à l'air, à chercher à le respirer, il se soulève, et petit à petit il découvre ses parfums laissés en arrière.

La roucoule, voilà un exercice difficile pour les Versaillais. Ici on avait appris les bonnes manières pour se conduire. On ne se mouchait plus dans les serviettes. Madame de Pompadour avait inventé le menu en 1757, on pouvait donc prévoir ce que l'on mangerait, et se pourvoir en tout, pour ne pas affliger son voisin de fourchette. La roucoule, le spécialiste, c'était Jacques. Il était le meilleur. Il ne se fit pas prier. Sa bouche imitant le cul d'une poule, il aspirait l'air après avoir introduit le liquide, brassait les deux éléments ensemble, et avalait le plus tard possible.

– Messieurs, ce qu'il vous reste de parfums, dans l'arrière-gorge, semblerait être le début de la promesse de ce que vous boirez dans quelque temps.

Certains n'avaient rien senti, d'autres dans le doute de leur corps inhabité mentaient, opinaient de la tête en signe d'approbation, alors qu'ils avaient avalé trop vite, trop peu, sans conviction. D'autres, le nez dans une éternelle prise de tabac, ne comprendraient jamais rien à ces déductions bachiques. Mais tous voulaient recommencer l'opération.

De voir les emplumés tenter des roucoulades amusait Jacques au plus haut point. Martin l'avait prévenu, on allait pouvoir se distraire. C'était le juste retour des choses. S'approchant de l'un et de l'autre, il leur donna des conseils et, miracle, ils les entendirent.

– Évitez d'aspirer trop fort sinon les vapeurs vous montent à la narine, et vous distribuerez ce rejailli sur votre chemise !

– Pas de gargarisme non plus ! Vous ne vous administrez pas une quelconque médecine. En aucun cas l'air ne doit venir du fond de vous-même.

– Roucoulez, messieurs, toujours avec de l'air frais. C'est la fraîcheur de l'aspiration qui apporte à votre nez l'histoire future de ce vin. Non, non, ne faites pas comme d'un vin chaud, ne soufflez pas dessus, n'expirez point, aspirez et jouez de votre langue !

Et chacun de s'essayer à la roucoule. On dut donner quelques serviettes pour éviter, trop tardivement pour certains, des chemises aux couleurs de Beaune.

– Monsieur Jacques, est-ce que cette manière de bouche est praticable avec tous les vins de toutes les régions ? demanda l'un, qui voulait déjà étendre sa roucoulette à l'ensemble du territoire.

– Rien ne l'empêche. Je roucoule avec tout ce que je peux avaler, répondit Jacques avant de laisser Martin ajouter :

– Messieurs, ce n'est pas un jeu, il ne faut pas perdre de vue le pourquoi de la roucoulade. Pressentir le futur du vin !

– Il nous faut déterminer les vins de l'année susceptibles de devenir meilleurs en restant dans leurs feuillettes plus longtemps, et de reculer leur buvée. De les oublier.

– Ce sont des vins d'oubli ? demanda Jacques.

– Plutôt des vins de promesses, reprit Martin.

– C'est bien trouvé, mais combien voudront attendre ? Il nous faudra tenir, dans nos caves, beaucoup de vin, et cette avance d'argent ne va pas sans quelques risques.

– De l'argent ? reprit Vial. Moi qui ne dors pas, attends votre courrier, ai peur de tout… trois ans, mon Dieu, c'est trop long. D'ailleurs, tout à l'heure je vous proposerai plus consistant !

Martin n'insista pas auprès de Vial, il trouverait d'autres commanditaires ou mettrait Camuse dans la confidence.

On se remit à table. Les fautes de goût des jouteurs leur furent pardonnées tout de suite, par ceux qui arboraient des cernes vineux sur leur chemise. Sulignat comme Goulefoin, détachés de leurs fourchettes maintenant, mangeaient à pleines dents, tranquilles, à la guillerette. Ils avaient le Beaujolais dans la poche. Martin donna un peu de ce trébuchant qu'il avait gagné pour l'aventure.

Vial attendit la fin du repas pour entreprendre Martin. Il lui trouva tous les talents, le complimenta sur la manière dont il conduisait leur affaire puis en vint à lui demander de rester plus longtemps à la Cour.

– Il y a mieux à faire que de se promener en Bourgogne ! Monsieur l'intendant de Gray le pense aussi, formez un de vos compagnons à l'achat, faites-lui rassembler le vin et, le temps que vous gagnerez, nous le mettrons à profit pour vous établir à Versailles !

– Mais pourquoi devrais-je m'y établir ?

– Nous pensons aux armées ! Même en temps de paix les armées boivent beaucoup. Grâce aux vins que vous servez au Roi, nous pourrions nous employer dans une dimension plus importante. N'ayez crainte, il ne s'agit pas de vous changer d'emploi, vous êtes fait pour le Grand Commun, mais de prendre une charge comme la mienne auprès de l'intendant de Gray.

– Il faudra me montrer, s'inquiéta Martin.

– Oui, et sans vos compagnons, aider la cuisine, organiser des dîners, ici prendre pied, là donner quelques leçons de goût, enfin entrer à Versailles ; je vous apprendrai, de Gray vous promènera ! Ce n'est pas si difficile ! Il n'est pas de nécessité à ce que vous vous décidiez de suite, mais nous verrons à la fin de la prochaine année.

Martin était craintif à l'idée de résider à Versailles. Les avantages n'étaient point négligeables mais, s'il y avait eu une cause cachée à sa venue auprès du Roi, le remboursement de ses dettes cisterciennes, maintenant son rattachement aux cuisines versaillaises le déroutait quelque peu. En province, il avait des amis, il se sentait bien chez Camuse, et devait confirmer sa valeur de goûteur. En Bourgogne, il le pensait, il trouverait la trace de Juliette, sa vraie famille.

Il reprit les chemins de la Bourgogne et sa quête de vin, pas même l'hiver ne semblait pouvoir l'arrêter.

Comme dans l'une de ces boules magiques inventées pour Noël, ces boules tout en verre qui, retournées, déclenchent une tempête de flocons tourbillonnants sur le dos de petits personnages, un pauvre hère dans la neige, trébuchant, glissant dans le silence, tirait sur la longe de sa compagne d'infortune. Courageux, Goulefoin taillait un chemin pour les autres, seul, devant les charrettes qui peinaient, alourdies de feuillettes et d'hommes, têtes baissées dans leurs chapeaux. Il tentait de les emmener, de frayer une sente à la caravane tout entière. Le premier charretier ne le distinguait qu'à peine, mais cela lui donnait du courage de savoir qu'un, devant lui, montrait un chemin qui semblait s'éclairer par la seule conscience, le seul combat de cet homme, là-bas, luttant contre les éléments.

Parfois, au hasard d'un regard inquiet, au gré d'une bourrasque neigeuse, dans une trouée lumineuse, Goulefoin découvrait un début d'horizon qui lui donnait une direction fugitive. À d'autres instants, l'inquiétude prenait Riplette, sa jument, quand juste devant lui, parfois même à ses pieds, s'envolaient des grives effarouchées de voir l'homme surgir aussi près. Elles giclaient en taches frémissantes, grises et noires, et s'engloutissaient dans la densité blanche.

La voûte céleste était tombée en une grisaille blafarde. Aucun relief entre le ciel et la terre. Pas un bruit, pas un souffle de vie d'après lequel se guider. Apparaissaient des arbres mortifiés, surgissant et disparaissant au fur et à mesure de la pénible marche. Tout inquiétait Goulefoin. Était-il près d'une mare ? D'une rivière ? Au bord d'une combe ? Prêt à basculer dans un lac à moitié gelé ?

À l'arrière, la jument de Martin suivait, accrochée à la dernière charrette. Malade durement, Martin suait à grosses gouttes sous des couvertures qu'un rouleur de fûts nommé Pégase tentait de remettre sans cesse sur lui.

Goulefoin se perdait encore. Des bourrasques violentes et brèves l'avaient déporté du chemin. Les charrettes longeaient maintenant une haie, peut-être un champ ? Deux jours qu'ils marchaient !

La situation était critique : ce matin, un charretier était tombé malade et un autre dans l'après-midi. Si bien que Goulefoin pensait qu'ils ne seraient même pas admis dans une ville. On les refoulerait dans la maladrerie.

Fallait-il envoyer des émissaires aux quatre points cardinaux pour les voir revenir un village en poche, avec un docteur, un guérisseur ? Fallait-il continuer pour amener les malades vers la chaleur ? Il décida que, si rien n'évoluait, vers la fin de l'après-midi il s'arrêterait, tenterait un feu, construirait une cabane pour les malades et s'en irait seul voir alentour.

Pauvre d'eux, la tempête redoubla, et pas plus tard qu'une demi-heure après ces pensées, Goulefoin traversa un bosquet où les bourrasques de neige s'engouffraient plus difficilement. Il s'arrêta. On rangea les charrettes côte à côte. On construisit un abri de barriques et de bois coupé. Goulefoin les laissa, voyant qu'ils avaient tous du cœur à l'ouvrage et point encore l'envie de mourir. Il choisit un début de rien. La neige paraissait épouser la forme d'un chemin. Une heure plus tard, il eut l'impression d'avoir tourné en rond sauf que, à chevaucher Riplette dans la poudrée, elle en avait maintenant jusqu'aux genoux.

Pas plus loin qu'une centaine de mètres devant lui, il entendit une cloche. À bien y regarder, il lui sembla qu'il était au milieu de la place d'un village mais, plus il avançait vers cette cloche, plus les maisons devenaient mirages et s'estompaient dans les flocons. Il ne crut même plus à la réalité d'une porte, en face de lui, avant de l'avoir touchée et d'avoir cogné le heurtoir. Derrière ses cils gelés, ses sourcils en glace, ses yeux crurent reconnaître les tours d'un château. On mit du temps à l'entendre. Il fut reçu par des femmes qui triaient des châtaignes autour d'un feu. Il fallait en référer à la maîtresse des lieux. Il s'annonça au nom du Roi. On le mena dans un cabinet sombre, où des revues ouvertes sur des tables semblaient contenir des recettes de cuisine. Une très jolie femme dans une toilette simple manipulait des fioles, paraissait attentive à ce qui se mélangeait. Elle lui demanda des précisions sur les endroits qu'ils avaient traversés. Mais, voyant que cela ne lui servirait à rien, le pauvre Goulefoin s'étant bel et bien perdu, elle dit à ses gens de se préparer à suivre ses traces dans la neige. Ils partirent à huit, un molosse devant à aboyer et s'ébrouer. Goulefoin n'avait pas voulu rester, il les accompagnait sur un cheval : le pauvre aurait été incapable de les suivre à pied, et Riplette n'en pouvait plus de lever ses grosses pattes.

Ils les découvrirent trois heures plus tard autour d'un grand feu. Ils buvaient force vin chaud, ce qui avait mis de bonne humeur les bien portants et enivré définitivement les malades. Tant bien que mal, on rejoignit le château à minuit. Martin, entre deux vins, remercia Goulefoin de ce qu'il avait accompli. On lui fit boire des herbes en tisane, et il s'endormit pour longtemps.

Il sentait des présences amies. Il entendait des chuchotements. Son corps appelait l'eau. Il buvait autant que sa faiblesse et son inconscience le lui permettaient. Il suait et dans l'instant avait froid. Jamais le feu de la cheminée ne s'éteignait. Goulefoin y veillait et les trois Auxerrois aussi. Les conseils de la maîtresse des lieux leur étaient précieux.

Un chien prit l'habitude de venir coucher au pied de son lit. C'était un chien noir et feu, avec le poil dur. Un mâtin. Il le voyait dans les cils de ses paupières et entre deux délires de fièvre.

Bientôt il ne put plus remuer. On le soulevait, le tournait, le lavait. Parfois, alors qu'on lui passait de l'eau sur le visage, le pauvre croyait que sa tête plongeait dans un puits. Par quelques éclairs de conscience, il se sut encore en vie.

En hiver, certaines journées sont des portes, des accalmies entrebâillées sur une ébauche de renouveau. Le silence varie et se ponctue de timides chants d'oiseaux. Ils se répondent et, dans ces appels moins ébouriffés, on entend une envie de travailler du bec, comme une démangeaison de la brindille, déjà une promesse d'accouplement et de nid douillet. Dans un soleil moins pâle, la douceur revenue, les souvenirs de bonheur se ravivent et provoquent, sourire aux lèvres, un mirage de printemps.

C'était février. Martin se leva, très affaibli malgré les bons soins du château, sortit de sa chambre. Ses jambes ne le portaient pas, mais l'envie du grand air, la volonté d'agir et la curiosité l'emportèrent. Goulefoin lui procura un bâton solide et il put s'essayer à la marche. On le descendit au soleil et il reprit des couleurs aux joues. Fatigué, il s'affalait sur le lit après ses tentatives et le chien, qui ne le quittait plus dans la journée, venait se faire caresser.

La troupe du goûteur avait perdu deux hommes de la fièvre. Il vint sur leurs tombes et pria. Goulefoin ne voulut point trop lui en dire mais il lui apprit que la révolte avait grondé au château ; et qu'il s'en était fallu de peu pour qu'on ne les jetât dehors. Il lui raconta comment celle qui les hébergeait avait fait relever les barrières pour les empêcher tous de sortir. Elle avait mis son monde en quarantaine.

— Va lui rendre visite, dès que tu le pourras ! Elle tient à te raconter elle-même ! lui lança Goulefoin.

Le lendemain, Martin descendit de sa chambre et vint remercier son hôtesse. La demeure était vaste, il se guidait à travers les salles aux bougies allumées. Il entendit le son d'un piano-forte et une voix chanter. Quand il fut près de la porte du salon, il vit une femme dans une robe simple, assise bien droite sur un tabouret, s'élancer à l'assaut de sa partition avec gravité.

Visiblement elle apprenait un nouvel air. Elle s'arrêtait parfois, disait «Non, non...» et reprenait là où elle pensait avoir fauté. Délicate et attentionnée, sa voix sonnait dans les aigus comme dans les graves. Martin ne voulut pas entrer, gêné d'arrêter cette répétition. Des chandeliers allumés, aux coins de la pièce, donnaient des reflets studieux au visage de cette femme. Martin la sentait pénétrée d'une volonté et d'une diablerie joyeuses. Travailler, en jouir et s'en réjouir semblaient être les trois verbes qui agitaient ce front. Au bord du salon, il y serait resté longtemps, si ce n'est ce chien noir et feu qui se leva, remuant la queue, pour le saluer. La pianiste s'arrêta :

– Charles !

C'est l'instant que choisit Martin pour s'avancer dans la pièce à la rencontre de Charles.

– Dire que j'ai choisi ce chien pour qu'il me protège !

– Votre choix fut le bon. Il connaît vos amis. Il sait que je serai toujours votre obligé. Je suis du Porche, l'homme qui vous impose sa maladie, sa troupe depuis quelque temps et vous a empêchée de circuler hors de vos murs…

– C'était devenu mon devoir, monsieur. Vous avoir laissé entrer m'obligeait à vous y maintenir le temps qu'il fallait pour que cette saleté s'en aille. Quant à vous, ne soyez pas désolé. À la pauvre mine que vous faisiez, vous ne deviez pas savoir si vous étiez mort ou vivant. Alors, la vie des autres !

Elle envoya une main malicieuse dans les airs.

– Avez-vous une idée du nom de cette maladie ? lui demanda-t-il.

– La nommer devant vous me fait plaisir car j'ai dû, sauf à vos très proches, mentir. Vous avez eu la variole.

– Mon Dieu, mais c'est une bête féroce que vous avez combattue !

– Vous surtout, vous n'êtes ni mort, ni aveugle, ni…

– Ni défiguré… reprit-il. Je vous le dois…

– N'en croyez rien, je ne peux influer sur cette saleté quand elle est déclarée. Mais je suis satisfaite de la tournure des événements. Vous avez déclaré une forme bénigne de cette maladie.

Elle croisa un instant les bras et reprit :

– Monsieur du Porche, il me faut vous parler en confidence. Ayant passé quelque temps à m'occuper de malades, j'ai appris, par l'entremise d'un médecin, une manière de débarrasser les personnes saines d'attraper ce fléau. Cette méthode n'est pas sans risque, même si très peu en meurent. Pour les esprits obscurs, il est très difficile de comprendre que, si la vie en sort gagnante, certains partent rejoindre le cortège des malades et des morts, juste parce qu'ils voulaient se protéger d'une maladie qu'ils n'avaient point reçue de Dieu. Pour ma part, je m'étais juré de ne l'employer que si la maladie frappait à ma porte. Quand j'ai vu ces trente hommes dans l'enceinte du château, j'ai su que c'était l'instant. J'ai fermé les portes, séparé les malades des bien portants, et demandé à tous s'ils voulaient se faire inoculer la maladie.

– Quelle est donc cette méthode ? demanda Martin.

– Il s'agit de recueillir sur un malade des suppurations, pour les déposer par scarifications sur les bien portants. S'ensuit une fièvre légère pour la plupart, et l'impossibilité d'attraper la variole.

– Tous ont accepté ? demanda Martin.

– Dans votre troupe, je ne leur ai pas laissé le choix ! dit-elle.

– Je comprends, nous aurions pu être tous malades. Et les autres ?

– Quand j'ai fermé les portes et forcé certains à rester dans les lieux, ils refusèrent la « vaccine », jusqu'à ce qu'un de vos charretiers meure.

– Une peur en a remplacé une autre ! dit Martin.

251

– Hélas, oui. La peur paraît être l'élément le plus stable de notre vie ! Et ils ne furent plus qu'un petit groupe à résister. Finalement, à ne voir personne mourir du côté de la « vaccine », tous se rendirent.

– Vous avez sauvé la vie de ma troupe, et où qu'elle aille, elle se sauvera de la variole ! reprit-il.

– Pour moi, je l'appellerai toujours la saleté. Heureusement cette garce s'est éteinte après la mort de vos charretiers.

– J'en avais la responsabilité. Je les ai engagés, l'un avait une famille. Je les ai conduits à la mort.

– Non, vous les conduisiez dans leur vie. La mort les a rattrapés.

En disant cela, elle le regardait intensément. Elle aussi avait charge d'âmes, pensa-t-il, et elle devait avoir connu ces sentiments. Il lui sembla qu'elle avait dépassé ces peines par une volonté de vivre et d'agir. La manière dont elle prononçait « saleté » en disait long sur le combat qu'elle menait.

– Je suis allé sur leurs tombes. Merci d'avoir gardé leur souvenir en terre.

– J'ai brûlé leurs vêtements, empêché les cérémonies, mais je ferai inscrire leurs noms. Pour l'instant il fait encore trop froid, la pierre casserait, la gravure se fera au printemps. L'un était dit Sagouin ? L'autre Fil-à-Pitre ? interrogea-t-elle.

– Oui, je les avais embauchés près de Beaune.

– Monsieur du Porche, s'agit-il de leurs noms de baptême, Sagouin ou Fil-à-Pitre ?

– Je ne sais pas. Des surnoms peut-être, ils ne se disaient pas autrement. Le nom d'un noble est connu, celui du moine aussi, mais pour eux, nous ne sommes que des métiers. En aucun cas des hommes nés ! Peut-être leur nom est-il inscrit sur les registres paroissiaux ? Mais il faudrait connaître leur lieu de naissance, et que leur surnom y soit aussi inscrit !

– J'entends bien, mais Sagouin... Comment et qui l'a nommé ?

– Son nom vient peut-être d'un événement qui s'est produit dans sa vie, et des proches l'auront désigné ainsi. Je ne crois pas que ce nom était une offense pour lui. Il le portait avec fierté. Peut-être lui aurait-il fallu un prénom. C'est le prénom qui assure que l'on est une personne pour tous.

– Comment cela ? demanda-t-elle, visiblement curieuse.

– Ce Sagouin n'est peut-être le fils de personne. Ses parents ont pu mourir jeunes, ou il a été abandonné. Il a pu errer, se donner à maître pour manger, ou bien survivre de quelques travaux. Donnez-lui un prénom. Appelons-le Victor Sagouin et il devient quelqu'un... Surtout si ce sont ses parents qui nous le désignent Sagouin de la lignée des Sagouin, comme étant leur Victor. Non seulement il est quelqu'un, mais il appartient à une famille, et aura une histoire...

Elle sourit :

– À la condition qu'il y ait toujours quelqu'un pour la connaître, et la raconter. Vous avez raison. Je ne suis pas née de la Londe, mais mes parents m'ont désignée comme leur fille. Et vous ?

– Moi je suis du Porche, né sous un porche, au-dessous d'une niche où saint Martin veillait. Vous me voyez sans histoire de famille.

– Mais devenu quelqu'un qui sait la valeur des noms et des prénoms, dit-elle en souriant. Votre troupe a fait beaucoup. Je n'ai jamais vu personne s'occuper si bien de son maître.

Il sourit à cette remarque :

– C'est parce que je ne le suis pas… Que personne jamais ne s'avise de me mettre à cette horrible place !

– Moi, je m'y sens quelquefois dans le regard des autres, remarqua-t-elle.

– Quelqu'un qui ferme ses portes et reste avec la mort n'en est pas un. Mais vous étiez à votre musique et je ne vous dérangerai pas plus.

Martin se leva, salua et disparut, non sans avoir pris rendez-vous pour le lendemain. Il ne put s'en aller aussi vite. Caché derrière une tenture, longtemps il la regarda découvrir sa partition. Visage studieux, visage boudeur, visage pénétré d'enfance sérieuse. Charles à ses pieds. Elle était ténacité et grâce.

La nuit même, il y eut des bruits dans la cour du château. Des hennissements et des coups de sabots meurtrirent le silence. Martin se leva et découvrit Riplette, la jument de Goulefoin, échappée de son écurie, courtisant un bel étalon dans sa retraite solitaire. Celui-ci sentait, secouait sa crinière, poussait le montant de sa porte, moitié du battant avec son poitrail. La vue de Riplette augmentait sa furie. La porte céda. Du haut du chemin de ronde, les gens du château et les charretiers de la troupe allumèrent quelques torches pendant que Goulefoin, en chemise et nu-pieds, courait après la Riplette devenue folle. Elle refusait de rentrer dans son écurie, tournait, se retournait avec toute l'élégance de son poids. L'étalon, lui, était plus souvent sur ses pattes de derrière qu'à musarder le brin d'herbe. Riplette la rousse lui tournait le dos, non pas pour feindre l'ignorance, mais pour le lui montrer… crûment.

– Eltaïr ! Eltaïr ! hurlait le palefrenier qui avait la charge de ce magnifique étalon nerveux et vif.

Eltaïr le prince voulait s'occuper de Riplette la rousse et blanche, grande dame grosse et lourde plus habituée à tirer des charrettes qu'à parader. Madame de la Londe apparut, les épaules couvertes d'un châle, les cheveux défaits, accompagnée de deux jeunes filles tenant chandelles. Charles aussi était près d'elle. Elles riaient toutes les trois aux cabrioles de Riplette, à ses lourdes coquetteries, et se parlaient à l'oreille.

Eltaïr enflammé venait se coller contre ses flancs, lui mordiller un peu la crinière tressée. Tous trouvaient la parade plaisante mais dans un éclat de lune, à la faveur d'un saut, Eltaïr se fit remarquer dans toute sa splendeur d'étalon. Les deux jeunes filles poussèrent un cri d'admiration teinté d'effroi. Les charretiers rirent, madame de la Londe cria au palefrenier :

– Enfermez-les ensemble pour cette nuit !

– C'est qu'ils vont tout casser, madame, reprit-il.

– Alors qu'on les envoie dehors dans l'enclos.

On ouvrit les portes. Goulefoin, le palefrenier et d'autres poussèrent les deux fiancés qui s'élancèrent à la lune et à la nuit troublante.

Martin salua son hôtesse restée près de ses appartements. Elle lui rendit son salut. Pendant que Charles, maintenant près de lui, se faisait caresser la tête. Les jeunes filles l'appelèrent, mais en vain. Le noiraud resta au pied du lit de Martin toute la nuit.

Le lendemain, ils rirent ensemble de voir Eltaïr épuisé rentrer penaud dans son écurie, alors que Riplette paraissait remise de ses émotions nocturnes.

– Madame, s'il doit y avoir une naissance, le petit vous revient.

– Grand merci, je le ferai mettre moitié à la charrue et aux obstacles.

Personne ne sut comment cela se fit, mais ils ne se quittèrent plus. Ils aimaient à se promener. À la presque nuit, ils marchaient dans l'allée des charmilles. Seuls ils avançaient, là où les troncs des grands charmes et leurs légères ramures se dessinaient, dans le peu de clarté de ciel que laissaient passer les nuages. Elle lui parla d'un couvent dont elle n'était sortie deux ans plus tôt que pour venir ici, elle racontait sa passion pour les sciences, son désarroi devant le manque de soins apportés aux cultures de l'année, comment elle voulait des vivres et de l'éducation pour tous, maintenant que la mort reculait.

– Nous avons des bras, il faut s'en servir et dominer la nature, il faut que chacun trouve sa place, celle du mieux possible. Demain, monsieur du Porche, j'irai visiter le curé et les registres paroissiaux, pour me rendre compte des naissances, et des prénoms.

Elle lui sourit. C'est à cette occasion qu'il découvrit sa naïveté. Elle n'avait qu'une connaissance partielle du monde qu'elle habitait. Les registres paroissiaux étaient bien tenus. Mais ils ne servaient qu'à prouver votre existence devant Dieu, et votre majorité pour entrer dans les ordres. Ils ne vous donnaient aucun droit, n'étaient jamais consultés… Lui-même, dans les registres de Cîteaux, avait été déclaré comme né le jour de son baptême, c'est-à-dire presque cinq ans après sa naissance. Cette torsion de la vérité aurait d'ailleurs pu l'empêcher de prononcer ses vœux, s'il en avait été question.

Cette naïveté l'enchantait, quand il la partageait. L'enthousiasme de madame de la Londe lui était communicatif. Il s'en apercevait parfois, il restait alors sur le bord de ses émotions, et cela le rendait triste pour un instant. Si elle s'en était rendu compte, elle aurait pu prendre sa disposition d'esprit pour un début de cynisme. Alors que lentement, sans qu'elle en fût consciente, elle lui parlait comme à un ami.

– Ici, c'est un pauvre village, la terre ne porte que bien peu de gens, mais les récoltes s'améliorent. C'était presque un désert quand je suis arrivée. Heureusement, le Roi a donné vingt-cinq ans sans taille et quinze ans sans dîme, ce qui m'a permis de faire venir des paysans et d'exploiter moi-même une partie des terres. Les hivers sont forts mais ils ne durent pas. La difficulté, ce sont les semences. D'une année l'autre, sur ce qu'il me revient, je garde ce qu'il faut pour le printemps ; mais, entre ce qui moisit et ce qui ne lève pas, les paysans ont du mal à vivre. Ailleurs, ils préféreraient manger tout et s'en aller, plutôt que devoir se réduire à manger l'herbe, ou pire encore, avant la récolte prochaine. Ici, je leur donne de quoi semer. Quatre ou cinq grains en terre en donne un récolté, ce qui représente un quart de notre pain, dont nous devons nous passer entre les deux moissons. Heureusement, l'absence d'impôts leur permet de tenir.

Martin pensa aux trente bouches qu'elle avait dû nourrir en supplément depuis plus de deux mois maintenant. Cette femme était une grâce, elle ne gémissait pas, elle ne vous culpabilisait pas du sort dans lequel les circonstances l'avaient placée. Elle acceptait. Mais vous montrait avec courtoisie l'endroit où votre visite avait causé du mal.

Il arriva des soirs maussades, des soirs pluvieux, où même entre deux averses ils poussaient la sortie. Une fois, le terrain fut si gras que madame de la Londe s'assura du parcours en lui donnant le bras. Il le reçut avec émoi. Elle avait une manière si douce de glisser sa main entre son bras et son côté : c'était comme une menotte ferme suivie d'un avant-bras rond qui se nichait... Il plia l'avant-bras, elle assura sa prise. Doucement, sa paume épousait la forme de son biceps et des doigts vinrent l'entourer d'une légère pression. Ils se turent tout le long du retour.

La troupe commençait à s'impatienter. Goulefoin le premier se sentait des fourmis dans les brodequins. Martin leur parlait de départ, tous les jours, mais sans en fixer la date. Les rouleurs poussèrent Goulefoin à lui parler des charrettes, des essieux neufs, des lieues qui les séparaient de Beaune et de Cîteaux. Il le pressait.

— Tu ne vas pas laisser la troupe désœuvrée. C'est maintenant, dans deux mois le vin ne sera plus porté par la rivière ! Donne-moi le signal, dis-moi le jour.

— Bientôt ! répondit-il.

— Bientôt ce sera les violettes, tu pourras les cueillir, en faire des bouquets ! Bientôt les coucous, pourquoi pas les roses ?

— Pourquoi pas, en effet, répondit Martin bougon.

— Donne-moi le jour, reprit Goulefoin, grave. La troupe va se disloquer.

Il savait que son ami disait vrai.

— Demain après-midi, nous partirons. Va leur dire !

Il vint l'après-midi de son départ. Elle l'attendait au salon.

— Alors, monsieur, de quoi allons-nous nous entretenir aujourd'hui ?

À entendre l'agitation qui régnait dans la cour du château, elle avait deviné, pensa-t-il. Mais comment lui annoncer son départ avant même de lui dire qu'il en était triste ?

— Je ne sais... de vous ?... répondit il.

– Quel sujet ! Je doute fort que nous puissions y passer l'après-midi.

– Vous avez bien des charmes et je me vantais en montant les marches de votre escalier de vous les décrire et d'en faire l'éloge.

– L'éloge... de mes charmes... quelle drôle d'affaire ! Pas plus tard que ce matin, je me disais, pour une fois, voilà un homme d'une nouvelle manière qui ne cherche pas à me séduire. À m'envelopper de propos cajoleurs. Croyez-vous qu'il puisse en être autrement un jour entre un homme et une femme ?

Il lui sourit et reprit :

– Je ne crois pas, il suffit qu'un homme parle à une femme pour que cela se fasse naturellement. Dans les paroles les plus anodines, il se cache toujours un peu de séduction. Mais pour ma part, je n'ai pas envie de vous séduire, madame, j'ai besoin de vous aimer.

Elle répliqua :

– Quelle est donc la différence entre séduire et aimer ? Monsieur, vous avez l'air d'être pointilleux sur ce chapitre.

– La séduction, reprit-il, vous laisse un goût en bouche très passager, si bien qu'il vous faut sans cesse recommencer. C'est une maladie. Alors que l'amour ne se cantonne pas au palais. Il vous remplit.

Elle souriait, amusée :

– C'est d'ivresse dont vous me parlez là !

– Non point, soyez-en sûre, madame, point d'ivresse dans mes propos. Mais d'amour, et l'amour m'impose que je vous parle en face, les yeux dans les yeux.

Elle s'écarta... Il était trop près d'elle. Il s'étonna :

– Avez-vous peur ?

Elle hocha la tête, alla vers une fenêtre qu'elle ouvrit. Elle regarda dehors, faussement tranquille.

– Peut-être, ajouta-t-il en levant les bras, si je vous proposais de vous séduire, vous y verriez des avantages. Seulement, vous aimer m'oblige à de plus grands tourments...

Elle l'interrompit :

– Et m'afflige surtout.

Il se rapprocha un peu et reprit :

– Aimer, bien au contraire, c'est vous laisser au large, comme ces grands bateaux capables de fendre la mer, d'aller plus loin et revenir au port, aimante, désirable et fidèle.

– Fidèle ? Voyez-vous ça !

Il écarta la question d'un revers de main.

– La fidélité n'est pas un défaut, ni même une qualité ; pourtant, il me semble que les bonnes gens qui la pratiquent évitent tous les pièges de la séduction.

– Ah ! Monsieur, vous êtes philosophe. Je croyais que vous ne parliez que de lieux-dits, de coteaux, de vignes.

– Le vin, quand vous le connaissez, ne vous donne pas qu'à boire ; c'est comme l'amour, il vous guide vers des contrées moins austères. Il vous change, vous transmute...

Elle l'interrompit, alla vers la porte.

– Vous voilà alchimiste ! dit-elle en ouvrant les deux battants.

– Ne vous en déplaise, mais de l'alchimie je ne possède ni la cornue, ni le soufflet. Il ne me reste que mon nez, ma bouche, cela me suffit pour goûter au mieux ce que le Roi boit.

– Vous voilà courtisan !

Un coup de vent s'engouffra par la fenêtre. Martin fut vexé et, voyant les tentures blanches s'envoler, il lui dit :

— Et vous la reine des courants d'air.

Il s'avança vers la porte…

— Je vous salue, madame.

Les tentures blanches se gonflèrent et firent une voile dans cette pièce carrée. Elle esquissa un mouvement, le retint de la main… de loin.

— Non, ne partez pas, je me sens mal dans cette discussion. Je ne sais si je vous parle et si vous m'entendez. J'ai l'impression d'un monologue. Je ne peux répondre à vos arguments que par des boutades. Je ne sais quoi vous dire… Alors je me cache.

Un silence, et plus bas elle lui dit :

— Mais vous voir partir est plus triste encore.

Elle se reprit :

— S'il me faut me résigner à vous entendre parler de la sorte. J'y suis. Je vous préfère à mes côtés.

— Madame, vous vous entendez !

— Oui, je m'entends, mais pas plus que cela, mon bon ami… lui dit-elle dans un sourire.

— Cela me suffit amplement, dit-il en avançant vers elle. Quand le cœur parle, il peut aussi bien détruire telle une armée en campagne que vous ouvrir les yeux sur la lumière bleue.

— Vous me connaissez à peine !

— Voici deux mois que nous parlons tous les soirs, à la veillée, nous échangeons nos caractères.

Il s'empêtra dans les tentures. Elle lui demanda :

— Fermez donc cette porte, sinon de chez la reine des courants d'air vous allez vous envoler.

Pendant qu'il s'activait à la refermer, elle ajouta :

– Il ne me semble pas que je sois digne de tous ces éclats !

– Il en est de même envers moi. Plusieurs fois j'ai senti que vous n'étiez pas insensible à mes paroles. Plusieurs fois je me suis senti indigne de vous porter cette affection.

Il se déplaça vers la fenêtre.

– Non, s'il vous plaît, laissez-la ouverte, lui demanda-t-il.

– Vous avez raison, si l'un de nous était repris de nervosité, il pourrait s'envoler.

– Cessons là, madame, nous ne pouvons plus rien nous dire, alors nous brodons.

– Nous voilà presque dans la couture, dit-elle en souriant.

Puis elle lui parla dans les yeux, c'est là qu'il l'attendait.

– Vous allez partir ?

– Oui, je pars maintenant. Je suis venu vous l'annoncer.

– Avoir un mari absent les trois quarts de l'année, très peu pour moi.

– Alors venez !

– Sur des maudits chemins à peine carrossables. Risquer sa vie !

– Je pars à cheval, reviens en charrette, navigue quelquefois !

Il rit de bon cœur et reprit :

– Ah non ! Je ne vous demande pas de partir mais de rester. Votre tâche ici me paraît très importante. À quoi servirait l'amour que je vous porte s'il n'était à vous aider dans votre réussite ? Faire ce que vous faites est une action de grâces perpétuelle. Empêcher cela, madame, c'est percer un trou dans les cieux… Je ne veux pas d'un amour flétri mais cette chose immense qui me vient, j'aimerais la partager.

Elle s'approcha. Il lui prit la main. Elle lui dit :

– Je vous estime, monsieur, mais je doute que notre relation puisse évoluer vers les sommets auxquels vous me portez.

Il reprit :

– Par deux fois, vous m'avez permis de voir ce que vous désirez.

Elle lui sourit, elle paraissait heureuse.

– Allez-vous-en, monsieur, on ne vous oubliera pas !

La troupe l'attendait au perron. Il prit le chemin sans oser se retourner. De peur d'ajouter un signe à ce qu'il venait de lui dire. À regarder il aurait vu qu'elle n'était pas où il l'attendait. Elle était restée près de la cheminée adossée, rêveuse, pensive… Plus tard, un domestique la trouva dans la même position. Il alluma un feu. Elle s'y réchauffa. Elle se fit apporter à dîner. Tout le monde fut étonné. On lui demanda si elle devenait malade.

– Madame veut-elle se coucher ?

Elle sourit :

– Non, je ne suis pas malade couchée, mais malade debout, mon brave.

Quand elle se rendit compte qu'elle ne voulait pas quitter cette pièce parce qu'il y était encore, qu'il y avait quelque chose de lui autour d'elle, elle en sortit en riant : elle pouvait aussi l'emmener partout avec elle.

Le soir venu, Martin fit arrêter les charrettes. Au ciel, une pointe, une larme, une virgule blanche, un voile de lune qui lui rappelait les tentures du salon de son aimée. Couché, l'âme tournée aux étoiles, le brin d'herbe dans les dents. Ah ! Il en rêvait, de se voir près de la cheminée, lui tenant les mains, les yeux dans les yeux, le sourire dans son sourire, sa voix ponctuée par sa voix...

Il se releva, enfila ses bottes et marcha, traversa un ru, marcha jusqu'à la suée. Puis courut... Il lui fallait bouger son corps. Sentir, courir, gémir, jusqu'à couler l'eau le long de ses vertèbres. Il mêlait son cœur et sa respiration en émoi. Il était épris, le bougre, et son corps s'élançait, roulait, suffoquait...

Quand l'aube survint, il n'en fut pas étonné. Il avait eu soif, il avait bu à lui-même.

Les jours d'après, il donnait des ordres, et la nuit il était commandé. Toutes les nuits, il vivait des magies d'amour. Dans le salon, il prenait les tentures blanches et y enroulait sa tendresse. Il la coiffait. Il se sentait marié. Il gémissait de cet amour de foudre qui lui prenait les reins. Il se sentait désiré. Il aimait entendre les battements sourds dans sa poitrine inquiète. Pour se calmer, il fallait qu'il se sente aimé. Mais pouvait-il en être autrement ? Peut-être, peut-être pas, les tourments le reprenaient... À ne plus pouvoir bouger. Pris, épris, des pieds à la tête.

Il lui écrivit souvent. Elle lui répondait aussitôt, lui donnant des nouvelles de tout son monde avec gentillesse, égard et émotion. Elle en laissa une, un soir, s'échapper de ses doigts. Elle l'avait lue, elle l'avait goûtée, sentie, et s'était endormie en rêvant de ce qu'elle lui promettait. La lettre était arrivée sur un cheval fougueux, les portes avaient claqué, les pigeons s'étaient envolés. Eltaïr avait henni.

Il écrivait sans en-tête, sans la nommer et sans se nommer. Elle lut :

Cette lettre sera la plus belle. Elle marche avec moi, dans mes pas comme une promesse de l'aube depuis que je me sens devenir homme. Elle était comme une buée sur mon enfance. Elle sera légère et au début peu assurée d'avoir à se couler dans vos silences.

J'aimerais vous dire quelques mots doux à l'oreille. Même si vous deveniez colère de cet élan osé. Je vous dirais combien j'aimerais m'endormir dans vos mains. J'aimerais vous rappeler Beaune et la Bourgogne. Vous câliner du Morvan et de ses eaux endormies. Ce soir, si j'avais une belle, une promise qui ne m'ait jamais caressé, je lui dirais, en la caressant, que son corps me manque déjà. Toujours dormir sur sa poitrine en écoutant le hibou des bruyères.

Les nuits sont froides. Tous ces tourbillons de lune, toutes ces vagues nuageuses qui déferlent ici, annoncent peut-être chez vous cette jolie gelée blanche que la vapeur sortant des naseaux de votre Eltaïr aura pu provoquer. Ce dernier debout dans son écurie, le nez à la musarde et à la clarté des cieux. Je vous dirais les délices délicieuses que dans cette promesse d'aube vous avez provoquées. Ce que j'ai perçu dans vos yeux, je l'ai senti dans vos mains. Fragile, comme un signe à me rejoindre d'un presque rien nonchalant.

Je ne vous dirais rien de ces pas hésitants de votre cœur sur le seuil de notre porte, ni de ces fleurs d'oranger dans ce jardin si intime, si lointain. Ils attendent quelqu'un. Dans cette foulée nocturne, avant cette aube qui viendra, j'en suis certain, je me tiens droit et j'attends avec sérénité la levée du voile, le chant de la vie. C'est cela la promesse de l'aube : le rêve secret d'une femme, son chant, le repentir d'un mot sur sa bouche endormie et dans un lien semblable le secret de son nom dans le chuchotement intime

de chaque homme. Debout, attendre ce miracle digne-
ment. L'homme sait cela, même confusément. Il n'en est
pas maître, juste il marche vers la promesse de cette aube.

Le cheval et son coursier à peine partis, la lettre à peine
rêvée, une dizaine de carrioles chargées de futailles, avec à
leur tête, Souillon, Malin et Barrique, s'arrêtèrent dans la
cour. Ils avaient rencontré bien des difficultés pendant le
voyage, avaient joué des poings contre la misère pour
venir au moment où chacun se rationnait.

Elle pensa que ce cadeau liquide serait profitable au village.

– À défaut de pain, nous boirons en attendant la prochaine récolte ! souffla-t-elle à ses proches.

En déchargeant les charrettes, les paysans s'aperçurent
que la futaille était chargée aux trois quarts de grains de
blé magnifiques. Afin que tous le sachent, elle fit donner
une messe au nom des deux charretiers enterrés dans le
champ de repos du château. Personne du village ne man-
qua les prières. Elle attendit une lettre, mais les rouleurs
avaient les mains vides et repartirent aussitôt. Elle les
questionna bien un peu. Elle sut qu'il était sur le départ de
Gilly-les-Cîteaux pour Auxerre. Elle les remercia, mais
ne put leur donner aucun billet de remerciements. Elle
recommençait sans cesse sa lettre, s'en agaçait. Maintenant qu'elle avait une adresse certaine, elle ne savait plus
quoi lui dire. Elle attendit quelques jours, vint à nouveau
devant sa plume. Elle avait imaginé plusieurs possibles
mais, quand il s'agissait d'en choisir un, la parole revenait
dans l'encrier. Vaincue, elle renonça.

Madame de la Londe arriva à Auxerre au début de mai. Elle avait poussé ses chevaux. La dernière étape, Avallon, elle l'avait négligée. Elle ne pensait plus qu'à arriver. Elle entra dans la ville par la porte de Chante-Pinot et descendit vers la rivière. Sur les quais, elle se glissa entre les étals des pêcheurs. Les filets étaient suspendus aux murs de pierre blanche, pour partie, ou étalés sur le sol afin de faciliter le reprisage. Elle devinait une intense activité dans la pénombre derrière les portes ouvertes en arcades, des sortes de celliers ou s'entreposaient les marchandises. À quai, amarrés l'un à l'autre, bateaux à fond plat, flettes, marnois entourés de porteurs se déchargeaient de leur sel, ou se chargeaient de fûts de cendres servant aux blanchisseuses parisiennes. Une nacelle, un énorme bateau qui, grâce à un treuil, chargeait des blocs de pierre blanche de Bailly : une carrière en amont destinée à la restauration des monuments de la capitale.

Plus loin enfin, le port du Bonnet-Rouge.

Elle chercha la maison du marchand de vin et se présenta. Madame Camuse, sur le pas de sa porte, devina aussitôt.

– Vous êtes madame de la Londe !

– Oui, suis-je si attendue ? dit-elle avec le sourire.

– Je n'entends parler que de vous.

– Il avait deviné ?

– Un homme comme lui prévoit toujours. Vous êtes belle à croquer. Décidément, il a bon goût, ce bougre d'animal. Enfin, vous aussi, vous avez bien choisi. Il est tellement près du bon Dieu, ce du Porche, que l'on dirait le diable.

– Comment va-t-il ? demanda madame de la Londe.

– Bien.

– Où est-il ?

– Il est en voyage avec Camuse. Celui-là, quand son Martin est ici, vous pouvez être sûre et certaine qu'il ne tient plus en place.

– Et monsieur Goulefoin ?

– Ici ou là, dans les caves à préparer le retour sur Paris dans peu de temps car la rivière baisse, et bientôt adieu les voyages !

– Ah, ils repartent ? lui demanda la voyageuse déçue.

– Oui, mais il leur manque des fûts qui doivent arriver cet après-midi. Tenez, justement, voilà Goulefoin.

Goulefoin descendit de Riplette et vint au-devant de ces dames. Il était affolé et en oublia de saluer.

– Martin est absent. Parti. Je vais dépêcher quelqu'un, Oh, puis non, je vais moi-même, mais où irais-je ? Je le vois, je lui dis !

Goulefoin, d'un pied sur l'autre, ne savait pas quoi décider. Madame Camuse reprit :

– Vous me donnez le tournis avec votre danse de Saint-Guy. Je vais vous dire où ils sont ! L'un est entre Chablis et Saint-Bris. L'autre, celui que vous cherchez, y est déjà.

Ce soir, ils se rejoignent pour y dormir, ou plutôt y ronfler, car le mien est un sonneur de première.

– Bon, très bien, dit Goulefoin. Où dois-je aller ?

– À Saint-Bris, m'entendez-vous ? Ramenez-le et renvoyez-moi le Camuse en même temps. Ici on a besoin de lui. Vous lui direz ceci de la part de son gouvernement.

– Comment savez-vous où ils sont ? demanda Goulefoin.

– J'ai un surnom, la Coccinelle, parce que j'ai des antennes. Allez dire au du Porche que je loge Madame dans la rue des Cochois.

D'un ton confidentiel, elle s'adressa à la visiteuse :

– Anciennement chez maman. Une maison tout en escaliers. Une véritable tour de guet. Vous y ferez la sœur Anne et vous serez tranquille chez vous.

Martin monta les escaliers quatre à quatre. S'arrêta devant la porte, essoufflé. Attendit un moment. Frappa...

Elle était assise, se leva, émue de le revoir. Lui n'osa avancer. Il était encore dans l'embrasure de la porte quand, après un long silence, il lui dit :

– Vous voilà !

C'était un peu bête et il s'en aperçut.

– Oui, répondit-elle, un charmant sourire aux lèvres. Arrivée depuis le début de l'après-midi.

– Je vous... J'ai su... Goulefoin... J'étais à Saint-Bris... Je... dit-il.

– Vous... dit-elle au même instant.

– Commencez, madame !

– Je ne sais si...

Elle s'interrompit.

– Je ne sais pas… Je ne sais si… Je sais que… Mon Dieu, me voilà comme Goulefoin tout à l'heure et comme vous de suite.

– Dites, madame.

– Monsieur, je ne sais pas.

Elle continua de s'empêtrer.

– Je sais que je vous…

Elle leva les bras au ciel, marcha vers lui.

– Cela paraît insensé, n'est pas très sérieux…

Elle avança vers lui et doucement, les yeux dans les yeux, la bouche près de sa bouche, lui parla :

– Il me semble que tout s'est éteint autour de moi. Je ne sais comment, il y a de la lumière et je vous vois dedans.

– Restez-y, madame ! C'est mon plus cher souhait.

– Taisez-vous !

Elle lui imposa un doigt sur les lèvres. Très calmement, presque dans un murmure :

– Depuis votre départ, je ne pense qu'à vous, mes jours, les nuits sont devenues bleues, comme vous me l'aviez si bien dit.

Elle posa encore les doigts sur sa bouche, il les avait retirés, et continua, il allait lui parler.

– Je…

Elle appuya le front sur sa veste. Il reprit la parole.

– Madame, vous êtes amoureuse…

– Non pas, monsieur. Amoureuse, c'est prendre l'autre pour soi-même, c'est l'avaler, le jalouser secrètement, lui proposer des vilenies… Cela procède de l'assassinat. Un jour ou l'autre le quitter.

Il était troublé. Il la serra dans ses bras, elle se cacha dans son épaule tendrement. Il continua, il avait changé de voix. Elle était plus douce.

– Ce temps qu'il vous a fallu pour venir à moi, mon amour a grandi.

Il toucha ses mains. En levant les yeux des siens, elle l'interrogea :

– Vous allez repartir ?

– Oui, le temps d'un voyage à Versailles. Viendrez-vous avec moi ?

– Mon Dieu, non ! dit-elle effrayée par cette idée. Je connais la Cour, il me serait très pénible d'y retourner. Jurez-moi de ne rien dire de nous là-bas.

– Alors vous m'attendrez ici, le moins possible, je vous le promets, et nous rentrerons !

– Mais où donc, monsieur ? reprit-elle l'œil malicieux.

Il éclata de rire :

– Avec vous. À Chablis ou dans un clos à Chambertin, à Vinzelles dans une cave, à Vosne-Romanée, à Cîteaux dans une cellule de moine. Madame, je n'ai qu'un toit, c'est la Bourgogne.

– Allons, monsieur, c'est sur les routes que nous élèverons nos enfants ? Chez moi vous dérangerait-il ? La maison vous paraît solide ?

– Elle a été bâtie comme vous, reprit-il. Madame, je me rends. Quand je disais « rentrons », c'était de chez vous que je parlais.

– Alors, je vais me préparer, dit-elle soulagée.

– C'était donc là votre seule lutte. Embrassez-moi, s'il vous plaît, demanda-t-il.

– Pas encore… Attendons.

Elle ouvrit la porte et s'en alla presque.

– J'ai… commença-t-il.

Elle était partie. Il haussa le ton :

– Madame de la Londe !

Elle revint :

– Oui ?

– Au moins ce prénom qui me manque depuis des jours.

– Hortense !

Elle était joyeuse et alla pour refermer la porte. Elle revint, l'embrassa sur la main très vite et sortit… Revint.

– Quand partez-vous ?

– Demain matin.

– Et ce soir, quel est le rendez-vous ?

– Neuf heures. Souper chez Camuse. Puis la lune près du pont des Tournelles.

– Choisissez la lune comme vous voudrez. Moi, je la verrai bleue.

Il fila sur les quais retrouver Goulefoin. Il passa l'après-midi dans les caves, juste en dessous des voûtes abbatiales de Saint-Germain. À côté de cette merveille de dévotion, entre la place du Coche et la place du Port : quai de l'Yonne. Face à cette lionne, la sauvage, l'indomptée qui en une nuit pouvait, sans crier gare, sortir de son lit, noyer les vestiges de l'église Saint-Marien, s'étaler sur la plaine et parfois tout emporter sur les quais eux-mêmes. Pour partir demain, comme il l'avait promis, il avait dû vérifier un à un les fûts de sa campagne d'hiver et de printemps.

Camuse, pour la circonstance, avait fait sortir ses gens de cette partie de cave. La discrétion valait toujours mieux. Martin serait plus serein. Les fûts étaient alignés en huit. Il déboucha chaque bonde, de chaque fût, de chaque lignée.

Il s'y collait le nez, le corps serré contre la pièce, il la humait. Son âme se retrouvait dans les contrées qu'il avait traversées, elle se remémorait les odeurs, les lieux, les climats, l'histoire. Parfois pris d'un doute, il revenait au dernier senti, s'en inspirait un peu plus, revenait au suivant, s'inquiétait, approchait le nez, regardait la couleur à la bougie. Il buvait peu, une à deux gorgées toutes les quatre lignées. Il se rinçait ensuite la bouche, rendait la pichette à Goulefoin. Martin annonçait alors, après quatre lignées hors pair de nuits-saint-georges, un musigny et, sûr de son fait, certain de sa parole, juché encore à califourchon sur la pièce, le cru : la combe d'Orveau ! Parfois, semblant mettre dans la connivence son compagnon, il n'annonçait plus que le lieu-dit : les Vignes Blanches ! Goulefoin n'osait déranger la transe de son ami par une question. Il aurait bien sûr pu être pris d'un doute légitime, le même cru existait aussi à Meursault et à Chassagne-Montrachet, mais, semblait-il à cause d'une anecdote, d'un souvenir de voyage, il aurait dû se rappeler. Heureusement, il avait dessiné sur un petit parchemin les villages visités un par un dans l'ordre, si bien qu'il arrivait par déduction à se rendre à cette évidence. Après Musigny, les « Vignes Blanches », c'était à Chambertin.

Deux personnes assistaient à cette drôle de messe. Deux rouleurs de fûts chargés, s'il le fallait, de changer les pièces de rangée. Martin aimait les lignées complètes de huit, de seize, de vingt-quatre et même de mieux. Il aimait aussi que son train de fûts se déroulât comme l'histoire de son voyage.

– Ce que le Roi boit, ce sont mes voyages, disait-il.

S'il avait commencé à Vosne et qu'il terminait à Chablis, il voulait que dans la cave, autour de la Romanée, s'ordonnent bien sûr la côte de Nuits, Vougeot, Fixin, Chambertin, Chambolle et Musigny ; puis la côte de Beaune qu'il avait choisie. Corton, Pommard, Monthelie, Auxey-Duresses, sans oublier les inoubliables Montrachet, Chassagne et Puligny.

Il écarta trois pièces dont la part des anges lui parut suspecte. Il aurait pu prendre un peu de l'une pour remplir l'autre. Mais à s'évaporer si vite, peut-être la qualité n'y serait plus à l'arrivée dans la capitale. Dans ce cas, d'ailleurs, les anges avaient bon dos. Les trois fûts étaient alignés l'un derrière l'autre près du chemin de cave et, en passant chaque matin, un rouleur de fûts les avait ponctionnés pour passer une agréable journée.

Martin fit cadeau à Camuse d'une barrique de chaintré pour lui donner une idée du Mâconnais et de ce que l'on produisait en dehors de Chablis avec le cépage chardonnay. Sulignat le lui avait donné.

Enfin, il termina la dernière rangée. Jamais il n'avait été aussi vite : la besogne de trois jours pleins achevée en un seul après-midi. Il remonta de la cave, fatigué, noyé de parfums. Son voyage de cette année lui revenait en vapeurs. Il dut faire attention de ne pas se cogner aux épaufrures des pierres de la voûte occasionnées par les allées et venues des fûts depuis plus de dix siècles.

Titubant, fin soûl de tout ce terroir qu'il avait salué, il retrouva la lumière du jour, marcha dans la foule des commis en tout genre, chaudronniers, porteurs d'eau, tonneliers, poivrots en roulis, commères prenant la fraîche, moines remontant aux cellules…

Les rues avoisinant le quai abritaient une multitude de métiers du vin et de la batellerie. Martin se laissait porter par les harangues des commerçants, des joueurs de cartes, des bonimenteurs, des embobineux qui le touchaient en passant, voulant l'arrêter pour lui vendre n'importe quoi. Il avait oublié son habit, sa richesse. Il virait entre les échoppes, il aurait pu se faire prendre cent fois son escarcelle par une meute de coupeurs de bourses. Il l'aurait d'ailleurs coupée lui-même pour ne plus être dérangé. Il se retrouvait ivre sans avoir bu. Il était nu comme un enfant, l'enfant qu'il avait été dans l'abbaye de Cîteaux à apprendre les crus avec Goulefoin. Il était en pleine possession de ses moyens gustatifs.

Il aimait, se sentait aimé. Cette journée n'était-elle pas son apogée ? Et pourtant, il n'était plus rien : qu'une chose qui se cognait aux autres, vide de lui-même, empli de la Bourgogne tout entière. Goulefoin l'avait vu : son ami n'était pas dans son état normal. En secret, il avait dépêché un rouleur qui, dix pas en arrière, le surveillait sans intervenir.

Aveugle, il tanguait, se retenait à la foule, demandait pardon, s'excusait en latin, soûl pour de bon, il était parti faire un tour en dehors de la réalité. Il sortait de son corps, s'enveloppait des Combes, se retrouvait à danser la gigue à Pernand «Sous frétille», s'enfouissait la tête à Volnay «en Robardelle», le corps plongé dans la Vouge, ou à Comblanchien à la «Tope-Cîteaux». Il avait bien du mal à revenir à Auxerre. Il divaguait, on le bousculait. Heureusement, Mélaine Camuse, passant par là, le prit par le bras et le fit redescendre sur terre avec sa bonne humeur accoutumée. Elle le rentra, c'était presque l'heure de souper. Il resta longtemps à la regarder cuisiner.

Dans la maison Camuse, on avait laissé la croisée ouverte. De là, Martin pouvait surveiller les tonneaux qui maintenant, sous la vigilance de Goulefoin, sortaient de la cave estampillés d'une fleur de lys. Pas un goûteur piqueur du port de Bercy n'aurait le droit de goûter à ces tonneaux. On ne vérifiait pas le travail de Martin.

Puis madame de la Londe était arrivée, légère dans des habits bleu tendre. Elle avait parlé un moment avec Mélaine, avait voulu visiter la maison. Très vite, toutes deux s'étaient trouvées liées par la bonne humeur.

Hortense fut curieuse de savoir où Martin habitait quand il séjournait à Auxerre. On lui montra, elle trouva que les goûts de son presque futur étaient modestes, ce qui acheva de la combler. De temps à autre, une gamine venait parler à l'oreille de la maîtresse de maison. On continuait de préparer le souper, et arriva l'heure où tout le monde se mit autour de la table.

Il y avait là Hortense et Martin à sa droite, Camuse et sa femme, près de la porte pour pouvoir se lever.

– J'ai de grands crus dans mes feuillettes, revenus avec moi de Chablis. Voyons s'ils te plaisent, si tu peux les reconnaître, dit Camuse.

– Non pas ce soir, mon ami. Je voudrais me reposer et ne plus faire l'animal savant ni devant vous, ni devant madame que vous recevez si gentiment.

– Martin, permets-moi d'insister. J'ai disposé quelques verres du meilleur chablis devant toi.

– Non, mon bon ami. J'ai bu, j'ai humé plus de six cents barriques aujourd'hui. J'ai faim d'amitié, de belles histoires. Oublions le vin, restons dans les vignes pour ce soir.

– Madame Camuse, qu'y a-t-il donc à manger ? lui demanda son mari.

– De la soupe, on y a mis le jardin tout entier. Ensuite, j'ai reçu des broutilles, des moules d'étang, on les a rincées à l'eau claire pendant une bonne dizaine de jours, et maintenant on les avale, avec des perches, du cresson…

– Ensuite, ma bonne, qu'as-tu préparé ? dit Camuse.

– Des cailles, des rôtis.

– Clos Saint-Germain ou bien les Grands Boivins pour faire honneur à Auxerre.

– Nous aurons de l'époisses. Je suis allé trouver Blonde, l'épicier de l'horloge. Il en avait reçu.

– Vous savez faire votre marché, lui lança madame de la Londe.

– Monsieur Camuse m'a choisie pour cela. Il ne s'en plaint pas.

– À voir son embonpoint, je suis sûr qu'il en abuse, dit Martin.

– D'un rien, de rien, presque rien, dit Camuse souriant.

Puis Hortense interrogea Martin :

– Vous êtes, paraît-il, le diable pour reconnaître un vin des vignes d'un même pays, d'un même coteau. Comment cela est-il possible ?

– Je le peux. Je ne m'explique pas. Je bois ou je sens. Je sais immédiatement, dit-il en soulevant vers son nez, l'un après l'autre, les verres que Camuse avait disposés devant lui. J'apprécie, je crois, «Valmur», «les Clos», mais aussi «Vaudésir», dit-il en tenant le troisième verre. Ces noms sont merveilleux, ils sonnent comme le nom d'une abbaye. Il n'y a point blasphème, c'est une prière, «Valmur», un chant, un chapelet que l'on égrène, «Vaudésir».

Tout le monde but à la santé du silence qui passa.

– Comment faites-vous ? Cela vous vient de Dieu ? questionna-t-elle.

– On me pose souvent la question, répondit Martin. Je n'ai pas de réponse. Peut-être ma mère le sait-elle. À moins que monseigneur l'Abbé de Cîteaux n'ait raison, et que Dieu, par l'entremise de notre propre péché originel, nous donne par la connaissance que l'on acquiert un talent personnel.

Le dîner s'acheva gaiement par de bonnes histoires de vignerons, les peulons savaient faire des farces et elles étaient plaisantes à raconter.

Camuse bien parti embrassait sa Camuse un peu rouge. Il la remerciait de leur avoir préparé un si bon souper. Il leur servit une sorte de liqueur de cerises macérées dans leurs noyaux, au bon goût d'amande et de fruits confits. À la bouche, ça vous émoustillait les papilles, vous donnait du rejot, paraît-il ! Un genre de jus nouveau pour continuer la soirée, annonçait Camuse qui, maintenant debout, serrait sa Camuse de si près devant les convives qu'elle en était gênée.

On entendit une rumeur venant du quai, une clameur près du port et un cri : « Coche, le coche ! » On vint aux fenêtres pour l'accostage du coche d'eau. Un événement toujours. C'était un énorme bateau qui chargeait des passagers tout le long du chemin et s'élançait, lourdaud, jusqu'à Paris.

Dehors, nuit noire. Point de coche à l'horizon. On entendait bien des bruits sur l'eau mais, du quai ou du ponton, même en cherchant, on n'y voyait rien. Les bateliers criaient, se cherchaient dans l'encre noire de cette eau remuante.

Rien, on distribua des cordes, puis par je ne sais quel miracle, l'une d'elle se tendit… Tout se passait à la corde et à la voix.

– Hé, tire donc, ramène-le, ton coche, qu'on le voie !

Sur le quai, une populace de jean-foutre-rien, des gratte-gosier, noceurs sans banquet, sangsues sans saignée, tous joyeux repousse-chagrin étaient partis à la rigolade. Le coche, ils n'aimaient pas, alors ils se tapaient le ventre de voir les bateliers chercher les cordes et tirer, sur rien. Comme on ne s'entendait plus crier, chacun y allait de son conseil.

La manœuvre semblait compliquée et, les voix qui s'élevaient sur l'eau, personne ne les entendait distinctement. On hurlait les ordres, on posait des questions à ceux à terre. Mais seuls les éméchés en verve répondaient.

– Oui, ton coche, t'inquiète pas, t'es à Auxerre !

Les bateliers du bord, à tirer sur une corde, finirent par tomber cul par-dessus tête. Là-bas, du navire, on avait dû la couper net. La rigolade battait son plein.

– Ah ! Ton coche fout le camp ! Salut, ton coche ! T'étais à Auxerre, bonjour à Joigny !

Le capitaine hurlait. Les grandes gueules couvraient sa voix. On n'entendait rien.

La situation faillit mal tourner. Les bateliers cherchaient à en prendre un pour taper sur l'autre.

– On va le rater, ce coche, si ça continue !

Mais non, on trouva les bonnes cordes et on vit le coche d'eau sortir de la nuit et s'apponter, majestueux. Les esprits se calmèrent aussitôt. Les bateliers, de s'en être tirés, étaient tout fiers. Ils avaient bien travaillé. Pour les autres, on s'était pris à la plaisanterie, on reviendrait voir l'arrivée du coche. Mais pour l'instant, on allait boire un coup.

Camuse remit son monde à table. On reprit un peu de cette liqueur d'Irancy. Puis Hortense et Martin s'échappèrent. Camuse à sa fenêtre, les voyant disparaître dans la nuit bleutée, voulut encore les retenir : il avait une sorte de prune à boire tout de suite, à petites gorgées, au petit verre, elle guérissait, paraît-il, définitivement les idées claires.

Ils descendirent à gauche sur le quai. Quelques passants s'attardaient, d'autres sous les porches attendaient le jour, dormaient ou cuvaient la vendange de la journée. Hortense lui donna le bras. Ils passèrent de l'autre côté de la ville par le pont des Tournelles, et de là gagnèrent la lune à son premier quartier, juste en virgule pointée au-dessus des voûtes pleines, des arcs en flèches romanes, des absides sombres de l'abbaye Saint-Germain.

Ils marchèrent dans le bruissement de leurs pas, dans les ramures des aulnes, dans le claquement sec et furtif des ailes d'un oiseau nocturne dérangé dans son affût. Ils se promenèrent, main dans la main, dans le bruissement des paroles et du vent venus du coche d'eau que l'on achevait de préparer pour son départ du lendemain. Il y avait des petites lumières vacillantes, des formes mouvantes, de la force et du mouvement. De loin une silhouette amie, Goulefoin, était encore du ponton.

Ils se dirent ce qu'ils s'étaient promis dans le bruissement de leurs bouches collées sur leurs bouches, avec la lune là-haut et la lune sur l'eau. Tout bruissait, le monde vacillait, l'amour leur coulait dessus à pleine peau. Hortense sentait l'azur étoilé, la nuit nouvelle. Elle courut joyeuse comme une gamine rieuse après la lumière de la lune. Martin fit glisser cette aura si claire un peu plus sur son cœur. Il la toucha du bout des doigts. Il but dans ses yeux toutes les promesses. L'instant d'après, quelque chose, sorti de dessous la terre, s'enroulait autour d'eux, leur remplissait le ventre et leur soulevait la poitrine. Hortense se mit à chanter et ses vocalises montaient jusqu'aux cellules des moines de Saint-Germain. Certains prièrent, d'autres déjà agenouillés pleuraient de cette grâce venue des cieux. Martin, sa tête, son crâne devenait maintenant un verre de cristal. Le doigt de Dieu, par le chant d'Hortense, se posait dessus légèrement et, par cette caresse douce, ce contact entre l'un et l'autre, s'échappaient des abeilles. Tout s'effondra dans le bruissement de la vie et de là ils se dirent des mots que personne ne pouvait plus entendre. L'amour leur était advenu.

Venu l'accueillir place de Grève, Vial, comme à son habitude, fut des plus gracieux avec Martin. Il désirait l'installer plusieurs semaines chez lui. Il était temps de prendre la place qui lui revenait. On organiserait des soupers et de petites dégustations chez les marquis. La roucoule était à la mode. Ils se plaisaient à connaître leur nez. Boire n'était pas nécessaire, on glissait un air inspiré au-dessus d'un verre! On le saluait, et chacun de prendre des airs mystères et déclamer des poèmes en l'honneur de Bacchus.

– Restez! Ne serait-ce qu'une nuit!

– Cette nuit, bien sûr, allons chez Ramponneau, je lui apporte des vins auxerrois, mais demain, à mon grand regret, je dois me rendre à Cîteaux, l'Abbé m'attend au plus vite, lui répondit Martin.

– Mon Dieu, n'allez pas m'annoncer qu'il vous donne une place dans ses vignes!

– Je me verrais dans l'obligation de la refuser, si elle desservait vos intérêts, répondit Martin qui ne tenait pas plus à élargir son mensonge qu'entretenir Vial dans des suspicions.

Qu'allait-il pouvoir lui dire ? Hortense avait une aversion pour Versailles. Il n'y résiderait pas sans elle.

Vial était inquiet, il imaginait Martin le tromper. S'il ne l'installait pas à demeure, il serait dans l'obligation de le cantonner dans son rôle de marchand de vin ou de s'en défaire.

Pour fournir le vin des armées, il lui fallait quelqu'un de sûr paradant dans les couloirs du Grand Commun, car il lui était impossible de se séparer de cette rente qu'était devenu le bénéfice acquis des vins bourguignons. Prendre part au ravitaillement de l'armée nécessitait des fonds importants. Martin lui paraissait idéal, il s'était montré docile, avait de la conversation, se tenait courtoisement, même s'il sentait encore la province.

Martin voulait s'assurer Vial par de l'argent. Il aurait pu en une fois payer l'avance de trésorerie, que le secrétaire lui avait consentie pour l'achat de ses charrettes, mais il préférait lui en verser un peu à chaque fin de campagne pour maintenir entre eux une dette qui obligerait l'intendant à commercer avec lui.

– Donnez-moi quelque temps encore, à mon prochain séjour, je ne peux pas laisser ma troupe seule.

La nuit passa très vite chez le cabaretier. Ramponneau les servit comme des princes. Vial se montra très avenant avec les charretiers de Martin. Contrairement à son habitude, il s'entretint dans sa loge avec certains qui lui apprirent ses fiançailles avec madame de la Londe. Il distribua, à l'étonnement général, quelques pièces d'argent, récompense de leur fidélité envers Martin. Le tavernier chercha des astuces pour retenir lui aussi le goûteur, mais rien ne pouvait le détourner. Les Cochois l'attendaient à Bercy. À l'aube, dès qu'il apparut, ils remontèrerent le fleuve.

Martin et Hortense rentrèrent au château par les chemins, dans les fougères. Cinq charrettes cahotantes guidées par Goulefoin, les Barrique et eux deux, sans cesse, à l'avant, à l'arrière, parlant de tout, de rien... d'enfants, de science et de joie. Hortense riait, il était tout fou, l'amour, dans cet homme-là. Il lui parla de sa mère, de sa Juliette qui lui manquait plus que jamais. Il pleurait et tous deux galopaient pour s'éloigner des autres. Parfois c'est elle qui mettait la main sur les rênes du cheval de son compagnon et, les yeux brouillés tellement il l'avait touchée, lui demandait de s'arrêter un moment. Ils galopaient au-devant, laissaient la troupe loin derrière eux et leurs corps parlaient. Couchés dans les sous-bois, emportés par la fougue, ils ne voyaient même pas la compagnie les dépasser. Plus tard, revenus dans la réalité, encore fatigués, rompus, heureux, soleil presque tombé, ils les rejoignaient. Martin avait pris, en chemin, de bien jolies marques sur le corps. Des traces de fougères, des ridules de mousse, des sillons de bois, comme des fossiles passagers, striaient son dos à supporter le poids du corps de son Hortense. Elle riait, riait, comme un printemps en avance après un hiver rigoureux, mais devenait sérieuse, très bonne élève même, quand le moment de se renverser l'esprit la prenait. Il était ravi de ces instants, que lui seul voyait. Elle le laissait là sur les fougères pour s'envoler, et lui revenait, perdue dans un sourire grave...

Quand ils entrèrent deux semaines plus tard dans la cour du château, il n'y avait plus qu'à les marier. Enfin, chercher un notaire et un curé car, pour le reste, ils y étaient déjà.

Et cela continua longtemps, dans les allées, sous les charmilles, aussi près des fenêtres, le soir, pour voir monter les brumes ; continua, dans des baisers goulus entre deux portes, entre deux rires, dans des baisers rapides au dos de leurs invités. Et cela continua aussi, le soir, cheveux étalés sur les genoux de Martin à la veillée, ou bien à tue-tête au clavecin, à moins qu'une viole de passage, sérieuse et pénétrée, ne leur fasse partager sa mélodie contre un repas et un lit. Mais si le soir les invités s'attardaient trop, alors ostensiblement Hortense bâillait, et Martin, amusé de cette fatigue très prématurée, sonnait la retraite et l'extinction des feux. Revenus au candélabre dans leur chambre, ils pouffaient de rire dans leurs édredons duveteux.

Un jour, et c'est la seule fois où quelqu'un les surprit, leur femme de chambre venant s'occuper de leur lit trouva ce petit billet sous l'oreiller de madame :

J'ai envie de musique dans tes bras, sur toi. Ce soir ma douce, s'il t'en plaît, quand dans ton odeur de sous-bois mouillé je pénétrerai, j'aimerais que tu me chantes, mon Hortense, un joli menuet.

La servante étonnée, rentrée le soir même auprès de son amant, essaya quelques notes au moment propice. Plus tard, quand un solitaire, le minuit sonné, passait dans les rues du village sous le château, il n'était pas rare qu'il entendît de belles voix et quelques faussets bien à l'ouvrage.

Et cela continua, au-devant des étangs, main dans la main, et se perdit confusément sur un lit de mousse dans un bosquet... s'épuisa enfin dans une fatigue intense blanchie de nuits pâles.

Ils en avaient des bonheurs à se repousser le cœur, si bien qu'ils s'arrêtèrent de bouger une journée et une nuit entière. Ils dormirent... et quand ils ne dormaient pas, ils dormaient quand même, mais les yeux ouverts, rêvant qu'ils dormaient. Le lendemain, Hortense lentement reprit le jeu. À nouveau, il lui entourait la taille, lui soufflait des bougies, risquait de petits étouffements joyeux dont elle sortait ébouriffée, heureuse, pâmée...

Ce furent des instants instinctifs, oubliés aussitôt, où l'un et l'autre se pénétraient confusément de leur désir de vie. Ils dévoraient les nuits, étouffaient sur leurs oreillers, s'enroulaient nus dans les draps froissés, mangeaient des provisions rapportées à la sauvette des cuisines endormies.

Et cela continua. Dans la journée, à la bibliothèque, Hortense choisissait un bulletin scientifique et donnait la lecture à Martin qui s'endormait... Elle lui chuchotait des mots tendres, il sentait sur son corps les parfums mêlés de leurs ébats de la veille, et se réveillait.

Un soir, au clavecin, du bout des doigts et du bout des lèvres, Hortense eut une légère inquiétude dans la voix. Martin s'en préoccupa. Trémolos d'émoi ? Chant d'un corps comblé ?

Un murmure de sa confidente, femme de chambre, aurait pu nous l'apprendre. Cette inquiétude mystérieuse au cœur de sa voix, c'était que madame ne perdait plus.

Un matin, Hortense, levée la première contrairement à l'usage de leur protocole amoureux, ne resta pas dans leurs appartements, mais descendit dans la cuisine, où elle prépara deux assiettes et bols, un peu de vin, des œufs, des petits pains roulés encore dans leur farine et du lait avec la vanille en gousse. Il en prenait quelquefois : une recette dont il n'avait pas besoin mais qui, paraît-il, dégageait les humeurs de la bouche. Elle cueillit vite au jardin quelques jolies marguerites, des roses rouges et des sortes de tiges vertes avec à l'extrémité de drôles de gouttes violettes suspendues. Digitales à floraison diurne ?

Quand enfin le temps lui sembla long, qu'il comprit qu'elle s'était envolée de la chambre, il descendit. Elle le fit asseoir à sa droite et lui glissa dans l'oreille, entre deux craquements de pain dans sa bouche :

– Vous m'avez rendue grosse. J'attends un enfant de vous. Il me semble que je le sens déjà.

Martin s'étouffa d'une mie de presque rien. Ému, il lui dit :

– Hortense, j'espère que le premier sera une première pour remercier Dieu d'avoir mis sur terre des femelles de votre rang.

– Non, non, un fils de vous, j'en suis sûre, me guérirait de tout !

– Êtes-vous malade ?

– Non, j'ai attendu suffisamment longtemps pour vous le dire. Les nausées m'ont quittée il y a une semaine. Hier j'ai prié Dieu de m'éviter la nonchalance et les rêveries moroses de certaines nourrices du Morvan.

– Hortense, j'aime déjà nos enfants. Comme j'aime ta chair.

– Taisez-vous, monsieur. Je vais vous en fabriquer, de la chair, et nous allons la mélanger.

Un silence et il reprit :

– J'ai peur, ma mie.

– Rassurez-vous, maman m'a poussée au monde dans une diligence entre Paris et Écouen et deux jeunes ecclésiastiques. J'ai été baptisée de suite. Eux aussi : comme il n'y avait pas de charpie, on déchira leurs habits et c'est en loques qu'ils rentrèrent au séminaire, lui dit-elle en l'entraînant vers un petit cabinet sombre.

« Monsieur, ce qui va se passer là est pour moi d'importance, que vous le vouliez ou non.

– Grand Dieu, tu veux m'obliger ?

Elle était mal à l'aise.

– Je voudrais que nous nous embrassions, tendrement. Allonge-toi sur cette bergère ! dit-elle en lui enlevant sa chemise.

– Tu vas un peu vite en besogne !

– Oui, c'est cela, je te demande un peu de précipitation, et de fermer les yeux sur ce qui va suivre.

– Il y a des endroits plus confortables que ton cabinet des sciences !

– Non, pas pour ce que j'entreprends !

– Suis-je devenu ton nouveau sujet d'étude ?

– Oui, monsieur mon amour, et je te demanderai maintenant de te taire afin que tu sois plus à ton affaire et à la mienne.

– Dis-moi, Hortense, avant de t'obéir, ne pourrions-nous pousser ce guéridon et cette verrine, pour nous ébattre plus simplement ?

– Non !

– Et pourquoi ?

– Parce que j'en ai besoin pour recueillir !

Elle usa de toutes sortes de caresses scientifiques, jusqu'à ce que Martin s'abandonne. Relevée immédiatement, le guéridon renversé mais la verrine à la main, triomphante, elle lui dit :

– Voici le moment, grâce à monsieur Van Leeuwenhoek, l'inventeur de ce microscope, où je vais savoir de quoi tu m'enfantes !

Elle posa sur une plaque de verre un peu du contenu de la verrine et se précipita, l'œil sur l'oculaire.

– Mon amour, tes esprits animaux sont adorables, comme ils s'agitent. Viens, approche-toi, vois par toi-même. C'est bien l'homme qui donne l'animation dans la femme, comme le disait ma revue des sciences du mois dernier, reprit-elle.

Dans les jours et les semaines qui suivirent, ils se laissèrent émerveiller par le moindre morceau de vie posé sur la plaque de verre. Un insecte minuscule, le pistil des fleurs, la tête d'un papillon. Ainsi, le petit monde non seulement existait, mais influait sur le grand ! Inventer des instruments changeait la compréhension totale de la nature.

Et cela continua. Dans une tendresse attentionnée le soir au salon, et le matin à s'empresser de lui soulever des paquets lourds comme des duvets d'oiseaux...

– Mais laisse donc, mon ami, ce n'est pas une maladie que de porter notre descendance.

Et cela continua. Dans des somnolences, rose aux joues, des siestes immenses calées d'édredons bleus, des urgences à la moindre des envies de nourriture folle qui s'évanouissaient aussi vite qu'elles étaient venues pour en créer d'autres impossibles à maîtriser et qu'il fallait oublier. Hortense s'alourdissait et Martin voulait tout changer. Il avait envie de tableaux moins belliqueux... Elle de madone et de chérubins au sein, de couleurs pastel et de dentelles sur des velours crème. On n'osait préparer une chambre. Alors, pour calmer la frénésie, on redécora le salon.

Puis elle se détourna tendrement devant les hommages de son mari et celui-ci se détacha légèrement. Ensemble ils regardèrent son ventre à la bougie le soir. Des striures vives, des frémissements, des coups légers secouaient la peau tendue. Martin jouait de la main, ramenait cette mouvance à gauche et attendait... Peu de temps après, dans un grand mouvement mœlleux, une onde furtive, un promontoire venait s'élever tout en haut à droite. Ils appelèrent ce moment «la balançoire». Chaque jour, on poussait bébé dans un sens et dans un autre mais sans en abuser. De temps à autre, Martin collait l'oreille au nombril d'Hortense et écoutait :

– Si on l'appelait Pâquerette, ma mie ?

Cet homme est fou, pensa-t-elle.

– Mais oui, mon ami, attendons encore un peu, peut-être que Violette lui ira mieux.

Hortense était inquiète, parfois elle se demandait si Martin n'avait pas pris cette maladie qu'on appelle la mélancolie du père. En fait, à voir Hortense devenir mère, Martin retrouvait confusément la douceur de sa petite enfance et l'inquiétude de son absence de filiation.

Un matin, vers onze heures, Hortense commanda la calèche, s'y installa et tout le jour tourna autour du château. Martin avait le tournis de la voir passer, disparaître et revenir devant ses fenêtres. Les lieues défilaient à la manière d'un manège qui n'aurait pas été de chevaux de bois. Des ornières se dessinèrent dans les allées. Il commanda de réparer ces nids-de-poule sans qu'elle s'en aperçoive. Les femmes enceintes de leur premier agissent parfois drôlement. Elle aurait pu, si sa mère avait accouché d'elle dans les ornières, en demander aussi. Vers le milieu de l'après-midi, le carrosse s'arrêta. Puis reprit sa course. Ne le voyant pas revenir, Martin monta dans la tour.

Ah ! on s'était arrêté près d'un bosquet. Oh ! on avançait encore... Près des charmilles. Il eut une inquiétude... qu'elle oublie sa promesse :

– Quand tu pourras venir, je donnerai le signal, avait-elle dit.

Le voyage ne reprit pas d'un quart de roue. On ouvrit même la porte et Martin distingua de la dentelle et un pied blanc. Deux femmes vinrent près du carrosse, une femme de chambre et une sage-femme…

Il attendit et le vent se leva, les branches des grands arbres du parc s'agitèrent. Le silence seul courait devant lui et son regard figea dans sa mémoire le vert sombre de la prairie, les moutons broutant debout, ruminant couchés. Il attendit des chevreuils inquiets tendant l'oreille au moindre craquement de bois mort, il attendit une fumée stagnante au lointain. Il attendit longtemps, deux nuages gris au bout de l'horizon éteint. Puis la nuit renversa le monde et des torches s'allumèrent près du carrosse. Elles brûlèrent sans que Martin bougeât. Le carrosse seul avait une vie… et un mouchoir à la portière.

Il entra. Hortense était défaite, d'une beauté étrange de femme dans sa douleur d'accoucher, son ventre blanc nu. Il chercha son regard et, dans ses yeux retrouvés, il sentit à travers la déchirure de sa plainte un orgueil de mère. Et cela se termina. À la lueur d'une torche, à genoux entre ses cuisses, comme elle le lui avait promis, Martin dégagea du mucus, des cheveux… une tête, un petit visage du monde recommencé dans le cri de sa mère. Leur fille ouvrit les yeux un instant, curieuse, étonnée, elle se tendit, et dans cette tête surgie et dans ses yeux immenses, on aurait dit qu'elle leur posait déjà une question. Comme elle naquit sous les charmilles, ils la prénommèrent Camille, considérant que cela serait plus simple pour les poètes.

Quand Goulefoin revint, à côté de Riplette, une jument rousse et blanche à tête de pur-sang gambadait dans ses pattes. L'ami Goulefoin avait passé l'année seul sur les chemins. Martin, d'un bond, était venu jusqu'à Cîteaux, et en quelques semaines avait pu remplir ses charrettes. Il achetait chez les mêmes vignerons, les vins des mêmes coteaux qu'il avait choisis l'année passée. Camuse réceptionna et, après que Martin, dans un voyage éclair, les eut goûtés, il envoya à Versailles.

Camuse et sa femme firent le voyage pour le baptême de Camille. Sulignat débarqua aussi avec sa troupe pendant une dizaine de jours. Il arriva, les charrettes pleines de barriques de morgon, et repartit après que sa troupe les eut vidées avec les gens du village. Des amitiés naquirent entre les cultivateurs et les rouleurs de barriques. Paul Camuse en profita pour se mettre en affaires avec Sulignat. Jacques ne pouvait, hélas, le servir comme il le désirait. Les routes n'étaient pas très sûres. Néanmoins ils purent, par l'intermédiaire des abbayes cisterciennes bourguignonnes, trouver des relais pour leurs vins. Le négociant fit creuser trois nouvelles caves qu'il baptisa « les Beaujolaises ».

Plus d'une année ayant passé, Martin, laissant sa fille et sa femme, entreprit son inventaire annuel des coteaux. La troupe reformée traversa Beaune et la petite cité de Nuits. Comme cela lui semblait long, cette année à venir, comme il pensait la trouver changée, cette petite fille qui grandissait... Il écrivait. Hortense lisait certains passages à Camille. Il lui réservait des contes à lire en fin de jour. La petite entendait les mots par la bouche de sa mère et, même si elle ne les comprenait pas encore, Hortense la voyait sourire à lui chuchoter les paroles de son père. Dans ses lettres, combien posa-t-il de questions à Hortense ? Il n'avait de cesse qu'il retrouvât Auxerre et toutes les réponses dans les mains de madame Camuse. Il n'eut pas la patience d'attendre et, trois jours avant l'arrivée au Bonnet-Rouge, il vit revenir un de la troupe qu'il avait dépêché pour lui rapporter son courrier.

– Elle a les joues rouges, s'écriait-il… Ses cheveux ont poussé…

La troupe de rire en l'entendant.

– A-t-elle toujours des yeux ?

– Oui, deux, placés là où il faut, reprit Goulefoin.

– Alors ça nous fera un beau brin de fille !

Martin se tut. Dans les dernières lettres, Hortense lui parlait bien sûr de la petite, mais maintenant à nouveau d'elle-même. Il la sentait redevenir sa femme. Doucement après avoir été mère, Hortense, à mots couverts, lui écrivait son désir revenu, et à nouveau il s'enflamma dans une lettre qu'il lui adressa :

Je suis la tête aux nuages qui s'amoncellent, les mains collées d'un jus de sucre d'un joli cru. Pieds dans la boue, je suis à Vaillons : une forêt d'échalas. Nous ne terminerons pas ce soir. C'est long, c'est dur, c'est bon de penser à vous. À nos élans de foudre. À votre corps. Je vous le jure, votre corps était à Vaillons cet après-midi, collé contre le mien tendu ma belle dedans vous. L'avez-vous senti ce « Vaillons », là tout entier en vous ? L'odeur des jus, l'odeur de la forêt autour, les odeurs de pluie sur les feuilles, l'odeur de la rivière où les chevesnes argentés se frottent sur les pierres du lit. Chablis tout entier, retourné, dedans vous. Et tous ces petits toits qui fument : engloutis. Oh ! ma belle, enfouie la ville, perdus les vallons gracieux, il nous est resté la rivière… Ce Serein qui serpente, serpentine et comptine le long des coteaux, envignés… Je vous le

jure, on est entré dans la rivière et nous sommes devenus
pierres à la place des pierres et nous nous frôlions... et nous
nous faisions frôler par les poissons. On riait. Mais telle-
ment doucement qu'il n'y avait personne pour nous
entendre. Je vous disais, vous me disiez : « Arrêtez de rire.
Ils vont avoir peur et s'en aller ». Je vous disais, vous me
disiez : « J'aime que vous me caressiez. » et vous riiez et
rien ne pouvait nous arrêter, et les poissons se sont mis à
rire eux aussi.

Cet homme est un enfant, et moi une petite fille, pensa-
t-elle en soupirant. Quelque chose se tendait dans son
corps. Force et intime. Doux et secret. Quelque chose de
sacré qui disait : « Reviens chanter le monde avec moi. »

Martin, à Auxerre, passa quelque temps avant de reprendre le chemin de Versailles. Les murs de la ville s'effondraient de plus en plus, apparaissait maintenant une large bande de terre qui par endroits ceinturait la ville. L'argent poussant, les bourgeois et les notables firent planter, dessus, une longue allée de deux rangées de tilleuls. Les promenades de Camuse et de Martin n'en étaient que plus sereines. Camuse aimait parler et lever son chapeau devant ses connaissances. Après la promenade, il invita sa femme et Martin à se restaurer au Grand Monarque, rue Chantepinot. Pauvre Camuse! L'argent lui avait rempli les poches pendant ces dernières campagnes et, à force de creuser et construire des caves, de les remplir et d'expédier, ne sachant plus qu'en faire, il avait résolu d'acheter quelques vignes, et d'y associer son caviste. À table, bien assis, bien servi, il continua à son habitude de se plaindre de tout.

— Si je pouvais acheter une charge de domestique de cour, ça me permettrait d'échapper au logement des gens de guerre.

– Tu en as vu beaucoup, de la guerre, par ici ? Ils pilleraient tes caves de toute façon, mon pauvre mari.

– Et la taille ? Je paierais beaucoup moins de taille. Tous ces impôts m'usent la santé. Sans compter les droits d'entrée, les péages pour faire voyager mon vin. Il faut que je paie cinquante-sept livres pour une pièce qui se vend moins de cent livres à Paris ! Je me ruine !

– Tu ruines ta conversation surtout à ne parler que d'argent. Tu te ruines à venir te restaurer au Grand Monarque, tu n'aimes donc plus ma cuisine ?

– J'aime ta cuisine, ma tourterelle, mais il m'a semblé que cela te divertirait de laisser tes casseroles pour venir te reposer.

– Et montrer à tous que le négociant du Bonnet-Rouge n'est plus pauvre, que sa femme dîne hors de chez elle et ne sait plus s'occuper de sa maison. Je te le dis, mon ami, quand on n'est plus à plaindre, il faut toujours le paraître, sinon tous vont venir se servir dans ta poche.

– Laissez les bouches parler, reprit Martin, c'est agréable de vous voir enfin assise à un dîner ; même si nous mangeons moins bien, nous aurons tout le loisir de nous parler. Je ne regrette pas cette invitation.

Camuse continua :

– Une charge de domestique de cour, voilà ce qu'il me faudrait !

– Oui, mon mari, bien sûr mon mari, et au lieu de t'appeler Camuse, tu aurais pu te faire appeler du ru de Vaux, des Isles, que sais-je, Camuse de Saint-Georges. On t'aurait annoncé de l'Églantière, valet de chien à la cour ou bien taupier de haras. Pourquoi pas courrier de cabinet ? Mon pauvre mari, vraiment, l'argent te monte à la tête ! Je te préviens, tu peux changer de nom autant de fois que tu veux, ajouter n'importe quelle absurdité derrière. Moi je garde le tien !

– Alors que veux-tu que je fasse de ce trébuchant qui me perce les poches ?

– Achète-moi du fil à repriser, fais-toi une saignée. Tu as peur de tout, tu t'effraies d'un rien, tu ne dors plus ! Ton or, je vais te dire ce qu'il faut que tu en fasses : donne-le ! Redeviens Camuse, le Camuse d'avant cet argent de folie !

Le négociant haussa les épaules et demanda à Martin :

– Toi, que fais-tu de ce trop-plein qui te reste ?

– J'ai remboursé les muids.

Madame Camuse l'interrompit :

– Beau malheur, ça lui a augmenté sa folie d'autant !

Martin reprit :

– Je viens de payer trois coureurs de chemin qui j'espère retrouveront la trace de ma mère… J'aimerais aider cette femme. Le restant, je ne sais pas… Hortense s'en occupe. Elle améliore ce qu'elle peut au village. Avez-vous connu vos parents ? demanda-t-il aux deux à côté de lui.

Mélaine s'empressa de répondre :

– Oui, ils avaient leur maison… Mon père était voiturier à eau, ma mère maîtresse dentellière. Ils sont enterrés convenablement dans le champ de repos près de la cathédrale.

– Et toi, Camuse ? insista Martin, puisque le négociant n'était pas pressé de lui répondre.

La ville accusait Paul Camuse d'avoir fait un très bon mariage, ce qui le contrariait autant que cet afflux d'argent gênait sa femme.

– Ma mère est morte en couches. Mais oui, mon père, je l'ai bien connu. Il ne m'a point abandonné. Il était ven-

deur de vin à la colporte. Il donnait à boire dans les rues.
Il m'a appris les nombres et la manière de servir le passant
pour qu'il revienne... Et l'économie aussi !

– Mais ni l'avarice, ni les bas de laine de la peur ! surenchérit madame Camuse.

– J'avais douze quand il est mort, il m'a laissé un métier,
la charrette à bras et trois fûts pleins. J'ai toujours eu de
quoi ! dit Camuse visiblement ému.

– Et tu veux changer de nom ! reprit Camusette.

Il y eut un long silence. Le négociant se chargeait de
souvenirs et se remplissait de sentiments.

– Non... je ne peux pas, dit-il la larme à l'œil, tenant la
main de sa femme.

– Ton père, reprit-elle, ses restes sont enterrés à Saint-
Pierre.

– Oui, je lui ai évité la fosse, j'ai donné au curé chaque
semaine, comme j'ai pu, du haut de mes douze ans !

– On va lui faire un caveau, reprit Mélaine.

– Oui, s'enthousiasma le négociant, un caveau avec une
croix dessus, une croix en pierre avec des balustres tout
autour...

Elle ajouta :

– Avec une porte et un banc pour s'asseoir. Oui, un
caveau de notaire... Pourquoi pas un caveau de pape,
décidément l'argent te rend fou, mon bonhomme. On lui
fera un caveau de négoce à la pierre de Bailly gravée avec
son nom, la date de son entrée ici-bas et la date de son
départ pour là-haut.

Paul l'interrompit :

– Avec, sculptée, une belle grappe de pinot !

– Si tu veux... reprit-elle. Toi qui te promènes, cela te
fera un but de promenade, tu iras voir ton mort comme je

vais voir les miens… Tu lui parleras de tes barriques pendant que je leur causerai de dentelles et de rivières.

– Maudites femmes, dit Paul à l'adresse de son caviste. Quand elles te prennent par le cœur, elles ne te lâchent plus.

Il embrassa sa Mélaine sur la joue.

Les Camuse dans leur émotion regardaient Martin, et ils comprirent à sa mauvaise mine qu'ils étaient chanceux de pouvoir parler de leurs morts.

Mais le Camuse n'en avait pas fini avec sa stratégie.

– M'inviterais-tu dans ton prochain voyage, jusqu'à Cîteaux. J'aimerais voir l'abbaye et me rendre sur la côte !

– Oui, reprit Martin enchanté d'avoir un compagnon de chemin.

– Puisque je ne peux pas construire ma maison, puisqu'il m'est interdit d'acheter une auberge, puisque je ne peux acheter une charge… J'ai résolu d'acheter quelques vignes sur la côte. Mon argent y sera bien placé et, s'il gèle ici, peut-être là-bas le vin sera-t-il épargné !

– Bourgeois viticulteur ! Le négoce ne te suffit pas ! Tu vas devenir comme ce Poireau de Chablis, s'emporta dame Camuse.

Ce Poireau de Chablis était non seulement abstème, mais une vile âme doublée d'un imbécile. Pendant ses vendanges, le beau se déplaçait en calèche jusqu'aux pieds des vignes pour aller juger de sa récolte. Il habitait Chablis, avait détruit la maison de son père, qui avant lui avait fait sa fortune. Il s'habillait de soie bleue et les cols de ses chemises n'avaient point la même couleur que le restant. Il bedonnait ridicule, les sourcils broussailleux et le visage rond. Il avait été instruit dans une école particulière où l'on apprend à voler son voisin coûte que coûte. À force de se prendre au jeu, il employait des renards qui le volaient autant qu'ils étaient volés. Il leur fallait lui donner du « Monsieur » et se courber un peu, lui lâcher ce qu'il convoitait pour se goinfrer dans son dos. Chaque année aux vendanges, la nourriture se faisait plus rare dans les écuelles. Parfois il oubliait de donner eau et vin pendant toute une journée. Il embaucha des gardes qui passaient dans les vignes, juchés sur leurs chevaux pour veiller à ce que les vendangeurs n'en laissent pas et ne détruisent pas les sarments de mécontentement. Quand venait le moment de se faire payer, il était des vendanges amères.

Martin l'ayant vu procéder parfois n'acheta jamais chez lui et ne lui rendit jamais son salut. Cet homme, imbu de lui-même selon la méthode de monsieur Tronchin, médecin suisse qui avait pratiqué la « vaccine » sur les enfants du duc d'Orléans, ne voulait point qu'on lui parle pendant qu'il pensait. Vieux déjà, il mourrait d'imbécillité comme d'autres de maladies vénériennes, pourri de l'intérieur par toutes sortes de lieux communs. Mais Camuse avait parlé, et décidé. Poireau ou pas, il deviendrait bourgeois viticulteur !

Camuse partit avec Martin et sa troupe, non sans que la Camusette, après avoir préparé deux malles de vêtements, en eût ajouté une troisième pleine de victuailles, de peur que toutes les auberges fussent fermées sur le chemin, et que le cuisinier de la troupe eût disparu. Elle pleurnicha deux jours entiers, avant d'agiter, contrainte et forcée, son mouchoir au pas de sa porte. Paul était lui aussi triste de la voir triste, d'une vraie tristesse, mais il fallait ce qu'il fallait, disait-il, soupirant. Voyager, voilà l'avenir !

Camuse trouva les chemins à son goût, il décida Martin à acheter avec lui quelques arpents. L'Abbé, à qui l'on proposait beaucoup de vignes, leur indiqua les vendeurs. Martin, avant de visiter la vigne, descendait dans la cave du vigneron sentir le lieu-dit. Leur choix se porta sur « Au-dessus la rivière » à Vosne, dont il confièrent la façon au frère de l'Abbé, viticulteur dans le même village.

Pendant que, sur ses conseils, Camuse achetait des barriques, Martin s'y rendit seul voir, le nez au ciel, goûter la côte. Toujours, il venait s'imprégner d'un je ne sais quoi qui le remplissait.

Sortis des murgers alentour, en bas des murs délimitant les chemins, s'accrochait le liseron étoilé. Il l'étudiait, celui-là, l'improductif! Une blancheur aux contours de la fleur et rose en triangle dans son cône. Une abeille, les pattes chargées de pollen, se gavait de son suc aux pieds de ces pierres plates posées l'une sur l'autre.

Plus haut dans la butte, les buissons, les boucherottes faites d'églantiers charnus aux gratte-cul encore verts abritaient les frôlements, les battements, les frottements, les caresses douces de quelques plumes.

Bruissement de vie dans le silence de midi. Il se couchait dans les marguerites naines dont les pétales écartelés par une poussée de sève tombaient de désir consumé aux charmes du plein soleil. Leurs pistils, dégagés des corolles jaunes, dardaient encore un ciel ajouré blanc, en arrière-garde. Une buée jaune s'étalait sur ses habits.

Il pensait à sa mère, à ses origines, à sa vie faite de futailles et de voyages incessants. D'où lui venait ce don de nez? L'homme et la femme qui l'avaient conçu, qui étaient-ils pour l'avoir déposé sous ce porche? Peut-être que Juliette n'en savait rien, mais comme il aurait voulu lui poser toutes ces questions! Il soulevait le dessous de certaines feuilles d'un chêne malingre où l'amour d'un papillon avait porté ses fruits rouges en plaques accrochées, remuantes dans la brise. Ce porche, n'était-ce pas comme ces feuilles, un lieu fragile ? L'amour de cette femme l'avait sauvé, il voulait partager cet amour-là avec elle.

L'après-midi passa à rêver, à sentir le vent le frôler et plus tard à voir le soleil se coucher. Silence froissé par la brise, silence feutré dans les branches. Silence foulé des pieds. Silence filtré par les pierres blanches dans le clos. Avec tous ces silences, partout, en points de suspension.

À peine furent-ils rentrés de leur voyage que le Camuse recommença à se plaindre.

– Misère de coche, pestait-il. Misère de coche ! C'est lui ma misère. Ce maudit sera encore à quai jusqu'à demain matin. Comme il est interdit de partir le jour même ou la veille de son départ, les bateaux attendent ! Mes vins attendent... Mes clients attendent. On attend le lundi, le mardi, le mercredi, le dimanche puisque personne ne part le jour du Seigneur. La semaine se réduit à une vieille pomme flétrie !

Les caves de Camuse débordaient, les commandes affluaient. Il venait d'en acheter plus de vingt charrettes, maintenant il voulait livrer. Mais les caprices de la rivière l'empêchaient d'établir des plans sur sa fortune.

D'octobre à mars, tout flottait tant bien que mal. Grâce à la pluie, aux coups de gueule, à l'énergie déployée par les Cochois et les Jossier, on y arrivait. S'il pleuvait en avril, en poussant, en tirant, le vin pouvait encore monter jusque fin mai. Après, soit la chaleur interdisait le voyage,

301

soit le lit de la rivière faisait apparaître des gravières et des pêcheurs de goujons.

– Le coche ! grommelait-il.

Si au moins il partait à l'heure de l'horloge, ce coche, mais non, il attendait d'être rempli de voyageurs de dernière venue.

Ce coche, le Roi en avait vendu la concession à un amateur de truffes. Il passait son temps dans le Périgord. On ne pouvait le récriminer. De temps en temps, les voituriers de l'eau ouvraient les pertuis avant que le coche parte ; il restait à quai un peu plus et eux aussi ! Ensuite ils achetèrent les pertuis en aval du port, mais le Roi dit que nul autre que des meuniers ne devait posséder le droit de réguler le cours de la rivière. À part la compagnie des coches, bien sûr !

– Ah, reprit Camuse, cette rivière ! Si les trains de bois de Clamecy ne vous renversaient pas les bateaux cul pardessus bord avec vos barriques, si les pertuisiers lâchaient la vague au bon moment, en quatre jours on serait à Bercy ou à Grève.

Camuse connaissait pourtant toutes les astuces de la flottaison, il avait mis au point une façon d'attacher les fûts à même les trains de bois, pour que la piquette navigue jusqu'à Paris.

Ah, cette piquette ! Paris devait se laver avec, il n'en avait jamais assez !

Sans compter que lui, Camuse, jamais ne vendait le pire du pire : le vin renouvelé ! Du vin invendu de l'année dernière, jeté sur le marc nouveau avant la presse ! L'horreur des horreurs, qui vous rendait non pas l'haleine mauvaise, mais le respire nécrologique, les pensées assassines avant les sueurs charognardes !

Mais cette piquette, la «pas mauvaise», il fallait bien la remiser, en attendant la navigue ! Il l'achetait logée, c'est-à-dire dans son fût...

– Alors tu comprends, de la place, je n'en ai point ! s'écria-t-il.

– Sors ta futaille dehors et tu en auras. J'ai trente charrettes qui arrivent avec Souillon et Barrique.

– En plus des miennes ?

– Oui, j'ai de l'avance sur la campagne prochaine, et je veux conserver quelques barriques dans ma cave de promesse !

– Malin ? s'inquiéta le négociant.

– Malin ? répliqua Martin.

– Oui, tu as dit : «Souillon et Barrique reviennent...»

– Malin aussi, ne t'inquiète pas !

Camuse reprit ses jérémiades.

– Il me faut des bateaux, des flettes, des marnois ! De l'eau dessous pour les faire flotter !

Quand toutes les charrettes furent arrivées, la maison du négociant devint un camp retranché. On accédait à la porte par un chemin de feuillettes surveillé à l'œil et à la frappe par des rouleurs désœuvrés.

Auxerre, d'octobre à mars, ses caves étaient pleines, ses places aussi, et chaque personne rencontrée conduisait son vin devant elle. Suivant l'heure du jour et l'état d'ébriété de chacun, on ne savait plus qui tanguait le mieux. Gare aux roulades et à la fracasse !

– Mais il y a tellement de bateaux sur l'Yonne que les poissons ne voient plus le jour, lui dit Martin.

– Je vais aller trouver Cochois, lui demander de charger et de faire partir ses flettes avec le coche. Je paierai l'amende !

– Il y a mieux à faire, Paul. Je te laisse les trente charrettes avec les hommes dessus. On les charge avec de la piquette et ils prennent le chemin de Paris. Le service des Ponts et Chaussées travaille aux pavés. Les chemins sont des routes devenues belles.

Camuse, le vin sur les routes, il n'aimait pas beaucoup... Les essieux cassés, les voleurs, les suceurs de feuillettes. Il aurait voulu que le monde vienne boire son vin chez lui et s'en retourne chez soi, cuité, avec sa barrique sur le dos.

Il suggéra méfiant :

– Pourquoi installer la piquette, pourquoi ne pas laisser le vin du Roi dessus ? Le vin du Roi sur le pavé du Roi. D'accord, on change les chevaux et demain les hommes repartent.

– Idiot ! Triple idiot ! hurla madame Camuse, penchée à sa fenêtre. Laisser dans tes caves le vin du Roi, c'est le gage d'une maison sérieuse. Fais rouler ta piquette, idiot. Dégage-moi cette entrée, tu veux m'enfermer ! Bientôt, je ne verrai plus le jour de ma fenêtre !

En entrant par la porte du Pont, Barrique se prit de querelle avec ceux de l'octroi.

– Pas d'octroi pour le Roi ! répétaient les trois teigneux.

Comme la parole arrivait mal aux oreilles de la guérite du péage, ils ajoutèrent quelques gestes gracieux et les polichinelles faillirent prendre le frais dans la rivière.

– Ah, ce pont ! Il faut payer pour passer dessus, payer pour passer dessous ! pleurait Camuse. Et payer quand les habits des gardes sont déchirés.

– Ne te plains pas, lui dit Malin, combien de charrettes sont passées sous leur nez, en leur faisant croire que c'était pour le Roi !

– Camuse, le Roi c'est ton cousin ! gloussa Barrique.

– Tais-toi donc, et déchire plus ! Moins il y a de bruit sur le pont, moins les oreilles de la ville entendent ! répliqua le négociant en glissant de la trébuche dans la poche de Malin, le trésorier de la famille.

Les trois Barrique furent chagrins quand ils surent qu'ils repartaient le lendemain pour Paris. Ils eurent juste la nuit pour fêter leur retour, se mettre « le nez pompon, le nez pompon, le nez pompette » avec les habitués de chez le « Sous Murs », redevenu par le bon vin railleur comme une corneille, pétillant comme un jeune coq !

Aux trois rouleurs, Martin fit la promesse de les reprendre dans sa troupe, quand ils le désireraient.

Malin négocia avec Camuse deux transports par mois vers Paris.

– Si tu réussis un tour, pourquoi pas ? Je serais libéré d'un peu de piquette !

Souillon embaucha la nuit même un dénommé Mâche-l'avoine, réparateur de charrettes, et lui acheta une carriole pleine d'outils, de bois et de cercles pour réparer les dommages pendant le voyage. Le Mâche n'en croyait pas ses yeux. La Souille embaucher ! Malin devenu maître ! Il fallut qu'il aille se renseigner près d'un fût, chez Camuse, pour le croire.

Trente charrettes partirent d'Auxerre à Bercy, où le vin déchargé devait être goûté par les gens de la confrérie des goûteurs piqueurs pour pouvoir être vendu dans Paris. Malin demanda au Camuse de lui donner une feuillette tous les vingt et un fûts, comme il était de coutume dans le transport par l'eau, et lui fit payer moitié au départ, moitié à l'arrivée.

Aussitôt qu'ils furent partis, l'Yonne se réveilla, chargée de boue; elle bouillonnait, arrachait furieusement des rives les arbrisseaux qui s'y étaient attachés. Les mariniers inquiets remontèrent des bateaux tout ce qu'ils purent sur les quais. La nuit, l'Yonne vint dans les caves. À la torche, tout ce que la ville comptait de bras se mit à rouler les fûts dehors. Une journée passa à rehausser les muids, mais le matin suivant la maison de Camuse fut envahie.

Bientôt les trains de bois de la Cure vinrent obstruer le Pont. L'eau monta jusqu'à la montagne Saint-Gervais. Un demi-pied d'eau courut le pavé de l'église Saint-Pèlerin. L'eau s'éleva jusqu'à quatre mètres au-dessus de l'étiage. Madame Camuse, entêtée, resta dans sa maison. Elle aurait vu partir tout ce qu'on n'avait pas pu monter au premier étage si son mari n'avait tendu un filet devant sa porte. Cela dura quatre jours et la décrue vint lentement.

À mesure que l'eau se retirait, on remettait de l'ordre. Il fallut, à grands coups de perche, sortir le bois des piles du pont. Des encordés se laissaient glisser à fleur d'eau encore rugissante, et tentaient de casser les amas pour remettre le bois de Clamecy dans le sens du courant. La ville basse avait oublié ses pavés sous la boue. Les caves étaient devenues marais stagnants. Les quais en perdition, bateaux emportés, fracassés plus bas. On partit à la recherche de quelques biens perdus sur les deux rives en contrebas de la ville. Certains firent des trouvailles, d'autres harassés par l'ouvrage et vaincus par la misère partirent pour Paris, ne voulant plus rien savoir de cet endroit.

Contrairement à son habitude, Camuse ne se plaignit point. À voir le malheur de certains, il ne s'en sentait pas le cœur, même s'il avait peur. Au fond de certaines de ses caves, il avait maçonné des murs en trompe-l'oeil et entreposé derrière des bouteilles bouchées et des fûts pour éviter de déclarer au fisc ce qu'il achetait de la main à la main aux viticulteurs. Comme il n'avait pu déménager ses caches, il alluma des cierges, demanda à tous les saints patrons de protéger ses murs, ses barriques, et ce qu'il y avait dedans contre la rivière furieuse. Bien lui en fut, les fausses fondations tinrent, mais il dut attendre deux mois après la décrue pour vérifier, la nuit à la bougie, l'état de son trésor de guerre.

Le quartier se serra les coudes. Tout le monde s'aida, et bientôt on osa quelques plaisanteries.

Le soir dans leur lit, Paul Camuse fit bien sentir à sa femme l'amertume qu'il avait de ne pas habiter un autre quartier. Au regard que lui donna sa tendre, il comprit qu'elle n'était plus contre se loger plus haut.

Martin et sa troupe soutinrent le négociant le plus longtemps qu'ils purent. Les caves devenues des bourbiers, il était impossible d'y faire revenir le vin. On avait beau descendre du sable, des cendres, rien ne pouvait rien. Les barriques restées sous l'eau risquaient d'avoir pris le goût de la rivière.

Vendre, oui, mais les prix baissaient !

Quand l'eau fut calmée, on embarqua le plus possible sur les bateaux, et vogue jusqu'à Paris ! Les Parisiens avaient toujours le gosier sec ! Pendant ce temps, les Barrique entamaient leur deuxième voyage vers la capitale. Camuse était fier d'eux, et commençait à établir des plans sur les comètes.

À Versailles, on ne jetait plus l'argent par les fenêtres. Mieux ! On avait décidé de s'en moquer. L'heure était aux réformes, c'est-à-dire au changement de ministres. Le Roi n'avait pas payé ses marchands de vin. Tous avaient peur, mais continuaient de fournir. Il leur était impossible de faire autrement. Martin se présenta au Grand Commun, mais Vial était absent. Il n'était pas loin, d'ailleurs il l'attendait, et on allait le conduire. On prit une voiture à quatre chevaux pour se rendre quelques rues plus loin, rue d'Anjou.

Vial avait décidé de se loger, pour recevoir. Sa condition s'était grandement améliorée. Il voulait tenir table ouverte. Martin entra dans cette maison de quartier où s'affairait Vial.

– Mon bon ami, vous revoilà le jour où je me décide d'acheter ce petit bien. Vous aussi, vous devriez ! J'ai quelques opportunités ! La royauté vend ce que Louis XV avait acheté pour ses petites maîtresses, plusieurs maisons où elles logeaient. Montez, montez ! Venez voir l'étage de cette bonbonnière !

Martin le suivit dans le couloir de l'étage, après l'avoir salué. Prenant le même ton faussement enjoué que Vial, il entreprit de lui poser les questions d'usage à qui acquiert une nouvelle demeure.

– D'où vous vient l'idée de vous établir dans cette maison ?

– Je ne m'y établis point, je veux une résidence pour recevoir mes amis en toute tranquillité. Asseyons-nous, pardonnez-moi ce salon mais cette maison s'est refermée sur ses pensionnaires en 1763, il y a vingt-cinq ans. Dites-moi vite, notre vin se porte bien ?

– Aucune inquiétude, il arrive, il sera dans les caves demain au plus tard.

– Vous ne verrez pas de Gray, il suit le Roi qui est à Fontainebleau, nous allons donc encore régler nos embarras ensemble. Cette année, hélas, nous n'avons pas reçu la totalité de nos émoluments, je dois en tenir compte, et ne vous verser pour la prochaine campagne que ce que je vous dois de la dernière. Dans les mois à venir, je vous ferai parvenir la somme suffisante pour que vous puissiez repartir dignement.

Martin était inquiet.

– Je vous demanderai de me l'envoyer à Auxerre. Pensez-vous que nous pouvons espérer le même nombre de tonneaux ou dois-je avec vous examiner aujourd'hui même les effets qu'aurait la diminution du volume de notre collaboration ?

– Qu'entendez-vous ? questionna Vial.

– Irancy et Nuits paraissent aux yeux du Roi comme incontournables. Dois-je leur réserver, sur ce début de campagne, une place de choix afin de ne pas en être privé au cas où des causes imprévisibles viendraient à réduire notre Bourgogne dans les verres de Sa Majesté ?

– Excellent ! Achetez, ou réservez ! Faites ainsi, le meilleur du meilleur nous protégera de l'emprise de la Champagne, et de monsieur le premier valet du Roi qui ne jure que par ses bulles. Comment vont ces vins vieux dont vous nous avez dit le plus grand bien ?

Ces barriques étaient le trésor de guerre de Martin. Il les destinait au Roi.

– Je pourrai vous les proposer au-delà de cette prochaine campagne !

– Voila une bonne stratégie même si cette année aurait été préférable, elles nous auraient soulagés. Vous verrez si quelques-unes ne pourraient se mêler à cette campagne. Reprenons l'initiative !

– L'aurions-nous perdue ? questionna Martin.

Vial prit un air embarrassé et lui tapota la main :

– À dire vrai, l'inquiétude que nous pourrions connaître n'est pas dans cette mode pétillante, mais plutôt dans cette absence de substance monnayable ! Elle se fait attendre. J'ai des affaires en cours qui m'obligent de toutes parts, et pas de liquidités !

Vial ne voulait pas tout dire à Martin. Il était presque décidé à se débarrasser de lui. Il lui tenait rancune. N'ayant pu se lancer aux armées et ne comprenant rien à la qualité du vin, ni à la noblesse de nez de son goûteur, il s'était mis en quête de le remplaçer. Il ferait, pensait-il, un plus grand bénéfice. En obligeant Martin à commencer sa campagne sans son argent, et plus tardivement, il aurait tout le loisir de lui trouver un remplaçant. Dans le cas où la transition ne se passerait pas comme il le souhaitait, il pensait pouvoir acheter le vin du début de sa campagne à vil prix puisque c'est le goûteur qui l'aurait payé. Le Roi n'avait point payé. Il lui était aussi impossible de demander de l'argent au Roi qu'il était impossible de surseoir à ses désirs. Il devait faire payer la banqueroute à Martin, si elle était décidée. Martin ne comprit rien. Pour lui, il s'agissait plus d'une stratégie financière que d'un début de disgrâce. Vial considéra qu'il était inutile de poursuivre ce sujet de conversation. Il reprit celui du jour : l'achat de cette maison.

– Fermée depuis vingt ans, Son Altesse a déserté cette maison et quelques autres, un temps après sa rencontre avec madame du Barry.

– Elle était donc inoccupée ? interrogea Martin.

– Oui, et rien depuis cette époque n'a changé de place. Vous imaginez, un roi est venu ici s'adonner à ce qu'il aimait le mieux. Il achetait tout sous le nom de Louis, et payait sur sa cassette personnelle. Les maisons comme les fillettes. Elles résidaient par deux, seules si le roi le décidait, avec une gouvernante et une cuisinière. Il leur apprenait la musique, les sciences, et à bien se tenir en société.

– Elles étaient présentées à la Cour ? demanda Martin.

– Non, madame de Pompadour ne l'aurait pas permis. Les parents de ces jeunes filles recevaient une somme qui les dédommageait.

– De quoi ?

– Mon Dieu que vous êtes naïf ! Il faisait leur éducation, toute leur éducation, et il ne tolérait pas que quelqu'un d'autre s'en chargeât avant lui. Il regardait par lui-même avant d'acheter.

– Et cela durait ?

– Tant qu'il ne se lassait pas, ou qu'elles n'étaient grosses ! Venez, voici la chambre, un peu trop de tentures et de miroirs, mais le bain y est attenant. Paraît-il, il les baignait en leur récitant des vers ! Morphy est passée là, sa sœur aussi à neuf ans, puis mademoiselle Romans, une Louison, et puis une autre… je ne sais plus, et enfin la dernière dont une toile peinte par monsieur Boucher m'est restée ! Elle est dans ce petit cabinet, dit-il en ouvrant la porte sur une très jeune fille couchée nue sur une toile. Le visage était d'une beauté simple, et son corps reflétait, malgré la polissonnerie de son état, une grâce qui se révélerait à l'âge adulte.

– Ici, elle est restée de douze à dix-sept ans, puis au couvent, avant de se retirer sur une terre qu'il lui avait laissée. Celle-ci est la plus chanceuse, m'a-t-on dit. Elle n'a pas eu d'enfants et elle possède maintenant une petite rente, une terre et un château, je ne sais où. Donnée en cadeau par ses parents, la voilà devenue presque baronne ! Une de la Londe, je crois !

Vial n'était pas mécontent du coup de poignard qu'il venait de réserver à Martin. Il lui laissait encore le choix : résider à Versailles, abandonner ce mariage dégradant pour qui n'était point né, ou abdiquer sa place. Martin accusa le coup, ne dit rien de ses intentions, et se retira dans une grande confusion.

Vial considéra qu'il devait continuer sa quête d'un autre goûteur même s'il ne se décidait pas à se séparer de Martin.

Martin descendit à Auxerre. Spontanément il ouvrit son cœur devant madame Camuse, qui se moqua de lui. Qu'avait-il donc à s'occuper du passé d'Hortense alors qu'il ne connaissait pas le sien ?

– Continue de ramasser le vin, achète, et ramène-le à Auxerre. Il se vendra toujours. Va chez l'Abbé, lui aussi sera heureux de trouver de l'ouvrage pour ta troupe ! lui dit le négociant.

Jusqu'à Dijon, Martin musarda, le cœur meurtri. Dans l'allégresse et la fougue qui l'avaient emporté depuis qu'il fréquentait Hortense, il n'avait pas cherché à connaître mieux son passé. Elle avait d'ailleurs écarté certaines questions. Il comprenait maintenant son embarras. Peut-être aurait-il dû insister ? Elle qui lui apparaissait droite comme les blés, comment avait-elle réussi à vivre sans lui parler ? Il en était chagrin et quelques pensées médisantes le taraudaient. Martin, dans ce qu'il avait construit avec Hortense, ne voyait aucune place où ils auraient pu partager cette vie qu'elle avait eue dans cette maison du parc aux Cerfs. Sa femme avait décidé de changer le monde et elle le changeait autour d'elle. À quoi bon revenir sur ce passé ? Comme elle, il avait petit à petit donné un sens à sa vie. Fallait-il assommer l'autre d'une morale quelconque, pour des faits dont elle n'était que le jouet ? Était-ce le jeu de Dieu à travers les âmes, une chute originelle ? Mais si, comme semblait le dire l'Église, toutes les vies étaient des punitions, alors il fallait l'accepter, se tenir droit, aider l'autre à traverser. Il croyait comme Hortense à l'amitié et à la persévérance. Il ne voulait pas rentrer chez lui, il continuait à chercher des vins comme s'il était seul sur terre.

En côte de Nuits : à Marsannay, il trouva, pour qui le voudrait, un vin qui vous émoustille les papilles, un vin qui vous fait plaisir immédiatement. En côte de Beaune : à Monthelie, il acheta quelques pièces d'un coteau joyeux, rouge sombre et ténébreux. Il descendit encore, côte de Chalon : Givry, il chargea quatre charrettes de vin à boire très vite. Ce qu'il cherchait, il l'avait trouvé : des vins plaisants tout de suite, à boire maintenant. Puis il décida que Goulefoin et la troupe le quitteraient à la croisée des routes de Chalon et Buxy. Ils remonteraient ramasser les fûts et ramèneraient le tout à Gilly. Ensuite, la troupe avait quartier libre jusqu'à fin de vendanges auxerroises. Les charretiers habitués à être en famille, entre eux, ne comprenaient rien ; Goulefoin non plus. Seul, Martin descendit encore. Avec ses lettres d'accréditation, il put entrer dans l'abbaye de Cluny. En plein milieu de l'enceinte fortifiée, il se reposa sous les tilleuls. Assis sur un banc, il entendit les choucas harceler une buse jusqu'à ce qu'elle prenne la fuite, et les pies-grièches s'appeler dans la lumière douce du début de la nuit. Sa tristesse était grande.

Le lendemain, il descendit encore par Berzé-le-Châtel où l'on voit les trois Roches, alignées au loin. Il sut qu'il approchait de Solutré. Les couvertures des maisons avaient changé. Les premières tuiles arrondies à la romaine étaient apparues. La Bourgogne lie le Nord au Midi, par la douceur et la rigueur mêlées, elle y développe sa malice, sans s'approprier une autre identité que la sienne. À l'entrée de la vallée de Fuissé, entre les pampres avant le coucher du soleil, il sut qu'il arrivait. Jacques de Sulignat, il y a longtemps, lui avait dessiné, de son doigt trempé à même l'encrier, une carte. De l'ongle, après une grande courbe, il avait pointé une direction.

– Tu vas vers Châne !

Puis il avait taché de son doigt le parchemin :

– Tu montes aux Rontées. J'y suis toujours dans la deuxième semaine de juin, à la Fête-Dieu.

À l'entrée de l'auberge, on avait disposé les tables de la fête. On l'accueillit à bras ouverts. Anne, la compagne de Jacques, une freluquette brune, pâlotte et pourtant maîtresse femme par amour de maître piqueur, descendit de l'étage. Elle lui apprit, après l'avoir serré dans ses bras, la

314

maladie de Jacques. Cela paraissait sérieux, il avait voyagé couché pour venir jusqu'ici.

Martin vint le saluer. Ils s'embrassèrent, vaillamment. Assis dans un lit devenu bancal, baldaquiné mollasson, vautré sur deux oreillers qui, la plume comprimée à l'extrême, n'avaient pas, on le voyait, la partie facile, Jacques suait. Il avait perdu ce teint couperosé frais que lui avait toujours connu Martin. Autour des yeux, le jaune cireux des maladies de la bile et du foie était apparu. Jacques pourtant le reçut joyeux, heureux de le retrouver :

– Mon ami, tu arrives tard, la fête est terminée ici ! Nous ne jouterons pas ensemble cette année !

Voyant son ami malade, il passa la soirée au pied du lit de Jacques, mais le lendemain celui-ci se leva, alla saluer les anciens, raconter une histoire drôle appuyé contre deux barriques. La fête continuait sans eux, on pratiquait les jeux anciens et les jeux nouveaux. On chantait « Cunégonde, veux-tu du fromage ? – Mais oui, ma mère... »

Dans le foyer des cheminées, des porcs entiers, gueule ouverte, traversés de part en part, rôtissaient. Des miches colorées, coupées blanches en deux, épongeaient de leur mie un jus gras autour d'un sanglier. Les gosses ensuite écharpaient voracement cette mie devenue gluante et la suçaient.

Ils se promenèrent dans les échalas, Jacques de temps à autre s'appuyait sur son ami. Martin aurait voulu lui parler de ses difficultés de cœur ; mais de le voir guère vaillant, cela ne lui en donnait pas le courage.

Jacques lui demanda :

– Accompagne-moi, viens faire un bout de chemin dans les Dombes. J'y suis né, j'y retourne toujours après la

dernière fête de l'année. À l'ombre, j'attends les vendanges, la prochaine cuvée…

– Moi aussi, l'ami, l'année se termine. Tous les goûteurs
du royaume vont s'arrêter. Personne n'oserait faire voyager un vin l'été. Je crains de devoir t'annoncer la fin de
notre aventure versaillaise !

– Je sais, ne crains rien. Cette année, Vial a payé. Il m'a
envoyé un de ses valets pour me demander de reprendre
la Bourgogne ! Il est reparti sur une charrette, le corps
enfermé dans un tonneau et la tête au dehors ! Je n'ai
jamais autant ri. Je l'ai envoyé à Camuse pour qu'il le
glisse dans les barriques de beaujolais jusqu'à Vial !

Puis il s'arrêta de parler un moment et reprit très sérieusement :

– Laisse-moi te prendre à ta femme quelques moments !
La saison est belle, viens voir mon pays ! Je n'aime pas
l'eau, sauf aux Dombes. Passe quelques jours avec moi.
Ce mal me fait si mal que je ne sais comment y résister.

Ils partirent en brumée, prirent Loché, Cormoranche.
Les chemins parfois se rétrécissaient à devenir sentiers et
Jacques dut plusieurs fois s'allonger dans une charrette.
On aménagea même des haltes pour lui permettre de se
reposer.

Ils arrivèrent sur la place d'un village qui n'avait pas de
nom. C'était un cloaque perdu, une bouse de décembre à
novembre. Cochons, truies en liberté, fumées stag-
nantes… Pour poser les pieds ici, il fallait y être né.
Pourtant arrivé au placiau, le nom désignait bien
l'endroit, ce n'était pas une place ni même une cour, juste
une bauge un peu plus sèche autour de quelques masures,
Sulignat ordonna que l'on s'y arrêtât. Ce fut difficile, les
chevaux n'y tenaient pas.

Avant même que tous soient à l'arrêt, Jacques sauta dans la boue putride, bouscula un attroupement, se retrouva au milieu de la foule et invectiva un édenté l'air jaune, l'œil brillant, le plaisir aux lèvres. Devant lui, un gosse en loques, le visage de la faim, les fesses à l'air, recevait des coups.

– Combien en reste-t-il ? demanda Sulignat.

La foule murmura, elle se demandait ce qu'un « bel habit » venait faire au centre de leur rouste indigène.

– Il en reste une brogue ! dit le botteur d'une voix de sergent en campagne.

La brogue, pour ceux qui ne connaissaient pas encore l'abstraction mathématique, servait à compter le nombre de coups de pied que l'on allait donner. C'était une bague où l'on fourrait le plus possible de menues pailles, que l'on enlevait ensuite une par une à chaque coup reçu. Le gosse, cul nu, d'entendre le Sulignat se mêler de son affaire, blêmit un peu plus. Les mains liées devant lui, il se demandait ce qui allait encore lui arriver. On voyait qu'il n'en était pas à sa première et qu'il n'imaginait pas que cela puisse se terminer. Le gamin était né pour filer au placiau tous les quatre matins et recevoir des bleus. Il animait le spectacle de sa chair. Il connaissait bien son bourreau, qui recevait pour sa besogne une bolée de piquette par brogue distribuée.

– Je la prends ! hurla Jacques. Pourquoi tant de coups dans un seul derrière, essayez le mien, dit-il en cherchant à se défaire de sa culotte. Mesdames, messieurs, un changement de lune aurait-il de quoi vous satisfaire ?

La troupe du Sulignat débarqua autour de lui. Le donneur de coups se demanda s'il ne risquait pas d'en prendre. Sa vie deviendrait tout à coup difficile s'il ne pouvait plus rosser à son aise, plus petit que lui, devant tout le monde.

Martin, resté en retrait, se faufila entre les curieux. Sulignat continuait :

– Lâche-le, je prends sa part, et tape fort des fois que, par les secousses, toute la bêtise du monde en sorte d'un seul coup !

Le jaune ne savait sur quel pied danser :

– Monsieur, vous n'y pensez pas !

– Je ne te demande pas de penser, mauvaise haleine, pauvre mou, mais de taper fort dans la lune que je vais t'exposer ici même à l'instant même !

Sulignat était rouge comme jamais, la colère au ventre, les autres vacillaient d'entendre sa voix.

– Veux-tu que je te paie pour ça, pantin ?

– Non, monsieur, mais votre position…

– Quoi ! Qu'est-ce qu'elle a, ma position, veux-tu que je me penche plus, que je me découvre devant ta misère ? Vas-tu me botter !

– Je ne peux pas, monsieur…

– Couenne de truie, lézard blême, décide-toi, je veux du rythme et de la cadence !

– Je ne peux pas, dit encore le redresseur de torts complètement démoli par la parole de Jacques.

– J'ajoute un denier à ta solde, et donne-moi deux brogues, j'en ai tellement pris étant enfant, qu'aujourd'hui cela me manque ! reprit le Beaujolais.

L'autre commença d'armer son tir, l'occasion était trop bonne, elle était rémunérée double !

Martin le repoussa :

– C'est que moi aussi j'en veux, je garde un excellent souvenir de la seule bottée que j'ai prise !

– Elle te venait de qui ? lui demanda Sulignat souriant.

– Directement de Dieu, dit Martin.

– Les miennes, je ne sais plus. Allez, couard, voilà deux culs qui t'attendent, dépêche-toi!

L'autre jaunard ne savait plus quoi : procéder aux tirs devant tous ces rouleurs ou courir. Il tomba dans la boue en s'enfuyant. Les deux goûteurs remontèrent leurs culottes et emmenèrent le gamin loin de son placiau.

Retourné dans sa charrette, Sulignat philosophait devant le gosse qui avalait d'énormes bouchées de pain. Tant qu'il y eut de la place, il se chargea les joues. Il lui soufflait des « oui, monsieur » comme s'il criait « à l'aide » pour ne pas étouffer.

Enfin, on arriva à Marlieux. De ne plus être bringuebalé d'une ornière à l'autre, Jacques reprit quelque vigueur. La troupe s'arrêta et, à grands cris, force embrassades et grandes retrouvailles, elle investit les lieux. On sentait les arrivants partout chez eux.

Anne, la compagne de Jacques, aidée par les aubergistes, prépara le dîner. Des tanches, des carpes aux yeux globuleux, gobant de l'air, l'ouïe rouge découverte, furent découpées prestement en filets allongés sur la braise, servis à l'herbe et à l'ail sur du pain blanc où s'exhalait l'odeur du chêne brûlé retenue dans les crevasses de la croûte craquante. Vint ensuite de la friture, pour la plupart de gros vairons tigrés et quelques petits goujons. On mangea des grenouilles à la chair douce et ferme, avec de l'ail et du persil cuits à part et saupoudrés directement dans les assiettes remplies auparavant. Les grenouilles arrivaient, débordant des plats sur la table, et on les mangeait à pleines mains et à pleines dents, recrachant les os, les uns après les autres en les jetant dans plusieurs bassines prévues à cet effet. Tant qu'il y eut un homme à table, il y eut une grenouille dans son assiette. Martin mangea plus qu'à l'ordinaire. Il piochait dans les plats. Il se sentait bien avec cette troupe. Cette famille que Jacques s'était inventée au gré de ses voyages, le ramenait à la sienne qui lui manquait. Revoir sa femme et sa fille. Revoir Barrique, Souillon. Revoir Camuse et sa Camusette amusée... Revoir Goulefoin.

Jacques allongé sur une paillasse, de temps à autre, pressé de parler par les siens, acquiesçait de la tête. Il ne but ni ne mangea, et personne n'osa se gausser de lui. Il souffrait et son visage s'était creusé, l'œil jaune encore teignait maintenant le dessous de la paupière. On sentait l'énorme fatigue, toute la tristesse du monde dans ce visage-là, renvoyées en miroir dans certains regards amicaux, et inquiets. Il payait sa démonstration d'hier au placiau.

Le maître piqueur malade, serait-ce la fin de la troupe ? Allait-il renvoyer tout le monde ? Voilà trois mois qu'il traînait sa lourde carcasse à faire semblant d'être joyeux. Mais pendant cette fête de fin de campagne, on fit grand gosier et petite inquiétude. On parla. On oublia.

Vers minuit, lune à moitié, brume évaporée, sauf sous la feuillée, Jacques se leva, sortit sur le seuil coller son nez à la nuit.

– Viens, Martin, discuter à la fraîche. Un tour dans la nuit me fera le plus grand bien.

Anne, inquiète, Jacques lui caressa la main doucement.

– Va dormir, ma douce, tu en as fait assez pour moi.

– Je sais que tu n'entendras rien, dit-elle, puis elle s'adressa à Martin : Ramenez-le vite. Sa place est au lit. Il n'a plus rien à chercher dehors à cette heure-ci.

Jacques prit son ami par le bras, l'emmena par un chemin creux jusqu'à la Dombe. Des genêts, des ajoncs poussaient dans ce sol spongieux. Ils se frottèrent contre les

buissons et s'accrochèrent dans les ronces. Jacques savait
où il allait et le bras de son ami l'y aidait.

– À Marlieux, j'ai des souvenirs de joie. Il y a longtemps, avant d'avoir ce gros corps, quand je courais dans
les fougères à la braconne, aux garces, à la cogne. Ah! les
femmes, Martin... Les femmes des jours de fête, celles du
dimanche, des danses de Saint-Guy, celles d'un jour ou
deux, femmes d'un autre et d'un moment la vôtre!

– D'amour aussi, j'espère, lui dit Martin.

– Peu, je n'ai jamais aimé assez pour faire la route en
continu. Deux fois j'ai aimé mieux. L'une aimait la
musique plus que moi, elle est partie avec un musicien.
L'autre aimait les bourriques, elle s'est enfuie avec son
frère, après avoir brûlé mon chien. Aujourd'hui, les yeux
fermés, je ne me souviens que de lui!

– Paix à l'une et à l'autre, Jacques!

– Paix à toutes. Paix à tous et paix sur moi et sur mon
chien... Viens par là... On y voit encore de l'étoile à travers les fougères, elles se regardent dans l'eau. Elles sont
belles et vois-tu, moine, la beauté, il me semble que je l'ai
toujours bue.

En disant cela, il s'écarta et disparut dans l'ombre des
grands arbres, la nuit l'avala et il s'évapora au regard de
Martin qui l'entendait parler de plus loin, mais ne cherchait pas à le rejoindre. Il goûtait cette nuit sans vent, cette
douceur chaude, accrochée aux feuillages. Adossé à un
grand chêne, il regardait la verdure noire, distincte de la
noirceur pâle du ciel... Il écoutait les silences denses de la
Dombe et du vent.

– Que fait-on de sa vie? Martin, le sais-tu?

– Je ne sais, un tableau peut-être, une toile que l'on
peint petit à petit et qui s'envole avec nous au soir du dernier soir...

Jacques reprit :

– Quand je me retourne maintenant, de mes souvenirs, je n'en vois que les cendres.

– Il me semble, à moi aussi, que tout échappe sans cesse et coule entre mes doigts. Dans un certain temps de mon adolescence, je me suis dit qu'il fallait arrêter de vouloir retenir cette vie mais plutôt la laisser couler à travers soi...

– Y a-t-il un sens à cette ritournelle, toi qui passas ta jeunesse dans une abbaye ?

– Un sens, Jacques, je n'en sais rien. Des sens, c'est certain. De l'oreille, tiens, tu l'as entendu, ce claquement d'ailes du ramier ?

– De l'oreille, je n'en ai point eu. Du goût. Ça, du goût pour tout, j'en ai. J'en ai bu. J'en ai pissé aussi, de ce jus de coteau. Plus j'en ai bu, plus il y en a eu.

Un vol de canards passa au-dessus de leurs têtes, ils entendirent le froissement du vent sur leurs ailes, et le léger sifflement glissé entre les plumes.

– Et Dieu ? Dis-moi, tu en as des nouvelles ?

Martin soupira car il venait de se rendre compte qu'il se posait la même question.

– Dieu, Jacques, je n'en connais rien. Il vient de passer... Partout... Dans nos corps, dans nos sens, en nous, ailleurs aussi... si bien qu'on ne peut le voir nulle part. Incernable... Incontournable...

– J'ai dû le rater, du Porche. Et si on me demande là-haut ce qu'il a fait de sa vie, le Jacques de Sulignat, je leur dirai que j'ai bu, c'était mon défi. Je suis de cette ancienne époque où, pour tout connaître, il suffisait de tuer et de manger. Un temps nouveau se lève. Que fera-t-on maintenant d'un homme qui, après une centaine d'huîtres, mange deux lapins et boit dix pintes du meilleur vin ?

– C'est le bourgeois, commerçant, qui nous réduira l'estomac, mon brave Jacques. À nous la faire payer cher la douzaine, l'appétit de l'huître s'en ira de lui-même.

– Et s'ils ne me croient pas, les anges, les saints et tout le saint-frusquin, tu leur diras, toi, quand tu monteras. Des fois qu'eux aussi, par ce changement de temps qui nous vient, le Paradis non plus ne comprenne plus rien d'un suceur de barriques comme moi.

Il y eut un silence, puis Jacques reprit :

– On dira que j'ai trop bu, c'est sûr. Ici on le croit déjà. Alors là-bas !...

Martin l'entendit encore s'éloigner. Il lui répondit et commença à rejoindre son ami.

– Trop bu ? Mais non. C'est la morale qui nous rattrape toujours dans la bouche du sot, de celui qui pensa un jour qu'en ne respirant qu'une fois sur deux il vivrait plus longtemps.

– Tu as raison mais, dans ma situation, trop n'est jamais assez quand vient le moment de trépasser...

Martin entendit des bois qu'on cassait, puis des pas dans l'eau.

– Ne va pas plus loin si tu ne veux pas me voir mourir. Ma route s'arrête là. Bientôt le mal qui me ronge m'aurait fait lamentable. Je préfère m'enfoncer dans la Dombe. Je t'ai pris comme témoin. Dis au curé que je me suis confessé à toi et aux marais qui m'ont entendu.

Quand Martin arriva près du ponton écroulé, il vit dans la lumière de lune Jacques enfoncé dans la boue jusqu'aux épaules.

– Tu diras à la troupe que Jacques est mort et qu'il s'est enterré tout seul.

– Jacques ! Je ne peux plus rien. T'arracher de là est impossible.

– Ne fais rien qui m'empêcherait de partir. Ces
quelques moments de mort, je les préfère à ce que je viens
d'endurer de douleur et à ce qu'il m'aurait fallu encore
souffrir pour rendre mon âme à Dieu… Merci. Je n'aurais
pas pu venir seul. Il me fallait ton courage. Va-t'en, s'il te
plaît. Le reste, c'est du temps et du silence, il m'appartient. Adieu, gone, si tu ne veux pas mourir d'avoir bu : ne
bois pas.

Martin le laissa seul mais ne rentra pas tout de suite, il
tourna en rond autour de l'étang. Il pleurait sur cette vie
d'horizons fermés. Il bredouilla quelques mots obscurs,
sentit le poids du monde sur lui. Puis il affronta les gémis-
sements d'Anne. Certains voulurent aller chercher le
corps, le tirer de la Dombe pour l'exhiber. D'autres
connaître l'endroit pour s'y recueillir. Il fallait réveiller le
curé. Prendre des dispositions immédiatement pour tout
et sur tout ; l'absence leur paraissait si terrible qu'ils voulaient remplacer Jacques par de l'agitation, des promesses,
des cérémonies à venir. Qu'allait-on faire ? Que ferait-
on ? Il sentit à quel point Jacques l'avait choisi pour endi-
guer ces vaines tentatives.

On voulut partir pour la Dombe. On alluma des
torches. Martin parla. Les torches s'éteignirent. On rentra
se coller l'un à l'autre, et l'aube les surprit, recroquevillés,
debout ou assoupis, veillant un corps absent sauf de leur
mémoire.

Anne s'était allongée au matin dans le lit de Jacques, les
yeux grands ouverts sur la porte de la chambre entrebâillée. Certains entraient lui caresser la main, ou tomber
dans ses bras en pleurant. Elle eut froid de les réchauffer
sans cesse. Elle tremblait, claquait des dents, gelée elle
aussi de ce grand corps qui la quittait. Martin ramena des
brindilles dans la cheminée, alluma un feu qui crépitait

devant elle dans cette aube humide qui n'en finissait pas de blanchir.

Il sortit ensuite se promener. Hortense lui manquait dans ce douloureux moment. Il pria comme par un jour ordinaire, quand il était à Cîteaux. Dit plusieurs *Notre Père* et s'attacha à cette phrase, ce «Pardonnez-nous comme nous pardonnons...»

Il sentit toute la difficulté de cette parole, toutes les mauvaises directions possibles, ce marchandage, la présomptueuse négociation qui pourrait s'y rattacher pour un esprit bas de ce «Pardonne-nous puisque nous aussi nous pardonnons», cet «œil pour œil», ce «dent pour dent», ce Talion, qui nous poursuit jusqu'au cœur de la phrase. Il n'y avait rien à pardonner à Jacques. Se détruire n'était pas admis, mais anticiper pour échapper à la douleur, n'était-ce point remettre son âme plus confortablement? Jacques était parti en paix avec lui-même. Dieu le trouverait ainsi.

Quand il revint de sa méditation solitaire, il n'y avait plus personne à l'auberge. Il sut qu'il les retrouverait à l'église. Il entra au moment même où, dans un mouvement brusque, un curé malingre se dégageait d'un attroupement pour courir se réfugier dans sa chaire. Toute la compagnie de Jacques était réunie et le poursuivait chaudement. Il s'approcha d'Anne pour lui demander quelques explications, quand le curé monta à sa tribune, encore un peu essoufflé, et leur parla:

– Pas de corps, voyez-vous, pas de funérailles! Pas de corps, point de messe, et que voulez-vous, point de Paradis, mes amis!

– Oh là, oh! Curé, comme tu y vas, répondit le charretier qui avait suivi fidèlement son prêtre jusqu'au pied de l'escalier.

– Si tu nous parles d'amitié, il faut t'y mettre, à la messe !

Il secoua si fort la chaire par le dessous que l'autre faillit basculer.

Le curé perché n'avait pas l'air de pouvoir entendre raison.

– De quoi est-il mort, votre ami ? Qu'on ne le voit plus du tout ?...

– Il est dans les Dombes. Il est mort, curé, et depuis on ne l'a pas revu.

Le prêtre secouait la tête. Il ne voyait décidément pas, pensa Martin, à qui il avait affaire. En face de lui, cette bande de grands cœurs, fiers d'allure et gros bras, voulaient une cérémonie. Ils l'auraient. Ils ne reculeraient jamais.

– À Marlieux, il faut, pour des funérailles en bonne et due forme, un corps. Un mort, qui est mort, ça doit se voir. Autrement c'est un disparu.

– Oui, c'est ça, entre-le dans cette catégorie et donne-nous la messe.

– C'est un disparu depuis quand ? reprit le curé.

– D'hier, reprit la troupe presque en chœur.

– Mes amis, soyons sérieux, s'il est disparu d'hier, on va l'attendre. Il pourrait nous revenir plus vivant que mort tout à l'heure.

– Non, mais non, curé, on te le dit, il a disparu dans le marais. On l'a vu couler.

– Eh bien, allez le repêcher !

Le curé devait se sentir à l'abri dans son petit logis pour leur donner des ordres pareils, ou alors il était fou.

Le charretier, resté sous la chaire, continua d'en secouer le bois :

– Il est dans la Dombe, il voulait y rester, il y restera.

326

– Il vous l'a dit ? reprit le curé.

Tout le monde se tourna vers Martin, resté à côté d'Anne.

– Oui, à moi, ce sont ses dernières paroles !

– Ce n'est pas une sépulture chrétienne que le marais, reprit le curé en dodelinant de la tête au même rythme que sa chaire.

Martin répliqua :

– C'est sa dernière volonté.

Le curé, du haut de son bâtiment, voulait se montrer digne du grand Bossuet ; il pérorait, sûr de lui :

– Mais où serait passée la chrétienté des chrétiens morts si on les avait enterrés partout à volonté ?

Martin lui coupa vite la parole :

– La chrétienté n'est pas dans un cimetière à ce que je sache. Elle est devant vous, elle attend une messe.

– Et moi, j'attends un corps, lui répondit le pauvre buté.

– Eh, curé ! La chrétienté d'avant les chrétiens, où est-elle enterrée ? L'as-tu bénie avec les disparus ? lança le charretier.

Il secoua un peu plus l'escalier, on l'entendit craquer.

L'aubergiste prit la parole :

– Je connaissais le défunt, c'était un homme bien ; les chrétiens vivants, ils ont, tu le vois, besoin d'une messe de funérailles et de charité. Je te demande, au nom du village, une cérémonie pour ce mort connu de tous ici.

Il y eut un silence et l'autre, buté, buti, buta, reprit un peu plus bas :

– Trouvez-moi un corps ! Un mort dans un corps, ce doit être possible, il me faut un corps pour officier, c'est normal. J'ai toujours fait comme ça, l'évêque aussi, tous les morts ont un corps !

– Celui-là n'en a point, reprit le charretier. Alors je te propose une petite cérémonie. Regarde, on va mettre son taste-vin sur une chaise près de l'autel, là comme tu vois… Jusqu'à hier, quand tu regardais l'ustensile, le Jacques était tout autour…

– Si cela ne suffit pas à ta chrétienté, répliqua un rouleur de fûts déjà un peu parti en ce début de triste matinée, on va tailler quatre planches et on le mettra dans une boîte, le gobelet. On lui offrira une tombe dans ton cimetière avec une épitaphe : «Ci-gît le taste-vin de Jacques Sulignat pour la mémoire du disparu, mort sans corps ou autrement dit comme tu veux, comme eux aussi et moi là-dedans aussi, pareillement qu'eux, si tous on est d'accord ensemble. »

Il poussa un soupir tant la phrase avait été bien sentie.

– Et comment je saurais ce qui lui est arrivé ? S'il s'était confessé, s'il était bon chrétien ?

On secoua encore le curé perché dans son prunier. On sentait que les branches avaient besoin d'être coupées.

Martin se demandait comment cela allait finir. Le pauvre curé n'avait pas plus de compassion en lui qu'une chèvre pour un brin de trèfle. Il s'accrochait aux ornements de son sacerdoce. La règle était qu'il y eût un corps. Il n'en démordrait pas. Nouveau dans la paroisse, il avait dans sa bêtise corporatiste peur de bénir un suicidé, un sorcier, un parjure, un masque de carnaval. Jacques avait été tout cela, Martin le savait comme il savait qu'il était aussi parfois les quatre réunis.

L'autre, sûr de son bon droit épiscopal, continuait :

– Ce mort sans corps avait peut-être, à entendre son nom, une paroisse ; qu'il aille se faire funérailler dans celle-ci.

Ça rendit la troupe furieuse, ces mots-là. Ils commencèrent à travailler la chaire d'une inquiétante façon. Ça craquait, ça bougeait. On y allait du pied. À force, des morceaux manquèrent. Rien ne pouvait plus sauver la menuiserie. Les tenons s'en furent des mortaises quand les chevilles cassèrent...

– Aujourd'hui, je n'ai pas d'enfant de chœur.

Tous se mirent à rire, à se taper sur le ventre, à pleurer d'entendre la dernière du curé. Deux rouleurs s'avancèrent près de lui. Avec leurs trognes amicales d'engoulevents, ils soulevèrent la chaire qui perdit son escalier.

– Nous les ferons tous les deux, tes enfants de chœur. Tu dis les mots en latin et nous on va t'aider.

Ils ajustèrent leur dos sous le bois, soulevèrent, et dans un craquement gigantesque portèrent la chaire sur leurs épaules avec l'amiral curé dedans à fendre l'air dans son église.

– Arrêtez, c'est la maison de Dieu, ici !

– On s'en va un peu autour. Visiter les lieux, voir le chemin de croix.

Ils le penchèrent aussi fort qu'ils purent et, le remontant très vite, l'autre prit le mal de la mer qu'il n'avait jamais connue.

– Seigneur, ne m'abandonnez pas, reprit le curé.

– Non, curé, regarde, il te tend les bras !

– À la Dombe ! Aux marais ! criaient les uns.

Le curé enchâssé hésitait entre la prière, l'excommunication et l'escalade.

C'est ainsi que l'on processionna devant tout Marlieux. On courait, et hop, on s'arrêtait, on reculait vite, tournait à qui mieux mieux, boulait dans les escaliers des ruelles, vite, tournait encore...

Le curé visita toutes les portes de toutes les échoppes dans sa chaire en ruine, bénissant ses ouailles de la main et criant « Au secours ! » C'était le pèlerinage de Pancrace, car à la Saint-Pancrace, on perd la face ! Et le curé ne voulait pas la perdre, alors il bénissait rapide de gauche à droite au petit trot. Il vous les bénissait tous à la trotte, trotte curé, et en rajoutait comme si c'était lui qui commandait, tant et si bien qu'on aurait pu y croire. S'il n'y avait eu cette chaire qui, de bâbord à tribord l'emmenait, le ramenait, lui faisait sentir sa déroute, son naufrage paroissial. Les plus fervents des habitants, après s'être signés sérieusement, on ne sait pourquoi, se ruaient derrière le cortège et suivaient à la rigolade les quatre costauds, rouleurs de barriques devant Dieu qui pour cette fois portaient l'encensoir et le goupillon. Tout au long, on servait du vin sorti de petits tonnelets. On chantait des chansons de Dieu sur Dieu et c'était bon, et d'autres aussi, « La Rirette, la Rirette » que l'on n'aurait pas dû, mais qui faisait plaisir à Dieu quand même, de voir toute sa chrétienté vivante de bonne humeur.

Martin choisit un coin calme, avec un ponton solide où, bien sûr, Jacques n'était pas. Il n'oubliait pas la promesse qu'il lui avait faite que nul ne le dérangeât.

Les amis de Sulignat attachèrent par une corde la chaire à la branche d'un vieux chêne. Le curé ne bougeait pas sinon sa cabote devenait balançoire et il se retrouvait au-dessus de l'eau. Il piaillait comme une pie en cage. Il hurlait, terrifié, qu'on lui apprenne la nage ! Pour l'aider, on lui rendit son goupillon. Il le jeta sur la foule. Tous se contentèrent de cette bénédiction. On mit le taste-vin sur une barrique. On fit une haie d'honneur. On secouait la soutane de temps à autre pour qu'elle reprît ses litanies.

C'est le charretier maître qui commença l'oraison funèbre de Jacques de Sulignat :

– Jacques. Un homme, dit-il, et je l'aimais bien. Il ne m'a jamais fait chagrin, ni à moi, ni à ma jument. Paix à lui et aux marais qui l'ont accueilli.

Il prit le taste-vin, en but une gorgée, dit « Amen » et passa au voisin qui pleurait doucement :

– Jacques, du fossé il m'a relevé, j'ai tout dit. Amen.

L'autre ayant pris le gobelet, réfléchit et annonça :

– Un jour, il m'a dit qu'il avait toujours aimé à moitié. J'aurais aimé pouvoir en dire autant tellement sa moitié d'amour à lui était belle.

Il y eut un beau silence après cela. Un silence, c'est toujours plus beau quand on est plusieurs à l'écouter. En silence.

– Il était heureux, il avait gagné une joute de piqueurs à Savigny. Il m'a dit : « Ne laisse personne te jouer la comédie. Joue-la toi-même car, à ne plus être dans la farce, des farceurs patentés prendront ta place et tu paieras pour qu'on te fasse rire. »

Un autre reniflait. Quand ce fut son tour de tenir le gobelet, il dit :

– Il a bu et c'est le marais qui l'a bu.

Celui-là passa le taste-vin sans boire. Il avait trop de chagrin.

Anne :

– C'était mon mari, c'était plus facile parce qu'on n'était pas mariés, disait-il. J'étais sa femme. Pour moi, il était tellement grand que je n'ai jamais pu voir tout ce qu'il y avait dedans.

Puis elle demanda à Martin de parler :

331

– Donne-nous des phrases, de celles que l'on se rappelle, on a besoin que tu nous dises ce que le curé ne veut pas. Sinon, ça va nous manquer !

Martin prit la parole :

– Ce n'est pas tant à nous qu'il manquera, mes amis ! Fermons les yeux maintenant et à l'heure de notre dernier souffle nous verrons Jacques souriant s'avancer au-devant de nous. En nous rappelant les veillées passées en sa compagnie, à rire, à chanter, et à philosopher, j'aimerais moi aussi vous parler du siècle, du monde qui les contient tous et de Dieu qui les a faits et qui les dépasse tous, pour qu'à la fin de ma parole on voie ici même Jacques se tenir debout devant nous. Non, ce n'est pas à ses amis qu'il manquera, mais aux siècles suivants ! C'est à voir en nous, pauvres pécheurs incultes, par-dedans notre corps, s'installer des mots comme le vice, la vertu, la morale et la bonne manière de vivre sa vie, que Jacques s'est vu nu. C'est à se voir ainsi par ce jugement si laid qu'il a pris froid.

« À montrer des ours dans une foire s'en va l'âme de .l'ours ! » disait-il. En voulant lui dicter sa conduite, bientôt les docteurs, les philosophes, les machines à repentir l'auraient trouvé malade même en pleine santé. Voyez comme ce qui est juste et sain la veille pour le corps et l'esprit, s'en va le lendemain par un phénomène de morale devenir sale et vilain. « Depuis peu, la connaissance par la bouche avec qui je m'entendais bien se verse dans un dé à coudre », disait-il. Moi, Martin du Porche, je suis né de ceux-là. Qu'y puis-je ? C'est accepté. Voilà le nouvel esprit, il m'appelait moine, je le disais soupière, nous aurions pu être ennemis. Ce siècle renverse tout, car il est immense, il en contient trois, me disait un abbé. Un homme, c'est comme un siècle, quand il tente d'en assassiner un autre, ne serait-ce que par un nouvelle forme d'esprit, c'est d'un morceau de lui-même qu'il s'ampute et qu'il lui faudra reconquérir par-delà les générations !

Martin s'interrompit, il laissa le silence s'installer sur la Dombe, puis reprit :

— Jacques était un homme du goût et, quand j'étais à ses côtés, le goût de chaque chose me venait. Cet homme m'a appris qui je suis.

Encore un silence dans les cœurs, dans les crânes et autour dans le vent...

Puis Anne prit le taste-vin et le donna à Martin. Il se tourna vers la cage :

— Allez, curé, tu peux aller, la cérémonie est terminée.

On descendit la chaire jusqu'au sol, on ouvrit même la petite porte pour le laisser sortir avec courtoisie. En parlant de Jacques, tout le monde avait retrouvé la dignité. On chuchotait maintenant. C'est dans ce silence que le curé prit le goupillon, s'avança sur le ponton et, seul face au marais, traça un signe de croix.

Il y eut un vol de colverts, un ramier aussi claquant ses ailes passa et, quand le curé se retourna, tout le monde était agenouillé.

Goulefoin et la troupe, ne sachant que faire, s'étaient installés au château. Ils aidaient le village à la moisson et aux foins. Hortense passait de longs moments dans son cabinet des sciences. Elle le savait, elle courait après une réalité qui se modifiait sans cesse. Chaque petite découverte, chaque morcellement, la rapprochait d'une autre question qu'elle redoutait sans réponse. Si Dieu avait été posé là, dans ces questions, depuis la nuit des temps, maintenant que les sciences y répondaient même très partiellement, la réalité de Dieu s'enfuyait avec elles. Mais bizarrement elle sentait qu'avec un Dieu lointain la charité entre les êtres humains pouvait advenir. Le partage des questions, leurs résolutions amenaient le partage des réponses entre tous. Il fallait juste que tous y aient accès.

Hortense attendait Martin. Pendant l'été elle prépara une salle remplie de tables et d'encriers, et chaque charretier, chaque rouleur, dut s'essayer à la lecture et à l'écriture. Goulefoin, entêté, disait qu'il venait, lui, juste pour se perfectionner, car pour écrire, disait-il, c'est surtout dessiner qu'il faut savoir. Il sortait d'un air entendu le carnet où les crus et les villages étaient dessinés. Il avait peur de perdre un peu du pouvoir que Martin lui avait délégué. À vouloir mystifier son monde, il prit du retard.

Les gueules de gargouilles, frères de potée, famille de la poule et du pot, s'assirent, copièrent et recopièrent les lettres et écoutèrent les dictées. Deux charretiers, Mors-à-Même et Verjus, usèrent beaucoup de parchemin en tirant la langue pendant que Pégase et Souillon écartaient tellement leurs bras qu'on aurait cru qu'ils s'essayaient à l'envol. Un seul savait lire et écrire, il avait été prêté par Sulignat au début de la première campagne. Le dernier embauché était très assidu. Il s'appelait Ci-gît, avait une gueule mortuaire et rien ne pouvait la changer, ni le rouge de Beaune, ni le blanc de Puligny. Ce n'est pas pour ces raisons qu'il avait été nommé ainsi mais parce qu'il commençait toujours ses phrases par «défunt». Avec lui, les autres avaient l'impression d'être aspergés de condoléances à tout moment. Ci-gît, très doué, devint vite le premier de la classe.

Vers septembre, quand ils repartiraient à la charrette, les hommes seraient fiers d'eux-mêmes. Ils signeraient de leur nom. L'écriture, cet acte sacré aux temps les plus reculés, coulerait de leurs doigts. Un peu d'éternité leur serait tombée dessus. Dès lors, ils écriraient leur histoire comme ils pourraient, certes, mais la leur.

Au quinze d'août, la chaleur de l'été s'écroula, les pluies grises d'automne arrivèrent, de celles qui font courir les cueilleurs de champignons.

Au château, des fenêtres nouvellement percées s'allumaient le soir. Finis l'humidité suintant des murs, le confinement des odeurs. L'ombre maintenant se caressait de lumières encore vacillantes mais déjà si fortes. Hortense avait terminé cette grande tâche d'ouvrir le château vers l'extérieur, et d'y pratiquer l'hygiène à l'intérieur en inaugurant le cabinet des bains. Elle avait distribué la chaleur dans les appartements privés par les premiers poêles en faïence qu'elle avait pu se procurer.

Pour l'instant, elle était dehors. Elle s'était entichée de la lunette d'un astronome voyageur, passant par là. Ils s'étaient installés dans le pré voisin et observaient les astres, aidés par Eltaïr, qui secouait sa crinière et, curieux, venait voir.

C'est le moment que choisit Martin pour arriver. Évitant le village et les charretiers de sa troupe, il monta dans la chambre de sa fille. Elle poussa des cris de joie en apercevant son père et Hortense fut ainsi prévenue de son arrivée. Son petit visage s'illumina de plaisir, le rose aux joues et l'œil à la malice, elle demanda une histoire comme à l'habitude. Martin, après avoir allumé un chandelier à dix branches, souffla la première chandelle. Par la fenêtre, il vit sa femme, penchée sur la lunette, la diriger vers la tour. Elle remercia l'astronome et s'en fut en courant retrouver son mari. Ils furent troublés, de ce trouble impossible à décrire s'il n'a jamais été ressenti, celui d'une retrouvaille après un sentiment d'abandon. Le cœur qui frappe à la porte d'une maison qu'il a toujours cru vide, mais où des pas se font entendre.

– L'astronomie vous troublerait-elle ? lui demanda-t-il.

Elle fut peinée d'entendre cette première question, mais son amour était un homme, alors elle décida d'y répondre par la courtoisie, pour ne rien abîmer de plus de ce qui l'était déjà.

– La science, oui, toujours la science me travaillera la raison. Mais jamais elle ne me fera changer le cœur. Vois-tu, j'aime les gens qui me prouvent des faits, mais plus encore ceux qui travaillent la découverte et la rendent utile… Nous ne modifierons ce monde qu'avec des bras. Ceux du village. N'en déplaise à monsieur Archimède, ce sont les bras, le levier du monde, et pour moi ce sont les tiens !

Il s'approcha d'elle :

– C'est ma famille qui me porte, me pousse à construire ce que la religion n'a pu mettre au monde en dix-huit siècles. La charité. Quand je vous ai choisie, j'ai choisi une femme de charité.

– Croyez-vous ?

– Si l'amour d'un homme et d'une femme n'a rien de charitable, cette charité nous occupe sans cesse. Moi, en apportant un peu de bien-être de mes voyages. Vous en questionnant les découvertes et les appliquant.

– Tu as mis bien longtemps à rentrer, lui dit-elle en se logeant dans ses bras.

– J'ai visité la rue d'Anjou à Versailles.

– Les gens de la Cour n'ont pas changé, ils sont toujours les mieux intentionnés du monde ! lui dit-elle les yeux humides de larmes.

– Ils n'auraient rien pu, si la lumière qui t'entoure avait aussi éclairé ton passé.

– La lumière ! dit-elle en secouant les épaules.

– Est-ce si sombre que tu ne puisses y venir ?

– Le difficile, mon cher amour, ne réside pas dans les mots que je dois prononcer, mais dans la réaction de ceux qui les entendent. J'aimerais que l'on quitte la chambre de Camille.

Ils descendirent les marches de la tour, comme ils purent, enroulés l'un contre l'autre. Charles, le chien noir, se leva, s'étira et vint se caresser aux jambes de Martin.

Ils s'installèrent, les mains jointes de Martin logeant celles d'Hortense.

– Sais-tu qu'il m'est plus difficile de te parler aujourd-hui, que de venir chez les Camuse t'avouer mon amour.

– Tes paroles n'auront d'autre effet que de me conduire plus avant dans mes certitudes.

– Mon Dieu que tu es grave!

Il sourit :

– Mais c'est grave, ces paroles vont engager aussi sûrement notre vie commune que l'a fait notre mariage!

Elle pleurait :

– J'ai peur de te perdre...

– Aurais-tu assassiné des êtres que tu aimes, depuis que tu es devenue responsable de tes actions?

Elle lui sourit et resta un long moment sans voix.

– J'avais un peu moins de douze ans quand je fus amenée par mes parents rue d'Anjou à Versailles. Je suis restée seule, entourée d'une femme de chambre et d'une cuisinière. Elle m'habillèrent comme une poupée de porcelaine. Le lendemain, un noble, qui se disait Louis, vint me visiter. Après avoir vérifié ma virginité, sur l'instant il devint un homme pour moi. J'ai vécu ainsi cinq années.

– Je ne vois pas la honte dans ce que tu dis.

– Il n'y en a point, j'étais une enfant, j'ai appris plus tard qu'il y avait d'autres maisons dans le quartier du parc aux Cerfs, habitées par des fillettes. J'ai eu la chance d'être vierge, de ne pas attraper la variole, ni d'être grosse. La femme de chambre y veillait, car elle savait qu'immédiatement nous serions renvoyées. J'ai amusé assez longtemps par ma naïveté monseigneur Louis pour qu'il s'intéresse véritablement à moi, et qu'il me donne des professeurs, et me dote quand je ne l'ai plus distrait.

– Où est la honte? insista Martin.

– Je l'ai découverte au couvent, où l'on m'a demandé de me repentir d'avoir séduit le roi et de prier pour mes parents qui m'avaient vendue à lui pour quelques pièces d'or. Plusieurs jours et nuits je suis restée à genoux, sur un tombeau, expiant des fautes que d'autres avaient commises. Mes bourreaux le savaient. Je devais par mes prières aider le roi à revenir en religion, alors qu'il m'avait lui-même appris à faire mes dévotions. Je devais prier pour l'élévation de l'âme de mes parents, qui sans l'ombre d'un amour, ni même une seule petite phrase, m'ont jetée comme un linge chez la blanchisseuse. Prier, la belle affaire, mais à genoux dans la boue comme un martyr pour un mal que je n'avais pas ressenti comme tel dans mon extrême candeur. Voilà ma honte, elle se cache dans les moqueries que l'on m'a servies, dans les dédains de la noblesse quand je sollicite une aide pour le village. Tu me demandes de venir à Versailles, comment le pourrais-je ?

Il fallut des jours et des nuits de chuchotements pour que Martin apaise Hortense. Patiemment il l'entoura de ce qu'il avait reçu de plus précieux de Juliette, sa mère : un amour sans jugement.

Bientôt l'aube, comme une aquarelle lavée par la pluie. Dilution des couleurs dans l'opacité du jour naissant. Des arbres, et sous leurs voûtes devinées vertes, des charpies de brume soulignaient l'ombre des bas-côtés du chemin. Comme tous les jours, les charrettes s'étaient réunies et au pas lent des chevaux, les charretiers juchés sur leurs planches cherchaient encore un peu de chaleur dans leurs souffles qu'ils respiraient entre le col de leur manteau et leur chapeau. Martin aimait ces départs de presque nuit où l'on ne traînait pas. L'envie de rejoindre la prochaine étape se faisait sentir. Cîteaux. Retrouver ce silence si attendu. Laisser la troupe. Oublier le monde. Se débarrasser du verbe. Se déshabiller du temps et se sentir à l'intérieur de soi-même. Dans la vérité de ses émotions, dans le cœur de son intimité. À Cîteaux, il s'en imprégnait... Ce silence qu'il revendiquait était devenu le silence de Dieu. Là où Dieu se retirait, chaque chose prenait un nom. Tous les jours la magie refluait. Mais ce qui le désemparait... renforçait aussi son humanité puisque tous étaient devenus égaux devant ce silence.

Malgré son entêtement à ne pas vouloir qu'il voyage, Mélaine agita son mouchoir et Paul s'envola à Cîteaux. Martin l'avait appelé, il arrivait. La troupe trouva de l'ouvrage dans les caves de Gilly. C'est Martin qui donna aux vins du Clos Vougeot la note qui déterminait leur valeur marchande. L'Abbé le reçut en son château de Gilly, toujours avec un grand bonheur. Martin, le cœur froissé, traînait devant les marmites que Juliette avait récurées.

Goulefoin, après avoir fureté longtemps, finit par rencontrer un braconnier qui lui dit avoir vu un carrosse dans la forêt, au petit matin du jour de la disparition de la cuisinière. Sa femme, qui était chemisière à Gilly, avait cru reconnaître cette voiture. Une qui s'était arrêtée un moment.

– Mais voyez-vous, comment donc que cela se pourrait-il que je me rappelle... moi qui suis toujours le nez dans la chemiserie !

Goulefoin essaya de faire revenir la mémoire au mari par le vin. Ils aspergèrent si bien leur souvenirs qu'à la fin ils s'endormirent.

Paul Camuse arrivé, Martin et lui achetèrent encore quelques arpents de vignes bien plantées, avant de venir chez le frère de l'Abbé récolter le fruit de la dernière vendange... Les affaires se traitaient dans la cave au-dessus d'un parchemin où on lisait : «Vignerons, soyez tranquilles. À l'échelle du siècle : rien ne bouge. Soyez vigilants à l'ombre des dizaines. Soyez durs, soyez forts, soyez attentifs aux lumières de l'année ! »

Deux muids par arpent payaient les charges. Mais Camuse roulait tout son vin et payait le trébuchant dans la main du vigneron, pour qu'il puisse encore paraître pauvre aux yeux du fisc. Il donnait le prix d'un muid de Beaune.

– C'est un peu mieux, disait-il à Martin.

Ils achetèrent aussi des friches, des déserts attenant à leurs vignes et les donnèrent à façon. Avant de planter, il fallait essarter, franchir, mettre au net et rompre les racines avant de fouir et de sombrer profond. Quand un bel arbre fruitier, un poirier, un noyer, s'accrochait à la pente, ils le gardaient même au milieu de la vigne.

Pour planter, le frère de l'Abbé préférait «les chevelus», des plants déjà en racines plutôt que les «crossettes», ces sarments coupés sur un cep que les vignerons laissaient dans l'eau courante de la Vouge, avant de les placer dans des petites fosses creusées à l'avance dans la terre de la vigne, des «crots» ou des «angelots». Pour les vignes déjà plantées, ils enterraient un sarment vigoureux, une marcotte, sans le détacher du pied mère et en laissaient ressortir son extrémité. Ce sarment devenait cep et portait petit fruit dès la deuxième année.

Avant de régler leur compte, les Auxerrois et le frère de l'Abbé se promenèrent dans les vignes et chacun essaya de faire baisser le prix de l'autre d'une manière courtoise.

Là il manquait un paisseau, ici la vigne était herbue, peut-être! Mais là et encore ici, il avait fallu remonter la terre à la hotte suite à un orage violent. Et là les paisseaux étaient à changer. Entretenir le peuple des ceps demandait une attention constante.

Le vigneron y allait de sa litanie : janvier, il avait provigné, février il avait planté, mars il taillait, en avril il paisselait, il baissait et sombrait la terre. Mai, il avait essomacé, juin, accolé, biné, rogné, juillet, encore il allait biner : il enlèverait cette herbe dans cette vigne. Août, il pouvait l'assurer, il relèverait et rebrasserait. Septembre ou octobre, il vendangerait. Novembre, il écouterait les anges au cellier et en décembre il provignerait.

Le négociant lui chanta le chant du négoce : le vin même bien fait, même bien embarriqué, il fallait le rouler jusqu'à Auxerre, puis le faire voyager par bateau jusqu'à Paris, payer les taxes, les lourdes taxes, plus de la moitié du prix de la barrique.

— Eh oui, ce n'est ni simple ni facile, gémissait le négociant.

— Moi non plus, je ne sais comment sera faite la vendange, le temps qu'il fera... se lamentait le vigneron.

Si bien qu'à la fin du grand parlement des vignes on tomba d'accord sur la même proposition coutumière de deux muids par arpent, ou d'un muid de Beaune dans la main.

Martin voulait maintenant se rendre à Versailles pour en finir avec Vial. Camuse, la troupe et les barriques empruntèrent le chemin d'Auxerre. Là, Martin ne put embarquer, la confrérie des voituriers à eau refusait les voyages jusqu'à Paris. Des émeutes avaient éclaté. Les bateaux risquaient d'être pris d'assaut.

Le pas des chevaux s'était pressé, mais sans trop pour ne pas les exténuer, Martin et Goulefoin se dirigeaient vers les lumières de Versailles qui s'effondraient en cet automne 1789. Le début d'une nuit docile se laissait caresser par des brumes fauves. Ils avançaient à contre-courant d'une foule de mécontents, de flancs creux, tout un petit peuple, museaux de musaraigne, qui s'en revenaient, fatigués, vers la capitale et chantaient, torches à la main.

Fébriles, ils allèrent tout de suite au Grand Commun. Pendant que Goulefoin furetait en bas, Martin monta aux appartements de Vial. Les salles étaient vides, il dénicha un de ses valets, caché dans le noir de sa chambre. Affolé, il tremblait encore d'avoir vu le Roi forcé de partir pour

Paris. Goulefoin fut renseigné un peu mieux, Vial aurait été vu au Grand Trianon.

Dans la cour du Grand Commun, on ne cuisinait plus, tous étaient dehors, sur le pas des portes : rôtisseurs, légumiers, enfants de cuisines, pâtissiers, à la paresse pour tous et au désarroi pour certains.

Au Trianon, il y serait encore d'après un jardinier, qui y était pas plus tard que tout à l'heure ! À lui porter de la nourriture ! Le Vial, il leur faisait croire que les barriques de Bourgogne, c'était lui qui les donnait à la jardine. Il n'est pas près de revoir un légume, je te le dis ! vociféra Goulefoin.

Ils reprirent leurs chevaux, franchirent les grilles du parc. L'inquiétude, comme un orage, s'était éloignée. Dès qu'ils furent à chevaucher sous les arbres, le calme, qui n'avait jamais cessé et ne cesserait jamais dans ces lieux, les enveloppa. Ils avancèrent lentement dans cette longue allée, cette trace souveraine, jusqu'à apercevoir quelques lumières vacillantes. Le silence était si profond qu'il étouffait le pas des chevaux.

Le Grand Trianon était désert, seuls deux vieux valets poudrés endormis dans l'antichambre leur dirent d'aller voir plus loin. C'était le Petit Trianon : ils y entrèrent, ils marchèrent sur les parquets tressés, les lanternes de salon étaient allumées, les bras de lumières accrochés aux glaces aussi, les tentures framboise étaient restées à l'anneau. Dehors, derrière les fenêtres, le sombre du ciel donnait du relief aux fleurs, aux arbustes et aux cônes de buis. En franchissant les pièces, à se voir dans ces glaces immenses enlacées de grappes et de feuilles de raisins d'or, Goulefoin se sentait Bacchus. Des chérubins lui souriaient aux coins des plafonds en ciel et nuages. Les portes doubles étaient ouvertes et chaque salle était merveille.

Personne n'était plus là. Ils traversèrent une cour aux parterres de marguerites dardées à la lune, entourant un bassin, une lavière de marbre rose où deux angelots affrontés jouaient dans l'eau.

Vial était à la lune, recroquevillé sur un banc. Hagard, il ne s'étonna pas de leur présence.

– Donnez-moi des nouvelles de Paris, s'il vous plaît monsieur du Porche. Le Roi est-il bien arrivé ?

– Paris ! Mais je l'ai évité, trop d'embarras de voitures ! Le Roi a dû abandonner Versailles hier matin, La Fayette n'a rien pu, tout est dans la plus sombre désorganisation... Des gardes ont été décapités, leur têtes sur des piques. La vermine est partout !

– Si vous êtes venu avec du vin, dit Vial en riant faussement, remportez-le, ils le boiraient, le Roi n'est plus là ! Les caves sont sûrement vides ! Les caisses aussi, de Gray nous a roulés ! En 1785, le Roi payait six mille cinq cents livres pour son vin, soixante mille cette année ! Versailles était aux voleurs, maintenant aux grandes gueules qui ont dû déjà boire tout le restant. Paris, je vous prie, du Porche, comment est Paris ? Savez-vous, l'intendant est parti, en carrosse... envolé on ne sait où ! Avec d'autres, ils n'ont même pas suivi le Roi ! D'ailleurs, le voulait-il ? Depuis trois jours, ceux qui restent se cachent et cherchent des voitures pour leurs meubles et ceux de leurs maîtres. Avez-vous des charrettes ? Ici rien ne s'organise...

Il resta silencieux un moment.

– J'ai dormi là, dans un fauteuil, une seule bougie... pas la peine d'attirer les poux... Sortez-moi d'ici ! Emmenez-moi en Bourgogne ! Vous me devez votre fortune ! Mon argent, vous m'en devez aussi, pour les charrettes ; le vin de cette année, je l'ai payé ! hurla-t-il.

Goulefoin s'approcha de lui. L'autre eut peur.

Martin lâcha une bourse qui tomba aux pieds de Vial.

– Si vous devez vous cacher, allez dans votre maison du parc aux Cerfs, elle abrita assez d'innocence pour que personne ne vous y cherche !

Quand Martin partit, l'autre continua à parler seul, son monde s'écroulait, et il n'en connaissait point d'autre.

– Allons manger, j'ai faim, il n'y a rien de plus triste que d'entendre mon ventre réclamer. Viens par ici, proposa Goulefoin.

Des rires et des lumières au lointain les guidèrent, par des chemins blonds, vers un petit pont de pierre sur une lune crémeuse. Le hameau de la Reine. Des moutons mérinos couchés tachaient la prairie sombre de leur laine douillette et dense. Autour de petites portes tressées en châtaignier, des haies protégeaient les légumes des jardinets, choux plantés à la distance métrique, salades enchâssées au carré dans la bordure d'un buis odorant.

Des hommes, à l'entrée d'un pont de bois comme une miniature, un jouet d'enfant, des verduriers, sommiers de broches et garçons de carrosse encore en habit, discutaient. L'épouvante des bosquets le reconnut. Il n'avait point enlevé son costume.

Goulefoin lui demanda s'ils pouvaient se restaurer avant de reprendre le chemin.

– Là-bas ! lui dit-il calmement comme si c'était une évidence.

Goulefoin était toujours prêt à servir son estomac. Martin souriait. Des odeurs de grillé lui parvinrent. Il humait les gougères craquantes et dorées qui lui avaient curieusement toujours mis l'eau à la bouche. De lointaines cuisines surgirent en lui. Il se rappelait ses doigts enfouis dans les pâtes levées.

Quand Goulefoin arriva à l'entrée, il se figea un instant.

Derrière une table, Juliette servait à la cuillère d'or des pigeons farcis, du potiron poivré et des gougères, à une trentaine de serviteurs. Ceux du Grand et du Petit Trianon, ne sachant où aller pendant ces troubles qu'ils imaginaient se terminer rapidement, attendant des ordres, tenaient cantine là. Là où précisément le carrosse l'avait amenée des années auparavant.

Lentement Martin la chercha des yeux, mais son désir de la trouver était si intense que, d'yeux, il n'en avait plus. Affolé par cette émotion qui l'emportait, il se trouvait dans l'impuissance. Alors, pour survivre à son cœur, il respira comme il avait toujours respiré les parfums des côtes, de son nez, comme il sentait tendrement la nuque de sa fille. « À la douillette. »

Quand Juliette reconnut Goulefoin dans la file d'attente des pigeonneaux, elle s'émut et très vite scruta la foule à la recherche de son petit. Mais comment aurait-elle pu le reconnaître ? Dans le vacarme des conversations, Goulefoin, qu'elle interrogeait maintenant du regard, clignait des yeux sur l'homme qui se tenait devant elle.

Il était grand, les épaules solides, il ne souriait pas comme un quémandeur de volaille, et n'était point dans un habit de domestique.

– Vous êtes Bourgogne, monsieur ?

– Oui, répondit-il à cette femme petite, avec un joli visage dont la bouche l'interrogeait encore, alors qu'elle ne parlait plus.

Il ajouta, d'une voix tremblante, les yeux brouillés :

– De Cîteaux !

Juliette s'appuya avec conviction à la table qui les séparait et doucement s'affaissa à ses pieds. Elle tomba, ou plutôt, comme une feuille, elle se détacha de sa vie présente pour en retrouver une autre à laquelle elle n'avait jamais renoncé.

Il ne put la relever, car ce qui s'était déposé léger prenait, maintenant, le poids de ces années d'attente. Il s'agenouilla près d'elle, et remarqua une épingle jolie dans ses cheveux, celle qui avait bercé ses rêves. Et tout lui revint massivement. Une émotion irrespirable par l'esprit choquait sa poitrine, scandait son ventre.

– Juliette, dit-elle en posant la main sur la sienne. Je suis Juliette, répéta-t-elle à chercher son petit dans le visage de cet homme.

Elle devinait des souvenirs de sa chair enfantine, calqués sur ses rides d'adulte. Elle effleurait, caressait furtivement ces endroits reconnus et le sentait pour retrouver le parfum du corps de son enfant.

Ils restèrent là assis après que la Goulette eut mis son museau sous la nappe pour les embrasser et ajouter de grosses gouttes d'émotion sur leurs têtes. Ils se chuchotèrent de la grammaire enfantine et se prirent dans leurs bras, lui comme un gosse, à chercher de la câlinette, elle à le protéger de ses mains.

Elle lui balbutia « Liette » et il se reconnut. Il sentit à quel point il avait eu besoin d'elle. Près d'elle, il retrouvait son parfum et sa petite enfance, lui aussi par le nez. L'odeur des lies qu'il avait vidées dans la cave de la ferme d'en haut. Pâquerette, Nonnu, comme des noms de lieux-dits, lui revenaient. D'autres encore qu'il ne pouvait nommer que par la joie, et les frissons qui ensemençaient sa peau. Il la tenait par la main, et pourtant il n'était pas là, mais dans le sombre de son corps à découvrir l'enfoui de sa vie. Il y avait, dans cette parenthèse, sous cette table, ce qu'il avait vécu avant sa déchirure de moine, à errer dans les couloirs, dans d'inutiles issues. C'était comme une émergence de lumière intérieure, un flot de sentiments, la promesse d'une vie bloquée qui se déversait dans celle du présent, la remplissait, la débordait parfois. Enfin il se rejoignait. Réconcilié avec son passé.

Les mots, c'était pour plus tard ; au plus profond de lui-même, l'homme n'a rien à dire, quand il devient corps, quand il laisse surgir ses sens, sans avoir peur de la mort. Vivre sa carcasse, ses viscères, vivre son passé d'émotions refoulées. Longtemps le dessous de cette table en fut le parfum. Bouger lui était impossible. Elle l'attendait encore, il fallait qu'il reprenne sa dimension.

De l'histoire qu'elle lui racontait maintenant s'était forgée sa vie d'adulte. Il le comprenait. Il dessinait les contours de cette perte, précieuse et intime. Elle le frappa de ses mains fermes de légumière en lui demandant pourquoi il était parti de Cîteaux. Il ne pouvait pas lui dire la vérité : il avait dû l'oublier pour pouvoir vivre. Et qu'elle lui était revenue hors de Cîteaux. Il lui dit que, du haut de ses quatorze ans, il s'était senti fort et que l'orgueil l'avait dévoré. Ce n'était pas si faux, l'envie de voir le monde l'avait emporté. Il lui demanda s'il y avait une autre explication à ce nom qu'il portait. L'avait-on trouvé dessous cette entrée de ferme, comme on le lui avait dit, ou était-il né là ? Elle lui raconta sa naissance, et il en fut heureux. Mais pourquoi s'appelait-il du Porche, pourquoi n'avait-elle pas pu le nommer de son propre nom ? Elle n'en avait pas eu, on l'avait désignée très tôt comme la Juliette de la cuisine. Elle ne savait pas plus que lui d'où elle était tombée !

Ils restèrent encore un moment dans cette attente l'un de l'autre, et elle lui demanda de porter son nom, pour le rejoindre dans cette famille qu'il avait construite là-bas en Bourgogne.

Au-dessus d'eux, à leur insu, un monde finissait. Les valets terminaient les plats de leurs maîtres. Ils en trouveraient d'autres, singeant si fort les anciens, qu'ils se demanderaient s'ils ne les avaient point mangés. Les ombres autour s'estompèrent, la vie s'endormit, les bougies s'éteignirent.

Ils reprirent l'allée, d'autres aussi partaient, fatigués d'attendre : ils allaient aux nouvelles. Goulefoin, à force d'argent, avait trouvé une petite charrette à quatre roues et deux chevaux qui, avec les leurs, compléteraient l'attelage. Juliette avait baluchonné ses effets et elle les dispersa comme elle put. Elle ne voulait pas se débarrasser de ses casseroles et de quelques ustensiles introuvables en province. Goulefoin les ramenait en Bourgogne. Ils s'arrêteraient à Auxerre, avant de rentrer au château.

Au-dessus d'eux le ciel de Versailles était presque rouge. Il saignait de pures framboises lavées, pâlies par des brumes tièdes, parsemées des couleurs de l'automne.

Cet ouvrage a été composé en Garamond corps 12,3
par In Folio, Paris

Impression réalisée sur CAMERON par
BRODARD ET TAUPIN
La Flèche

pour le compte des Éditions Stock
27, rue Cassette, Paris VIe
en février 2002

Imprimé en France
Dépôt légal : février 2002
N° d'édition : 18403 – N° d'impression : 11523
54-02-5456/6
ISBN : 2-234-05456-7